Bloedspoor

2916

Van dezelfde auteur

Kinderspel
Jumbo
Met hand en tand
Zout
Tot op het bot
Door merg en been
Vlijmscherp

Gabrielle Lord

Bloedspoor

Zwarte Beertjes

Oorspronkelijke titel
Feeding the Demons

Vertaling
Martin Jansen in de Wal

ISBN 90 449 2916 X
NUGI 331

1995

'Mam? Ik ben het.'
Kit voelde haar hart samentrekken, smelten en vervolgens in haar schoenen zinken. 'Wat is er, Will?' vroeg ze, op scherpere toon dan ze van plan was. Ze leunde tegen het aanrecht en voelde de spanning in haar buik en nek.
'Ik heb geld nodig. Je móét het me geven. Alsjeblieft.'
Kit haalde een paar keer diep adem. Ze zag Gerald in de deuropening van de keuken staan, zwijgend, haar aandachtig aanstarend en met zijn dikke wenkbrauwen gefronst omdat hij wist dat hun zoon aan de telefoon was.
'We hebben hierover gepraat, Will,' zei ze op zo neutraal mogelijke toon. 'Je weet dat ik dat niet kan doen. Ik kan je geen geld meer geven. Je bent een heroïneverslaafde...' Ze zei het heel vastberaden en zonder een spoor van woede, voorzover dat mogelijk was. '... en je moet je laten behandelen.'
'Krijg de pest!' schreeuwde hij. 'Ik ben niet een van je verdomde patiënten. Ik heb geld nodig en jij wilt het me niet geven. Een luizige honderd dollar is alles wat ik vraag. Wil je liever dat ik mijn lichaam weer verkoop? Is dat wat je wilt? Nou?'
Kit zag voor zich hoe het ooit zo aantrekkelijke, open gezicht van haar zoon nu was vertrokken van pijn en onbeheersbare afhankelijkheid.
'Will,' zei ze met trillende stem, 'je weet dat ik dat niet wil. Maar mensen die ervoor kiezen heroïne te blijven gebruiken, zullen dat soort dingen uiteindelijk moeten doen.'
'Het kan je niet schelen. Je hebt nooit iets om me gegeven.' Hij was nu bijna in tranen, wanhopig en aan het absolute eind van zijn Latijn.
'Will,' zei ze terwijl ze haar eigen tranen over haar wangen voelde lopen, 'ik ben je moeder en ik hou van je. Maar je moet de verantwoordelijkheid voor je eigen leven nemen. Niemand anders kan

dat doen. Ik kan niet langer je verslaving financieren. Ik ga nu ophangen, want dit gesprek heeft geen zin.'

En ze hing op, waarmee ze zijn klagende gevloek abrupt afbrak. Ze stond te trillen op haar benen en toen ze zich omdraaide naar haar man begon de telefoon opnieuw te rinkelen.

'Niet opnemen,' zei Gerald, waarna hij met gebogen hoofd en hangende schouders de keuken uit liep, aan haar overlatend dit af te handelen, zoals hij altijd deed als het moeilijk werd.

Kit aarzelde. Het kon een van haar patiënten zijn. Ze nam niet op, wachtte totdat het antwoordapparaat aansprong en hoorde zichzelf zeggen: 'Hallo, dit is het antwoordapparaat van Kit Westlake. Spreek alstublieft uw boodschap in, dan bel ik u zo gauw mogelijk terug.'

Wills snikkende stem klonk uit boven haar opgenomen woorden: 'Neem verdomme die telefoon op. Praat met me! Ik weet dat je er bent, mama. Mam, alsjeblieft!'

Kit griste de hoorn van de haak. 'Will, ik praat pas weer met je als je je aanmeldt bij een afkickcentrum en een serieuze poging doet om van de heroïne af te komen. Zo niet, dan wil ik geen contact meer met je.' Toen hing ze op, waarna ze onmiddellijk de hoorn weer oppakte om hem naast het toestel te leggen, en merkte dat haar hand zo trilde dat ze hem bijna liet vallen. Ze leunde tegen het aanrecht, staarde uit het raam zonder iets te zien, probeerde haar ademhaling onder controle te krijgen en veegde met haar vingertoppen een traan van haar wang.

Wills telefooncampagne was een paar dagen daarvoor begonnen, toen ze tegen hem had gezegd dat ze weigerde hem nog langer geld te geven en dat hij thuis niet meer welkom was. Verstandelijk wist ze dat ze hem hiermee de beste kans gaf om uit het dal te komen, omdat de andere manier hem alleen maar sneller in het graf zou brengen. Maar haar moederhart brak elke keer als ze aan hem dacht, aan die smerige kamer waar hij woonde, aan de pijn die hij had, de ontwenningsverschijnselen die gepaard gingen met duizeligheid, hoofd- en gewrichtspijn, paniekgevoelens en misselijkheid. Zonder het te willen dacht ze aan hem terug als het lieve jongetje dat voor haar zijn olifantenlied had gezongen om haar op te vrolijken, toen ze zo verdrietig was in de tijd dat Gerald zijn eerste zware depressies had en hij niet meer kon lesgeven, maar alleen nog in een stoel kon hangen of slapen. Ze begreep de oorsprong van haar zoons verslaving maar al te goed, aangezien die voor een deel voortkwam uit dat eerste contact met haar en haar depressieve echtgenoot, en hij zich als kind geroepen had gevoeld beiden te troosten. Dat ze toen niet had geweten waar het toe zou leiden, was voor haar nauwelijks te verdragen. Maar je kúnt dat soort dingen niet weten, had haar therapeut tegen haar gezegd, en ze had toen gewoon gedaan wat ze moest doen. Haar trof geen blaam, en zo was het.

Kit dronk een glas water, liep langs Geralds slaapkamer, waarvan de deur dicht was, naar de voorkant van het huis en ging naar buiten. Rechts van de voordeur was haar praktijkruimte, die een aparte ingang had.

Kit keek op haar horloge. Haar patiënt van twee uur, die altijd stipt op tijd was, was er nog niet, en ze was heel blij met deze extra tijd. Ik moet de hoorn weer op het toestel leggen, dacht Kit. Ze liep naar binnen, naar de keuken, waar Gerald nu stond met een glas brandy in zijn hand. Ze zag dat hij de hoorn al had teruggelegd.

'Ik laat het telefoonnummer veranderen,' zei hij. 'We nemen een geheim nummer. Ik kan hier niet meer tegen.'

'Maar Gerald, dat gaat niet met mijn praktijk. Mijn patiënten moeten me kunnen bereiken.'

'Dat kan me niet schelen. Ik kan dit niet langer verdragen.'

'We zullen wel moeten. Het is onze zoon.'

Op dat moment begon de telefoon weer te rinkelen en Kit schrok zich dood. 'Niet opnemen!' zei Gerald.

'Ik moet wel,' zei ze. 'Misschien probeert Merrina me te bereiken. Ze is te laat.'

'Kit, niet doen. Laat maar bellen. Als je blijft opnemen, blijft hij je kwellen.'

Maar ze had al opgenomen en zette zich schrap.

'Kit, je spreekt met Angie McDonald. Weet je wie ik ben? Een vriendin van Gemma?'

Het duurde even voordat Kit zich de politievrouw herinnerde, een vriendin van haar zus. 'We zitten hier met een heel moeilijke situatie waarbij een van je patiënten betrokken is,' zei Angie haastig. 'Daarom bel ik je.'

'Wat? Wie?'
'Adrian Adams.'
'Hij is geen patiënt meer van me. Ik heb hem weg moeten sturen.'
'Hij staat erop dat je komt. De situatie is heel ernstig. Hij heeft zich opgesloten in de badkamer met het achttien maanden oude zoontje van zijn vriendin. Hij zegt dat als je niet komt, hij zichzelf en het kind zal doden. Hij wil met niemand anders praten. Ik stuur iemand naar je toe om je op te pikken.'
Kit voelde zich opgejaagd en haalde diep adem. 'Angie, ik had toen noch de kennis noch de ervaring om hem te behandelen. Daarom heb ik hem naar een ander moeten sturen. Mijn aanwezigheid kan de toestand nog erger maken.'
'Je moet komen. Jij bent de enige persoon op de hele wereld met wie hij wil praten. Dus kom nou maar hiernaartoe en praat met hem, in godsnaam.'
Kit hoorde iemand op de voordeur bonken. 'Een ogenblikje. Er is iemand aan de deur,' zei ze.
'Dat zal Brian Hepplethwaite zijn,' zei Angie. 'Ik heb hem naar je toe gestuurd om je op te halen. Haast je.'
Hij was het, en toen ze met hoge snelheid in een witte Commodore over Parramatta Road naar het huis in Ashfield reden, bracht brigadier Brian Hepplethwaite haar op de hoogte van de situatie.
'De vriendin had ons al eerder gebeld,' zei hij, waarbij hij zijn bezorgde gezicht even haar kant op draaide. 'Er schijnt gisteravond vreselijke heibel uitgebroken te zijn toen ze probeerde haar relatie met hem te beëindigen. Ze heeft hem gevraagd weg te gaan. Nu heeft hij het kleine kereltje gegrepen en zich met hem in de badkamer opgesloten. In de badkamer. Verdomde idioot.'
'Waarom trappen jullie niet gewoon de deur in?' vroeg Kit. 'Dan kunnen jullie hem toch pakken?'
Hij trapte hard op de rem toen iemand hem sneed. 'Stomme klootzak, pardon mevrouw,' zei hij in één adem. 'Dat kunnen we niet doen. Hij heeft daar een straalkacheltje, dat hij op de rand van het bad heeft gezet. Hij zegt dat als iemand iets probeert, hij het ding in het water laat vallen. Hij zegt dat u de enige bent die hij vertrouwt.'
Kit herinnerde zich Adrian Adams, de magere, teruggetrokken, stille jongen die zoveel woede in zich had en die haar om hulp

had gevraagd omdat hij iets wilde doen aan zijn onvermogen om met zijn collega's om te gaan en relaties met vrouwen te hebben.
'En het jongetje? Is dat in orde?'
'Tot nu toe wel. Hij zit te spelen in het water. Maar er zal een moment komen dat hij eruit wil.'
'En dan gaat hij huilen,' zei Kit. 'Waarom sluiten jullie de elektriciteit niet af?'
De Commodore reed met hoge snelheid over Parramatta Road en alle stoplichten sprongen op groen als ze eraan kwamen, alsof de voorzienigheid hen een handje wilde helpen. 'Het energiebedrijf is op zoek naar iemand die de straat kent,' zei Brian. 'De vaste elektricien is met vakantie. Het is een oud huis dat is opgedeeld in appartementen. De badkamer beneden was vroeger een dichte veranda. Je zult het niet geloven, maar die verdomde hoofdschakelaar zit daar, tegen de muur tegenover het bad. Er is een elektricien bezig om het circuit na te gaan, maar de bedrading is illegaal aangelegd, oud en zo gevaarlijk als de hel.'
De auto minderde vaart voor een oud huis dat rond de eeuwwisseling de residentie van een heer van stand moest zijn geweest. Ooit was het een mooi Victoriaans huis geweest, met open veranda's, erkerramen en balkons met smeedijzeren balustrades, die allemaal waren weggehaald of dichtgemaakt om de aluminium gevelplanken te kunnen bevestigen.
Toen de auto tot stilstand kwam, zag Kit de ongemerkte politieauto's en een groepje mannen en vrouwen, zowel in uniform als in burger, die zich hadden opgesteld op een plek die vanuit het huis niet zichtbaar was.
Brian parkeerde de auto en Angie, die gemakkelijk herkenbaar was aan haar mooie roodbruine haar, brak haar gesprek af, kwam naar de auto toe en stak haar hand door het open raampje.
'Kit, fijn dat je gekomen bent, bedankt. Hij is binnen. Aan de achterkant van het huis. Kom, dan loop ik met je mee.' Kit stapte uit en volgde Angie over het pad door de voortuin van het oude huis.
'Vertel me over Adrian Adams,' zei Angie al lopende.
Kit liep achter haar aan om het huis heen en passeerde enkele politiemensen die gehurkt in de bosjes zaten. Een wand met ramen en houtwerk dat dringend een verfje nodig had liep over de halve breedte van de veranda. Twee mannen van de State Protec-

tion Group in blauwe overalls en met zwarte leren laarzen stonden halfverscholen tussen de oleanders en de net in bloei geraakte hortensia's bij het hek.

'Hij is intelligent, maar daar is weinig van te merken omdat hij vrijwel al zijn energie nodig heeft om zijn woede onder controle te houden,' zei Kit ten slotte. 'Hij kan heel gewelddadig zijn.'

'Vertel me iets wat ik nog níét weet,' fluisterde Angie geërgerd toen ze de achterkant van het huis naderden.

'Hij is de zoon van werkende ouders en is als kind ernstig geestelijk mishandeld. Door beide ouders, maar vooral door de vader. Ik heb enkele jaren geleden een paar maanden met hem gewerkt, maar ik betwijfelde of ik de ervaring had om een dergelijke mate van schade te behandelen, en dat heb ik hem verteld. Dat vond hij niet leuk. Hij heeft nooit zelfbeheersing aangeleerd. Hij was het best te vergelijken met een wandelende tijdbom. Maar het goede was dat hij dat zelf ook wist, en dat was het punt van waaruit we konden gaan werken. Maar na een paar maanden kreeg ik het gevoel dat hij een therapeut van een zwaarder kaliber nodig had, en dat bedoel ik in verschillende opzichten. Dus heb ik hem doorverwezen naar iemand die meer ervaring had. Later hoorde ik dat hij niet is doorgegaan met de therapie.'

Vóór hen was de achterkant van het huis, met links de deur van de aangebouwde badkamer, waarin de man en het kind zich bevonden. De twee vrouwen liepen geruisloos de treden van de veranda op. Kit hoorde de man zingen en een jong kind dat in het water zat te spelen. Angie liep naar de deur en klopte aan.

'Adrian? Ik ben het, Angie McDonald. Ik heb gedaan wat je hebt gevraagd. Ik heb mevrouw Westlake meegebracht. We doen alles zoals jij het wilt, Adrian, zodat niemand iets overkomt.'

'Ben je daar echt, Kit? Zegt ze de waarheid?' Zijn stem klonk geforceerd en geknepen door de spanning in zijn keel.

'Ik ben hier echt, Adrian,' riep Kit terug, zijn woorden herhalend. 'Ze spreekt de waarheid. Wat wil je dat ik voor je doe?' Ze deed haar best de toon van haar stem vlak en gewoon te houden. 'Is met het jongetje alles goed? En met jou ook?'

'We zijn allebei oké,' zei hij. 'Nog wel.' De waarschuwing deed Kit huiveren. 'Zeg tegen die klotepolitie dat ze weg moeten gaan. Ik wil onder vier ogen met jou praten.'

'Dat zal ik doen, Adrian, maar het kan zijn dat ze zich niets van me aantrekken.'
'Dat kunnen ze maar beter wel doen,' zei hij. 'Dit straalkacheltje begint al aardig heet te worden.'
Met vragend opgetrokken wenkbrauwen draaide Kit zich naar Angie.
'We kunnen niet weggaan,' fluisterde Angie. 'Dat is niet bespreekbaar. We kunnen hem niet met het kind achterlaten.'
'Kun je die auto's niet laten wegrijden?' vroeg Kit. 'Dan hoort hij in elk geval het geluid van wegrijdende auto's. Het kan de druk op hem wat verlagen.'
Angie knikte en haastte zich weg. Kit richtte haar aandacht weer op de dichte deur.
'Kun je de deur niet van het slot doen?' vroeg ze. 'Ik kan binnenkomen, dan kunnen we onder vier ogen praten.'
'Dat denk ik niet,' zei hij. 'Als ik uit het bad kom, slaat Jed het straalkacheltje er misschien in. Het is te gevaarlijk.'
'Kun je dat kacheltje niet uitzetten, Adrian? Ik vind het erg moeilijk met je te praten als ik weet dat jullie in gevaar zijn.'
Er kwam geen antwoord. 'Dát,' zei hij uiteindelijk, 'is iets wat ik niet kan doen, zelfs niet voor jou.'
Kits geest werkte op volle toeren. Ze probeerde een manier te bedenken om hem af te leiden, om de druk een paar streepjes te laten dalen. Ze drukte haar neus tegen de matglazen ruit links van de deur en voelde zich machteloos. Aan de andere kant van het huis klonk het geluid van auto's die werden gestart.
'Hoor je dat, Adrian? Dat zijn de politieauto's die voor het huis stonden. Ze gaan weg. Ik weet dat je dit met een reden doet. Vertel mij nu maar wat die reden is. Laten we proberen een manier te bedenken waarop jij je zin krijgt en al dit moeilijke gedoe niet nodig is.'
Kit merkte dat Angie geruisloos de treden op kwam lopen en dicht achter haar kwam staan. Kit had een opening ontdekt, een smalle kier tussen de deurpost en de houten wand waarin vroeger de openslaande deuren hadden gezeten. Ze gluurde er met één oog doorheen en wenkte Angie om hetzelfde te doen. Angie keek even, trok zich terug en schreef iets op een blaadje van haar notitieboekje. Automatisch las Kit het ondersteboven: STOPPENKAST

TUSSEN ZIJWAND EN ACHTERSTE OPENSLAANDE DEUREN OP 1,5 METER HOOGTE. Angie scheurde de bladzijde uit haar boekje en gaf hem aan een van de SPG-agenten.

Door de kier kon Kit zien dat het bad zich op een kleine verhoging langs de rechterwand bevond. Achter het hoofd van de man waren de flessen shampoo en doucheschuim opzij geveegd om plaats te maken voor een ouderwets straalkacheltje met een enkele gloeispiraal die felrood oplichtte. Adrian Adams zat rechtop in het bad, voor- en achteruit wiegend, en voor hem, met zijn rug naar Kit, zat het jongetje. Kit trok zich terug, geschrokken door een plotselinge, geruisloze beweging van de twee SPG-agenten onder aan de treden.

Ze spraken fluisterend met een derde agent, die gebaarde naar iets wat zich in de badkamer moest bevinden, vermoedelijk de stoppenkast, en daarna naar de buitenwand wees.

'Laten we een afspraak maken, Adrian,' zei Kit. 'Laten we een manier bedenken om deze situatie samen op te lossen. Jij vertelt mij waarom je dit doet en wat je wilt, en dan proberen we een oplossing te bedenken.' Adrian was opgehouden met wiegen toen ze dit zei en staarde zonder haar te zien haar kant op met donkere, fonkelende ogen waarin zijn demonen te zien waren.

'Ik wil bij jou komen wonen,' zei hij, waarna hij weer begon te wiegen. 'Ik wil bij jou zijn. Ik wil bij je intrekken en dan kun jij me helpen. Jij bent de enige die ooit naar me heeft geluisterd. Als ik bij jou kom wonen, kan ik het leven aan.'

Kit haalde diep adem. Het was een fantasie die sommigen van haar patiënten wel vaker hadden.

'Adrian, we kunnen praten over hoe je je leven moet aanpakken als je naar buiten komt,' zei Kit. 'Maar zoals we het nu doen gaat dat niet, met al deze spanning en ik hier buiten. Dat zet mij ook onder druk.'

Hij hield op met wiegen en tastte achter zich; een wolkje stoom steeg op toen zijn natte vingers de reflector van de straalkachel vastpakten. 'Hoe weet ik dat je niet zomaar iets zegt,' zei Adrian, 'en dat de smerissen me niet op mijn nek springen en verrot slaan zodra ik naar buiten kom?'

Kit kreeg een por in haar rug. Ze draaide zich om en zag dat Angie haar het notitieboekje voorhield. Kit pakte het uit haar hand en

las: BELOOF HEM ALLES WAT HIJ WIL. 'Alles' was drie keer onderstreept.
'Ik kom binnen, als jij het goedvindt,' zei Kit, 'en we gaan samen naar buiten. Dan blijf ik bij je om samen met jou een oplossing te bedenken.'
'Dat rotwijf zal tegen de smerissen zeggen dat ik heb geprobeerd haar te vermoorden.' Het kind scheen de referentie aan zijn moeder te begrijpen en begon te huilen. Kit zag dat de nek van het kind rood werd tot op de smalle schoudertjes. Het huilen werd harder.
'Adrian, je zult me moeten vertrouwen,' zei Kit, die zich nu al een judas voelde. Maar het groeiende verdriet van het kind en Adrians wiegende bewegingen schenen in een eigen ritme terecht te komen. 'Alsjeblieft,' zei Kit. 'We kunnen er samen uit komen, ook met de moeder van het kind. We kunnen hulp krijgen van therapeuten en maatschappelijk werkers. Je hoeft dit niet alleen te doen.'
Het gehuil van het jongetje werd steeds harder.
'Laat dat kind zijn kop houden!' riep Adrian. 'Ik word er gek van!'
Achter haar waren de twee SPG-agenten de treden op gekomen.
'Adrian,' zei Kit, 'haal die kachel van dat plankje af. Ik kan voelen dat je erg onder druk staat. Ik ook. We kunnen dit probleem oplossen, dat weet je.'
Adrian had zijn handen op zijn oren gedrukt en wiegde steeds sneller voor- en achteruit. Het kind begon hysterisch te worden, krijste en hoestte van verdriet en sloeg met zijn dunne armpjes om zich heen. 'Hou je kop, hou je kop, hou je kop!' schreeuwde Adrian, maar zijn gekrijs maakte het kind alleen maar banger.
Alsjeblieft, smeekte Kit in gedachten, geef me de wijsheid om te weten wat ik moet doen.
'Laat me binnen, dan zorg ik ervoor dat hij ophoudt met huilen,' riep ze boven het kabaal uit. 'Zet het kacheltje uit en laat me binnen. Ik kan je helpen, Adrian.'
Wat daarna gebeurde, was als een reeks onwerkelijke acties in slowmotion waarin haar rol er een van surrealistische machteloosheid was. Ze dacht terug aan Alexanders adviezen en had automatisch Adrians handen in de gaten gehouden, dus ze zag de aanzet tot de beweging en hoorde zichzelf tegen Angie fluisteren: 'Hij gaat het kacheltje pakken!'

Ze was nog niet uitgesproken of ze hoorde Angie iets roepen naar iemand achter haar en voelde hoe ze omver werd geduwd. De deur vloog naar binnen open, kwam plat op de vloer van de badkamer terecht en Kit zag twee paar zware laarzen op een paar centimeter van haar neus voorbijkomen. Er klonken schoten, de houten deuren versplinterden, het gehuil van het kind ging over in gekrijs en Adrians stem slingerde allerlei grove verwensingen de lucht in. Ze zag Angie over zich heen de badkamer in duiken en rolde instinctief opzij toen de stoppenkast van de muur werd gerukt en door de kapotte deuren naar buiten werd geslingerd.
'Godverdomme! Vuil, vies rotwijf! Je hebt me verraden! Rotwijf!' schreeuwde Adrian Adams' vertrokken gezicht terwijl ze hulpeloos op de grond lag.
Hij werd haastig langs haar heen gemanoeuvreerd, naakt en druipend van het water, met zijn ene arm op de rug gedraaid en de andere in een armklem.
'Ik vermoord je hiervoor!' riep hij haar van opzij toe. 'Je gaat eraan!'
Kit hoorde de misselijkmakende klap van een harde stomp die een nat lichaam raakt, gevolgd door de snerpende kreet van haar vroegere patiënt.
Angie kwam naar buiten met het krijsende jongetje in een handdoek gewikkeld. Uit het niets kwam zijn moeder tevoorschijn, een mager meisje dat zich had losgerukt van de agente die haar in toom had gehouden.
'Geef hier dat kind!' snikte ze, en griste het doodsbange kind uit Angies armen en duwde haar hard opzij. 'De klootzak! Ik vermoord hem!'
Kit sloeg haar handen voor haar gezicht. Ze voelde Angies hand op haar schouder en kwam langzaam overeind. Maar haar benen waren van rubber en opeens zat ze weer op de grond. 'Goddank,' was het enige wat ze kon zeggen. 'Goddank.'

Later reed Angie haar naar Gemma's huis in Tamarama en ging ze met haar mee naar binnen. 'Je zult een verklaring moeten afleggen,' zei Angie. 'Maar niet nu. Laat je zus zich maar even over je ontfermen. Ik moet nu meteen terug.'
'Het was afschuwelijk, Gems,' zei ze tegen haar zus toen ze

samen op het balkon zaten, zij met een flink glas whisky in haar hand. 'Ik wist gewoon niet wat ik moest doen. Ik heb dat soort dingen al eerder meegemaakt, en soms is het zelfs een goed vertrekpunt, maar dit was heel anders. Dat kleine kind in dat bad, die arme, doorgedraaide Adrian, het straalkacheltje... Er mocht geen fout worden gemaakt. Maar er was ook geen manier om het allemaal goed te doen. Ik móést hem wel misleiden.'
Gerald kwam haar ophalen. Toen ze thuis waren, moest Kit een woedende patiënt, die een halfuur voor niets had zitten wachten, uitleggen wat er gebeurd was. Ze was zover dat ze haar verdriet om Will even opzij kon schuiven.
Gerald maakte eten voor haar klaar, wat ze een roerend gebaar vond, ook al smaakte de vis naar doorgekookt rubber en hadden de gebeurtenissen van die dag haar de eetlust ontnomen. Toen ze haar visfilet met een dikke laag dillesaus bedekte, begon de telefoon te rinkelen. Gerald en zij keken elkaar aan en ze bleven allebei zitten totdat het antwoordapparaat aansprong.
'Hallo, Kit, met Angie McDonald.'
Kit nam op.
'Gaat het goed met je?' wilde Angie weten.
'Ik ben nog steeds van slag,' zei Kit. 'Maar ik was net iets aan het eten.'
Angie zweeg alsof ze niet goed wist hoe ze het gesprek moest vervolgen.
'Ik neem aan dat je niet alleen uit belangstelling belt,' zei Kit, wier zintuigen nog steeds op scherp stonden.
'Daar heb je gelijk in,' zei Angie. 'Ik wil je iets laten zien. Maar ik wil dat Gemma meekomt.'
'Wat is het?' vroeg Kit geschrokken.
'Adrian Adams' flat,' zei Angie. 'Je bent er nogal aanwezig.'
Kit dacht terug aan wat de doorgedraaide jongeman eerder die dag had gezegd. Ik wil bij je komen wonen, had hij gezegd. Ik wil bij jou zijn.
'Wat bedoel je?'
'Ik pik je morgenochtend op,' zei Angie. 'Dan zal alles duidelijk worden.'

Nadat Angie de deur had geopend, stapten de drie vrouwen de

flat binnen. Het eerste wat Kit zag was een reusachtige foto van zichzelf met rubber keukenhandschoenen terwijl ze de afwas stond te doen, die gemaakt moest zijn door het keukenraam dat uitzag op de tuin en de paar straatjes die vanuit haar hoekhuis zichtbaar waren. De foto was nogal korrelig en deed denken aan een stilstaand beeld van een Europese zwartwitfilm.

Kit fronste haar wenkbrauwen. 'Ik heb die foto nooit laten maken,' zei ze schaapachtig.

Toen keek ze om zich heen. Alle muren hingen vol foto's van haar. Ze was vastgelegd tijdens het verrichten van vrijwel elke menselijke handeling: de straat overstekend met een paar boodschappentassen, in of uit haar auto stappend, terwijl ze de was ophing, tuinierend, gewoon lopend door een straat, in een restaurant met Gerald, pratend met een van haar patiënten. Er hing zelfs een onscherpe teleopname van haar in haar ondergoed, in de slaapkamer, met het silhouet van Gerald achter haar. Kit was sprakeloos, voelde zich verontwaardigd, onteerd, gekwetst en doodsbang tegelijk.

Van ergens ver weg hoorde ze haar zus zeggen: 'O, verdomme! Wat een klootzak. Wat een ongelofelijke zielepoot.'

'Adrian Adams is fotograaf,' zei Angie, 'onder andere. En jij schijnt zijn favoriete onderwerp geweest te zijn.'

'Maar ik had geen idee,' zei Kit terwijl ze naar de beelden van zichzelf keek, de meeste in zwart-wit, een paar in kleur. Met een of andere fotografische truc had hij er een gemaakt waar ze samen op stonden, hand in hand, terwijl Kit liefhebbend opkeek naar Adrians magere gezicht.

'Hij heeft een telelens gebruikt, Kit,' zei Gemma terwijl ze de foto's een voor een zorgvuldig bekeek. 'Hij moet je voortdurend gevolgd en geobserveerd hebben.'

'Maar ik had geen idee,' zei Kit weer.

Het ergste was de slaapkamer. Aan de muur tegenover het onopgemaakte bed hing een reusachtige pornografische foto waarop Kits lachende gezicht uitvergroot was gemonteerd op het lichaam van een andere vrouw, die naakt en met haar benen wijd voor Adrian Adams had geposeerd. Angie trok kastjes en laden open, haalde zijn kleren uit zijn kast en vond nog meer dozen met foto's van Kit.

'Mijn god,' zei Kit, en ze ging zitten. 'Hij heeft me een keer om een foto van mezelf gevraagd en dat heb ik geweigerd. We hebben geen vriendschappelijke relatie, heb ik hem gezegd. Ik dacht toen dat hij me begreep.'

Op het nachtkastje zag ze een dunne gouden armband liggen die van haar was en die ze had beschouwd als een van de dingen die onvermijdelijk uit huis verdwijnen als je samenwoont met een drugsverslaafde.

'Daar ligt mijn armband,' zei ze. 'Dus het was toch niet Will die hem heeft gepikt.' Ze pakte de armband op en schoof hem om haar pols.

'Wat een gestoorde idioot,' zei Gemma, en ze rukte de grote foto van de muur. 'Hoe durft hij dit met je te doen.' Ze rukte de foto in stukken en delen van borsten en genitaliën, twee keer levensgroot, dwarrelden naar het bloementapijt. 'Afgezien van deze rommel,' zei ze, wijzend op de foto's van haar zus, 'heb ik niet het gevoel dat hier iemand echt woonde. Het ziet er meer uit als een soort museum.'

In de kast in de woonkamer vonden ze nog meer dozen met foto's van Kit, veel dezelfde, die in verschillende contrasten en hardheden waren afgedrukt. Kit pakte er een en staarde ernaar. 'Dat is vreemd,' zei ze.

'Wat?' vroeg Angie.

'Het jack dat ik draag,' zei Kit. 'Dat is van Will.'

'Nou en?' zei Gemma.

'Hij had het aan op de dag dat hij van huis is weggegaan. Ik zal die dag nooit vergeten.' Ze wachtte even totdat de pijnlijke herinnering was weggeëbd. 'Adrian Adams is bij me in therapie gekomen nádat Will was vertrokken.'

De drie vrouwen keken elkaar aan terwijl ze de betekenis van die woorden lieten bezinken. 'Ik zou hem nooit als patiënt hebben aangenomen als ik hiervan wist,' zei Kit. 'Dit is echt heel verontrustend.'

Ondanks de ernst van de situatie schoot Gemma in de lach. 'Caboodle,' zei ze, wat Kits zelden gebruikte bijnaam uit haar kindertijd was en wat Kit bijzonder verbaasde, 'soms klink je echt als een therapeut. "Verontrustend", dat lees je alleen in boeken. Ik heb het een normaal mens nooit horen gebruiken.'

In een van de dozen vonden ze de originele naaktfoto die als basis had gediend voor de uitvergrote collage die in Adrian Adams' slaapkamer hing, en een stel kleinere afdrukken ervan. Kit zocht er zo veel mogelijk bij elkaar en scheurde ze aan stukken, die ze door het toilet spoelde.

'Hij kwam op mij over als gay,' zei Angie na een tijdje.

'Daar was hij nog niet zeker van,' zei Kit. 'Hij was van veel dingen nog niet zeker. We waren nog maar net begonnen aan de invloed die zijn moeder op hem had gehad.'

'Nou, één ding is wel zeker,' zei Gemma. 'Dat hij geobsedeerd was door jou.'

De drie stonden even zwijgend bijeen te midden van de groteske afbeeldingen van Kit.

'Ik wil hier weg,' zei Kit, en ze liep naar de deur. Gemma en Angie kwamen haar achterna, Angie draaide de deur op slot en kwam toen achter hen aan de trap af.

'Wat gaat daarmee gebeuren?' vroeg Kit, omkijkend naar de flat toen ze door de hal op de begane grond liepen.

'Het zijn zíjn bezittingen,' zei Angie. 'Ik neem aan dat de familie de flat zal leegruimen, want hij zal daar voorlopig niet meer wonen.'

Na de claustrofobische zwartwitfoto's in de flat was het een opluchting om buiten het zonlicht en de frisse kleuren van een winderige oktoberdag in te lopen.

'Ik heb je dit laten zien,' zei Angie, 'omdat ik vond dat je het moest weten. Het leek me niet juist als je er niet van wist.'

Maar op weg naar huis dacht Kit dat ze het liever niet had geweten.

I

1998

Gemma schrok wakker, want het grijze ochtendlicht kwam van de verkeerde kant. Toen herinnerde ze zich dat ze niet thuis was. Ze bleef even liggen en luisterde naar de geluiden van de vroege ochtend: het gebonk van de liften, de leidingen van het motel en het gezoem van de airconditioning.

De digitale klok gaf 5.12 uur aan en daarnaast, op de gefineerde spaanplaat van het nachtkastje, stond de lege champagnefles met de twee glazen. Hij was heel vroeg weggegaan, zoals hij had gezegd, en zij had een kater en voelde zich schuldig ten opzichte van Steve. Hij was de reden dat ze nooit haar eigen huis gebruikte als ze iemand had opgepikt. Ook al was Steve weg voor zijn werk en woonde hij niet bij haar, ze wilde geen vreemde man in huis, en helemaal niet in het bed dat ze deelde met Steve.

Ze was nu klaarwakker en zwaaide haar benen uit bed om een bad te nemen. Door de open deur naar het woongedeelte van de suite zag ze haar kleren op de grond liggen, op de plek waar ze zich vannacht had uitgekleed, opmerkelijk netjes gezien de haast waarmee ze dat had gedaan. Ze wilde ernaartoe lopen om ze van dichterbij te bekijken toen ze zichzelf in de spiegel zag en bleef staan. Ik krijg een dikke buik, dacht ze. Ik drink te veel champagne en heb de laatste tijd te weinig lichaamsbeweging. Ik zit te veel in onopvallende auto's met getinte ruiten, met een laptop op mijn schoot. De rest van haar lichaam was oké, vond ze terwijl ze poseerde voor de spiegel en het gekke gezicht trok dat ze zich herinnerde van eeuwen geleden, toen zij en Kit als kind verkleedspelletjes deden.

Terwijl het bad volliep zat ze naakt op de rand van het bed en keek ze in haar agenda. Ze had om negen uur een afspraak met mevrouw Rose Georgiou en moest een paar telefoontjes plegen met de verzekeringsmaatschappijen die haar het merendeel van haar opdrachten leverden. Ze had hard gewerkt aan de opzet van

Mandate, de nieuwste afdeling van haar bureau. Voor een bepaald bedrag bood Gemma argwanende vrouwen bepaalde informatie over mannen in wie ze geïnteresseerd waren, vooral als ze alleen maar het nummer van de mobiele telefoon van de man hadden gekregen. Het kostte de vrouwen nog geen honderd Australische dollar en voor dat bedrag kon Gemma aantonen dat de man ook echt was wie hij zei dat hij was, woonde en werkte waar hij zei dat hij woonde en werkte, of hij al dan niet in het bezit was van een woning die hij deelde met een vrouw met dezelfde achternaam, en of hij wel eens een ernstig vergrijp had gepleegd. Dit soort speurwerk kon door iedereen worden gedaan, maar Gemma deed het binnen vierentwintig uur, terwijl onervaren personen er dagen voor nodig zouden hebben. En alle contacten met de cliënt vonden plaats per telefoon en creditcard, als de vrouw dat wilde. Niet meer gêne dan strikt noodzakelijk was. Als ze meer wilden weten over de man van hun keuze, was surveillance de volgende stap, maar dat was minder goedkoop. Toch vormden mannen die hun vrouw bedrogen het grootste deel van haar zakelijke inkomen.

Het was een kleine, witbetegelde badkamer zonder ventilator, dus liet ze de deur op een kier staan om de stoom naar buiten te laten voordat ze zich in het kleine ligbad liet zakken. Ze waste zich tussen haar benen en gebruikte het washandje om de sporen van de man van de afgelopen nacht weg te spoelen.

Af en toe móést ze het doen, dan viel ze ten prooi aan een onbedwingbare rusteloosheid die haar dreef naar een of andere 'poel van verderf', zoals Kit de clubs noemde waar ze regelmatig kwam om zichzelf over te geven aan drank en urenlang dansen, om daarna een onbekende man mee te nemen en tot in de vroege ochtend met hem te neuken. De ochtend daarna vroeg ze zich meestal af waarom ze het had gedaan. Ze had veel betere seks met Steve, die wist wat hij deed, om haar gaf en wist wat ze lekker vond. Ze wist heel goed dat diep in de nacht dronken naar bed gaan met een man die ook dronken was, meestal geen garantie was voor goede seks. Het zijn mijn kwajongensstreken, zei ze wel eens tegen haar zus. Ik doe het puur voor de lol. En dan keek Kit haar aan en schudde ze soms haar hoofd. Nee, schat, zei ze dan. Je doet het niet voor de lol. Bij lange na niet. Denk daar maar eens over na.

Gemma haalde het washandje over haar gezicht en dacht aan het geheim dat ze achterhield voor haar zus en dat zich niet uit haar hoofd liet zetten. Ze moest het onder ogen zien. Het was dát geheim dat haar leven bepaalde, wist ze. Het domineerde alles, als de hemel waaronder ze leefde. En zij hield het achter voor Kit, haar eerste geheim in bijna vijfendertig jaar. Volgende week zou ze vijfendertig worden, wat de afschuwelijke viering zou worden van de hopeloze strijd en de dood van een tengere vrouw die het had moeten opnemen tegen een grote man met een hamer. Gemma weigerde de ongeveer dertig jaar oude herinnering in zich toe te laten. Binnenkort zou ze Kit vertellen waar ze mee bezig was, en Kit, haar wijze, liefhebbende zus, zou het begrijpen. Alhoewel, was dat wel zo? Gemma legde de zeep terug in het bakje en spoelde haar gezicht en hals af met het warme water.

Opeens sloeg de badkamerdeur dicht met een harde, dubbele klap, en Gemma schrok zich dood. Versteend van angst en met een bonkend hart ging ze rechtop in het bad zitten. Hoe had dit kunnen gebeuren? Ze pakte een handdoek, wikkelde hem om zich heen, stapte uit het bad en deed de deur open. Ze gluurde de kamer in maar zag niets. De slaapkamer zag er nog net zo uit als daarstraks, met de dekens half naast het bed, een kussen op de grond en de champagnefles op het nachtkastje. Ze liep naar de doorgang tussen de slaapkamer en het zitgedeelte en keek naar de voordeur. Die zat dicht. Ze bleef daar even staan zonder adem te halen. In de zitkamer waren geen plekken waar iemand zich kon verstoppen en hij voelde leeg aan.

Gemma liep terug naar de badkamer en liet zich weer in het warme water zakken. Maar ze kon het incident niet uit haar hoofd zetten. Waarom was de badkamerdeur opeens dichtgeslagen? Niets gebeurde zonder reden. Ik ben al vijf jaar weg bij de politie, dacht ze, en ik ben nog wantrouwender dan toen ik agente was. Misschien had het iets te maken met de wetten van de natuurkunde en kon het incident worden verklaard door warme en koude lucht die verschillende drukgebieden hadden gecreëerd waartussen een luchtstroom was ontstaan. Ze probeerde zich te ontspannen, maar het incident had haar zo van streek gemaakt dat ze de stop uit het bad trok, eruit stapte en zich begon af te drogen. Ze zag haar slipje nergens en moest onder de hoop dekens kruipen

om haar beha terug te vinden.
Ze zou naar huis gaan, een douche nemen om de kater uit haar hoofd te krijgen, zich omkleden, snel een kop koffie met een croissant naar binnen werken en afwachten wat de dag zou brengen.
Ze liep naar de zitkamer voor de rest van haar kleren maar bleef als versteend in de deuropening staan. Een kille angst daalde op haar neer alsof ze kippenvel had, gehoorzaamde aan haar primitieve gevoelens en deed haar hele lichaam verstijven. Ze voelde hoe de adrenaline door haar aderen werd gepompt, die explosie van ijskoud vuur binnen in haar. Ze begreep nu opeens waarom haar kleren eruit hadden gezien alsof ze op de vloer waren uitgespreid, toen ze er daarstraks zonder veel aandacht naar had gekeken.
Ze wáren op de vloer uitgespreid. Gemma sloeg haar hand voor haar mond om te voorkomen dat ze een kreet van schrik zou slaken. O, jezus, dacht ze. Kit had gelijk. Dit was niet leuk. Dit was afschuwelijk. Ze was naar bed geweest met een gestoorde. Ze bleef nog even staan om het allemaal in zich op te nemen: haar kleren, het talkpoeder, de flarden stof. Toen haastte ze zich naar haar tas, in de la van het nachtkastje. Er ontbrak niets. De tachtig dollar die ze zich van de vorige avond herinnerde zaten keurig opgevouwen in haar portefeuille, net als het visitekaartje van de man die ze had opgepikt. Haar videocamera zat nog steeds in de draagtas. Ze haalde hem uit de tas en liep terug naar de zitkamer. Met de langzaam van links naar rechts glijdende beweging die een belangrijk onderdeel had gevormd van haar werk als agente op de plaats van een misdrijf, en die nog steeds zijn waarde bewees in haar huidige werk, legde ze elk smerig detail vast.

Gelukkig had het die ochtend geregend, zodat ze haar regenjas kon aantrekken over haar naakte lichaam en zo naar huis kon rijden. Ze werkte zich zo snel mogelijk door het ochtendverkeer op de Cross en de oostelijke buitenwijken, met haar rok, blouse, trui, panty en slipje zorgvuldig verpakt in een groot vel wit papier dat ze op haar verzoek uit de keuken van het motel had gekregen. Toen Gemma de sleutel in het slot van haar flat stak, zag ze dat haar hand trilde. Noel had het voordeurslot verbonden met het alarmsysteem, zodat het omdraaien van de sleutel met een kort, schril piepje het alarm uitschakelde. De hoek van een envelop stak uit onder de deur van de flat naast de hare en ze vroeg zich af of Ratbag en zijn moeder weg waren. Ze liep naar binnen en rook onmiddellijk de bloemen die te lang in een vaas hadden gestaan. Taxi kwam haar slippend op de parketvloer en met zijn staart rechtop tegemoet om haar te begroeten en om eten te vragen. Gemma legde de in papier verpakte bundel kleren op het tafeltje in de hal, pakte haar huisgenoot op en duwde haar neus in zijn marmeladekleurige vacht om troost te vinden in zijn zachtheid en warmte. 'Gekke oranje kat,' zei ze, 'met je rare rechte staart.'

Haar hartslag begon iets af te nemen, maar hij merkte haar spanning op en probeerde zich los te worstelen, zodat ze hem met een zware plof weer op de grond liet vallen. Haar moeders mooie gezicht keek haar aan vanuit een zilveren lijst. Naast de foto stonden zeven porseleinen poppen, naast elkaar als in een getuigenconfrontatie. Na de zevende had ze haar belangstelling voor het poppen sparen verloren. Misschien kan ik ze beter weggeven, dacht ze. Of misschien zal ik ooit zelf een dochter hebben. Die dag leek nu nog heel ver weg. En de aanblik van haar moeders gezicht hernieuwde het schuldgevoel dat ze had omdat ze dingen geheimhield voor Kit.

Ze drukte het schuldgevoel weg. Verdomme, ze was een vrije, onafhankelijke vrouw en kon doen wat ze wilde. Automatisch betastte ze het zilveren kettinkje om haar nek, dat van haar moeder was geweest, pakte de vaas met bloemen en bracht hem naar de keuken, waar het zonlicht grote, gouden rechthoeken op de houten vloer tekende.

Achter de woonkamer en de dichte balkondeuren met hun smeedijzeren siertralies lagen de Stille Oceaan en de rotsen en het strand van Tamarama onder een vaalblauwe hemel. De zon was al bijna twee uur op en het zou een prachtige oktoberdag worden.

Haar huis bevond zich in een oud gebouw dat in de jaren zestig was opgedeeld in vier asymmetrische flats. Ze had het vier jaar geleden gekocht voor nog geen driehonderdduizend dollar, wat precies het goede moment was geweest, want daarna waren de prijzen van onroerend goed de pan uit gestegen. Zodra ze de flat

had betrokken, had ze het smeedijzeren traliewerk voor de ramen en openslaande deuren laten aanbrengen.
Gemma wilde Kit bellen, maar ze wist dat het Kits meditatieuurtje was. 'Ik voel me pas één met het universum,' zei ze wel eens tegen Kit, 'als ik 's nachts in een surveillancebusje zit en het zo koud is dat mijn tieten van mijn lijf vriezen.'
Ze zette een ketel water op in de zonnige keuken, deed de laatste restjes sardines uit het blikje in Taxi's bakje en liep door de woonkamer naar haar werkkamer, die in blauwe en witte tinten was geschilderd. Ook de eet- en woonkamer waren uitgevoerd in blauw en wit, fris als de zon in september. In de gang, tegenover het tafeltje met de spiegel, waarop de vaas bloemen had gestaan, hing een madonna met kind van Della Robbia, omringd door fruit en groenten, en door haar speciaal uitgekozen vanwege de perfecte blauwe tinten. Ze keek even in de spiegel. Als Kit het zachte gezicht en donkere haar van haar moeder had, had Gemma dat van haar vader, met een krachtige kaaklijn en diepliggende grijze ogen. Haar huidige haarkleur was donkerblond. Ze liet haar blik door haar huis gaan en merkte voor de zoveelste keer hoe gek ze was op de eenvoud van de parketvloeren, de blauwe muren, de witte gordijnen en de details van gelakt hout.
In haar werkkamer waren de kleuren zakelijker en minder mediterraan. Witte oppervlakken waarop haar computer, printer en fax stonden, een groot, wit bureau met daarnaast, op het donkerblauwe tapijt, een papierversnipperaar. Er stond ook een hifiinstallatie, maar afgezien van de radio gebruikte ze die zelden. Deze kamer zag uit op het westen, en omdat het huis iets onder straatniveau lag, met aan de voorkant een tuin vol varens, werd haar werkkamer beschut voor de felle zon. Er stonden diverse berichten op haar antwoordapparaat, die ze zou afhandelen nadat ze eerst met haar mobiele telefoon een gesprek had gevoerd. Terwijl ze het nummer intoetste en wachtte, keek ze hoe laat het was.
'Hallo,' zei Lance' stem op het antwoordapparaat, 'op het kantoor van PAL is op dit moment niemand aanwezig. Spreek uw naam en telefoonnummer in, dan wordt u zo snel mogelijk teruggebeld.'
Paradigm was ongeveer het enige particuliere lab dat dit soort

werk deed. Ze wilde geen gebruikmaken van het Gerechtelijke Laboratorium in Lidcombe, want ze zou niet kunnen verdragen dat haar geruïneerde slipje terechtkwam op het prikbord in de gang, erop geprikt door iemand die zich haar naam van vroeger herinnerde. Ze kende Lance uit de tijd dat ze bij de politie werkte.
'Lance,' sprak ze in het antwoordapparaat, 'met Gemma Lincoln. Het is kwart voor acht, woensdagochtend. Ik heb wat materiaal voor je waarop je een DNA-test moet doen. Ik stuur het vanochtend per koerier naar je toe. Ik stuur je de vergelijkingsproef zodra ik kan. Alvast bedankt.'
Gemma deed haar kleren in een grote postenvelop, belde haar vertrouwde koeriersdienst en twintig minuten later werd het pakketje opgehaald. Daarna werkte ze de boodschappen op haar antwoordapparaat af. De laatste was van een gepensioneerde politie-inspecteur die aan de kust woonde. Terwijl ze zijn nummer intoetste, dacht ze aan het gesprek dat ze meer dan een maand geleden met hem had gehad.
'Ik herinner me je vaders zaak nog heel goed,' had Philip Hawker gezegd. 'Het lijkt alsof het afgelopen zomer is gebeurd, en niet dertig jaar geleden.'
Gemma had diep ademgehaald. 'Ik wil het materiaal nog eens bekijken,' had ze gezegd. 'Ik denk dat hij onschuldig is. Ik wil proberen de zaak heropend te krijgen.'
Het was lange tijd stil gebleven aan de andere kant van de lijn. Toen had Hawker gezegd: 'Hij is veroordeeld voor een buitengewoon gewelddadig misdrijf. Het bewijs was...'
'Het bewijs was allemaal indirect,' had Gemma hem onderbroken, 'en gebaseerd op de interpretatie van het bloedspatpatroon. Ik wil de rapporten bekijken,' had ze gezegd. 'Hebt u enig idee waar ze kunnen zijn?'
'Ze kunnen overal zijn. In die tijd stuurden we de politierapporten na het proces meestal naar het kantoor van de vrederechter. Dat bestaat nu niet meer. Dat is nu allemaal DPP.'
'Hebt u een tip voor me, waar ik kan beginnen?'
'Je zou kunnen beginnen bij het DPP. Misschien weten ze het daar. Of in het staatsarchief. Maar ze kunnen ook in het gerechtelijke dossier zitten. Of nog bij de politie zijn. Of bij iemand thuis in de boekenkast staan.'

'Hoe bedoelt u, thuis in de boekenkast?'

'Ik bedoel dat bijna letterlijk. Het vroegere hoofdbureau, de "Oude Hoedenfabriek", bestaat allang niet meer. Daar zat vroeger het centrale archief. Toen al het papierwerk is overgebracht naar de nieuwe behuizing, is er een vreselijke hoop achterovergedrukt. De dossiers moeten eigenlijk bewaard worden tot een paar jaar na het aflopen van de straf van de betrokkene, maar dat gebeurde niet altijd. Soms namen politiemensen het dossier of een deel ervan mee naar huis als ze met pensioen gingen, vooral als het een belangrijke zaak voor ze was geweest.'

'Dat klinkt uitermate onprofessioneel,' zei Gemma terwijl ze terugdacht aan haar eigen ervaringen op dit gebied.

'Zo ging het vroeger,' zei hij. 'Ik weet zeker dat alles nu dik in orde is.' De ironie was onmiskenbaar.

'Hebt u... ook dingen mee naar huis genomen?' vroeg Gemma.

'Het is mogelijk dat hier het een en ander terecht is gekomen,' zei Hawker na een korte stilte. 'Ik zal eens kijken en je terugbellen.'

Gemma hoopte dat hij dat had gedaan toen ze de man zelf aan de lijn kreeg.

'Ja,' zei Hawker nadat ze elkaar hadden begroet. 'Ik heb een paar dingen gevonden die misschien interessant voor je zijn. Ik heb hier zelfs de eerste verklaring van je vader, die hij op de avond van de moord heeft afgelegd.'

'Die hij aan de politie heeft gegeven?'

'Nee,' zei Philip Hawker. 'Ik weet niet waar die is gebleven. Deze is nogal ongebruikelijk. Deze heeft hij blijkbaar opgeschreven toen hij thuiskwam van het ziekenhuis, vlak voordat wij hem kwamen ophalen. Hij heeft mij toen verteld dat hij alles beter kon opschrijven als het nog vers in zijn geheugen zat.'

Zoals hij zijn patiëntenrapporten schreef, dacht Gemma. Diep binnen in haar voelde ze een pijnsteek als ze terugdacht aan haar vader, die aan de tafel ging zitten om de gebeurtenissen van die avond op te schrijven. Ze knipperde even met haar ogen.

'Ik heb dat nog nooit iemand zien doen,' zei Philip Hawker. 'Meteen gaan schrijven als er net zoiets is gebeurd.'

'Mijn vader had een professionele instelling,' zei Gemma, zich bewust van het bonken van haar hart. 'Hij was eraan gewend dingen op te schrijven. Kunt u het me faxen?'

'Ja, maar pas als ik in de stad ben.' Hij lachte. 'Dat soort moderne dingen hebben we niet in Sleepy Hollow. Het is sneller als ik het per gewone post doe. Wat is je adres?'
Gemma gaf het hem.
'Ben je al iets anders te weten gekomen?' vroeg Hawker haar.
'Ik heb het nogal druk,' antwoordde ze. 'Maar ik hoop er binnenkort serieus aan te beginnen.'
'Waarom kom je niet een paar dagen hiernaartoe?' zei hij. 'Kun je je een beetje laten gaan.'
'Als ik me laat gaan...' begon Gemma te zeggen, maar ze had geen idee wat er dan zou gebeuren, dus nam ze afscheid en hing op.
Ze had geen trek, maar maakte een kop thee en toost met Salvation Jane-honing voor zichzelf en liep ermee het balkon op. Vandaag schitterde de zee alsof ze van diamanten en saffieren was, onder een bleekblauwe hemel. Dat soort details nam ze nog steeds automatisch op, bedacht ze, wat het resultaat was van jarenlang zorgvuldig notities maken, noodzakelijk in haar werk, essentieel als voorbereiding voor een kruisverhoor.
Misschien kan ik beter de politie bellen, dacht Gemma terwijl de gruwelijke ontdekking van vanochtend weer door haar geest begon te spoken. Maar ze meende het niet echt. Ze had geen erg hoge dunk van het merendeel van haar ex-collega's en wilde niet eens denken aan een of ander groen en bijdehand rechercheurtje dat zijn blik over haar lichaam liet gaan terwijl hij haar verklaring opnam en zwijgend zijn eigen conclusies trok.
Wat zou er gebeuren als ik me liet gaan, dacht Gemma. Je moet er eens uit, zei Kit altijd tegen haar. Je bent al jaren niet op vakantie geweest. Je gunt jezelf geen rust. Dat is niet de manier om met je demonen om te gaan. Je moet bij ze gaan zitten en ze een kopje thee aanbieden. En ze je laten vertellen wat ze je al jaren willen vertellen. En dan zou Kit haar op die bepaalde manier aankijken. Kijk me niet aan met die therapeutenblik! zou Gemma dan roepen terwijl ze de toon van haar stem gemoedelijk probeerde te houden. Ik kan daar niet tegen! Hou op mijn grote zus uit te hangen!
Misschien was het tijd om Kit te vertellen waar ze mee bezig was. Soms deed ze dat ook, hardop, tegen de grote foto van de lachen-

de Kit, die boven de tv hing.
Ze waste haar bord en kopje af, zette ze in het afdruiprek en vroeg zich af hoe lang het zou duren voordat haar vaders verklaring binnenkwam. In haar werkkamer trok ze de onderste la van haar bureau open en haalde de envelop met het vergeelde krantenknipsel uit de oude *Sidney Sun* eruit.
STINKDIER MOGELIJK CRUCIAAL BEWIJS IN MOORDZAAK, luidde de kop. Gemma las het artikel nog een keer, hoewel ze het bijna uit haar hoofd kende.

Imelda Moresby, moeder van twee kinderen en buurvrouw van dokter Archie Chisholm, Northcliff Avenue, Killara, NSW, heeft vandaag verklaard dat ze op woensdagavond, 17 september 1967, de avond waarop dokter Chisholms vrouw Marianne werd vermoord, een geluid heeft gehoord. Ongeveer vijfentwintig minuten daarvoor had ze dokter Chisholms auto horen thuiskomen, heeft mevrouw Moresby de rechter vandaag verteld. 'Ik was de baby aan het klaarmaken voor zijn voeding van tien uur toen een geluid me naar het raam deed lopen om in de achtertuin van de Chisholms te kijken.' In antwoord op verdere ondervraging zei mevrouw Moresby dat ze die avond verder niets ongebruikelijks heeft gezien of gehoord. De auto van dokter Chisholm arriveerde 'ongeveer vijfentwintig minuten tot een halfuur daarna'.
Dokter Chisholm, de bekende psychiater uit Sidney, staat terecht voor de brute moord op zijn vrouw Marianne. Dokter Chisholm had voor het hof verklaard dat hij zijn vrouw stervend had aangetroffen toen hij om halfelf thuiskwam van een diner op de universiteit. Tijdens het kruisverhoor moest mevrouw Moresby toegeven dat het mogelijk was dat het geluid dat ze had gehoord 'een stinkdier kan zijn geweest'. Getuigen hebben verklaard dat ze de Rover van dokter Chisholm pas om halfelf of later hebben zien terugkeren.

Gemma schoof het vergeelde stukje krantenpapier terug in de envelop. Het was het enige materiaal over haar vader dat ze bij tante Merle had gevonden, onder in het naaimandje, dubbelgevouwen zodat ze er bijna overheen had gekeken omdat ze dacht dat het een naaldenkaartje was. Ze had een herinnering – of misschien was het wel een herinnering áán een herinnering – dat ze met Kit in het kozijn van een erkerraam van iemands huis zat, op donkerrode fluwelen kussens met gouden boordsels, terwijl ze keken hoe een stormfront overtrok en de regen tegen de ruiten sloeg, ze allebei huilden en graag naar huis wilden, en Kit haar troostte door te wijzen op de regendruppels en haar te vragen welke het eerste beneden zou zijn.

Gemma maakte een kop sterke koffie voor zichzelf en nam een paar pijnstillers tegen haar kater, want die had door de gebeurtenissen van vanochtend opnieuw de kop opgestoken. Toen om negen uur de deurbel ging, sprong ze op van schrik. Nog steeds van streek door de schokkende ontdekking van die ochtend liep ze naar de voordeur, keek door het spionnetje en liet haar bezoekster binnen. De vrouw keek nerveus om zich heen toen Gemma haar in haar werkkamer had gelaten. Rose Georgiou was een tengere vrouw, te mager eigenlijk, met een aardig, zacht gezicht. Ze had donkerrode lipstick op die haar gezicht nog bleker maakte. Stukje bij beetje trok Gemma het hele verhaal uit de vrouw, die inmiddels huilde. Ze verdacht haar echtgenoot ervan dat hij opnieuw was begonnen met een oude liefdesaffaire, een waarvan hij had beloofd dat ze afgelopen zou zijn.

Met een automatisch gebaar schoof Gemma haar de doos tissues toe. Soms heb ik het gevoel dat ik jouw werk doe, zei ze wel eens tegen Kit. De mensen vertellen me hun meest intieme geheimen en ik luister ernaar. En ik help ze. Hoewel ze meestal de waarheid al kennen. Het rapport en de video van Mercator zijn slechts de twee laatste nagels aan hun doodskist.

Opeens kwam de radio krakend tot leven. 'Tracker 3 aan basis, over.'

Het was Spinner. Gemma drukte op de knop van het mobilofoonsysteem. 'Hallo, Tracker 3, waar zit je?'

Ze keek naar mevrouw Georgiou, die haar piepkleine zakdoekje in haar tas stak en met haar ogen knipperde om te voorkomen dat ze weer ging huilen.

'Sorry, een ogenblikje,' zei Gemma tegen haar, en ze draaide zich om naar de radio.

'Ik zit op de F4 in oostelijke richting,' zei Spinner. 'Ons doelwit heeft de winkel geopend en ik heb gewacht om te zien of ze iets naar haar auto heeft gebracht voordat de rest van het personeel arriveerde. Dat is niet gebeurd, en het heeft geen zin om daar te blijven staan totdat ze vanavond haar winkel afsluit. Ik rij nu terug om nog een paar uur te wijden aan meneer Grijpgraag en daarna ga ik door met de Bondi-klus. Ik meld me later wel weer.'

Net als Noel werkte Spinner meestal aan meerdere opdrachten tegelijk.

'Oké, Spinner, ik hoor van je.' Gemma legde de microfoon neer en richtte haar aandacht weer op haar cliënte, die haar angstig aanstaarde. 'Wat als mijn man erachter komt? Als hij ontdekt dat hij wordt gevolgd?'

Gemma schudde haar hoofd. 'Dat is nog nooit gebeurd,' zei ze. Het was wél gebeurd, moest Gemma bekennen, hoewel slechts één keer, dus een echte leugen was het niet. Als een doelwit argwanend werd, werden de volgers behoedzamer. Dan lieten ze hem een tijdje met rust, soms wel een maand of langer, om vervolgens terug te komen in een andere auto, en soms met een andere volger. Dan werd er gewoon vaker van auto, kleding of volger gewisseld. Spinner was een genie in het onopgemerkt blijven. Hij had een echte neus voor surveillancewerk, een combinatie van instinct en gezond verstand. Hij zou een uitstekende straatagent zijn geweest. Negen van de tien keer kon hij gewoon in zijn auto met getinte ruiten blijven zitten om daar zijn video-opnamen te maken en volstrekt onopgemerkt te blijven.

Gemma stelde mevrouw Georgiou voor zo snel mogelijk met surveillance te beginnen. 'Onze man kan hem oppikken als hij gaat lunchen. Als hij iemand ontmoet, weten we dat. We kunnen u vertellen waar hij naartoe gaat. Daarna pikken we hem vrijdag na zijn werk op. Als we tegen die tijd nog niets hebben, bent u vijfhonderd dollar armer,' zei ze tegen Rose. 'Dan zullen we het geval herzien. We kunnen morgen beginnen als u dat wilt.'

Ze had er alle vertrouwen in dat ze hem zouden pakken, als hij vrijdags zijn vaste speelavondje had. Rose knikte en toen Gemma haar had uitgelaten, zag ze dat de envelop onder de deur naast de hare was verdwenen. Ze ging terug naar haar werkkamer, opende een nieuw dossier en noteerde de gegevens die Rose Georgiou haar had gegeven, toen de telefoon begon te rinkelen.

'Gemma? Ik heb je pakje net binnengekregen,' zei Lance. 'Maar

er zit geen naam bij. Van wie zijn deze kleren?'
'Van mij,' zei Gemma.
Het bleef even stil aan de andere kant.
'Wat is er gebeurd?'
'Dat gaat je niets aan.' Ze lachte om de scherpte van haar woorden te halen en er volgde opnieuw een ongemakkelijke stilte.
'Is er haast bij?'
'Ja,' zei ze. 'Ik stuur je vandaag nog een monster toe.'
Lance hing op.
Gemma pakte haar tas, zocht het visitekaartje van haar laatste verovering op en belde hem. 'Hallo, Brian,' zei ze op de wat hoerige toon die ze zich van de vorige avond herinnerde. 'Met Gemma. Weet je nog wie ik ben?'
'Ik zit vol krassen die dat bevestigen,' zei hij flirterig.
Hij klonk niet als een perverse seksmaniak, dacht Gemma, en ze besloot direct op haar doel af te gaan. 'Brian, ik ben vanochtend vroeg in het motel overvallen. De politie heeft een DNA-monster van je nodig om je uit het onderzoek te schrappen.' De leugen kwam probleemloos haar mond uit; ze had hem de afgelopen tien jaar al zo vaak gebruikt.
'Overval? Waar heb je het over? Wat voor monster? Is alles goed met je?' Zijn bezorgdheid klonk oprecht. Of hij was een heel goede leugenaar, dacht Gemma, óf hij had geen flauw idee waar ze het over had.
'Ik ben oké,' zei ze. 'De politie heeft me verzocht er op dit moment niet meer over te zeggen. Het enige wat je hoeft te doen, is vandaag even bij Paradigm Analysis Laboratories langsgaan.' Ze gaf hem het adres. 'Dan halen ze met een wattenstokje een beetje speeksel uit je mond en dat is alles. Dan kunnen ze je schrappen.' Of niet natuurlijk, dacht ze. 'Het is allemaal strikt vertrouwelijk.'
'Maar ik begrijp het niet.'
Je hoeft het ook niet te begrijpen, hoorde Gemma zichzelf bijna zeggen. Doe het verdomme nou maar. In plaats daarvan vervolgde ze op redelijke, vriendelijke toon: 'De politie heeft een paar bloeddruppels van de dader gevonden. Ze willen jou alleen maar uit hun onderzoek schrappen. Als je gewoon even bij het lab langsgaat, is de zaak daarmee voor jou afgedaan.'

'Hoor eens,' zei hij. 'Ik wil liever niet bij dit soort zaken betrokken raken.' Hij klonk nu echt angstig. Misschien wás hij wel de gestoorde die dat met haar kleren had gedaan.
'Als je dit doet, zúl je er ook niet bij betrokken raken,' zei Gemma. 'Je wilt toch geen verdachte in een aanrandingszaak zijn, of wel soms?'
'God, nee,' zei hij. 'Goed, ik zal het doen. Ik wil niet in de problemen raken.'
Gemma nam afscheid en hing op. Je bent in de problemen geraakt zodra je gisteravond werk van me begon te maken, dacht ze. De radio kraakte en het was Spinner, die met zijn auto op Artarmon zat. 'Ik heb meneer Grijpgraag naar bed gebracht,' zei hij. 'Ik heb goeie videobeelden van hem tijdens zijn nachtdienst. Heel losse handjes. Ik fax je mijn rapport door en ga een paar uur slapen.'
'Droom maar fijn,' zei Gemma. 'En meld je als je weer op bent. Ik heb een nieuwe klus voor je.'
Na een paar minuten begon de fax te kreunen en las ze Spinners rapport terwijl het eruit kwam schuiven. Ze hadden meneer Grijpgraag te pakken.
Gemma belde haar zus, want ze had behoefte aan Kits hulp en troost. Ze besefte nu pas dat ze nog steeds van slag was.
'Hoi, ik ben het,' zei Gemma. 'Ik heb iets wat ik je wil laten zien en ik wil er liever niet over de telefoon over praten. Wanneer ben je vrij?'
'Wat dacht je van vanavond?' vroeg Kit.

2

Kit legde de hoorn op het toestel en stond op, want ze had gehurkt gezeten omdat er in de woonkamer nog geen tafeltje voor de telefoon was. Ze dacht dat ze buiten voetstappen hoorde, alsof er iemand om het huis naar de achterdeur liep.

'Gerald?' riep ze terwijl ze door de gang naar de keuken liep. 'Ben jij het?'

Ze liep naar de achterdeur, keek naar buiten en verwachtte min of meer haar ex-man te zien, maar er was niemand. De hoop dat Will ooit zou terugkomen, gezond en wel, had ze allang opgegeven. Soms, in haar dromen, zag ze hem nog wel eens, dat jongenslichaam dat transparant, ver weg en ongrijpbaar was. En soms, als ze wakker was, dacht ze wel eens dat ze hem zag terwijl hij een straat overstak of een winkel uit kwam, maar als ze zich dan naar hem toe haastte, zag ze dat het de zoon van een ander was, knap, flink en gezond.

Het was stil in haar kleine tuin en er was niemand. Merkwaardig, dacht ze terwijl ze naar buiten liep, doorliep naar de muur achter in de tuin, en op haar tenen ging staan om eroverheen te kijken. Het weidse, blauwe wateroppervlak van de oceaan en de huizen en bossen aan de andere kant van de baai waren het enige wat ze kon zien, dus liep ze naar de smeedijzeren poort, waardoorheen ze het pad van Coogee Beach naar Lurline Bay en Maroubra kon zien. Afgezien van een jonge vrouw die haar hond uitliet zag ze niemand. Toen ze echter de poort in de linkerzijmuur wilde checken, zag ze dat die wijdopen stond. Kit fronste haar wenkbrauwen en deed hem dicht. Ze wist zeker dat ze hem dicht had gedaan, want nu ze alleen woonde, was ze dubbel voorzichtig.

Het definitieve einde van haar huwelijk had anderhalf jaar geleden plaatsgevonden en de moeilijke scheiding had diepe psychische wonden achtergelaten, grote zwarte gaten, zowel in als

rondom haar, leemten gevuld met de antimaterie van het leven na het huwelijk.
Negatieve relaties hadden net zoveel kracht als positieve, wist ze nu. Ze liep naar de voorkant van het huis en keek in het rond. Het enige wat ze zag, waren wat langsrijdend verkeer op straat en een stel kinderen die op weg waren naar school. Misschien heeft een van hen een bal in de tuin geschopt en die er snel uit gehaald, dacht Kit. Ze liep de tuin weer in en ging naar binnen.
Ik moet het me verbeeld hebben, dacht ze. Een leeg huis versterkt alle geluiden. Misschien was het geluid afkomstig van het huis hiernaast. Ze waste de ontbijtspullen af en zette ze in de kast. Maar haar gedachten waren nog steeds bij die open poort – een zwak punt in haar vesting – en ze besloot op beide poorten hangsloten te zetten. Ze zette een cd op en de geesten werden tijdelijk in slaap gesust door een strijkkwartet van Beethoven.

Gemma was op weg naar Noel toen ze een aantrekkelijke blonde jongen de straat zag oversteken. Hij leek op Will voordat die verslaafd was geraakt. Ze dacht terug aan de ontoegankelijkheid van de respectieve levens van Kit, Gerald en Will, zoals zij die had ervaren, en aan de manier waarop Will zich buitengesloten had gevoeld van het lijden van zijn ouders. Ze herinnerde zich hoe hij doelloos rondslenterde in het grote huis en zich ellendig voelde terwijl zijn vader en moeder in een stille strijd gewikkeld waren; Gerald die depressief was en Kit die niet kon verkroppen dat haar man geen hulp ging zoeken.
Soms stond Will ineens bij haar op de stoep, als een verwarde schooljongen die zijn tas achter zich aan sleepte. 'Mag ik een paar dagen bij jou blijven?' vroeg hij dan. Dan belde ze Kit en bleek dat haar zus, die al haar aandacht voor Gerald nodig had, niet eens had gemerkt dat haar zoon niet thuis was gekomen van school. Dat was zeven of acht jaar geleden geweest, maar Gemma zou de eenzaamheid die Will toen uitstraalde nooit vergeten.
Als Will bij haar was, vertelde hij wel eens hoe hij de dingen ervoer. 'Ze horen me niet,' zei hij dan. 'Er zijn dagen dat ik het liefst dood zou willen en dan zit mama maar door te zeuren over hoe belangrijk mijn school is. Over hoe ik al mijn aandacht moet richten op mijn studie. Mijn hele leven stort in en ik wil met ze

praten over hoe ik er soms over denk om zelfmoord te plegen. Maar het enige waar zij het over hebben, is mijn studie.'

In de broodjeszaak in Burnie Street, waar je de geur van verse koffie al op straat rook, keek Tracker 2 op van zijn tafeltje toen Gemma binnenkwam, haalde zijn ene lange been van het andere en strekte zijn krachtige bovenlichaam. Noel Storey was een rapport aan het schrijven, maar hij borg het weg toen hij Gemma naderde. De geur van verse koffie wekte vandaag niet haar eetlust.

'Hallo, baas,' zei Noel toen ze naast hem kwam zitten. 'Wat heb je voor me?'

'Ik heb een mooi dak voor je gevonden,' zei Gemma, 'om een oogje te houden op dat brandstofdepot.'

Noel kreunde.

De hele dag op een plat dak zitten met een verrekijker, een camera en een laptop was nooit leuk, en 's nachts nog veel minder, wist ze. Rare schaduwen die opdoemden uit het duister.

'Je bent moeilijk te peilen de laatste tijd,' zei Noel. 'Je hebt iets op je lever. Is het de zaak?'

'Het is niets,' zei ze, zich schuldig voelend. Er was wel degelijk iets, maar ze kon Noel moeilijk vertellen over haar gewoonte om met vreemde mannen een motel in te duiken. Ondanks de warmte in het café voelde ze een koude rilling toen ze terugdacht aan haar kleren die uitgespreid op de grond lagen.

'Vergeet niet dat we een dezer dagen naar Cross Weld Construction moeten.'

'Shit,' zei Gemma, en ze vroeg zich af hoe ze dat had kunnen vergeten. Opeens was ze weer scherp. Het bouwbedrijf, dat zowel nieuwbouw als bedrijfsbouw en renovatie deed, en daarnaast handelde in bouwmaterialen en gereedschappen, was hun grootste klant tot nu toe. Ze herinnerde zich dat de eigenaar, Richard Cross, over de telefoon had gezegd dat hij heel goede verhalen had gehoord over Mercator Business Services en had besloten dat hij het contract liever gaf aan een klein bedrijf dan aan een van de drie grote, ook al lag het een eind uit de buurt.

'Volgende week gooit hij de tent voor twee weken dicht voor de jaarlijkse zomervakantie,' zei Gemma, terugdenkend aan zijn brief, 'en dan kunnen wij daar terecht om ons werk te doen.' Ze haalde haar agenda uit haar tas en vond de aantekening. 'Hij wil camera's en sensors geïnstalleerd hebben. Hij verdenkt zijn rechterhand ervan dat hij deel uitmaakt van een groep die maandelijks voor duizenden dollars uit zijn pakhuis haalt, maar hij heeft tot nu toe niets kunnen bewijzen.'

Met haar pen trok ze een cirkel om de afspraak met Cross Weld Construction in haar agenda. 'Als de zaak dicht is en hij zijn onderhoudswerkzaamheden doet, komen wij daar onze spulletjes installeren. Ik kom met je mee als je de eerste inspectie doet. Ik wil deze man mijn persoonlijke aandacht geven. Het is onze grootste klus tot nu toe. Meneer Cross doet bij de volgende statenverkiezingen mee voor de Onafhankelijken. Dat heeft hij me verteld toen ik hem aan de telefoon had. Hij leek erg zeker van zichzelf.'

'Camden ligt een eind buiten onze regio,' zei Noel. 'Ik vraag me af waarom hij geen bedrijf heeft gekozen dat dichter in de buurt is.'

'Wees nu maar blij,' zei Gemma. 'Je loon van de afgelopen weken, en dat van Spinner, is betaald van het voorschot van Cross Weld Construction.'

'Ik hou van die man,' zei Noel.

'Kom morgen of overmorgen maar even bij me langs,' zei ze. 'Dan zal ik een cheque voor je uitschrijven.'

Later die avond zaten de twee zussen in de keuken Kits vegetarische moussaka met heerlijk romige bechamelsaus te eten. Haar oudere zus zag er bleek en moe uit, vond Gemma, en ze had wallen onder haar donkere ogen. Haar fijne, bruine haar was achterovergekamd en vastgezet met een haarspeld, maar twee lokken waren eraan ontsnapt en hingen als kurkentrekkers aan weerskanten van haar mooie, onopgemaakte gezicht. De scheiding van Gerald had zijn tol geëist, bedacht Gemma. Maar er móést een eind worden gemaakt aan dat huwelijk, want het was absoluut onmogelijk om dag in dag uit met een zwaar depressieve partner te leven.

'Je lijkt op Emily Brontë,' zei ze tegen Kit, en ze stak haar hand uit om haar zus met haar vinger op haar wang te tikken.

'Ik voel me meer als Grendels moeder,' zei Kit lachend.

En opeens voelde Gemma zich bevrijd van de angst en walging die haar hele dag hadden beheerst. Het was goed om samen met haar zus te eten. Over een paar dagen zou Steve terug zijn. En straks zou het tijd zijn om Kit de video te laten zien, maar dat wilde ze liever nog even uitstellen.
'Laat me het huis zien,' zei ze.
Kit nam haar mee door de kamers van het huis en ze bleven even staan voor een foto van Will. Gemma pakte hem op. 'Hij was zo knap,' zei ze terwijl ze met haar vinger langs het lachende gezicht achter het glas ging.
Kit pakte de foto uit haar handen, zette hem terug op de schoorsteenmantel en Gemma zag dat haar zus even niets kon zeggen. Tegen de tijd dat ze bij de keukendeur waren, had Kit zichzelf weer in de hand.
'Dit is het beste deel,' zei ze terwijl ze samen de avondschemer in stapten. 'De ommuurde tuin met de poorten. En wat daarachter is.'
Het licht dat door de ramen naar buiten scheen, vormde een gele kring om het huis terwijl alles wat daarachter lag in donkere schaduwen gehuld was. Ze liepen het duister in en keken over de muur aan de zuidkant, waar de donkerrode lelies overdag fel afstaken tegen het blauwe water van Gordon's Bay.
'Daar worden 's middags de boten afgemeerd,' zei Kit, wijzend. 'Je zou een keer overdag moeten komen.'
Gemma sprong weer in het gras en liet haar blik door de tuin gaan. 'Dit bevalt me helemaal niet,' zei ze. 'Het ligt veel te onbeschermd. Er kan van alles over die muur komen.'
Gemma zag het overgroeide vijvertje, ging op de rand zitten en liet haar vingers door het water gaan.
'Ik ga de tuin een grote beurt geven,' zei Kit, en ze trok wat klimop weg waarna een deel van een gebeeldhouwd, in de muur gemetseld gezicht te zien was.
Ze gingen terug naar de woonkamer aan de voorkant, waar halflege verhuisdozen met stapels boeken ernaast een hele hoek innamen. Buiten zongen de krekels hun lied.
Het moest gebeuren, dacht Gemma. Ik kan het niet langer uitstellen. 'Er is me vannacht iets heel naars overkomen,' zei ze toen ze even later met een kop koffie en met haar rug tegen de muur op

de grond in de woonkamer zat. Kit zat vlak bij haar, op een groot kussen. Gemma haalde diep adem en vertelde wat haar was overkomen.

'Ik ben er bijna voor honderd procent zeker van dat het niet die kerel was die ik gisteravond heb opgepikt,' zei ze nadat ze haar verhaal had verteld. 'Hij is vanmiddag naar het lab geweest voor een speekselmonster en over een paar dagen krijg ik de uitslag.'

'Maar hoe heeft er iemand anders kunnen binnenkomen?' zei Kit, waarna ze opstond, naar de keuken liep en terugkeerde met twee borden zelfgemaakt vanille-ijs.

'Daar heb ik over nagedacht,' zei Gemma terwijl ze de lepel aanpakte die haar zus haar toestak. 'Ik hoorde een dubbele klap toen vanochtend de badkamerdeur dichtsloeg. Ik ga ervan uit dat Brian – zo heette die man – de voordeur niet goed heeft dichtgedaan. Ik heb het akelige gevoel dat die deur heeft opengestaan vanaf het moment dat hij die ochtend om vier uur is vertrokken.' Ze huiverde bij de gedachte.

'Dat is wat jij doet, Gems,' zei Kit, haar recht aankijkend. 'Je laat deuren openstaan, zodat er allerlei helse wezens kunnen binnenkomen.'

'Ik héb die verdomde deur niet open laten staan.'

'Je hebt de vreemdeling meegenomen die dat heeft gedaan.'

Gemma voelde dat ze boos begon te worden. Maar bekvechten met Kit had geen zin. Dat had nooit zin gehad. Want zelfs als Gemma het laatste woord had, wat nogal eens voorkwam omdat Kit niet van ruziën hield, bleven haar woorden op zo'n manier in de lucht hangen, dat ze haar alsnog zwijgend de schuld gaven. Heel even ervoer ze een rebelse triomf vanwege het geheim dat ze voor Kit achterhield. Je weet niet alles, mevrouw de geleerde psychotherapeut, zei dan een kinderlijk stemmetje in haar geest.

'Als ik je nu de video laat zien,' zei ze op scherpe toon, 'heb je misschien zelfs geen trek meer in je vanille-ijs.'

'Mijn lieve Gemfish, als je wist wat me vandaag door een van mijn patiënten is verteld, zou je weten dat geen enkele videoband mijn eetlust kan verpesten. Dus zet maar op.'

Gemma liep naar de videorecorder en drukte op de afspeelknop. De kwaliteit van de beelden was heel goed; haar inleidende shots lieten de motelkamer zien, het crèmekleurige en zachtroze meubilair, het rookglazen blad van de salontafel, de fauteuils en de voordeur. Daarna kwamen de kleren op de grond aan de beurt en hoorde ze Kit sissend inademen. Gemma's kleren waren op de grond neergelegd om een voorstelling van een vrouw te vormen: haar blouse lag keurig netjes uitgespreid op de vloerbedekking, daaronder haar rok, en daarbovenop haar panty en slipje, en op de plek van haar oksels en kruis was talkpoeder gestrooid. Haar schoenen lagen met de neus naar buiten onder de voeten van haar panty. Maar wat het meest beangstigende was, was de manier waarop de kraag van haar blouse en het kruis van haar panty en slipje aan flarden waren gesneden. En daar middenin, in het kapotgesneden kruis van haar slipje, was een vochtige plek van talkpoeder vermengd met sperma, dat het dunne katoen had vastgeplakt aan het nylon van haar panty. Het mes dat hij had gebruikt, was scherp genoeg geweest om dwars door de vloerbedekking te snijden, zodat bij de hals van haar blouse en het kruis van haar panty en slipje hier en daar het hout van de vloer daaronder zichtbaar was.

'O, mijn god,' zei Kit. 'Dit is heel erg.'

'Wat denk je ervan?' vroeg Gemma.

'Ik denk dat je gelijk hebt. Dit kan niet gedaan zijn door de man die je naar het motel hebt meegenomen. Deze heeft behoefte aan snijden, steken en scheuren om opgewonden te raken. Het is goed mogelijk dat hij niet op een gewone manier seks kan hebben met een vrouw, dat hij zich alleen maar op de kleren kan richten en niet op de vrouw zelf.'

'Jezus, Kit, hij is verdomme vlak bij me geweest. Hij was daar en ik lag te slapen. Als ik eraan denk dat hij een paar meter bij me vandaan is geweest, word ik kotsmisselijk.' Haar maag keerde zich om en ze slikte moeizaam. 'Wat als hij dat mes op mij had gebruikt?'

Kit draaide haar hoofd om en keek haar recht aan. 'Dat heeft hij niet gedaan. Hij had het kunnen doen maar hij heeft het niet gedaan.'

Er viel een stilte terwijl Gemma dacht aan het mes dat hij op haar had kunnen gebruiken. Toen nam Kit weer het woord. 'Wat ga je doen?'

'Ik zal met Angie gaan praten. Kijken of zij heeft gehoord of er in

de stad meer van dit soort dingen zijn gebeurd.'
'Ik bedoel wat je met jezelf gaat doen. Hoe je jezelf gaat beschermen.'
Gemma drukte op een knop van de afstandsbediening en haar geruïneerde kleren kwamen tot stilstand. 'Je denkt dat hij misschien weet wie ik ben?' vroeg ze. 'Dat het niet zomaar een insluiping was?'
'Zelfs al was het dat in eerste instantie,' zei Kit, 'dan kan hij al doende te weten zijn gekomen wie je bent. Als hij met je kleren heeft liggen spelen, kan hij net zo goed je tas en je legitimatie hebben gezien. Het kan aansluiten bij zijn verlangen een echte vrouw te bezitten als hij weet wie je bent.'
'Ik weet best hoe ik mezelf moet beschermen,' snauwde Gemma.
'Neem me niet kwalijk, maar dat weet je niet.'
'Ik ben niet een van je patiënten, Kit.'
'Gems, ik ben je zus en ik hou van je. Als je een van mijn patiënten was, zou ik ervoor zorgen dat je me iets beloofde. Dat je elke keer als je het onbedwingbare verlangen voelde om op stap te gaan en ergens een vreemde kerel op te pikken, eerst mij opbelde en we zouden praten over wat er in jou gaande is en wat jij probeert te ontkennen.'
'Jezus, Kit,' zei Gemma. 'Wat heb ik dan te ontkennen? Ik ben af en toe gewoon rusteloos. Het is voor mij meer een soort sportbeoefening.'
'Het is een angst,' zei Kit, 'die je nooit hebt geaccepteerd. Dat is wat jou drijft.' Ze wachtte even. 'Als je het wilt weten, de volgende keer dat je de aandrang hebt om een potje te gaan "sporten"...'
'Ja?' onderbrak Gemma haar poeslief.
'Ik wilde zeggen dat ik je dan ga aanraden daar niet aan toe te geven. Dat je je bewust moet worden van wat er binnen in jou gebeurt. Ik denk dat je geïnteresseerd zult zijn in wat daar misschien allemaal uitkomt.'
'Je doet het klinken als een soort ziekte. Ik wil gewoon een beetje lol maken.'
In de stilte die volgde, met het stilstaande beeld van haar kapotgesneden kleren op de achtergrond, wilde Gemma dat ze die ontactische opmerking ongedaan kon maken.
'Hoe is het met Steve?' vroeg Kit na een tijdje.

Gemma veegde een restantje ijs van haar bord en likte haar vinger af. 'Goed. Hij komt volgende week terug. Hij heeft zelfs tijd gehad me een keer op te bellen. Hij is weer met een van zijn spionnenacts bezig.'
Steve was een politieman met een ontspannen manier van doen, vond Kit, en die de gave had zich te mengen onder anderen, maar hij had ook iets wat haar dwarszat, een zekere ontastbaarheid, en iets anders wat haar niet beviel. Ze wist dat hij heel regelmatig undercoverwerk deed. Waren mensen die zich tot dat soort werk aangetrokken voelden mensen met geheimen, mensen van wie de ziel ook undercover was? Op dit moment was Steve op pad met de groep waarin hij was geïnfiltreerd, die in amfetaminen en andere drugs handelde.
'Je geeft om Steve, nietwaar?' vroeg Kit terwijl ze haar zus aankeek. 'Je geeft veel om hem. Ik kan het zien.'
Gemma grijnsde. 'Ja,' zei ze, 'maar ik heb het hem nog nooit gezegd.'
'O, Gems...'
'Hou op met je "o, Gems,"' zei Gemma, waarna ze opstond om weg te gaan.
'Met ons verleden,' zei Kit, zorgvuldig haar woorden afwegend, 'met onze vader, moeten we allebei heel voorzichtig zijn met de mannen tot wie we ons aangetrokken voelen, en die zich tot ons aangetrokken voelen. De relatie die we met papa hebben gehad, of juist niet hebben gehad, is bepalend voor hoe we met mannen omgaan.'
'Hou op met je therapeutengedoe. Dat weet ik allemaal allang,' zei Gemma geïrriteerd.
'Nee,' zei Kit, 'dat weet je niet. Ja, verstandelijk misschien.'
Gemma liep naar de voordeur en Kit kwam haar achterna. 'En, wat was het dat die patiënt je vandaag heeft verteld?'
'Zijn moeder dwong hem altijd zijn eten op te eten, ook als hij dat heel vies vond, en als hij dan misselijk werd en het uitkotste, sloeg ze hem net zo lang totdat hij zijn eigen kots had opgegeten.' Ze keek haar zus aan. 'Jij vroeg erom,' zei ze.
'Moederliefde,' zei Gemma.
Ze liepen naar de kant van de weg, die licht resoneerde door de zware golfstroom in Gordon's Bay.

Kit wierp Gemma door het raampje een kushandje toe toen ze wegreed. Ze keek de auto na totdat hij om de hoek verdwenen was, liep het huis weer in en draaide de voordeur achter zich op slot. Het huis, met zijn hoge plafonds die schaduwen wierpen in de hoeken van de kamers, voelde 's avonds vreemder aan dan overdag.

Moederliefde, dacht Kit, en ze moest onmiddellijk aan haar eigen moeder denken. Het werk dat Kit de afgelopen jaren had verzet, had de kracht van de gruwelijke gebeurtenis die zoveel invloed had gehad op de eerste helft van haar en Gemma's leven aanzienlijk afgezwakt. Maar de herinneringen aan haar moeder konden haar nog steeds vanuit een hinderlaag bespringen en ervoor zorgen dat de tranen in haar ogen sprongen. Ze merkte dat ze tegen het aanrecht geleund stond en boven de afwas stond te huilen. Ons arme gezin, dacht ze. Arme wij.

Ze richtte zich op en liep door de doolhof van ongeopende verhuisdozen de kamer in. Tot nu toe had ze eigenlijk alleen de spullen van de keuken en haar spreekkamer uitgepakt. Op de schoorsteenmantel stonden alleen een paar zelfhulpboeken, die haar patiënten mochten lenen als ze dat wilden, een vaas die was gemaakt door een vriendin die aan pottenbakken deed, een paar stukken koraal en een volmaakt glad, eivormig stuk marmer dat ze op een strand op Cyprus had gevonden. De natuurlijke, maagdelijke perfectie deed haar altijd goed. De foto van Will ging naar de slaapkamer, tezamen met de kandelaar voor de kaars die ze er elke avond voor brandde. Voordat Kit naar bed ging, ging ze kijken of alle ramen en deuren dicht zaten.

3

De volgende ochtend wandelde Gemma over het strand naar Bronte. Ze was zo in gedachten dat het haar nauwelijks opviel dat de zee langs de rotskliffen een rijke schakering aan blauwe en groene tinten bood. Ze dronk een kop koffie in een van de tentjes die ze tegenkwam, las de krant en liep weer naar huis. Toen ze naar haar voordeur liep, stootte ze keihard haar scheen en zag ze Ratbags fiets dwars over het pad liggen. Boos tilde ze de fiets op en reed hem naar zijn voordeur, waar ze hem tegen de muur zette. Binnengekomen deed ze de balkondeuren open, maar deed ze meteen weer halfdicht, want de zuidenwind was harder dan ze had verwacht en bovendien stond Ratbag beneden in het gras bij de bosjes. Hij zag haar niet en stond met zijn magere tienjarige lichaam gebogen over iets dat hij aandachtig bekeek.

'Hé!' riep ze door de halfopen balkondeuren. 'Ik ben weer over die stomme fiets van je gevallen.'

Hij draaide zich om, keek haar aan en sloeg zijn ogen neer toen hij haar boze gezicht zag.

'Ik had mijn been kunnen breken.'

'Maar dat heb je niet gedaan,' antwoordde hij nuchter, haar weer aankijkend terwijl het donkere haar boven zijn ogen opwaaide in de felle wind.

'Nee, maar niet dankzij jou,' riep ze, waarna ze de balkondeur weer dichttrok en Taxi wegschoot door de klap waarmee ze dat deed. Rotjoch, dacht Gemma. De afgelopen Kerstmis had ze in de bosjes aan de rand van het klif voor een jaar aan in plastic verpakte boterhammen voor zijn lunch op school gevonden. 'Wat doe je in godsnaam tussen de middag?' had ze hem gevraagd toen ze hem op een middag tegenkwam op de trap. 'Zeg het alsjeblieft niet tegen mijn moeder,' had hij gezegd, waarna hij er onmiddellijk vandoor was gegaan. Ik kan hem er nog altijd mee dreigen, dacht ze terwijl ze de kamer in liep. Tweehonderd zakjes

rottende boterhammen moesten iets waard zijn aan de onderhandelingstafel.
Ze nam een douche, kleedde zich aan en zat een paar sneetjes toost met marmelade te eten toen Spinner op de deur klopte. Het kwam zelden voor dat hij of Noel naar haar huis kwam, want hun werk lag buiten, op straat. Ze liet hem binnen, schonk een kop koffie voor hem in en gaf hem de gegevens en de twee foto's van Andrew Georgiou. Gemma was nog vaak dankbaar voor het feit dat Spinner te groot en te zwaar was geworden voor de jockey die hij eigenlijk had willen worden. In plaats daarvan reed hij nu over de snelwegen en door achterafstraatjes in zijn onopvallende grijze auto, gewapend met zijn videocamera en laptop, speurend en wachtend, om tot slot een van zijn vlijmscherpe eindrapporten te schrijven.
'Alles goed met je?' vroeg Spinner nadat hij haar even had opgenomen.
Gemma haalde haar schouders op. 'Slechte nacht gehad. Ik heb niet al te goed geslapen.'
Spinner schudde zijn hoofd. 'Nee, er is de laatste tijd iets met je aan de hand. Je bent ergens mee bezig.'
Gemma wenste regelmatig dat de mannen die haar omringden van het meer gemiddelde soort waren geweest, het soort dat niet alles opmerkte, hoorde en zag. Het was heel moeilijk om voor Steve, Noel en Spinner iets verborgen te houden, want dat waren mannen die hun ogen en oren voortdurend de kost gaven.
'Hoe bedoel je, met iets bezig?' vroeg ze.
Spinner trok alleen maar een van zijn dunne wenkbrauwen op, wendde zijn hoofd af en begon de foto's te bestuderen.
Ze dronken hun koffie op het balkon. Ratbag was verdwenen, vermoedelijk naar school, en het was een schitterende ochtend met een verblindend blauwe zee en hemel, hoewel in het zuidwesten de eerste cumuluswolken al zichtbaar waren.
Spinner deed de foto's terug in de map die Gemma hem had gegeven. 'Ik heb Imelda Moresby voor je opgespoord,' zei hij, en de trotse ondertoon in zijn stem waarschuwde haar ervoor dat er misschien meer aan de hand was.
'O, echt?' zei ze nonchalant, om het bonken van haar hart te verbergen. 'En wat ben je te weten gekomen?'

'Ik heb ontdekt dat de wereld heel klein is,' zei Spinner plagend. 'En dat er morgenavond een gebedsgenezingsdienst is.'
Spinner behoorde tot een kerk waar de Heer werd geprezen, de preken vrijwel onbegrijpelijk waren en veel aan gebedsgenezing en helderziendheid werd gedaan, of je dat nu wilde of niet. Hij vond het leuk om haar op zijn humoristische wijze te citeren uit de Heilige Schrift, en Gemma liet hem meestal zijn gang gaan.
'Een andere keer graag, Bede,' zei ze, zijn echte naam als waarschuwing gebruikend.
'Die andere keer komt misschien nooit,' zei Spinner vals grijnzend. 'Het is de Heer die het tijdstip bepaalt.'
'Vertel me over mevrouw Moresby.'
'Dat doe ik,' zei Spinner, 'maar je luistert niet. Wat ik je probeer te vertellen is dat de vrouw die vroeger naast jullie woonde tegenwoordig een heel bekende gebedsgenezer is en dat ze morgenavond optreedt in de Lindfield-kerk.'
Even had Gemma een wilde waanvoorstelling van een geestverschijning op een wolk, met aan beide voeten een gouden roos, zoals de maagd van Fatima. 'Wat mag dat in godsnaam te betekenen hebben?' vroeg ze. 'Optreden? Leg het nog eens heel langzaam uit.'
Spinner knikte grijnzend. 'Ik wíst dat de Heer ooit vat op je zou krijgen. Zijn wegen zijn duister en ondoorgrondelijk. De volgende stap is dat je naar die kerk gaat om haar in actie te zien. Ze is geweldig en heeft een heel goede reputatie.' Toen werd hij opeens weer ernstig. 'Maar vanwaar jouw interesse in haar?'
Gemma excuseerde zich, liep naar binnen en kwam terug met het vergeelde krantenknipsel. Spinner las het en keek haar toen aan – hij was al bekend met de grote lijnen van haar familieverleden – en keek opnieuw naar het krantenknipsel. 'Je wilt met haar praten over die avond.'
Gemma knikte.
'Maar misschien is het zoals ze zei,' stelde Spinner, knikkend naar het stukje papier in zijn hand, 'en wás het alleen maar een stinkdier.'
'Of de echte moordenaar die de deuren van de eetkamer forceerde. Het waren openslaande deuren met zo'n ouderwetse draaisluiting. Die was ontwricht.'

'Het kan zijn dat ze zich er na dertig jaar niet veel meer van herinnert.'
'Dat is wat ik wil nagaan,' zei Gemma. 'Ik wil gewoon met haar praten.' Ze kon het niet goed uitleggen aan Spinner, want ze begreep zelf niet eens waarom ze het onbedwingbare verlangen had om in contact te treden met iedereen die iets met die bewuste avond te maken had. Kit zou daar ongetwijfeld haar eigen ideeën over hebben, dacht ze geërgerd.
Ze dronken hun koffie op en Gemma stond op om naar de zee te kijken. 'Misschien is er storm op komst,' zei ze, kijkend naar de mist aan de horizon in het zuidoosten, met daarboven de cumuluswolken die als reusachtige bloemkolen in de lucht hingen, waarna ze met de koffiekopjes naar binnen liep.
Spinner vertrok om aan het werk te gaan. Bede McNamara, een van de allerbesten, dacht Gemma. Ze stond de kopjes af te spoelen toen de telefoon ging.
'Meneer Brian Bates,' zei Lance, 'die zo vriendelijk was om ons gisterenmiddag iets van zijn wangspeeksel af te staan, heeft een kans van één op de negentien miljoen dat hij de leverancier van dat sperma is.'
'Bedankt, Lance,' zei Gemma. 'Dat is een hele opluchting.' Ik heb dus toch geen gestoorde meegenomen naar een motel, dacht ze. De mededeling verzachtte haar gemoedstoestand.
Ze beëindigde het gesprek en belde Angie McDonald, die er niet was, dus liet ze een boodschap achter op Moordzaken. Toen liep ze de deur uit, deed hem achter zich op slot, stapte in haar auto, zette de radio heel hard op Triple M en ging op weg naar de stad. '*It's a long way to the top*', zong ze luidkeels mee, '*if you wanna rock and roll.*' Achter het groen van Queens Park, met de geelgrijze luchtvervuiling daarboven, zag ze de hoogbouw van de stad. Haar onaangename gevoel nam weer toe en de gruwelijke herinneringen aan haar kapotgesneden ondergoed en het geheim dat ze niet wilde delen met haar zus begonnen weer door haar hoofd te spoken. Ze ging nog harder zingen.

Kit reed naar huis na een bezoek aan Alexander Covell, die haar therapeut van het eerste uur was geweest en nu haar mentor was. Ze had Alexander verteld over haar nieuwe patiënt, Clive Mindell, over zijn karakterstructuur en de manier waarop hij heen en weer schoot tussen arrogantie en iets dat hem zo bang maakte, dat hij daardoor bijna ineénkromp van angst. Ze hadden het gehad over hoe ze moest omgaan met de structurele onbenaderbaarheid van haar patiënt. Alexanders laatste woorden waren in haar hoofd blijven hangen. 'Oefen je in het herkennen van je eigen blinde vlekken. Die zijn ervoor verantwoordelijk als we als therapeut in de fout gaan. En als mens, natuurlijk.'

Kit ging hun gesprek in gedachten nog eens na. 'Blijf die nieuwe patiënt van je goed in de gaten houden,' had Alexander gezegd. 'Vooral op het moment vlak voor het ineenkrimpen van angst. En denk aan je veiligheidsregels.'

Ze was in de lach geschoten en had hem de regels opgenoemd. 'Zorg ervoor dat de patiënt nooit tussen jou en de deur gaat staan.'

'En?'

'En let altijd op de handen. De handen bewegen het eerst,' had ze geciteerd terwijl Alexander even haar hand vastpakte voordat ze wegreed.

Nu, toen ze de weg insloeg die haar weer naar huis zou voeren, probeerde een herinnering van dertig jaar geleden zich door haar bewustzijn te dringen. Kit zette de radio aan en begon mee te zingen, nogal vals, met het laatste van de Four Last Songs, en keek naar het platgereden lijf van een ringstaartstinkdier dat op de hoek van de weg naar haar huis lag. De eenzaamheid, dacht ze, is bijna een metgezel geworden. Een grote stilte en een voortdurend zwijgen omgeven mijn leven, dringen erin door en echoën in de lege kamers van een ander leeg huis. Afgezien van Alexander heb ik geen diepgaande relaties met mannen, dacht ze.

4

Gemma wachtte bij de balie in de hal van het politiebureau totdat Angie kwam aanlopen. Ze was gekleed in een donker mantelpakje en een witte blouse en streek haar glanzende roodbruine haar in model terwijl ze Gemma door de metaaldetector loodste.
'Je ziet er goed uit,' zei Gemma, kijkend naar Angies smetteloze huid en volle wenkbrauwen.
'Ik rook niet, drink niet, eet niet en rotzooi niet met mannen,' zei Angie. 'Ik doe aan conditie- en krachttraining en aan tai-ji. Ik hóór er goed uit te zien. Al vraag ik me soms wel eens af waar ik het voor doe.'
Ze waren bijna bij de liften.
'Ik kom net terug van een schietongeluk,' vervolgde Angie. 'Het slachtoffer was zijn pistool aan het schoonmaken, maar er zat nog een kogel in de loop.' Ze wachtte even. 'Hij had een verbaasde uitdrukking op zijn gezicht. Zou jij ook gehad hebben,' zei ze lachend.
Ze drukte op de knop van de lift, deed een stap achteruit en keek haar vriendin aan. 'Vorige week werden we gestuurd naar iemand die zijn wapen had gebruikt om zichzelf voor zijn kop te schieten. Zijn hersens lagen keurig om zijn hoofd op zijn beddensprei gedrapeerd alsof ze klaarlagen voor een chirurgisch onderzoek. Perfect! Ze zagen er prachtig uit, alsof ze uit de zijkant van zijn hoofd waren geperst.'
Gemma dacht terug aan het verhaal over iemand die een jachtgeweer onder zijn kin had gezet en de trekker had overgehaald, van wiens hoofd weinig meer was overgebleven dan een bloederig stompje. De twee vrouwen stapten de lift in. Gemma zette het beeld van de hoofdloze man uit haar hoofd en dacht even terug aan haar eerste tijd bij de politie, toen ze niet naar mensen kon kijken zonder zich voor te stellen hoe ze eruit zouden zien als ze dood waren; gezichten, bont en blauw geslagen en vol verwon-

dingen, of met de kin omhoog als ze op de snijtafel in het mortuarium lagen. Het was gelukkig van tijdelijke aard geweest.
'Ik wil je iets laten zien,' zei ze tegen Angie toen de lift stopte op de vierde verdieping. 'Een video.'
'Wat voor video?' vroeg Angie toen ze de gang in liepen en mensen voorbijkwamen die Gemma aankeken alsof ze zich afvroegen waar ze haar van kenden, en Gemma voelde dat er veel waarheid zat in de uitspraak dat mensen die ooit bij de politie hadden gezeten, dat stempel ook nooit meer kwijtraakten.
'Een man, een gestoorde,' zei Gemma, en ze rammelde met de cassette. Angie trok een wenkbrauw op.
'Hoe gaat het met je bureau?' vroeg ze aan Gemma.
Gemma zuchtte. 'Tamelijk rustig de laatste tijd, maar het verzekeringswerk houdt me op de been. Mandate begint nu ook wat geld op te leveren.'
'Als ik ooit nog eens iemand ontmoet,' zei Angie, 'stuur ik eerst jou op hem af. Ik wou dat ik dat met die laatste vuile rothond had gedaan. Hoe gaat het met Steve?'
Gemma mompelde iets onverstaanbaars en de twee vrouwen ging een zaal binnen met een wand vol videomonitors, en een cassettearchief daarnaast. Angie zette een van de monitors aan en nam de cassette over van Gemma.
'En? Wat hebben we hier?' vroeg ze. 'Een van je surveillancetapes?' Ze schoof de cassette in de recorder en drukte op play.
'Spoel maar door,' zei Gemma, 'totdat ik zeg dat je moet stoppen.'
Angie deed het en wachtte op de instructies van haar vriendin.
'Ho!' zei Gemma. 'Daar!'
Abrupt kwamen de beelden tot stilstand bij het kapotgesneden kruis van de panty en de kraag van de blouse, waarna Gemma de band weer startte.
Angie staarde naar de monitor en keek Gemma toen aan. 'Wanneer is dit gebeurd? En waar?' vroeg ze.
'Eergisteravond. In het Tusculum Motel, in Potts Point. Die kleren zijn van mij.'
'Jezus christus,' zei Angie. Ze staarde enige tijd naar het kapotgesneden slipje en de close-up van de spermavlek. Toen draaide ze zich weer om naar haar ex-collega. 'Wacht hier. Niet weggaan. Ik

moet je iets laten zien.'
Angie liep weg en keerde even later terug met een andere videocassette. Ze liet de ene cassette uit de recorder komen en stopte de andere erin. ALLEEN TE BEZICHTIGEN DOOR BEVOEGD POLITIEPERSONEEL, las Gemma, waarna Angie de band doorspoelde. Toen ze even later weer op play drukte, werden Gemma's ogen groot van verbazing. Daar, op een andere vloer met andere vloerbedekking, en met andere kleren, zag ze hetzelfde wat ze zonet had gezien. Een rok met kapotgesneden ondergoed erop, schoenen die onder de nylon voeten van de panty lagen, met de neuzen naar buiten, een mooie blouse waarvan de kraag vol messneden zat, en talkpoeder dat op de plek van de oksels en het kruis was gestrooid.
'Dat is hetzelfde!' riep Gemma. 'Dat is wat mij is overkomen.'
'Nee, het is niet hetzelfde,' zei Angie. 'Dit is veel erger.'
Gemma voelde een rilling van afschuw toen de camera langzaam wegschoof van de kleren en aan een trage, methodische rondgang door het vertrek begon. Ze hapte naar adem toen het beeld over het tapijt verschoof naar een deuropening waarin ze eerst twee blote vrouwenbenen zag, waarna er twee met bloed besmeurde knieën en een nachthemd in beeld kwamen. Onverbiddelijk schoof de camera naar boven. Het onderlichaam kwam in beeld, de buik en het met bloed doordrenkte katoen dat erop geplakt zat, de gapende wonden in bovenlichaam en hals, zo diep dat de spieren en pezen zichtbaar waren. Gemma staarde ernaar. Het gezicht van de vrouw lag afgewend, maar het haar lag uitgewaaierd om haar hoofd en een deel van haar bovenarmen. Naast een van haar open handen lag een golfclub.
'O, jezus,' zei Gemma, met haar hand vlak voor haar mond. 'Het ziet eruit alsof ze hem heeft betrapt terwijl hij zijn kunstje aan het doen was. Ze hoort wat, pakt een golfclub als wapen en gaat kijken wat er aan de hand is. Ze stoort hem in zijn bezigheden en hij valt haar aan met het mes waarmee hij haar kleren aan het bewerken was.' Ze zocht steun tegen de muur, zich bewust dat alles erop wees dat de persoon die dit had gedaan nog geen achtenveertig uur geleden een paar meter van haar vandaan had gestaan terwijl zij in een motelkamer lag te slapen.
'Zo hebben wij het ook geïnterpreteerd,' zei Angie. 'Alles oké met

je? Je ziet heel bleek.'
Gemma knikte.
'En nu ga je me alles vertellen over wat jou is overkomen,' zei Angie terwijl ze de video uitzette, de cassette eruit liet springen en die van Gemma er weer in stak om er een kopie van te maken. Daarna liepen ze terug naar het keukengedeelte van Moordzaken. Een paar mensen keken op toen ze langsliepen en gingen weer aan het werk. Angie maakte twee koppen koffie waarvoor ze, net als vroeger, te veel oploskoffie gebruikte.
'Wie is die vrouw? Waar was dat?' vroeg Gemma terwijl ze wachtten totdat het water kookte.
'Jij vertelt me eerst jouw verhaal. Daarna vertel ik jou het mijne.'
Gemma deed het terwijl Angie koffie zette. Ze vertelde haar over de uitslag van de DNA-test van de man met wie ze de nacht had doorgebracht. Angie hoorde haar aan, gaf haar een mok koffie en ze gingen samen aan de grote, witte tafel zitten.
'Potts Point, waar jouw motel was, is niet zo ver van waar dit gisteravond is gebeurd,' zei Angie, wijzend op de videocassette die voor haar op tafel lag. 'Maroubra. Een administratief medewerkster. Vierentwintig jaar oud. Vrijgezel. Woonde alleen in een appartement op de begane grond. Maar het was heel warm gisteravond en ze had het raam een stukje open laten staan.' Angie zweeg even. 'Hoe iemand dat kan doen, naar bed gaan terwijl het raam nog openstaat, om nog maar te zwijgen van slapen, is me een raadsel. Beseft ze dan niet dat de snelweg vlak langs haar huis loopt? Ze moesten 's nachts eens met ons op patrouille gaan en zien wat voor gestoorden we tegenkomen.'
'Misschien denken administratief medewerksters anders dan wij,' zei Gemma. 'Heeft iemand iets gezien of gehoord?'
'Iemand op de bovenste verdieping, die laat thuiskwam van zijn avonddienst, heeft om een uur of twee 's nachts iemand horen gillen, maar hij dacht dat het een film op tv was. Heb jij enig idee hoe laat jouw bezoeker bij jou was?'
Gemma nam een slokje van haar koffie. Ze deed er nog een schep suiker in, had behoefte aan iets zoets in haar mond na wat ze had gezien.
'Ik zat in bad om ongeveer halfzes, toen de deur van de badkamer dichtsloeg. Mijn vriend was om tien voor vier vertrokken. Dus hij

moet tussen dan en twaalf minuten over vijf, toen ik wakker werd, langs zijn geweest.'
'Dus hij opereert tussen twee en vijf uur 's nachts. Ik zit te wachten op de uitslag van de Forensische Dienst. En van Vingerafdrukken. Kun je je kleren naar me toe sturen? En ik moet praten met de man met wie je was. Voor het geval hij iets heeft gezien of gehoord toen hij wegging. Ik zal iemand naar het motel sturen om te vragen of een van de andere gasten iets heeft gezien of gehoord. En navraag te doen bij het personeel. Het kan iemand geweest zijn die daar werkt.'
'Dat zal ik doen,' zei Gemma, en ze gaf Angie het visitekaartje van Brian Bates. 'Het stond op mijn lijst van dingen die ik gisteren wilde doen.' Ze nam nog een slok koffie en slikte moeizaam. Ze had het gevoel dat iemand haar keel dichtkneep. 'En ik ga de bordelen checken. Misschien heeft een van de meisjes iets gehoord.' Ze zweeg weer even. 'Kunnen we spreken van een patroon?' vroeg ze haar vriendin.
'Ja,' zei Angie. 'De dingen waarop hij zich richtte waren dezelfde. Eerst jouw kleren, daarna de kleren van de vrouw, en toen de vrouw zelf.'
Gemma huiverde weer. Ooit, tijdens een confrontatie, had ze te maken gehad met een man die een mes had getrokken, en het was de meest beangstigende ervaring van haar politiecarrière geweest. Ze herinnerde zich haar instructeur, die hun tijdens de training had verteld dat iemand met een mes altijd sneller en gevaarlijker was dan iemand met een pistool. 'Tegen de tijd dat je je wapen hebt getrokken,' had hij gezegd, 'ben je allang dood.'
'Je bent nog steeds zo wit als een doek,' zei Angie, waarna ze wegliep.
Gemma ging weer aan de tafel zitten, want het begon nu pas tot haar door te dringen hoe dicht ze bij een gruwelijke dood was geweest. Dat is wat jij doet, had Kit gezegd. Je laat deuren openstaan, zodat er allerlei helse wezens kunnen binnenkomen.
Angie kwam terug met Gemma's videocassette. 'Wil je het origineel hier laten?' vroeg ze, maar Gemma schudde haar hoofd.
Op weg naar de liften zagen ze een aantrekkelijke vrouw in een crèmekleurig mantelpakje, met pareloorbellen en donkerblond haar dat in een zwierig kapsel om haar hoofd danste. Ze werd

geëscorteerd door twee hoge politieofficieren. De vrouw knikte naar Angie en het drietal liep de gang naar de Forensische Dienst in.
'Wie is die Sharon Stone?' vroeg Gemma.
'Dokter Zelda huppeldepup,' zei Angie. 'Een Amerikaanse deskundige die hier op bezoek is. Ik ben haar de afgelopen dagen al een paar keer tegengekomen. Ze heeft zich de afgelopen twintig jaar met niets anders beziggehouden dan onderzoek doen naar samenstelling en eigenschappen van bloed en bloedvlekken. Ze schijnt de beste ter wereld te zijn, althans, in het universiteitscircuit.'
Gemma liet haar vriendin staan, rende het crèmekleurige mantelpakje achterna en haalde de drie in op het moment dat ze de beveiligde afdeling op wilden lopen.
'Neem me niet kwalijk!' riep Gemma, en de vrouw draaide zich om. 'Sorry dat ik stoor, maar ik hoor pas net wie je bent. Ik vroeg me af of ik je kaartje zou mogen hebben.'
De vrouw fronste haar wenkbrauwen. Ze had volle lippen, lichte, intelligente ogen en een bril met een frivool, rood montuur.
'O, pardon,' zei Gemma. 'Ik ben Gemma Lincoln. Ik heb hier vroeger gewerkt.' Ze stak haar hand uit en de Amerikaanse pakte hem vast.
'Je zegt "vroeger",' zei ze op wat lijzige toon. 'En nu?'
'Ik heb nu mijn eigen bureau,' zei Gemma. 'Mercator Business Services.' Ze haalde haar visitekaartje tevoorschijn. 'Ik zou heel graag een nummer hebben waar ik je kan bereiken.'
'Doe je veel werk op het gebied van bloedvlekken?' De Amerikaanse keek verbaasd op van het kaartje.
Gemma schudde haar hoofd. 'Wie weet komt dat nog,' zei ze. 'Maar ik wil graag mijn lijst van deskundigen up-to-date houden.'
De vrouw haalde een brede, platte portefeuille uit haar tas en haalde er een visitekaartje uit. 'Alsjeblieft,' zei ze. 'Mijn adres in de Verenigde Staten en mijn e-mailadres. Maar ik blijf hier nog een week of twee. Ik ga eerst nog op bezoek in Canberra en de andere staten. Je kunt een boodschap achterlaten op dit nummer.' Ze schreef het nummer achter op het kaartje en gaf het toen aan Gemma.

Gemma zag dat haar achternaam Firestone was, dat ze blijkbaar graag met rode inkt schreef en dat er aan een van haar vingers een grote diamant schitterde. 'Bedankt,' zei ze, waarna de Amerikaanse terugliep naar haar begeleiders, die met een paar mensen van de Forensische Dienst stonden te praten.

Twee minuten later, toen Angie en zij de hal door liepen, vroeg Angie: 'Wat had dat allemaal te betekenen?'

Gemma haalde haar schouders op. 'Een privé-zaak,' zei ze glimlachend terwijl ze het kaartje in haar portefeuille stak. Vlak voor de dubbele deuren van de uitgang naar Goulburn Street draaide Gemma zich om naar haar vriendin en was de glimlach van haar gezicht verdwenen. 'Angie,' zei ze, 'wat als hij weet wie ik ben? Hij heeft misschien tijd gehad om mijn spullen na te kijken.'

Angie legde haar hand op Gemma's arm. 'Laten we hopen dat de Forensische Dienst met iets bruikbaars komt,' zei ze. 'Heeft Lance de DNA-test gedaan?'

Gemma knikte.

'Laat hem dan een vergelijkingsmonster naar het Gerechtelijk Laboratorium sturen. Hoewel ik er geen seconde aan twijfel dat het dezelfde dader is.'

De deuren gleden automatisch open en Gemma liep naar buiten en zwaaide achterom.

'Ik bel je,' riep Angie haar na.

De namiddagzon scheen door de bomen toen Gemma in haar auto op weg was naar het Tusculum Motel in Potts Point. Even later liet ze haar legitimatie aan de verveelde vrouw achter de receptiebalie zien. Nee, kreeg ze te horen. Als ze met de mensen van de avondploeg wilde praten, moest ze later terugkomen. Zij werkte hier alleen tijdens de kantooruren en ze had niets gehoord.

Gemma liep naar buiten, stak de straat over, liep de voortuin van nummer 34 in en belde aan bij de smeedijzeren poort. In de piepkleine tuin spoot een fontein water in een boogje in een miniatuurvijvertje. Uit het donkere interieur kwam een elegante vrouw van een jaar of vijftig tevoorschijn. 'Kan ik u helpen?' vroeg ze op de licht geforceerde toon van een slechte actrice.

'Ik had gehoopt dat Shelly er zou zijn,' zei Gemma. 'Ik ben een

vriendin van haar. Gemma Lincoln.'
De vrouw draaide de smeedijzeren poort van het slot en deed een stap achteruit om Gemma binnen te laten, waarna ze de poort weer op slot draaide. 'Ik zal even kijken. Ze is misschien met een cliënt.'
'Ik heb geen haast,' zei Gemma.
De vrouw trok een wenkbrauw op en glimlachte. 'Ga maar even zitten,' zei ze, waarna ze de smalle trap op liep.
Gemma liet haar blik door de bar en de wachtkamer gaan. Deze was comfortabel ingericht met leren fauteuils en salontafels met vazen bloemen, asbakken en tijdschriften. Aan de achterste muur hing een slecht schilderij van een naakte vrouw.
Gemma draaide zich om toen Shelly, gekleed in een korte zwartsatijnen robe waarvan ze de gouden ceintuur dichtknoopte, zich de trap af kwam haasten en naar haar toe kwam om haar te kussen.
'Kom je wat extra geld voor Kerstmis verdienen?' vroeg Shelly plagend.
Gemma begon te lachen. 'Nou, nee, Shelly.'
Shelly draaide haar donkerrode haar in een knoop en zette die vast met twee schildpadkammen. Ze liet zich in een van de fauteuils vallen, stak een sigaret op en legde haar voeten op de salontafel. Haar oude, gouden sandalen en felrood gelakte teennagels weerspiegelden in het rookglazen blad. Ze hield haar hoofd schuin en keek Gemma afwachtend aan.
'Ik vroeg me af of je misschien iets had gehoord over een of andere mafkees,' vroeg Gemma. 'Iemand die rare dingen doet met vrouwenkleren.'
Shelly nam een trek van haar sigaret en blies de rook uit door haar neusgaten, alsof ze een draak was. 'Kies maar uit,' zei ze. 'De meesten die hier komen zijn mafkezen. Wat voor dingen?'
Gemma vertelde haar over het incident in het Tusculum Motel en de moord in Maroubra.
Geagiteerd stond Shelly op. 'Dat kun je beter aan de meisjes op straat vragen. Wij krijgen hier een wat meer beschaafde soort cliënten.' De ironie droop van haar stem. 'Maar ik zal zeker mijn oren openhouden. Ik zal het ook aan Jasmine vragen. Ze werkt nu ook op straat. Ze is betrapt toen ze drugs gebruikte en Lorraine

heeft haar eruit geschopt.' Shelly bestudeerde een plekje op haar kin in de spiegel tegenover het schilderij met de naakte vrouw, streek een lok haar achter haar oor en zag er opeens heel jong uit.
'Hoe is het met je dochter?' vroeg Gemma.
'Ze gaat volgend jaar studeren. En ik ben aangeland op een punt dat ik er waarschijnlijk de brui aan moet geven. Ik heb haar en de rest van de familie altijd verteld dat ik in public relations zat, wat in feite ook zo is, maar ze is heel slim, die meid.'
'Wat ga je dan doen?' vroeg Gemma.
'Dat weet ik nog niet,' zei ze. 'Ik heb wat geld opzij gelegd. En mijn stiefvader heeft gezegd dat hij me zou helpen iets te vinden.' Shelly drukte haar sigaret uit. 'Dat is het minste wat hij kan doen. Hij heeft zich jarenlang aan me vergrepen.'
Er werd gebeld.
'Dat zal mijn volgende klant zijn,' zei Shelly. 'Ik moet naar boven. Laat hem voor me binnen, wil je? En laten we binnenkort ergens een kop koffie gaan drinken.'
Ze rende de trap op en liet het aan Gemma over de poort te openen. De man van middelbare leeftijd bekeek haar van top tot teen en glimlachte naar haar. Gemma wrong zich langs hem heen en haastte zich naar haar auto.

Het was opvallend druk op Silverwater Road en de hemel erboven was egaal wit. Het was heet en vochtig, de lucht stonk naar de uitlaatgassen en het leek eerder februari dan oktober. Gemma sloeg af naar de gevangenis, reed de weg af en stopte voor de slagboom met de wachthuisjes. Ze vertelde wie ze was en voor wie ze kwam. De bewaker keek op zijn bezoekerslijst en wees aan waar ze het best kon parkeren.
Nadat Gemma haar auto had weggezet, liep ze naar de ingang. Gedetineerden in donkergroene overalls volgden haar met hun blik. Hoewel het gebouwencomplex eruitzag als een moderne scholengemeenschap of een universiteitscomplex, herinnerden de hekken van draadgaas met het geluste prikkeldraad erbovenop haar eraan waar ze was. Bij de administratie werd ze opgewacht door een man van middelbare leeftijd in een cipiersuniform. Hij herkende haar van eerdere bezoeken en knikte in de richting van de recreatieruimte.

'Hij wacht al op je,' zei de cipier.
Gemma liep de gang in, waar een paar gedetineerden met een mop en een emmer het linoleum stonden te dweilen. Ze deden een stap achteruit om haar door te laten en Gemma ging de grote recreatiezaal binnen, waar tafeltjes en stoelen stonden, en langs de wand automaten met zakjes chips en instant cappuccino. Gemma passeerde een man die een telefoongesprek voerde met de munttelefoon aan de muur, en een andere gedetineerde keek op toen ze naar het achterste deel van de zaal liep.
Helemaal achterin zat een oude, tengere man uit het raam te kijken. Ze besefte dat hij uitkeek naar haar, maar ze had haar auto aan de andere kant van het gebouw geparkeerd, dus hij had haar nog niet gezien. Dit was haar derde bezoek. Ze bleef even staan om naar hem te kijken. Hij maakte zo'n verlaten indruk, dat ze een grote droefheid in zich voelde opwellen. Ze riep zichzelf tot de orde en liep naar hem toe.
Zijn gezicht lichtte op toen hij haar zag en hij stond snel op van zijn stoel. Ze waren nog niet zover dat ze elkaar omhelsden, maar Gemma voelde haar hart gloeien van liefde, hoewel ze tegelijkertijd ten prooi was aan gêne en verwarring.
'Hallo, papa,' zei ze uiteindelijk, en ze legde haar hand op zijn arm. Ze moest haar lippen op elkaar persen om niet in tranen uit te barsten.

5

De daaropvolgende middag besloot Gemma dat het tijd was om haar lichaam onder handen te nemen. Ze hield vroeg op met werken, deed een sportbeha en loopschoenen aan, stopte een handdoek en wat toiletartikelen in haar sporttas en trok haar jack aan. De Seals Club in Maroubra beschikte over een sportschool die nooit het lycrapubliek zou aantrekken, en dat was maar goed ook, vond Gemma. De sportschool was gevestigd op de bovenste verdieping van een oerlelijk gebouw uit de jaren zestig, en hoewel ze een prachtig uitzicht bood op het strand en de zee, had het modieuze publiek haar altijd links laten liggen. Gemma bleef even voor de deur staan en keek naar het dorre groen langs de kust, het bleke blauw van de lucht en de meeuwen die zich lieten meevoeren door de wind. Het was hier altijd winderig en Gemma huiverde even toen ze terugdacht aan het raam dat niet ver hier vandaan 's nachts open was blijven staan.

Ze liep naar binnen, betaalde haar twee dollar entree, nam de lift naar boven en stak de dansvloer over. Soms moest ze zich tussen oudere echtparen door manoeuvreren, met elegant geklede vrouwen die gouden schoenen met hoge hakken droegen en dansten op muziek van vroeger.

Gemma fietste eerst haar spieren los en merkte hoe haar ritmische bewegingen een kalmerende uitwerking hadden. Haar bezoek aan Silverwater had haar angst even opzij geduwd. In gedachten ging ze het gesprek met haar vader nog eens na, toen ze samen uit het raam van de recreatiezaal zaten te kijken naar een paar gedetineerden die op een door hekken omgeven veldje een bal naar elkaar trapten.

'Binnenkort kom ik vrij,' had hij haar verteld. 'Niet dat ik enig idee heb hoe het er daar tegenwoordig toegaat.'

Eigenlijk had ze hem willen vertellen over het gruwelijke incident dat haar eergisteren was overkomen, maar ze kon het niet. Daar-

voor waren ze nog te veel vervreemd van elkaar. Ze zou de komende dagen langsgaan bij een paar makelaars om te zien of ze een woonruimte voor haar vader kon vinden.
Toch begonnen tijdens het fietsen Angies gruwelijke videobeelden van de plek van de moord weer door haar hoofd te spoken. Bewust liet ze haar blik door de sportzaal gaan om haar gedachten af te leiden. Ze hield er sinds enige jaren een stel 'veilige plekken' op na, plekken die alleen van haar waren en waar ze nooit een man mee naartoe nam, en de Seals Club was er een van. Heel af en toe, als ze hier na haar training in de bar een glaasje bronwater zat te drinken, werd ze benaderd door een man, maar ze had een aantal vriendelijke afwijzingen ingestudeerd die meestal voldoende waren om hun de lust te ontnemen. Ze zou hier nooit een man oppikken, en ze zou hier nooit alcohol drinken. Dit was puur háár plek, veilig en seksloos.
Ze begon harder te fietsen en zag dat de man die in de hoek met gewichten aan het trainen was, gezelschap had gekregen van een tweede man, die jonger was en tegen het hoge raamkozijn leunde om naar buiten te kijken. Toen hij zich opeens omdraaide en zag dat ze naar hem zat te staren, voelde ze zich betrapt, wendde snel haar hoofd af en richtte haar aandacht weer op haar benen. De hometrainer simuleerde nu een klim die veel vergde van haar kuit- en dijbeenspieren, zodat ze zich goed moest concentreren. Zweetdruppeltjes verschenen op haar voorhoofd en onder haar armen. Na een tijdje werd het gesimuleerde terrein weer vlakker en begon Gemma meer snelheid te maken, tenminste, dat zag ze op de digitale snelheidsmeter. Langzaam maar zeker begon ze zich kalmer te voelen. Mijn huis is veilig, dacht ze. En ik weiger mijn gedachten te laten beheersen door een of andere gestoorde, moordlustige maniak. Ze ging weer harder fietsen.
Na de fiets deed ze haar krachttraining en tilde ze twintig tot dertig kilo, afhankelijk van de oefening die ze deed. Ze besloot met bankdrukken, de roeimachine en als laatste haar steptraining, de ongeveer tien centimeter hoge rubberen plaat waar ze op en af stapte totdat de pijn in haar kuiten haar tot een pauze dwong.
Doodmoe en trillend van inspanning liep Gemma naar de vrouwenkleedruimte, waar ze snel een douche nam en haar badpak

aantrok. Ze liep naar het zwembad, trok de badmuts over haar haar en stak haar teen in het water om de temperatuur te checken. Ze zette haar zwembril op en bleef even staan. Op het moment dat ze in het water dook, zag ze door de beslagen glazen van haar zwembril de jongere man weer. Hij was aan het fietsen op eenzelfde hometrainer als waarop zij zonet had gezeten, met dit verschil dat deze aan de rand van het zwembad stond.
Weinig kans, vriend, dacht Gemma toen ze door het water naar de oppervlakte schoot en met forse armbewegingen naar de overkant begon te zwemmen. Ze zwom twee rondjes, rustte even uit en zwom er toen nog vier. Daarna trok ze zich op de kant, wikkelde haar handdoek om zich heen en liep met haar sporttas naar de kleedruimte. Uit een ooghoek zag ze de jongere man rechtop op het bankdruktoestel zitten, maar ze kon niet zien of hij naar haar keek.
Ze nam weer een douche, wikkelde haar handdoek om zich heen en stapte de flauw verlichte saunaruimte in. Ze ging op de bovenste bank liggen en voelde hoe de droge hitte bezit nam van haar lichaam. Ze deed haar ogen dicht, maar onmiddellijk zag ze de videobeelden van de kleren en de vermoorde vrouw weer voor zich. Vloekend kwam ze overeind. Ze kon zich gewoon niet ontspannen.
Een halfuur later was ze weer aangekleed en liep ze tegen de straffe zuidenwind in terug naar haar auto. Het was pas tien over zes en nog licht, maar de eerste roze en lila schaduwen lagen al over de blauwgroene zee en het bleke strand. Gemma gooide haar sporttas op de achterbank en stapte in. Toen ze wegreed, zag ze dat een auto op enige afstand achter haar hetzelfde deed. Gemma keek in haar spiegel. Het was de jongere man van de sportschool – ze wist het zeker – die in een donkergroene Ford reed.
Hij is uitgekookt, dacht ze nijdig toen ze Marine Parade op draaide. Ze zag dat hij op een vaste afstand achter haar bleef en haar hart sprong in haar keel. Broome Street was hier vlakbij. Het beeld van de vermoorde vrouw verscheen opnieuw voor haar ogen. Hij is het, dacht Gemma. Hij heeft in mijn tas gekeken en mijn legitimatie gezien. Hij weet wie ik ben.
Het was een verlammende angst die vanuit haar hart naar haar armen trok toen ze het stuur scherp naar links draaide en Tor-

rington in reed. Die angst werd nog groter toen ze hem in haar achteruitkijkspiegel hetzelfde zag doen. Rustig blijven, droeg ze zichzelf op. Je bent paranoïde. Het is maar een pestkop die een spelletje wil spelen. Hij is de moordenaar niet, want als hij al weet wie je bent, hoeft hij je niet te volgen. Ze deed haar rechter richtingaanwijzer aan en reed de rotonde op, maar in plaats van rechtsaf Arden Street in te slaan, reed ze door en beschreef ze een hele cirkel totdat ze weer op Malabar Road was. In haar achteruitkijkspiegel zag ze tot haar grote genoegen dat de groene Ford door een andere auto werd gedwongen Arden Street in te slaan. Gemma prentte het kentekennummer in haar hoofd, slaakte een triomfkreet en ging op weg naar huis.

Gemma merkte dat ze de hengsels van haar sporttas nog steeds in haar gebalde vuist geklemd hield. Ze zette de tas neer. De dreiging was dichterbij gekomen. Ze haalde diep adem en liep naar de woonkamer, want ze had behoefte aan een borrel. Ze schonk een whisky voor zichzelf in en liep met het glas naar haar werkkamer. Ze belde Angie, die meteen opnam. Gemma haalde diep adem en zei: 'Een of andere idioot is me gevolgd vanaf de sportschool. Ik wil een kenteken checken. QGT 178, recent model Ford personenauto.'
Omdat op het bureau alle telefoongesprekken werden opgenomen, antwoordde Angie op professionele toon: 'Het spijt me, mevrouw, daar kunnen we geen informatie over verstrekken. Probeert u het eens bij het Bureau Kentekenregistratie.'
Gemma wist dat Angie het nummer inmiddels opgeschreven zou hebben. 'Morgen, zelfde plaats, zelfde tijd?' vroeg ze.
Angie ging akkoord. 'Trouwens,' voegde ze eraan toe, 'Lance heeft je sperma met dat van de plek van de moord vergeleken en is honderd procent zeker.'
Gemma kon even geen woord uitbrengen. Het was niet echt een verrassing, maar het definitieve was heel beangstigend.

Gemma parkeerde aan de rand van het grasveld voor de West Lindfield Uniting Church toen de eerste mensen naar buiten begonnen te komen. Spinner had gezegd dat Imelda Moreby hier vanavond zou spreken. Gemma keek op haar horloge en zag dat

het bijna halfelf was. Ze stapte uit en begon tegen de mensenstroom in te lopen.
'Je bent een beetje laat, schat,' zei een vrouw die een oranje met zwarte blouse droeg. 'Het feest is voorbij.'
'Ik wilde Imelda Moresby spreken,' zei Gemma. 'Weet u misschien waar ik haar kan vinden?'
Ze stonden voor de ingang terwijl de mensen om hen heen liepen.
'Ik zag haar net nog in gesprek met een paar mensen,' zei de vrouw, naar binnen wijzend.
'Hoe ziet ze eruit? Wat heeft ze aan?' vroeg Gemma.
'Miss Imelda zie je niet over het hoofd,' zei de vrouw glimlachend. 'Trouwens, ze weet waarschijnlijk wel wie jij bent.'
Gemma bedankte haar en werkte zich de kerk in. Ze was niet in een kerk geweest sinds de lagere school, besefte ze, en toen ze om zich heen keek, vroeg ze zich af waarom bouwwerken die aan godenverering waren gewijd er altijd zo log en lelijk uit moesten zien. In de hoek die de vrouw met de oranje-zwarte blouse haar had aangewezen stonden vier mensen. Ze hadden hun armen stevig in elkaar gehaakt, alsof ze elk moment aan een soort volksdans konden beginnen. Gemma wilde net naar hen toe lopen toen er iets bijzonders gebeurde. De vier keken gelijktijdig op alsof ze daarvoor in een intiem gesprek gewikkeld waren geweest, hieven hun handen ten hemel en zongen enkele glasheldere, hoge noten. Een rilling trok door Gemma's lichaam. De laatste noot, griezelig en beeldschoon tegelijk, werd langer aangehouden en deed denken aan Tibetaanse zangschalen, een harmonie waarin de glasheldere noten naadloos in elkaar overgingen.
Gemma bleef staan. Ze had het gevoel alsof haar haar rechtop ging staan en er een warme stroom door haar lichaam golfde. Haar ogen werden vochtig alsof ze wilde gaan huilen. Niemand anders leek acht te slaan op dit buitengewone geluid, dat nu een etherisch hoogtepunt bereikte. Hoge, zuivere stemmen die beeldschone noten zongen en vreemde woorden en zinnen gebruikten, de mannen die de basis legden als in een kwartet, en de sopranen van de vrouwen, die erbovenuit klonken. Het gezang bereikte een climax, bleef even in de lucht hangen en viel toen

stil. Gemma staarde wezenloos naar de mensen die deze onaardse muziek hadden voortgebracht.
'Zoek je mij?'
Een van de vrouwen had zich omgedraaid en Gemma keek naar het ovale gezicht, de regelmatige gelaatstrekken en het zachte, donkere haar die haar zelfs na dertig jaar nog bekend voorkwamen.
'Mevrouw Moresby...' wilde ze zeggen, maar mevrouw Moresby had zich losgemaakt uit de groep en wenkte Gemma dat ze moest meekomen. Gemma deed het, liep achter de vrouw aan de gang in totdat ze bij een klein kantoor kwamen. Mevrouw Moresby hield de deur voor haar open.
'Dat zingen,' zei Gemma. 'Ik heb nog nooit zoiets gehoord.'
Mevrouw Moresby glimlachte. 'Het is onze manier van bidden,' zei ze. Haar ogen stonden vermoeid maar glommen van wijsheid. Ze pakte een licht jasje van een stoelleuning en trok het aan.
'Jij bent Gemma Chisholm, nietwaar?' Het was geen vraag.
'Ja,' zei Gemma, 'maar die achternaam gebruik ik niet meer. Ik gebruik mijn moeders naam, Lincoln.'
Mevrouw Moresby knikte. 'Ik denk vaak aan jullie, aan jou en je zus. Verbaast dat je?'
'Ja,' moest Gemma toegeven.
'Ik heb die avond nooit kunnen vergeten. Of dat geluid dat ik achter jullie huis hoorde, voordat je vader thuiskwam.'
'Daar wilde ik graag met u over praten.'
'Dat weet ik,' zei mevrouw Moresby, en ze lachte. 'En daar hoef je niet helderziend voor te zijn!'
'Bent u dat? Helderziend?' vroeg Gemma zonder erbij na te denken.
Mevrouw Moresby zuchtte. 'Er is een plek in onze geest,' zei ze op een toon alsof ze het al duizend keer had gezegd, 'die verder gaat dan tijd en ruimte. Elke geest beschikt over zo'n plek. Je kunt hem het best vergelijken met een droomwereld. Er zijn maar weinig mensen die zich in die wereld kunnen bewegen. Maar je bent hier niet gekomen om over helderziendheid te praten.'
'Ik heb een krantenknipsel meegebracht,' zei Gemma. 'U hebt gezegd dat u die avond, een halfuur voordat mijn vader thuiskwam, een geluid hebt gehoord. De openbaar aanklager stelde

dat het een stinkdier geweest kon zijn.'

'Dat is mogelijk. Het kan van alles geweest zijn. Ik moest het met hem eens zijn. Ik heb niet echt iets gezien.'

'Kon u de openslaande deuren vanuit uw huis zien?' vroeg Gemma.

'Een deel ervan,' antwoordde de andere vrouw. 'Er was een patio...'

'Ja, dat weet ik nog.' De oude herinnering was als een mist in Gemma's hoofd. 'Met flagstones en twee reusachtige stenen bloempotten. En zo'n raamwerk van latjes.'

'Ja, en dat stond nu juist in de weg. Ik geloof dat er klimop tegenop groeide, passievrucht. Die was op sommige plekken heel dicht. Twee bloempotten – ik zou ze niet reusachtig noemen, maar jij was toen nog heel klein – met boompjes erin. Cumquats? Bergamot? Twee grote bloempotten in elk geval.' Mevrouw Moresby deed haar ogen dicht. 'Alles gaat in tweeën hierbij.'

'Wat bedoelt u?'

'Twee boompjes. Twee zusjes. Twee maîtresses. Twee moordenaars.'

'Twee maîtrésses? Twee moordenaars?'

'Als ik aan de dood van mevrouw Chisholm denk, heb ik het sterke gevoel dat er sprake is van twee moordenaars. Maar het is lang geleden.'

'Maîtresses?'

Mevrouw Moresby haalde haar schouders op. 'Zoals ik al zei, het is lang geleden. Maar het zijn jij en je zus over wie ik me zorgen maak. Er is een dubbele dood onder ons.'

Mevrouw Moresby stond op, liep naar de deur, deed het licht uit en liep de gang op. Gemma ging haar achterna. Ze moest bijna giechelen om de term 'dubbele dood', want ze zag daarbij een dubbele hamburger voor zich, vol saus en druipend van het vet. In de lange gang kropen de schaduwen op tegen de muren en waren de dichte deuren duistere rechthoeken. Ze volgde mevrouw Moresby door de gang totdat ze in het voorportaal van de kerk kwamen. Er stonden nog maar een paar mensen te praten. De stoelen stonden opgestapeld langs de muren en de zijuitgangen waren al afgesloten.

Ze gingen naar buiten en staken het grasveld over, langs twee dunne cipressen die naar de halve maan wezen. Gemma keek naar het donkere struikgewas rondom de kerk en werd opeens bang.
'Waarom?' vroeg ze aan mevrouw Moresby. 'Waarom maakt u zich zorgen over mij en mijn zus?'
'Omdat we door een karma aan elkaar zijn verbonden, jouw familie en ik.' Mevrouw Moresby draaide het portier van haar auto van het slot, richtte zich op en keek Gemma aan. 'Informatie komt tot mij in beelden en gevoelens. Soms is het alleen maar een sterk gevoel. En het enige wat ik kan doen, is doorgeven wat me van belang lijkt. Dan heb ik mijn bijdrage geleverd. Het is niet echt van belang of de mensen me geloven of niet. Soms is de informatie nogal vaag, en omdat ze vanaf een plek buiten de tijd komt, weet ik niet of ze betrekking heeft op het verleden, het heden of de toekomst. Ik ben geen perfect medium, dus ik kan niet altijd het verschil zien. Maar de twee heeft in dit geval veel energie.'
Mevrouw Moresby opende het portier en vervolgde over het dak van haar auto: 'Het kwaad roert zich. Bid. Je moet bidden.'
O ja, dacht Gemma. Daar zat ik net op te wachten. Het kwaad roert zich altijd, beste mevrouw, had ze willen zeggen toen de auto werd gestart. En de mensen hebben gebeden sinds mensenheugenis. Maar ze zei niets, bleef staan en keek de wegrijdende auto na. In haar verbeelding zag ze twee donkere gedaanten achter de bloempotten met de citrusboompjes vandaan komen en naar de openslaande deuren sluipen. Ze huiverde en haastte zich naar haar auto.
Toen ze die nacht eindelijk in slaap viel, begon ze onmiddellijk te dromen, over haar vader, een groene Ford en twee moordenaars die haar huis in de gaten hielden.

6

'Kom verder, Clive,' zei Kit op vriendelijke, neutrale toon, en ze deed een stap achteruit om hem voor haar uit de gang in te laten lopen. Toen ze op hem zat te wachten, had ze de ramen een stukje opengezet en de kussens op de grond opgeschud terwijl ze zich al concentreerde op haar patiënt. Aangezien ze alleen psychosomatische klachten behandelde, stonden er geen bureau en stoelen in haar kamer, wat een deel van haar patiënten ervoor deed terugschrikken zich door haar te laten behandelen. Zij waren eraan gewend veilig aan de andere kant van het bureau van de therapeut te zitten, of ten minste op een stoel. Kits therapeutische benadering, die de bio-energetische analyse als basis had, was erop gericht haar patiënten te helpen zich opnieuw bewust te worden van hun lichamelijke zelf, en daarmee, uiteindelijk, het zijn. Maar voor het zover was, moesten ze bij haar op de grond komen zitten, wat voor sommigen, afhankelijk van hun lichamelijke stoornissen, weinig comfortabel was.

Clive Mindells vrouw had hem na zevenentwintig jaar verlaten omdat, zoals hij het formuleerde, ze uit elkaar waren gegroeid. Daarna had hij tot zijn grote schrik ontdekt dat hij bij zijn nieuwe vriendin impotent was. Hij had Viagra geprobeerd, maar daar had hij zware hoofdpijnen van gekregen. 'En ik voel er weinig voor om naalden in mijn lul te laten prikken,' had hij tijdens zijn laatste bezoek gezegd, en Kit kon het daarmee eens zijn. Hij had gehoord dat somatische therapie – wat dat ook mocht zijn – hem kon helpen weer te 'presteren'. Kit had aandachtig toegeluisterd en erop gelet hoe hij zijn woorden koos.

Toen Clive de gang in liep, viel het Kit op dat zijn fysieke en emotionele tegenstrijdigheden nog duidelijker zichtbaar waren dan de week daarvoor. Het kwam vaker voor dat nadat ze haar gevallen met Alexander had doorgenomen, ze een hogere mate van bewustzijn en duidelijkheid ervoer. Let op zijn blik als hij de

kamer binnengaat, herinnerde ze zichzelf. Clive liep de spreekkamer in en keek om zich heen.
'Je huis is moeilijk te vinden. Daarom ben ik zo laat. Nog steeds geen stoelen, zie ik?' zei hij met zijn barse stem.
'Nog steeds geen stoelen,' beaamde Kit.
Ze ging alvast op de grond zitten om hem de kans te geven de ruimte te domineren en gaf haar ogen daarbij goed de kost. Vanuit deze hoek had ze een goed zicht op Clives lichaamsbouw: zijn opgeblazen bovenlichaam en dikke nek, alsof al zijn energie naar zijn bovenlichaam, nek en hoofd werd gestuwd. Ook zijn gezicht maakte die opgeblazen indruk, alsof de bloeddruk er hoger was dan elders in zijn lichaam. Zijn hele hoofd maakte de indruk buiten proporties te zijn. Ze keek opnieuw naar zijn kleine bekken, de onderontwikkelde boven- en onderbenen, het gebrek aan kracht en energie in zijn onderlichaam. Heel even moest ze denken aan een Toby Jug-pop, met zijn reusachtige borstkas en bengelende stoffen beentjes.
Clive voelde zich zichtbaar niet op zijn gemak, keek in het rond en deed zijn best een ongeïnteresseerde indruk te maken. 'Nou, goed, daar gaan we dan,' zei hij terwijl hij onhandig op de grond ging zitten met die benen die niet bij de rest van zijn lichaam leken te horen. Kit zat niet ver bij hem vandaan, en wachtte tot hij zou beginnen.
'Mijn vriendin heeft het uitgemaakt,' zei Clive opeens. 'Omdat ik hier ben geweest. Dus mijn impotentie doet er weinig meer toe, is het wel?'
En opeens was het er weer, dat terugdeinzen, maar ze was te laat om te zien wat eraan vooraf was gegaan.
Kit glimlachte. 'Ik weet het niet,' zei ze. 'Is dat zo?'
Er viel een stilte.
'Wat ga je nu doen?' vroeg Kit ten slotte.
Clive haalde zijn schouders op. 'Dat weet ik nog niet precies. Me meer op mijn werk richten, denk ik. Misschien ga ik weer vliegen.'
Kit begon een beetje zicht te krijgen op het verhaal over zijn kindertijd. In de komende maanden zou ze de rest uit hem lospeuteren, het lijden, het verdriet dat hem had gemaakt tot de moeilijke man die hij was, de manier waarop hij zich al als kind had leren

verdedigen, en het opgeblazen voorkomen had ontwikkeld dat voor de rest van de wereld moest verhullen hoe kwetsbaar hij in feite was.
Clive boog zich naar haar toe en vond het zichtbaar niet prettig dat hun ogen zich op gelijke hoogte bevonden. 'Ik wil dat we aan de slag gaan,' zei hij. 'Dat we beginnen met het lichamelijke werk. Ik ben er echt klaar voor.'
Heel even meende Kit een sluwe blik in zijn ogen te zien.
'Als je lichaamsenergie me vertelt dat je er klaar voor bent, doen we dat,' zei ze. 'Maar niet totdat het zover is.'
'Maar ik zeg je dat ik er klaar voor ben,' zei hij. 'Je kunt er nu mee beginnen.'
Kit glimlachte vriendelijk en schudde haar hoofd. 'Ik voel een heleboel weerstand in je lichaam,' zei ze.
Hij keek haar verbijsterd aan. 'Hoe bedoel je, weerstand?'
Kit keek hem recht in de ogen. Het was niet haar gewoonte te veel prijs te geven aan mensen die hun hele leven al in hun eigen hoofd woonden en de hele dag konden praten over gevoelens zonder er ooit een te beleven. 'Ik sta in contact met jouw energie en die vertelt me dat ik uit jouw buurt moet blijven. Ik respecteer dat.'
'Wat voor energie? Waar heb je het over?'
'Jouw energie. Het deel van jou dat je aan de gang houdt.'
Ze glimlachte weer. Een kind zou onmiddellijk begrijpen wat ze bedoelde, dacht ze, aangezien kinderen zo vol energie zaten, dat ze de hele dag moesten rennen en springen en schreeuwen, alleen maar omdat ze het leuk vonden. Ze merkte Clives verbazing op en besloot hem iets over zichzelf te vertellen. 'Mijn lichaam was ooit heel stug en gespannen,' zei Kit, en ze zag hem naar haar kijken en zijn wenkbrauwen fronsen. 'Ik had toen ook vreselijke hoofdpijnen.'
'Wat is er gebeurd dat daar verandering in bracht?' vroeg Clive, die nu aandachtig luisterde.
'Ik ben de soort therapie gaan volgen die ik jou nu aanbied,' zei ze.
'Het is een beetje vaag, vind je niet?' zei hij. 'Dat energiegedoe.'
'Als je niet eet en drinkt, krijg je geen energie binnen en ga je dood,' zei Kit zakelijk. 'We hebben het over de voedingsstoffen

die in je bloed terechtkomen. Dat is energie. Daar is niets vaags of mysterieus aan.'

Clive keek langs haar heen naar het raam. Hij leek ergens anders met zijn gedachten. 'Er is een vrouw vermoord in Maroubra,' zei hij opeens zonder haar aan te kijken. 'Heb je erover gehoord?'

Kit keek hem aandachtig aan. 'Ik vraag me af waarom je daar juist nu over begint,' zei ze, omdat de opmerking op haar overkwam als een waarschuwing.

Clive draaide zijn hoofd om en keek haar aan. 'Ik zat naar het raam te kijken,' zei hij, 'en ik heb gelezen dat ze haar raam een stukje open had laten staan. Jouw open raam herinnert me daaraan.'

Kit beschouwde het als een redelijke associatie. 'Vraag je je af,' vroeg ze, 'als je jouw "raam" een stukje verder openzet – met andere woorden: als je meer durft te voelen – of ik dan misschien bij jou binnenkom om je te vermoorden?'

Clive staarde haar aan en er viel een lange stilte.

'Toen mijn vrouw me verliet,' zei hij na een tijdje, nog steeds haar blik vermijdend, 'heeft ze haar Birmese kat meegenomen. Kort daarna, toen ik mijn auto ergens parkeerde, zag ik zo'n soort kat in het gras voor een huis liggen en kreeg ik een soort pijn in mijn borst.'

Er volgde een nog langere stilte en Clive leek zich steeds minder op zijn gemak te voelen.

'Ik weet niet wat ik moet zeggen,' zei hij uiteindelijk. 'Van sommige dingen die je zegt begrijp ik geen barst, maar andere komen me – ik weet het niet – als heel redelijk voor.'

Kit pakte een blocnote en een pen. 'Ik zou graag willen dat je me vertelt wat je verwacht van de therapie waarvoor je betaalt. Welke relaties je problemen opleveren. En welke aspecten van je leven je verbeterd zou willen zien.' Ze wachtte op antwoord en zag hoe zich een toenemende energie manifesteerde rondom zijn ogen en wenkbrauwen, en hoe zijn gezicht bewoog toen hij uitbarstte in een blaffend gelach.

'Ik zou graag willen dat je mijn moeder vermoordt,' zei hij. 'Dat zou onze relatie een heel stuk verbeteren.' Maar hij deinsde al achteruit terwijl hij het zei, alsof hij bang was dat ze hem een klap zou geven.

Toen Kit niet reageerde, vervolgde Clive: 'Wat ik echt graag zou willen, is een vrouw die niets zegt en niet beweegt. Iemand die gewoon stil blijft liggen.' Hij keek van haar weg en zei: 'Dán ben ik in staat een stijve te krijgen. Ik zou haar willen uitkleden, langzaam, eerst haar blouse en rok uittrekken, dan haar schoenen en panty, en ten slotte haar beha en slipje. Heel rustig en netjes, en in de juiste volgorde. En dan zou ik graag naast haar gaan liggen, zonder iets te zeggen of elkaar aan te raken. Alleen al de gedachte eraan maakt me stijf.'

Hij keek haar aan alsof hij zich afvroeg of hij te ver was gegaan, of deze mate van openhartigheid wel was geoorloofd. Toen uit Kits onaangedane houding bleek dat het goed was, ontspande hij zich iets.

Kit keek op haar horloge en knikte. 'Seks is veilig in de geest,' zei ze tegen hem. 'Het is heel gemakkelijk je te laten opwinden door je eigen verbeelding.'

'Echte vrouwen zijn gevaarlijk,' zei Clive. 'Het is veel gemakkelijker en veiliger om alleen met jezelf seks te beleven.'

Kit keek hem verwonderd aan. Het verbaasde haar elke keer weer, de snelheid waarmee sommige patiënten hun angsten en afweermechanismen begonnen in te zien. Clive vorderde heel snel.

'Sommige vrouwen zijn zelfs dodelijk,' beaamde Kit. 'Sommige vrouwen vermoorden hun mannen. Ze vermoorden ze emotioneel, met hun negativisme, hun kritiek en hun chronische vijandigheid. En soms vermoorden ze ze echt.'

'En soms vermoorden mannen vrouwen,' grinnikte Clive. 'Ik ken de statistieken niet, maar ik weet zeker dat er meer mannen zijn die vrouwen vermoorden dan andersom.' Dat feit leek hem veel genoegen te doen.

'O ja,' zei Kit, 'veel meer.' Ze moest al haar professionaliteit aanwenden om haar stem luchtig en neutraal te laten klinken en haar vader buiten de spreekkamer te houden. Op een dag, zei een klein stemmetje in haar hoofd, zul je het met hem moeten uitpraten. En hoe eerder dat was, hoe beter.

Clive keek haar met een sluwe blik aan alsof hij benieuwd was hoe ze zijn volgende woorden zou opvatten. 'Ik kan naar een prostituee gaan,' zei hij. 'Die doen alles wat je wilt. Als ik er een geld geef, zal ze doodstil voor me op de grond gaan liggen. Ze zal

doen wat ik haar opdraag, omdat ik haar ervoor betaal.'
'Ja, dat zou je kunnen doen,' zei Kit. 'Zoals je zei hoef je er alleen maar voor te betalen.'
Clive keek de spreekkamer rond en zag de foto van Will op de schoorsteenmantel staan. 'Wie is dat?' vroeg hij.
'Mijn zoon,' zei ze.
Clive keek haar aan en keek toen weer naar de foto om de twee met elkaar te vergelijken. 'Hij lijkt op je,' zei hij, waarna hij weer in gedachten leek te verzinken. 'Die vrouw die in Maroubra is vermoord,' vervolgde hij, en even had Kit geen idee over wie hij het had, 'die lijkt ook een beetje op je, vind ik.'
Kit knikte achteloos en bedacht ondertussen dat hij van zijn moeder was overgeschakeld naar haar, en vervolgens naar een vermoorde vrouw. Ze vroeg zich af of hier alleen sprake was van vijandelijke projectie of van meer.
'In de krant stond dat hij iets met haar kleren had gedaan. Ik vraag me af wat.' Hij nam haar aandachtig op terwijl hij het zei en Kit voelde zich niet op haar gemak.
De sessie werd kort daarna beëindigd en ze bracht hem naar de voordeur om hem uit te laten. Toen hij zich omdraaide op de bovenste trede van de veranda, verloor hij zijn evenwicht.
'Pas op,' waarschuwde Kit hem. 'Soms kan alleen al het praten over dit soort dingen je lichaamsenergie ontregelen en je uit balans brengen.'
Hij keek haar aandachtig aan, maar uit zijn gezichtsuitdrukking kon ze niets opmaken. Toen ze de deur achter hem dichtdeed alvorens haar verslag van de sessie te schrijven, merkte ze dat ze nog steeds het moment voor het terugdeinzen niet had gezien.

7

Gemma kon Imelda Moresby niet uit haar gedachten zetten. Hoewel de woorden van de vrouw haar in het heldere daglicht en het veilige comfort van haar vaalblauwe werkkamer als vergezocht en als bangmakerij voorkwamen. Maar ze bleven door haar hoofd malen. Ze zocht het telefoonnummer van de kerk in Lindfield op en sprak een boodschap in met het verzoek of mevrouw Moresby haar wilde terugbellen.

Nadat ze nog een paar telefoongesprekken had gevoerd en een poging had gedaan een planning voor het vervolg van een paar lopende surveillanceklussen te maken, merkte ze dat het knagende gevoel in haar maag niet alleen werd veroorzaakt door haar onbestemde gevoel. Ze had honger en ging een kipsalade voor zichzelf klaarmaken. Taxi maakte haar bijna gek door voortdurend tussen haar benen door te lopen toen ze met het bord en een glas wijn het balkon op liep. De zee en de lucht gaven zich over aan de nacht en alleen boven de horizon was nog een flauw licht zichtbaar. Taxi sprong op de tafel en zou Gemma's wijnglas hebben omgegooid als ze het niet in een reflexbeweging had vastgepakt. Ze gaf hem een tik en hij miauwde, schoot de woonkamer in en ging daar met zijn rug naar haar toe zitten om zich vervolgens demonstratief te gaan wassen.

'O, kom maar hier,' zei ze ten slotte, maar hij bleef koppig zitten, zwaaide zijn staart heen en weer en negeerde haar.

Ze zat met een kop koffie naar de eerste sterren te kijken toen Taxi vond dat hij zijn verontwaardiging lang genoeg had laten blijken. Ze pakte hem op, drukte hem tegen haar schouder en hals en luisterde naar zijn opvallend harde gespin.

Gemma bedacht dat ze nog niet in haar brievenbus had gekeken, dus pakte ze haar sleutel en liep de koele nachtlucht in. Er zaten twee enveloppen in de brievenbus, een telefoonrekening en een met een onbekend handschrift erop. Ze liep weer naar binnen, deed de voordeur achter zich op slot, legde de telefoonrekening op tafel en sneed de andere zorgvuldig open. Er zat een begeleidend briefje van Philip Hawker in en daarachter de originele, handgeschreven verklaring van haar vader. Langzaam vouwde Gemma de twee blaadjes vergeeld papier open. Automatisch begon ze te lezen maar ze stopte weer net zo snel, waarna ze geschrokken opstond. Ze nam de blaadjes mee naar haar werkkamer, legde ze op het werkblad van haar bureau, deed de lamp aan en ging zitten. Ze voelde haar hart bonken en besloot zichzelf eerst een stevig glas brandy in te schenken. Haar vingers trilden toen ze de blaadjes weer oppakte.

Verklaring afgelegd door dokter Archie Chisholm op 17 september 1967, over de gebeurtenissen van deze avond. Ik wil het nu opschrijven, nu alles nog vers in mijn geheugen zit, las ze.

Om ongeveer halfdrie vanmiddag belde ik Marianne om te vragen of ze zin had om mee te gaan naar het diner dat vanavond op de universiteit werd gegeven. Ze zei dat ze geen zin had, omdat ze zich depressief voelde, waarvoor ze wordt behandeld. Ik zei dat ik het begreep. We maakten geen ruzie. Ik heb nog vier van mijn patiënten gezien, ging daarna naar de bank, maar er stond een lange rij, dus heb toen geen geld opgenomen. Ben nog even bij een patiënt langs geweest. Daarna ben ik rechtstreeks teruggereden. Marianne lag in bed en de meisjes waren op hun kamer. Er was geen eten voor de meisjes, dus ben ik naar de winkel op de hoek gegaan om wat boodschappen te doen en heb ik roereieren voor ze klaargemaakt. Toen heb ik me omgekleed voor het diner en ben ik om ongeveer halfacht weggegaan. Marianne was toen op. Ik ben tot ongeveer halfelf op de universiteit gebleven, ben naar huis gereden en kwam daar om een uur of elf aan. Ik heb mijn auto geparkeerd en ben naar binnen gegaan. Ik liep de eetkamer in en trof Marianne liggend op de grond aan, bij de openslaande deuren, die openstonden. Ze had ernstige verwondingen aan haar hoofd en had veel bloed verloren. Haar pols was zwak en onregelmatig. Ik belde meteen het ziekenhuis en wachtte totdat de ambulance kwam. Ze zeiden dat ze de politie zouden inlichten. Ik nam Marianne in mijn armen en ze hoestte bloed op, dat op mijn jasje terechtkwam. Ze was niet bij kennis. Gemma kwam de kamer binnen en ik zei dat haar moeder gewond was en dat ze de buurvrouw, mevrouw Moresby, moest gaan halen. Ik ben met Marianne meegereden in de ambulance en in het ziekenhuis gebleven totdat de chirurg me kwam ver-

tellen dat mijn vrouw was overleden. Ik ben naar huis gekomen en mevrouw Moresby is vannacht bij ons gebleven. De politie is net geweest; ze hebben mijn kleren meegenomen. Ik ken niemand die mijn vrouw zou willen vermoorden en dat heb ik ze verteld.

Daaronder stond haar vaders handtekening, elegant en breed, met de A en de C veel groter dan de andere letters. Gemma legde de blaadjes papier neer en stond trillend op. Ze moest weer gaan zitten want ze dacht dat ze in elkaar zou zakken als ze dat niet deed. Opeens, alsof haar vaders nuchtere woorden haar terug in de tijd hadden gestuurd, was ze daar weer. De herinnering kwam van heel ver weg en het was alsof ze door een omgekeerde verrekijker keek. De gebeurtenissen van die avond stonden in een onrustig, fel licht, alsof ze in een studio waren opgenomen, met messcherpe schaduwen die bedoeld leken om te shockeren. Ze zag, deze keer vanuit haar vaders standpunt, een vijfjarig meisje in een nachtpon op de onderste tree van de gebogen trap van hun oude huis staan. Ze dacht aan de merkwaardige woorden van mevrouw Moresby van de afgelopen avond, voelde de tranen in haar ogen springen en dwong ze met alle macht terug. Ze herinnerde zich dat ze die nacht naar Kits kamer was gegaan en bij haar in bed was gekropen. Daarna scheen er een groot gat in haar geheugen te zitten, van voor de lagere school tot aan de lange zomervakanties bij tante Merle in Darling Point, waar ze zich de hele dag vermaakten in een meer vol zeewier, dat door een zandbank was afgescheiden van de rest van de haven. Gemma deed haar bureaulamp uit en liep naar de badkamer, waar ze met een bonkend hart haar tanden poetste.

Ze keek of de achterdeur goed dicht zat en liep het huis rond om alle andere deuren te checken. Ze kon de woorden van mevrouw Moresby maar niet uit haar hoofd zetten, en het woord 'kwaad' had een kracht en energie die ervoor zorgden dat het voortdurend lag te gloeien in haar geest. In haar groeide de angst. Rusteloos keek ze in elke kamer, zette het alarm aan en keek met een zekere opluchting naar de knipperende lampjes op de display, die alleen uitgezet konden worden met behulp van de sleutel die veilig in haar tas zat. Ze legde de videocassette op de tv, maakte een warme melk met whisky voor zichzelf klaar als nachtmutsje en maakte

zich op om te gaan douchen.
Het liefst had ze Kit gebeld om haar te vertellen over haar ontmoeting met Imelda Moresby, maar ze merkte dat ze het niet kon omdat ze een onredelijke boosheid ten opzichte van haar zus voelde. Taxi liep haar voortdurend achterna, hard miauwend, met zijn staart recht omhoog en zijn grappige hangbuik die bijna over de grond sleepte als hij liep. Hij kwam haar zelfs achterna toen ze de badkamer in ging, waar hij op het dichte deksel van de wc ging zitten om zich uitgebreid te wassen terwijl zij onder de douche stond. Hij scheen de warme stoom op zijn tong en vacht lekker te vinden.
Na haar douche trok Gemma een oud joggingpak aan, want hoewel het een warme oktoberdag was geweest, was het een frisse nacht. Ze stapte in bed, deed het licht uit en lag enige tijd naar het plafond te staren voordat ze in slaap viel.

Ze schrok wakker van iets – ze had geen idee hoe lang ze had geslapen – een bekend geluid. Onmiddellijk voelde Gemma de adrenaline als vuur en ijs door haar aderen trekken. Ze bleef doodstil liggen luisteren of ze het geluid opnieuw hoorde. Het was uitgesloten dat er iemand haar huis was binnengedrongen. Niemand kon hier binnenkomen, niet langs die gevoelige sensoren die zowel op lichaamswarmte als op bewegingen reageerden. En als een indringer een lichaam had wat hij bewoog, zou haar alarmsysteem dat onmiddellijk oppikken en in een hels kabaal losbarsten. Misschien was Taxi in de keuken op het aanrecht gesprongen en had hij er iets vanaf gegooid. Maar toen voelde ze de zware warme hoop aan het voeteneind van haar bed liggen. Hij was hier bij haar.
Roerloos lag Gemma te denken aan de messneden in haar kleren. Toen, heel langzaam en zonder geluid te maken, trok ze de onderste la van het nachtkastje open en stak ze haar hand erin totdat ze vond wat ze zocht. Haar vingers sloten zich eromheen en met een langzame, soepele beweging bracht ze haar hand weer omhoog en lag de revolver met de korte loop naast haar op het bed. Haar hand ging weer in de la en ze tastte met haar vingertoppen naar de patronen. Ze vond er twee. Ze liet zich uit bed glijden, bleef in hurkzit op de grond zitten, klapte de cilinder van

het wapen open en schoof de patronen erin. Dicht bij de muur blijvend begon ze naar de slaapkamerdeur te schuiven.
Het was een man, die zich behoedzaam maar zeker en ongehaast bewoog. Hij had haar adres in haar tas gevonden, die nacht in het motel, en was op de een of andere manier, hoewel dat niet kon, haar huis binnengekomen. Ze kon geloven wat haar overkwam. Hij kwam in de richting van de slaapkamer en Gemma hoorde zijn zachte voetstappen op het parket. Ze zag de messneden in haar kleren weer voor zich, maar deze keer zat zij in die kleren en zaten de gruwelijke verwondingen in haar eigen huid. Ze zette de veiligheidspal van de .38 om en gluurde door de kier van de deur. In het weinige licht dat door de balkondeuren naar binnen kwam, zag ze een gedaante bewegen. Ze zag sluik, piekend haar, hoorde het zachte gerinkel van metaal – misschien kettingen – en rook de geur van zweet en benzine. Gemma verroerde zich niet. Ze durfde geen adem te halen omdat ze bang was een snik van angst te uiten. Over één seconde zou hij bij haar zijn. Toen hij de deur van de slaapkamer openduwde, zoog ze lucht naar binnen en sprong op, zodat ze ineens met de revolver op zijn hoofd gericht voor hem stond.
'Staan blijven!' schreeuwde ze. 'Blijf staan of ik schiet!'
Haar hart bonsde in haar oren.
In het grijze tegenlicht vanaf het balkon bleef hij staan en zei: 'Jezus, Gemma! Ik ben het.'
'Stevie?'
Gemma liet de revolver zakken en Steve deed het licht aan. Hij had lang haar en een baard en droeg versleten, leren motorkleren, en toen hij haar geschrokken aankeek, duurde het even voordat ze hem herkende.
'Ik wilde je niet wakker maken,' zei hij.
'Ik had je bijna doodgeschoten,' riep Gemma hem toe. Pure woede nam de plaats in van het vacuüm dat de weggeëbde angst en schrik hadden achtergelaten, en Gemma stond te trillen op haar benen. 'Verdomme, Steve, ik dacht dat je iemand anders was. Doe dat nooit meer!'
Hij keek haar aan en langzaam kwam er weer wat kleur op zijn gezicht. 'Mag ik me weer bewegen?' vroeg hij.
'Hoe ben je binnengekomen?'

Steve liet haar een sleutel zien.
'Hoe kom je daaraan?' vroeg Gemma.
'Jezus, die heb je me vorig jaar gegeven. Toen heb ik Taxi eten gegeven, weet je nog? Je hebt me er zelfs twee gegeven, want die ene paste niet altijd.'
Gemma voelde de boosheid uit zich wegvloeien. Ze strompelde terug naar haar bed, legde de revolver erop en ging doodmoe op de rand zitten. Ze was helemaal vergeten dat ze hem die sleutels had gegeven, en ze kon hem niet vertellen over wat haar in het motel was overkomen. Hij stond daar maar, niet goed wetend wat hij moest doen. 'Hoe laat is het?' vroeg ze.
'Tien voor halftwee. Ik wilde eigenlijk "Lang zal ze leven" komen zingen.'
'Dat is niet morgen, ik bedoel vandaag. Ik ben volgende week pas jarig.'
'O, nou, het spijt me dat ik je aan het schrikken heb gemaakt. Ik geef toe dat het niet zo'n goed idee was om je te komen verrassen.'
Aangezien Steve een politieman met veel straatervaring was en hij heel ontvankelijk was voor de stemmingen van mensen, voelde hij onmiddellijk aan dat ze iets voor hem verzweeg. 'Wat is er gebeurd?' vroeg hij.
Gemma schudde haar hoofd. 'Niets. Ik heb een lange dag gehad. Ik ben wat gespannen, dat is alles.'
'O ja? Misschien kan ik beter gaan.'
Gemma liep naar haar werkkamer, deed het licht aan, pakte de verklaring van haar vader en nam hem mee om hem aan Steve te laten zien. Hij las hem, keek af en toe op naar haar en richtte zijn aandacht dan weer op het handgeschreven document. Hij fronste zijn wenkbrauwen. 'Merkwaardig, om dat te doen,' zei hij, 'als je vrouw net dood is.'
Gemma staarde hem aan. 'Vind ik ook,' zei ze. 'Maar hij was eraan gewend aantekeningen te maken.'
Steve legde de blaadjes papier neer. 'Alsof ze een van zijn patiënten was, of zoiets?' Hij keek haar weer aan. 'Hoe dan ook, blijkbaar hebben ze hem niet geloofd.'
Hij liep naar haar toe, maar Gemma wilde niet dat hij haar aanraakte; haar boosheid, schrik en opluchting hadden ervoor

gezorgd dat ze even rust wilde. Ik heb ruimte nodig, dacht ze.
'Waar heb je dit vandaan?' vroeg Steve, gebarend naar de verklaring.
'Van een gepensioneerde politieman. Philip Hawker. Ik heb de indruk dat het de belangrijkste zaak van zijn loopbaan is geweest.'
'Ik heb over hem gehoord,' zei Steve. 'Een van de ouwe jongens.'
'Kom mee, dan maak ik een kop koffie voor je,' zei Gemma, in een poging vat op de situatie te krijgen. 'Ga niet weg. Zo meteen voel ik me weer oké.'
Ze sloeg haar arm om hem heen en ze liepen samen naar de keuken. Taxi kwam de keuken in lopen. Steve deed een speelse uitval naar hem, maar Taxi negeerde hem volledig en liep door naar zijn etensbakje om er de laatste restjes vis uit te eten.
'Ik wil een second opinion,' zei Gemma.
'Hoe bedoel je?'
Ze draaide zich om van het gasfornuis en er werd een fonkeling van enthousiasme zichtbaar in haar ogen. 'Er is een expert op het gebied van bloedvlekken in de stad. Dokter Zelda Fireball of zoiets. Ik probeer het originele politierapport te pakken te krijgen en ik wil haar naar de foto's laten kijken.'
Steve keek haar belangstellend aan. 'Goed idee,' zei hij. 'Er zijn veel nieuwe ontwikkelingen in de beoordeling van concreet bewijsmateriaal.' Hij wachtte even. 'En het zal je rust geven.'
'Op de ene manier of de andere,' zei ze.
'Dat bedoel ik,' voegde Steve er snel aan toe.
'Wat is er met jouw zaak gebeurd?' vroeg Gemma toen ze met een kop koffie en brood met honing aan de keukentafel zaten. Het was te koud om op het balkon te gaan zitten, want de noordoostenwind stond recht op de openslaande deuren.
'Ik moest voortijdig weg,' vertelde hij haar. 'Een van de mannen begon te argwanend te worden. Ik kreeg het gevoel dat hij vroeger misschien ook in het vak heeft gezeten.'
'Een smeris?'
Steve haalde zijn schouders op. 'Misschien geen politieman. Misschien uit het leger, of uit jouw vak. Hij had heel geavanceerde apparatuur. Hoe dan ook, ik heb genoeg bewijs tegen ze. Ze produceerden amfetaminen in een oude boerderij. De drugsjongens

hebben er vanochtend een inval gedaan. Er zijn zeven arrestaties verricht, onder wie ikzelf, totdat iemand contact heeft opgenomen met mijn baas. Daarna ben ik meteen hiernaartoe gekomen. Ik heb de hele dag in de auto gezeten. Ik wilde je zien. En ik wilde je dit geven.'

Hij gaf haar een klein pakje en Gemma glimlachte van plezier. Haar hartslag was teruggelopen en weer bijna normaal. 'Maar ik ga het nu niet openmaken,' zei ze, en ze liep naar de eetkamer, waar ze het pakje naast de zware zilveren vaas op tafel legde. 'Dat doe ik pas als ik echt jarig ben. Mijn god, wat zie je er beangstigend uit.'

'Ik had me aangesloten bij de Outlaw Raiders van Southern Cross,' antwoordde hij licht gekwetst. 'Ik hóór er beangstigend uit te zien.'

Ze keek hem aan, keek naar zijn doorgroefde gelaat dat er ouder uitzag dan het er op negenendertigjarige leeftijd behoorde uit te zien, naar de diepe lijnen die van zijn neusvleugels naar zijn mondhoeken liepen. Maar in elk geval was zijn mond niet verhard tot die rechte lijn die ze bij veel andere mannen had gezien.

'Wat een verjaardagsverrassing!' riep ze opeens lachend uit.

'Ja,' deed Steve mee, met zijn ogen half dichtgeknepen en zijn hoofd achterover, 'ik in een lijkzak en jij gearresteerd voor doodslag!'

Gemma lachte totdat de tranen over haar wangen liepen en ze bijna geen adem meer kreeg. 'O,' zei ze toen ze eindelijk weer lucht kreeg, 'wat laat je me lachen.' Ze pakte een snee brood met honing, bracht hem naar haar mond, maar legde hem weer neer omdat ze opeens geen trek meer had. 'De jury heeft hem in elk geval niet geloofd. Hij heeft vijftien jaar gekregen.'

Steve staarde haar aan. 'Je hebt me nooit eerder over je vader verteld,' zei hij. 'Wat is er veranderd?'

Gemma pakte haar boterham weer op. 'Ik ben bij hem op bezoek geweest,' zei ze. 'Hij heeft nu een jaar werkverlof, doet administratief werk voor een advocaat die hij daar heeft ontmoet. Hij komt binnenkort vrij.'

'Heeft hij al die tijd in de gevangenis gezeten? Ik dacht dat je zei dat hij vijftien jaar had gekregen.'

'Hij is betrokken geweest bij een uitbraakpoging waarbij een cipier bijna het leven heeft verloren. Daar heeft hij nog eens vijftien jaar voor gekregen. Hij heeft me verteld dat het een vreselijke vergissing was.'

Steve liep naar de keuken en haalde een biertje voor zichzelf. Hij kwam weer aan tafel zitten en wipte de kroonkurk van de fles. 'Wat is hij voor iemand?'

Gemma haalde haar schouders op. 'Hij is... hij is gewoon een lieve oude man. Hij is zachtaardig en... ik weet het niet. Als ik hem zie, weet ik gewoon dat hij het niet gedaan heeft. Hij kán het niet gedaan hebben.'

'Wat is zijn verhaal?'

Ze keek hem boos aan. 'Het is geen verhaal,' zei ze. 'Het is zoals hij zegt in zijn verklaring. Hij kwam thuis en trof haar daar zo aan. Ze was al stervende. Iemand was door de openslaande deuren de eetkamer in gekomen. Hij heeft haar in zijn armen gehouden totdat de ambulance er was. Natuurlijk heeft hij bloed op zijn kleren gekregen. De zaak van het openbaar ministerie was gebaseerd op de bloedspatten op de muur en op zijn jasje. Ze stelden dat het bloedspatpatroon aantoonde dat de mogelijkheid bestond dat hij de hamer omhoog had gebracht en had laten neerkomen toen zij – mijn moeder – al op de grond lag. Ze hadden een of andere deskundige uitgenodigd die het in de rechtszaal met een hamer heeft gedemonstreerd.'

'Hoe weet je dit allemaal?' wilde Steve weten. 'Je was toen nog maar een kind.'

'Hij heeft het me allemaal verteld.' Ze zweeg even. 'Het gebeurde op de dag voor mijn vijfde verjaardag.' Opeens barstte ze in tranen uit. 'Het spijt me, het spijt me.' Ze snoot snel haar neus en probeerde naar hem te glimlachen.

Steve was half opgestaan van zijn stoel maar wist door haar eerdere afwijzing niet goed wat hij moest doen.

'Weet je,' vervolgde Gemma, 'ik weet dat het stom klinkt, maar ik zou een witte speelgoedkat voor mijn verjaardag krijgen. Er moesten batterijen in en hij kon echt lopen en spinnen. Maar niemand heeft er ook maar een seconde aan gedacht dat ik jarig was.'

Steve pakte de blaadjes met haar vaders verklaring op. 'Je zou deze kunnen laten bekijken door een taalanalist,' zei hij. 'Een van mijn collega's is daar heel bedreven in en ik weet zeker dat hij er graag voor je naar zal willen kijken. Mensen kunnen zich zonder het te weten verraden in zowel het geschreven als het gesproken woord.'

'Wat zou hij daarin kunnen vinden?' vroeg Gemma een beetje geschrokken.

'Leugens komen voort uit de verbeelding,' zei Steve, 'de waarheid komt uit het geheugen, en die twee bevinden zich op verschillende plekken in de hersenen. Zo ontstaan er verschillen in de manier waarop iemand schrijft. Die verschillen zijn te zien voor iemand die weet waar hij naar moet kijken. Of de mensen laten dingen weg uit hun verklaring. Maar ook daar blijven soms sporen van achter in de woorden die ze kiezen. Je moet natuurlijk wel weten waar je moet kijken. Hij kan dat, en ik heb nog iets van hem te goed.'

'Maar die verklaring is dertig jaar oud.'

'Dat maakt niet uit. We hebben het hier niet over tastbare zaken,' legde hij uit. 'Een taalanalist kijkt alleen naar de taal die gebruikt is. Het is verbazingwekkend wat ze daar allemaal in kunnen vinden.'

Er viel een stilte. Toen liep Gemma naar haar werkkamer en maakte een kopie van de verklaring. 'Hier,' zei ze toen ze terug was, 'kijk maar wat je vriend ermee kan doen.'

Steve vouwde de blaadjes netjes op en stak ze in zijn zak.

'Waarom kom je niet mee naar bed, dan kun je me lekker opwarmen,' zei Gemma onzeker.

'Ik ga eerst een douche nemen,' zei hij.

'O ja?' zei ze. 'Misschien vind ik je outfit wel leuk. Ik heb het nog nooit gedaan met een Hell's Angel.'

Maar Steve liep naar de badkamer en zij ging in bed op hem liggen wachten. Toen hij terugkwam en naast haar in bed kroop, dook ze onmiddellijk boven op hem, zo opgewonden was ze nog steeds. Hij sloeg zijn armen om haar heen en hield haar lange tijd vast, en Gemma voelde hoe goed het was om haar man alleen maar vast te houden en te ruiken, om de mannelijke zachtheid van zijn huid te voelen, zijn tederheid die zo anders was dan de wilde seks die ze met Brian Bates en al die anderen had, dat bijten, hijgen en knijpen.

Steve nam de tijd om haar te strelen en haar na hun maandenlange scheiding met af en toe een onbeduidend telefoontje opnieuw te leren kennen, en Gemma deed hetzelfde. Tegen de tijd dat hij in haar gleed, was ze er helemaal klaar voor.

'O Stevie, o Stevie,' was het enige wat ze kon uitbrengen. Alleen maar zijn naam, totdat ze onverstaanbaar werd en ze samen naar grotere hoogten schoten.

Later, toen ze nog half in elkaar lagen verstrengeld, doezelde ze weg en vroeg ze zich af waarom ze die dingen deed met onbekende mannen, als het zo goed was met Steve. Ze klemde zich vast aan het warme lichaam dat naast haar lag toen ze hem voelde bewegen. Ze hoorde hem nauwelijks toen hij fluisterde: 'Ik kan niet slapen. Ik ga nog even tv-kijken.'

Gemma was zich maar net bewust dat hij uit bed gleed en viel vrijwel onmiddellijk in slaap.

Het leek alsof er maar een paar seconden waren verstreken toen ze wakker schrok van zijn boze stem. Hij stond naast haar en deed de lamp op het nachtkastje aan.

'Wat is dit?' wilde hij weten. 'Het zijn jouw kleren op deze video. Wat is ermee gebeurd?'

Gemma ging rechtop zitten. 'O jezus, Steve,' zei ze, onmiddellijk klaarwakker toen ze de videocassette in zijn hand zag. Ze begon onmiddellijk te zoeken naar een manier om de situatie te redden, of in elk geval de schade zo veel mogelijk te beperken. Ze vervloekte zichzelf omdat ze de video niet bij Angie op het politiebureau had achtergelaten toen ze daar de kans voor had.

'Dit is geen goed moment,' zei ze. 'Kunnen we er morgen over praten?'

'Nee, dat kunnen we niet.' Hij stond naast het bed en keek haar aan met ogen waarin zowel boosheid als angst te zien was. 'Ik wil weten wat dit te betekenen heeft. Wat is er met je kleren gebeurd? Wie heeft dit gedaan?'

Gemma zuchtte, stapte uit bed en liep de woonkamer in. Ze kon zien dat Steve op de bank had gelegen aan het bord met koekkruimels en de krant van gisteren op de grond. Hij kwam haar achterna. Ze draaide zich om, pakte de videocassette uit zijn hand en legde hem op tafel. 'Je had dit niet mogen zien,' zei ze. 'Je hebt

het recht niet om in mijn privé-dingen te snuffelen.'
'Je privé-dingen! Doe me een lol! Dat ding lag gewoon boven op de tv!' Hij keek haar recht in de ogen en eiste een verklaring.
Ze kon geen andere manier bedenken om zich hieruit te redden dan de waarheid. 'Steve, ik heb eergisteren de nacht in een motel doorgebracht. Met iemand. Toen ik de volgende ochtend opstond, ontdekte ik...' Ze gebaarde naar de videocassette. 'Ik heb het op video gezet. Ik heb mijn kleren met het concrete bewijs naar Lance van Paradigm gestuurd. Dat is wat er gebeurd is.'
'Wat voor concreet bewijs?'
'Hij... wie het ook was... is klaargekomen op mijn kleren. En hij heeft ze aan flarden gesneden. Steve, ik...'
'Hou je mond! Zeg geen woord meer.'
'Maar Steve, het is veel erger dan wat ik heb gedaan. Ik bedoel... er is een vrouw vermoord. Hij heeft hetzelfde met haar kleren gedaan.' Toen viel ze stil, want ze besefte dat de dood van de vrouw niet relevant was voor wat er op dit moment tussen Steve en haar gebeurde.
Steve stond op en liep naar de eettafel, waar hij zijn leren jasje over de leuning van een van de stoelen had gehangen. Het in vrolijk gekleurd papier verpakte cadeautje lag nog steeds op tafel en Steve pakte het en smeet het zo hard als hij kon op de grond, waarna het over de gladde parketvloer schoot en onder een kast verdween. Toen draaide hij zich om, keek haar enige tijd met een woeste blik aan en trok toen langzaam zijn jack aan.
'Wat ga je doen?' vroeg ze stompzinnig. Steve liep in de richting van de voordeur, maar Gemma rende ernaartoe en ging ervoor staan. Ze had willen zeggen: ga niet weg. Luister naar me, alsjeblieft. Ik doe dat soort dingen soms. Ik weet zelf niet eens waarom. Jij bent mijn beste vriend en het spijt me heel erg. Ik hou van je. Ga alsjeblieft niet weg.
Maar ze kon die woorden niet uit haar mond krijgen. In plaats daarvan schreeuwde ze: 'Wees verdomme niet zo egoïstisch, Steve! Je wou me toch niet vertellen dat jij niks met vrouwen hebt uitgevreten toen je met je motormaatjes op stap was? Wou je me wijsmaken dat je in de maanden dat je weg was met geen enkele andere vrouw hebt geneukt?'

Steve liep op haar toe, pakte haar beide schouders vast, tilde haar van de grond alsof ze niets woog en zette haar een meter verderop weer neer.
'Ik neuk niet met jou, Gemma,' zei hij op woedend sissende toon. 'Wat wij doen, is de liefde bedrijven. Maar dat schijn jij niet te begrijpen.'
Zijn woedende ogen boorden zich even recht in de hare, waarna hij zich omdraaide en langs haar heen de deur uit liep. Hij deed de deur kalm achter zich dicht, maar zijn zelfbeheersing raakte Gemma nog harder dan zijn woede van zojuist. Ze hoorde hem weglopen, hoorde hoe even later beneden op straat een motor werd gestart, loeiend op toeren kwam en wegreed.
Gemma stond nog steeds waar Steve haar had neergezet. Ze wilde huilen, wilde het uitschreeuwen van verdriet en frustratie, maar in plaats daarvan voelde ze hoe de spieren van haar keel en hals zich spanden. Krijg de pest, Steve, zei ze in gedachten tegen zichzelf. Rot maar op. Ik heb je niet nodig. Ik heb niemand nodig. Ik heb nooit iemand nodig gehad.
Ze liep naar de eettafel, ging zitten op de stoel waarop Steve's jack had gehangen en ging naar buiten zitten staren, naar de golven die net zichtbaar onder de staalgrijze hemel braken op het strand. Ik heb het afgeleerd iemand nodig te hebben, dacht ze, want iedereen van wie ik hou, gaat weg. Ze voelde een stekende hoofdpijn beginnen in haar nek en liep naar de badkamer. Ze nam twee Digesics in, zocht Taxi op, nam hem mee naar bed en wachtte totdat het slaapmiddel begon te werken.

8

Gemma werd laat wakker met een kater van het sterke slaapmiddel. De gebeurtenissen van de afgelopen nacht hadden ervoor gezorgd dat haar lichaam zwaar aanvoelde, alsof het vol verdriet zat. Ze belde naar Steves huis, maar er werd niet opgenomen. Ze hing op en vroeg zich af waar hij uithing. Misschien zat hij zich in een café knock-out te drinken. Dat deed hij soms als reactie op de druk die zijn werk op hem uitoefende. Taxi liep tussen haar voeten door om aan te geven dat het tijd was voor zijn ontbijt.

'Hou je gemak, stomme kat,' snauwde Gemma, maar Taxi trok zich er niets van aan, dus gaf ze zich gewonnen en draaide een blikje van zijn favoriete voer open.

Zo ziet mijn toekomst eruit, dacht ze verbitterd, een domme vrouw die samenleeft met een stomme kat. Ze waste haar gezicht en liep naar buiten voor een ommetje om Tamarama. Even overwoog ze over het strand naar Kit te wandelen, maar ze zag ervan af en besloot in noordelijke richting naar Bondi te lopen. Ze was blind voor de schittering van de zee in de ochtend, opgestuwd door de golfstroom uit het zuiden en de sneeuwwitte cirruswolken die als watten langs de lichtblauwe hemel schoven.

Toen ze weer thuis was, nam ze een douche en belde ze Philip Hawker om een afspraak te maken. Daarna belde ze de kerk om een tweede boodschap voor Imelda Moresby achter te laten.

Ze besteedde de hele dag aan achterstallig papierwerk, rapporten bijwerken, rekeningen schrijven en de rommel opruimen. Gemma's hart was loodzwaar van verdriet maar ze deed net alsof ze het niet voelde.

Het was vroeg in de avond toen Spinner zich op de radio meldde. 'Meneer Georgiou piest op zeker buiten de pot,' zei hij. 'Ze zijn bijna twee uur in het motel geweest. Het heeft geen zin om te wachten totdat hij gaat slapen. Ik ga nu naar huis. Ik heb fantastische beelden op video staan. Ze hebben het meeste in de auto gedaan.'

Ooit, herinnerde Gemma zich, had ze Steve op video opgenomen toen hij van de overkant van de straat, waar hij bij een geldautomaat geld had opgenomen, terug kwam lopen naar de auto en eromheen liep om in te stappen.

'Zag je me niet?' had Gemma hem gevraagd.

'Zag ik je wat niet?' vroeg hij toen hij zijn portefeuille in zijn achterzak stak.

Gemma liet hem de videocamera zien. 'Ik was je aan het filmen. Je keek recht in de lens. Ik was ervan overtuigd dat je me zag.'

Ze spoelde de videoband terug en liet het hem zien, maar Steve schudde zijn hoofd.

Overdag weerspiegelden de lichtgetinte ruiten de wolken, de lucht en passerende auto's en scheen niemand in de gaten te hebben dat er achter dat iets geopende raampje iemand zat met een videocamera. En 's avonds zorgden de reflecties van de straatverlichting en verkeerslichten en het donkere interieur van de auto ervoor dat ze onopgemerkt bleven.

'Goed werk, Spinner,' zei ze, en hij meldde zich af.

Gemma had een biefstuk met salade voor zichzelf klaargemaakt, maar na het eten kon ze geen rust meer vinden. Als een gekooid beest liep ze door haar huis, ging het balkon op en liet zich dan weer binnen op de bank neerploffen. Een of andere duivel binnen in haar zorgde ervoor dat ze de deur uit ging, en ze was al op weg naar Bondi toen ze merkte waar ze naartoe reed. In plaats van naar het strand te rijden om de zon in de zee te zien zakken, reed ze opeens in Curlewis Street, waar Steve een flat had. Er stond natuurlijk geen auto voor de deur. Die had hij vorig jaar, toen hij met zijn undercoverwerk voor Narcotica was begonnen, in de garage van een vriend neergezet, en ook in zijn flat kwam hij sindsdien onregelmatig. Er brandde geen licht en Gemma vroeg zich af waar hij was. Hij kon daar niet blijven wonen, besefte ze, nu hij zijn cover bij de motorbende had prijsgegeven. Hij zou zich een tijdje koest moeten houden. Door de inval was er geen behoefte aan het bewijs dat hij had verzameld, dus hoefde hij zich niet bloot te geven voor de rechtbank, maar motorduivels stonden niet bepaald bekend om hun vergevingsgezindheid en het zou zelfs voor hen niet al te moeilijk zijn om uit te dokteren wie hen had verraden.

Gemma maakte een U-bocht en reed opnieuw langs de flat. Dit is bespottelijk, zei ze tegen zichzelf, waarna ze gas gaf en alsnog naar het strand reed. Ze kon niet op Campbell Parade parkeren, dus zette ze haar auto neer zodra ze een parkeerplaats zag en ging de rest van de weg lopen. De zee, waar het strand in een boog omheen liep als op een schilderij van Whitely, miste haar kenmerkende blauwe kleur. Alles was in grijze tinten en duisternis gehuld. Meeuwen zweefden als geesten door de mist en lichtten felwit op als ze langs de lantaarns op de boulevard vlogen, en voor haar uit kwamen de lage golven als lichtgrijze parallelle lijnen in de richting van het strand. Kilometers verderop, boven zee, ontlaadde zich in stilte een onweersbui.

Gemma rilde toen in de verte een bliksemschicht de hemel oplichtte. Ergens in deze stad, dacht ze, was een man die vrouwenkleren op de grond uitspreidde, de man die twee dagen geleden de vrouw had vermoord die hem kwam storen bij zijn ritueel. Een man die zich aan datzelfde ritueel had overgegeven op enkele meters van haar slapende lichaam. En ergens in deze stad was de man van wie ze hield, hoewel ze dat nooit woordelijk tegen hem had gezegd. En ze had geen flauw idee waar hij was. Verdomme, Steve, dacht ze, en ze drong haar tranen terug.

Harde, bonkende muziek kwam haar tegemoet vanuit een groot hotel tegenover het strand, en Gemma voelde hoe een matte leegheid bezit van haar nam. Een paar stevige borrels en dan konden alle mannen ter wereld van haar de boom in. Ze liep het hotel binnen, liep door naar de bar en bestelde een whisky met ijs. Ze nam plaats op een barkruk en draaide in het rond om het publiek in de drukke, rumoerige bar te bekijken. Afgezien van een paar mannen die alleen zaten te drinken werden de meeste mannen vergezeld door vrouwen die er allemaal jonger en aantrekkelijker uit leken te zien dan zij. Daarna wierp ze, zonder oogcontact te maken, een vluchtige blik op de alleenstaande mannen. Ze zag er één die mogelijk in aanmerking kwam. Een man in een pak – ze hield van pakken – die alleen in de hoek zat. Ze hield hem voor een zakenman; hij zag er goed uit, was krachtig gebouwd en had netjes verzorgd donker haar. Gemma hield van grote, krachtige mannen, hield van het gewicht van hun lichaam op het hare. Haar mobiele telefoon in haar tas begon te piepen en ze haalde hem eruit.

'Ja?' zei ze.

'Gemma, ik ben het, Shelly. Ik heb iets gehoord van een van de meisjes. Ik zou toch voor je informeren?'

'Laat horen,' zei Gemma.

'Jasmine heeft me verteld over een meisje dat Bo heet. Ze had een keer een klant die haar al haar kleren liet uittrekken en op de grond liet leggen, netjes in volgorde, zoals jij me hebt omschreven. Ze moest boven op haar kleren gaan liggen en hij zei tegen haar dat ze zich niet mocht bewegen. Ze moest net doen alsof ze dood was. Goed, ze deed het, maar toen zei hij dat ze ook haar ogen dicht moest doen, want ze was dood.'

Shelly wachtte even en Gemma hoorde haar diep inademen.

'Maar ze keek stiekem en zag toen dat hij een mes tevoorschijn had gehaald. Ze is opgesprongen, heeft het op een gillen gezet en is er als een haas vandoor gegaan.'

'En de man?'

'Die klootzak is ontsnapt in de verwarring die ontstond. Ze heeft de andere meisjes gewaarschuwd, maar in dit vak kun je niet iedereen waarschuwen.'

'Zou ze met me willen praten?'

'Dat weet ik niet. Het kan een probleem zijn dat je een ex-smeris bent. Maar ik heb haar gevraagd of ze je wilde bellen.'

Gemma nam afscheid en borg haar telefoon op in haar tas toen een stem haar deed opschrikken.

'Hij komt niet?' zei de man. 'Wat jammer. Kan ík je dan misschien een drankje aanbieden?'

Het was de aantrekkelijke man van zonet, die op de een of andere manier haar belangstelling had opgemerkt. Hij stond te dicht bij haar en glimlachte naar haar. Gemma bekeek hem van top tot teen en vond hem perfect. Wat voor scenario ze nu ook zouden volgen, in het verleden zou ze hoe dan ook met hem in een motel zijn beland.

Gemma werd zich bewust van het grote verdriet dat onder haar boosheid jegens Steve schuilde en heel even was ze bang dat ze in tranen zou uitbarsten. Ze keek hem recht in de ogen en dacht aan die nacht en aan haar kapotgesneden kleren op de grond. In de verte hoorde ze Kit zeggen: 'Dat is wat jij doet, mijn lieve Gems. Je laat deuren openstaan, zodat er allerlei helse wezens kunnen binnenkomen.'

Gemma zette haar glas neer. Dit moet allemaal veranderen, dacht ze. 'Bedankt,' zei ze tegen de man, 'maar ik koop mijn eigen drankjes.'

Hij trok een wenkbrauw op om te laten zien dat het hem niet kon schelen. 'Wat je wilt, schat,' zei hij.

Gemma zag opeens de minachting die door zijn façade heen brak, liet zich van haar kruk glijden, kon het niet over haar hart verkrijgen haar onaangeraakte whisky te laten staan, sloeg hem in één teug achterover en liep de bar uit.

Ze was halverwege haar auto toen het onaangename gevoel weer bezit van haar nam. Ze kwam bij haar auto, stapte in en startte de motor. Klotemannen, dacht ze. Een herinnering aan Steve die haar welterusten kuste en haar dekens instopte toen hij een keer 's avonds laat wegging, deed de tranen in haar ogen springen. Waarom is het zo verdomde moeilijk? Gemma huilde de hele rit naar huis.

9

De volgende ochtend kwam Noel haar oppikken. Ze dronken snel een kop koffie en vertrokken. Tijdens de rit naar Camden betrapte Gemma zichzelf erop dat ze af en toe naar links zat te kijken, naar Noel, die zwijgend naast haar zat en af en toe in zijn tas rommelde om er brochures uit te halen van de nieuwste, slimste camera's voor surveillancewerk. In de besloten ruimte van de auto rook zijn mannelijke geur zonder meer interessant. Maar ze wist waar ze mee bezig was, dat ze dit gebruikte om haar gedachten af te leiden van Steve. Dat is wat ik doe, dacht ze. Wanneer ik me ongelukkig of verdrietig voel, begin ik onmiddellijk aan seks te denken om het verdriet uit mijn geest te verdrijven. Kit had gelijk. Maar wat is daar eigenlijk mis mee, verdomme, dacht ze bij zichzelf. Maar het was weinig overtuigend. Ik kan niet de rest van mijn leven, elke keer als ik me verdrietig voel, mannen blijven oppikken.

Het zou nog veel slechter zijn, las ze zichzelf de les, als ik me inliet met een van mijn werknemers. Heel slecht en heel dom. Maar Noel was oké. Hij was geen hels wezen. Hij was heel anders dan de mannen die ze in cafés ontmoette. Hij was veilig, die goeie, ouwe Noel. En hij had een fors, hard lichaam dat ze altijd heel aangenaam had gevonden.

De snelweg liep door een landelijke omgeving, maar aan weerszijden ervan waren allerlei nieuwbouwprojecten uit de grond gerezen, met wapperend wasgoed aan de lijn en fietsen en driewielers in de tuin. Het gezinsleven is waarschijnlijk niets voor mij, dacht Gemma. Binnenkort word ik vijfendertig en voordat ik het weet, ben ik veertig. Steve was niet iemand die ze meteen voor zich zag als ze dacht aan een goede vader, zeker niet met zijn undercoverwerk. Ze probeerde zich hem voor te stellen met hun kind in zijn armen, het zachtjes op de rug kloppend om te zorgen

dat het een boertje liet, maar ze slaagde daar niet in. Ze slaagde er evenmin in om dat kind als het hare te zien.
'Wat zit je te lachen?' vroeg Noel, de stilte verbrekend.
'Ik zat te denken aan een undercoveragent met een kwijlende baby in zijn armen,' zei ze.
Noel schudde zijn hoofd en wendde het af. 'Het werk wat we doen,' zei hij na een tijdje, 'is nogal maf.' Het gebeurde niet vaak dat hij zoveel zei, want hij was uit principe een zwijgzaam mens.
'Wat brengt je op die gedachte?' vroeg Gemma.
'Weet je nog dat jij die undercoverklus deed?' vroeg hij. 'Die bij Nutramaid?'
Gemma knikte. Ze had zich op de loonlijst laten zetten om aan de lopende band te werken, omdat iemand glassplinters in de cakemix deed. 'Ja,' zei ze.
'Er is mij iets soortgelijks aangeboden,' zei Noel. 'Een fulltime baan. Undercover. Het kan betekenen dat ik een maand of twee niet beschikbaar ben.' Hij keek haar zijdelings aan.
Gemma haalde haar schouders op. 'Ik kan altijd zelf bijspringen of iemand aannemen op contractbasis. Bij wie is het?'
Noel leunde achterover in zijn stoel, rolde met zijn schouders totdat ze zijn oren raakten en strekte zijn rugspieren. 'Het is nog niet zeker. Ik weet nog niet eens of ik het wel wil. De vorige keer dat ik dat werk deed, is het me slecht bevallen. Ik begon sympathie te voelen voor de schoft die ik bespioneerde. Oké, oké, ik weet het,' zei hij voordat ze hem kon onderbreken. 'We worden niet verondersteld ons er emotioneel bij te laten betrekken. Ik weet dat het raar klinkt, maar als je zo lang optrekt met die mensen, na het werk een biertje met ze drinkt en luistert naar hun problemen en lulverhalen, nou... dan word je toch een soort vrienden van elkaar.'
Hij keek opzij om te zien of ze wel luisterde, zag aan haar ogen dat ze hem begreep en richtte zijn aandacht weer op de weg.
'Toen kwam het moment dat ik hem moest pakken. Toen ik er eenmaal zeker van was dat hij de dief was, moest ik hem in de val lokken. En toen ik voor de rechtbank tegen hem getuigde, keek hij me aan alsof ik een verdomde judas was.'
'Ik heb nooit enige sympathie gevoeld voor mijn doelwit bij Nutramaid,' zei Gemma. 'Maar dat ging ook niet om een eenvou-

dige diefstal. Wat hij deed, vond ik nogal psychopathisch. Jezus, glassplinters in vanillecake.'

'Maar je begrijpt wat ik bedoel,' zei Noel.

Gemma keek naar buiten. Ja, ze begreep het. We zitten voor hun huis en observeren hun leven, dacht ze. Uiteindelijk weten we praktisch alles over ze: hun interesses, hun vrienden, hun zwakheden, hun voorkeuren op seksgebied, hun eetgewoonten, en soms zelfs hoe ze poepen. We kammen hun vuilnis uit en weten wat ze graag eten, wat voor toiletartikelen ze gebruiken, welke wijnen en sterkedrank ze drinken en wat ze lezen. We weten alles over ze en zij weten niet eens van ons bestaan.

'Ik ontken niet dat het niet fout was wat mijn doelwit deed,' zei Noel. 'Maar het was geen echt slechte vent als je hem wat beter leerde kennen. Hij stal dingen om thuis de rekeningen te kunnen betalen. Die vrouw van hem zat altijd op hem te kankeren dat hij niet genoeg verdiende. Hij was geen echte crimineel. Toen moest ik voor de rechtbank tegen hem getuigen. Hij keek me aan alsof ik hem had verraden.'

Noel zweeg even en draaide zijn raampje dicht toen een zware truck met oplegger hen passeerde. 'Wat ook zo was.'

'Dat hoort bij het vak, Noel. Dat is waarom we nooit te dichtbij mogen komen, ons er nooit echt bij mogen laten betrekken.'

'Een paar maanden geleden werd ik benaderd door die vrouw,' zei hij. 'Die Seaforth-klus, weet je nog?'

Gemma knikte.

'Haar man plaste buiten de pot en ik had haar het bewijs op video geleverd. Nadat ze de video had gezien, belde ze me op. Ze wilde dat ik haar hielp zelf ook zo'n video te maken. Om aan mannie te laten zien.'

Zonder het te willen stelde Gemma zich voor dat ze in bed lag met Noel. Ze wierp nog een snelle, zijdelingse blik op de rustige, aantrekkelijke man die naast haar zat, zijn knappe profiel en dikke haar. Heel even vroeg ze zich af wat er zou gebeuren als ze haar hand op zijn dij zou leggen en langzaam in de richting van zijn kruis zou schuiven. 'Heb je het gedaan?' vroeg ze na een tijdje.

Noel gaf niet meteen antwoord. 'Hij rotzooide met de beste schoolvriendin van zijn dochter.'

Gemma dwong haar aandacht terug naar het gesprek.

'Het kon zijn hele gezin ruïneren. Hij kon zijn vrouw en zijn dochter kwijtraken. En het gezin van de vriendin kon ook geruïneerd worden.'
Gemma keek hem weer van opzij aan. 'Heb je de video gemaakt? Heb je de vrouw geholpen wraak te nemen?'
Noel draaide zijn hoofd om en keek haar glimlachend aan. 'Hoezo?' vroeg hij. 'Denk je dat ik het heb gedaan?'
Gemma wendde haar blik af. Ze moest de zaak nu laten vallen, anders zou ze zichzelf te veel blootgeven. Ze haalde haar schouders op. 'Het is mijn zaak niet,' zei ze, starend naar een insect dat in een transparante oranje vlek uiteen was gespat op de voorruit.
'Zal ik je eens iets zeggen?'
Gemma gaf geen antwoord en wachtte op wat er ging komen.
'Soms bevalt het me helemaal niet wat wij doen.'
Gemma's laatste erotische gedachten moesten plaatsmaken voor irritatie. 'Jezus, Noel,' zei ze. 'Wij zijn niet degenen die iets doen. Wij kijken en wachten alleen maar. We verzamelen informatie over wat *zij* doen en dragen die over aan de autoriteiten of de mensen die ons hebben ingehuurd. We leveren geen bijdrage aan de puinhoop die sommige mensen van hun leven maken. Dat doen ze helemaal zelf.'
Er volgde een stilte waarin Noel terugschakelde toen hij op de rechterbaan te dicht achter een langzaam rijdende auto terechtkwam. 'Het enige wat we doen is onze schijnwerpers richten op wat er al gaande is, zei Gemma, maar om een reden waarvan ze de herkomst niet kende, klonk het niet erg overtuigend.

Cross Weld Construction lag verspreid over vier hectare land dat was omgeven met een hek van draadgaas met lussen prikkeldraad erbovenop. Het had Gemma en Noel bijna een uur en een stuk terugrijden over de snelweg gekost voordat ze de langwerpige, loodsachtige gebouwen in het wat verwaarloosde, door aboriginals bewoonde gebied hadden gevonden. Het kantoor lag rechts van de poort en beschikte over dubbele deuren waarop de naam van het bedrijf stond geschilderd in letters die leken samengesteld uit keien. Steigers en het geluid van boren die door metaal drongen herinnerden Gemma eraan dat het bedrijf was gesloten voor onderhoud.

Toen ze het parkeerterrein op reden, kwam een grote, goedgeklede man het kantoor uit om hen te begroeten.
'Richard Cross,' zei de man, en hij stak zijn hand uit toen Gemma uit de auto stapte. Intelligente ogen, half dichtgeknepen, in een knap, doorleefd gezicht en een ferme handdruk die Gemma daarop attendeerde. 'Dus jij bent Gemma Lincoln,' zei hij.
Het was de manier waarop hij het zei, de persoonlijke noot in zijn stem, die bij Gemma de indruk wekte dat hij eigenlijk iemand anders had verwacht. Dat deed haar goed. De meeste ex-politievrouwen hadden grote achterwerken, wist ze, en ze was blij met haar gewoonte om regelmatig naar de sportschool te gaan en 's ochtends voor een kop koffie naar Bondi te wandelen. Ze stelde Noel voor en met z'n drieën liepen ze het rumoerige kantoor in, waar het een ravage van hopen cement en stapels hout was en het meubilair opgestapeld stond tegen de wanden.
'Deze kant op,' zei Richard Cross terwijl hij zijn hand onder Gemma's elleboog legde, 'dan zal ik jullie laten zien waar de nieuwe opslagloodsen komen.'
Ze liepen weer naar buiten en Cross nam hen mee naar de grote opslagloodsen, die op dat moment gesloten waren en waar blauw met witte stickers meldden dat ze werden bewaakt door BlueCheck Security Patrols.
Waar ze ook waren, in het kantoor, de magazijnen met bouwmaterialen of de loodsen die een eindje verderop lagen, Noel maakte voortdurend aantekeningen en tekende plattegrondjes in zijn aantekenboekje, waarop de plaats van de leidingen, bedrading en lichtpunten waren aangegeven. Na een halfuur had hij zijn plan gemaakt. In een klein kamertje dat tijdelijk dienstdeed als Richard Cross' kantoor dronken ze een kop koffie. Het viel Gemma op dat deze werd geserveerd in mooie porseleinen kopjes.
'Na de renovatie,' zei Cross, trots wijzend op de bouwtekening tegen de muur, 'heb ik een behoorlijk kantoor met uitzicht op het meer.'
'Het meer?' zei Gemma.
Richard liep naar het raam, trok de jaloezieën omhoog en onthulde een reusachtige, door bulldozers uitgegraven krater op ongeveer honderd meter afstand van de gebouwen. 'Ik heb een meer

laten graven,' zei hij. 'Er komen waterlelies in, en een rode, Japanse brug, zoals op dat schilderij van Monet.' Hij draaide zich naar haar om. 'Monet is mijn favoriete schilder,' zei hij, en Gemma meende de sporen van een accent in zijn stem te herkennen. Dit was iemand die het verleden achter zich had gelaten, wist ze. Een man die een heel nieuw leven had opgebouwd en daarin geslaagd was. Als ik goed oplet, dacht ze, kan ik hier misschien iets van leren.

'Het zal ongetwijfeld heel mooi worden,' zei Gemma. 'Er zijn niet veel directeuren van bouwmaatschappijen die op hun terrein een levend impressionistisch schilderij hebben.' Ze kon zien dat haar opmerking hem genoegen deed, en ze nam hem aandachtig op toen hij met Noel de meest geschikte plekken voor de camera's doornam.

Richard Cross was begin vijftig, vermoedde Gemma, maar hij zag er bijzonder fit en jeugdig uit, wat waarschijnlijk te danken was aan zijn verleden als bouwvakker, waar hij melding van maakte toen hij hen rondleidde over het terrein. Hij behoorde tot de soort *self-made men*, vermoedde Gemma, die Australië hadden gemaakt tot wat het was, de vakman die later zijn eigen productiemiddelen had gekocht, zelf aan de slag was gegaan en daarmee veel geld had verdiend omdat zijn kennis was gebaseerd op een brede praktijkervaring. Hij was waarschijnlijk miljonair, dacht ze bij zichzelf, en nu wil hij zijn kijk op de wereld verbreden door zich kandidaat te stellen voor de voorverkiezingen en een nieuwe politieke richting aan zijn leven te geven. En wat doe ik? Ze richtte haar aandacht weer op het gesprek.

'Ik ben er nog niet zeker van of de materialen en gereedschappen systematisch in kleine hoeveelheden achterover worden gedrukt,' zei Richard Cross, 'of in grote brokken tegelijk verdwijnen.'

'Ik denk dat dit het beste zal werken,' zei Noel terwijl hij zijn aantekenboekje liet zien. 'We plaatsen camera's boven de poorten, met sensors die ze activeren als ze bewegingen opvangen. Op die manier hebt u zicht op het komen en gaan en kunt u de trucks afchecken tegen de vrachtbrieven. Eén camera in elk van de loodsen, gericht op de laadperrons waar het spul wordt in- en uitgeklaard, en twee camera's aan weerszijden van de counter in het magazijn. Op die manier pakken we ze van twee kanten. En als u echt op zeker wilt gaan, kunnen we een undercoverman op uw loonlijst zetten. Maar dat wordt wel een kostbare zaak. Laten we eerst eens kijken hoever we met elektronische surveillance komen. Later, als we een paar verdachten hebben en nog niet genoeg hebben om op te treden, kunnen we altijd nog iemand laten infiltreren. Ik ga nu eerst terug naar kantoor om de plannen uit te werken. Daarna neem ik contact met u op.'

Richard Cross knikte, keek Gemma aan en glimlachte naar haar. 'Ik wil ook een stel sensors in mijn woonhuis in Darling Point. Kunnen jullie die ook leveren?'

'Natuurlijk,' zei Gemma. 'Ik zal er persoonlijk voor zorgdragen.'

'Ga je altijd met je mensen mee naar de klanten?' vroeg hij, met een fonkeling in zijn groene ogen. Hij had een glimlach die zich nooit helemaal ontplooide, maar die halverwege bleef steken zodat zijn ene mondhoek ondeugend opkrulde op een manier die ze heel aantrekkelijk vond.

'Alleen naar belangrijke klanten,' zei Gemma flirtend, waarna ze opstond om te vertrekken.

Noel stak zijn aantekenboekje en pen in zijn zak en Richard hield de deur voor hen open, waarbij hij Gemma een fractie langer aankeek dan uit beleefdheid noodzakelijk was. Ze dacht dat hij nog iets wilde zeggen en zag dat hij daarvan afzag, maar toen ze naar buiten liepen, voelde ze zijn blik in haar rug, en dat was een prettig gevoel. Hij bleef in de deuropening staan totdat ze in de auto waren gestapt, en Gemma was blij dat ze haar bordeauxrode mantelpakje en mooie crèmekleurige blouse had aangetrokken.

Zodra ze haar werkkamer binnenkwam, begon de telefoon te rinkelen. Ze gooide haar Cross Weld-dossier op haar bureau en nam op. Ze hoorde een meisjesstem die iel en angstig klonk.

'Spreek ik met Gemma Lincoln?'

'Ja, en met wie spreek ik?'

'Bo Bayliss, de vriendin van Shelly.'

Gemma ging zitten, boog zich over haar bureau en was onmiddellijk een en al aandacht. 'Hallo, Bo. Ik zat al op je telefoontje te wachten. Fijn dat je belt. Wanneer kunnen we elkaar ontmoeten?'

'Vanavond?'

'Graag. Waar? Hoe laat?'

'Voordat ik ga werken, misschien? Om zeven uur in Hernandez?'
'Ik zal er zijn,' zei Gemma. Ze beëindigde het gesprek en toetste Angies nummer in.
'Moordzaken,' zei Angie.
'Hallo, Moordzaken, ik ben het,' zei Gemma. 'Als het een beetje meezit, heb ik vanavond een signalement van onze man.' En ze legde haar vriendin de situatie uit. Het bleef even stil aan de andere kant.
'Hé, Gems, fijn dat je dit voor me wilt doen. Dat waardeer ik zeer. De baas heeft me de leiding van het onderzoek gegeven en Bruno is pisnijdig. Hij kan er nog steeds niet tegen dat een vrouw hem opdraagt wat hij moet doen.'
'Lange tenen, die Bruno,' zei Gemma.
'Dat is min of meer wat ik hem ook heb gezegd. Maar hoe ik ooit met hem moet samenwerken, is me een raadsel. Zou je contact bereid zijn met ons te praten?' vroeg Angie.
'Daar heb ik niets over gezegd,' zei Gemma. 'Ik ga geen potentiële getuige bang maken door over de sterke arm van de wet te beginnen.'
'Mevrouw,' zei Angie op droge toon, 'mag ik u eraan herinneren dat we tegenwoordig een dienstverlenend bedrijf zijn, en geen sterke arm.'
'Ik zal het onthouden,' zei Gemma.
'De eerstvolgende keer dat je wordt overvallen,' zei haar vriendin, 'dan bel je de politie niet, maar roep je een ober.'
Gemma hing op en merkte dat ze nog steeds aan Bruno zat te denken. Er waren mannen die écht onmogelijk waren.

10

Kit deed het laatste uitpakwerk bij de tonen van de sobere muziek van Hildegard von Bingen. Ze kwam dingen tegen die ze onmogelijk had kunnen weggooien: vazen uit het oude huis waar ze met Gerald had gewoond, een grote schelp uit Kreta, die hij haar had gegeven toen ze elkaar pas kenden, en nog veel meer. Ik laat ze waarschijnlijk in een doos staan tot mijn volgende verhuizing, dacht ze, om ze dan alsnog weg te gooien.

Onder in een van de dozen vond ze een map, en toen ze erin keek, zag ze een verzameling kindertekeningen. Ze waren van Will. Tekeningen van haar en hemzelf in de dierentuin. Diverse tekeningen van olifanten; hij was altijd gek geweest op olifanten, herinnerde ze zich, had er nooit genoeg van gekregen om ze te tekenen en erover te horen vertellen. Op een van de tekeningen zat een klein jongetje boven op een reusachtige groene olifant die met zijn slurf een huis van de grond tilde. In het huis waren twee figuurtjes getekend en er was niet veel fantasie voor nodig om daarin Gerald en zichzelf te herkennen. Ze bleef naar de tekening staren totdat de tranen in haar ogen stonden. Je kon het niet aan, Will, dacht ze. Zelfs niet met die grote olifant om je te helpen.

Ze stopte de tekeningen terug in de map en borg die op in een la. Ze belde Alexander om een afspraak te maken voor hun maandelijkse evaluatiegesprek en at daarna in de schemerige tuin haar avondmaaltijd.

De Cross is 's avonds een en al actie. Het verkeer kruipt bumper aan bumper door Macleay Street en mensen steken de straat over wanneer ze daar zin in hebben en zonder op de stoplichten te wachten. Het was niet meer zo verwaarloosd en louche als vijf jaar geleden, maar nog steeds hielden de portiers zowel mannen als echtparen aan om hun in onverhulde termen te vertellen

welke heerlijkheden hun te wachten stonden als ze binnenkwamen.
Gemma reed de straat door, langs de fontein waar grote Scandinavische jongens met rugzakken op de bankjes kaarten zat te bestuderen, naast dronken straatzwervers en een groepje aboriginal jongeren die daar rondhingen om te zien of er nog iets te beleven viel. Ze hield haar ogen goed open voor de jongens van de alcoholcontrole, want ze was bang dat ze misschien al te veel ophad. Ze moest een heel stuk Greenknowe Avenue op rijden voordat ze een parkeerplaats had gevonden.
Teruglopend naar de Cross had Gemma even de neiging een nachtclub binnen te stappen om nog meer te drinken en een man voor de nacht te zoeken. Het zou de pijn van Steves afwezigheid wegnemen. Maar voor hoe lang? En dan zou ze weer wakker worden naast een onbekende.
Bij de Pink Pussy Cat passeerde Gemma een groepje opgeschoten jongens die de foto's in de vitrine stonden te bekijken. Een bijna levensgrote tekening van een stripper met grotesk overdreven proporties, geel haar dat in wufte krullen op haar hoofd gestapeld leek en onwaarschijnlijk dikke, vooruitgestoken lippen, was beklad met de ruwe voorstelling van de vrouwelijke geslachtsdelen op de plek waar haar G-string had gezeten.
Gemma liep door, sloeg de hoek om, passeerde de Hyatt en liep heuvelafwaarts naar Hernandez' café. Een kop koffie zal me goeddoen, dacht ze toen ze naar binnen ging en om zich heen keek. Het kostte haar weinig moeite Bo te vinden tussen de andere klanten. Ze had dof, platinablond haar en zelfs vanaf de ingang kon Gemma de littekentjes van acne op het jonge gezicht van het meisje zien. Ze werkte zich langs de piano en de slechte schilderijen aan de muur. Bo keek angstig op en Gemma zag dat ze haar ogen met blauwe mascara had opgemaakt.
'Gemma?'
'Ja,' zei Gemma terwijl ze plaatsnam tegenover het meisje. Bo knipperde met haar blauwe ogen en streek een lok zilver van haar voorhoofd. De ober nam hun bestelling van een sterke zwarte koffie en nog een cappuccino voor Bo op, waarna Gemma haar aandacht op het tengere meisje tegenover haar richtte. 'Vertel me alles wat je je herinnert,' zei ze.

'Hij was echt gestoord,' zei Bo terwijl ze haar lepeltje langs het achtergebleven schuim in haar lege kopje haalde. 'Ik heb geluk gehad.'
'Dat heb je zeker,' zei Gemma. En ik ook, dacht ze. Bo stak een sigaret op en blies de rook opzij. Gemma kon duidelijk zien hoe verslaafd ze was. Ze haalde haar aantekenboekje tevoorschijn. 'Vertel me alles wat je je over die griezel herinnert,' zei ze.
Bo keek omhoog, tussen haar pony door, alsof de beelden van haar geheugen zich in haar voorhoofd bevonden. 'Hij zag er nogal gewoon uit,' zei ze schouderophalend. 'Ongeveer – ik weet het niet – een jaar of dertig. Ik heb niet echt op hem gelet. Voor mij zien ze er allemaal hetzelfde uit. Trouwens, als ik onder invloed ben, ga ik slechter zien. Hij stopt, draait zijn raampje open en ik zeg hem hoeveel het kost, en hij probeert me eerst naar zijn huis mee te nemen.' Ze drukte haar half opgerookte sigaret uit toen de koffie werd gebracht. 'Weinig kans, heb ik tegen hem gezegd.'
'In wat voor auto reed hij?'
Bo dacht even na en haalde haar schouders op. 'Geen idee. Een soort busje. Het merk weet ik niet.'
'En de kleur?'
Bo probeerde het nog een keer. 'Licht,' zei ze ten slotte. 'Misschien wit, of crèmekleurig. In elk geval niet zwart of donkerblauw of rood.'
Gemma maakte een aantekening in haar boekje. 'Waar zijn jullie toen naartoe gegaan?'
'We kwamen uiteindelijk terecht in de kamer die ik meestal gebruik, in de buurt van Williams Street. Gewoon een kamer met de meest noodzakelijke dingen. We liepen de trap op en gingen naar binnen en ik kon merken dat hij, nou ja, je weet wel, heel weinig op zijn gemak was. Hij keek de hele tijd om zich heen en zo. Toen we eenmaal op de kamer waren, zei hij dat ik al mijn kleren moest uittrekken en op de grond moest neerleggen, maar netjes, alsof ik ze nog aanhad. In de juiste volgorde, weet je. Eerst mijn blouse en dan mijn rok eronder, en mijn laarzen een stukje onder mijn rok, alsof ze nog aan mijn benen zaten.'
Gemma voelde hoe haar nekhaartjes overeind gingen staan en een ijskoude hand zich om haar hart sloot. Het is hem, dacht ze.
'Ik heb geen ondergoed aan als ik werk,' vervolgde Bo. 'Dat beviel

hem helemaal niet en hij werd echt boos. Hij wilde dat ik ergens een slipje ging halen. "Waar moet ik dat in godsnaam vandaan halen?" heb ik hem gevraagd. Voor het overige heb ik gedaan wat hij van me vroeg. Hoe dan ook, na een tijdje kalmeerde hij en zei hij dat ik op de grond moest gaan liggen, niet op het bed.'

'Vond je dat niet een beetje raar?' vroeg Gemma.

Bo haalde haar schouders op en nam een slokje koffie. Ze had een verre blik in haar ogen en kneep ze even dicht, als een kind dat erg moe is. 'Er is weinig raar in dit vak,' zei ze. 'Als ze me vragen of ik ze pijn wil doen, of op ze wil piesen en poepen... ja, dan wordt het nogal raar. Of als ze mij pijn willen doen. Maar ik had net een shot genomen en voelde me heel cool. Dus ik deed wat hij vroeg en toen zei hij dat ik mijn ogen moest dichtdoen. Ik kon zien dat zijn geval nog slap was en dacht dat hij misschien even wat privacy wilde om – je weet wel – zichzelf een beetje op te winden, maar ik wist niet precies hoe lang ik mijn ogen dicht moest houden. En dan heb ik nog mijn gebruikelijke praatje, van "o, schat, wat een mooie grote pik, ik heb nog nooit zo'n dikke gezien", en dan zeg ik hoe heet ik ben en hoe graag ik hem in me wil hebben... je kent dat soort gelul wel.'

Ze nam even pauze om een sigaret op te steken en opeens keken de ogen met de verre blik Gemma recht aan. 'Wil je weten wanneer het echt goed voor me is?' vroeg Bo. 'Als ik zó stoned ben, dat ik helemaal niets voel. Dat is pas goed.'

Ze blies rook uit en deed een schep suiker in haar koffie.

'Dus ik begon als vanzelf met mijn gebruikelijke "o, schat, wat een mooie, dikke pik", maar hij roept meteen dat ik mijn mond dicht moet houden, want ik ben dood. En weet je, toen kreeg ik de kriebels. Niet zozeer vanwege die woorden, maar door die harde stem, dus ik doe mijn ogen open en zie dat hij een mes in zijn hand heeft. Nou, ik kan je vertellen dat ik overeind ben geschoten, ik heb geen idee hoe, want ik was ver heen, maar voordat ik het wist, was ik gillend de kamer uit gestoven. Ik ben de trap af gerend, heb iemands jas van de kapstok gerukt en ben naar buiten gerend. Ik ben blijven rennen totdat ik op de hoek van de straat bij Romero's was. Ik heb niet meer zo hard gelopen sinds ik op school de honderd meter sprint heb gewonnen toen ik elf was.'

'Het is heel belangrijk dat je je dingen over deze man probeert te herinneren,' zei Gemma. 'Vertel me over zijn lichaam. Hoe hij was gebouwd.'
Bo drukte haar sigaret uit en deed nog een schep suiker in haar koffie. 'Qua uiterlijk stelde hij weinig voor. Nogal klein en mager. Maar dat mes was levensgroot. Ik heb Matt bij Romero's verteld wat er gebeurd was en hij wilde de politie bellen, maar dat leek me geen goed idee, dus zijn Basil en hij met me mee teruggelopen naar dat huis, maar toen was die vent allang verdwenen. En die eikel had mijn kleren meegenomen.'
'Je kleren?' zei Gemma. 'Wat had je aan?'
Bo dacht een ogenblik na. 'Gele minirok, wit topje en mijn witte laarzen. Ik was gek op die laarzen.'
Gemma schreef het op. Toen keek ze weer op en zag hoe jong Bo was. Misschien nog niet eens twintig. 'Kleur haar?' vroeg ze.
'Lichtbruin, denk ik, zoals dat meisje daar.' Ze wees naar iemand die buiten langsliep en Gemma keek net op tijd op om te zien dat de vrouw middel- tot lichtbruin haar had.
'Ogen?'
Bo schudde haar hoofd. 'Hoe moet ik dat weten?'
'Bijzondere kenmerken? Tatoeages, littekens, dat soort dingen?'
Bo schudde haar hoofd weer. 'Nee, hij was verder heel gewoon, weet je. De gemiddelde hufter. De wereld is er vol van.'
Ja, dacht Gemma, maar die vermoorden niet allemaal vrouwen. 'Wat had hij aan?' vroeg ze.
Bo dacht weer even na. 'Een spijkerbroek,' zei ze. 'Kan een Levi's geweest zijn. En een overhemd, een geruit overhemd.'
Gemma maakte weer een aantekening. 'Hoe groot was hij?'
'Gemiddeld,' antwoordde Bo. 'Gemiddelde lengte.'
Ze stak nog een sigaret op en dronk haar kopje leeg. 'Zou ik een koude chocola mogen?' vroeg ze. 'Ik heb geen geld; pas als ik ga werken.'
Toen de chocola werd gebracht, lepelde Bo eerst de slagroom en het ijs eruit.
'Is er misschien nog iets anders, wat dan ook, wat je over hem te binnen schiet?' vroeg Gemma.
'Hij had een dun stemmetje,' zei ze. 'Zo'n schel gekwaak, je kent dat wel.'

Gemma bedankte het meisje en liet haar daar achter, nadat ze een biljet van twintig dollar onder haar kopje had geschoven en zich afvroeg hoe het moest zijn om voor je eenentwintigste heroïnehoertje te zijn. Vanuit haar auto belde ze de gegevens door naar Angies voicemail en reed toen naar huis met het plan een snelle douche te nemen en iets warmers aan te trekken.

In de douche lag Steves scheerapparaat dwars over de zeep en Gemma smeet het ding naar buiten. Toen begon ze te snikken en spoelde het warme water haar tranen weg.

Kit lag met opgetrokken knieën een boek te lezen op de bank toen een zacht geluid haar deed opschrikken. Ze keek de kamer rond en wist dat het van buiten afkomstig moest zijn.

Ze legde haar boek neer en liep op haar tenen de kamer uit. Het was donker op de gang en ze spitste haar oren. Daar was het weer, een zacht geluid, maar deze keer kon ze met zekerheid zeggen dat het van buiten kwam, uit de achtertuin. Ze besloot geen licht aan te doen, wist dat ze op die manier in het voordeel was, en sloop door de donkere gang naar de keuken aan de achterkant van het huis. Daar bleef ze weer staan. Een zachte plof, als van iemand die licht op de grond terechtkwam nadat hij van haar tuinmuur was gesprongen. Nu begon ze pas echt bang te worden. Ze sloop naar het keukenraam, zorgde ervoor dat ze zelf uit het zicht bleef en gluurde naar buiten. Ze verstijfde. Een donkere gedaante – de contouren deden vermoeden dat het een man was – tekende zich duidelijk af tegen de maanloze lucht. Kit sprong op van schrik.

'Wie is daar?' riep ze door het halfopen raam. 'Wat wil je?'

Bij die woorden schrok de man zich dood en verdween hij razendsnel over de tuinmuur. Kit hoorde het geluid van brekende takken en ergens slaakte een kat een bloedstollende kreet die haar opnieuw deed opspringen van schrik. Ze trok ruw het schuifraam dicht, draaide de achterdeur op slot en bleef hijgend van angst in het duister staan.

Ontspan je, zei ze tegen zichzelf. Het was gewoon een jongen die dacht dat hij hier kon inbreken. Je hebt hem waarschijnlijk de doodschrik op het lijf gejaagd. Ze greep de rand van het aanrecht vast en ademde een paar keer diep in en uit. Haar hartslag begon weer af te nemen. Ze liep het hele huis door om alle ramen en deuren te checken.

Misschien moet ik een grote hond nemen, dacht Kit. Ze deed het licht in de woonkamer aan en zag dat het tien voor halfelf was. Ze liep naar de telefoon.

'Gems?' zei ze toen haar zus opnam. 'Er was iemand in de tuin.'

'Wie?'

'Dat weet ik niet. Een of andere insluiper.'

'Wat is er gebeurd?'

'Ik heb gegild en toen is hij hem gesmeerd.'

'Waarschijnlijk een of andere junkie die op zoek was naar geld.'

Kit moest meteen aan Will denken. 'Ja, waarschijnlijk wel,' zei ze. 'Maar ik had een paar keer toen ik buiten was het gevoel dat er nog iemand was.'

Gemma moest onmiddellijk denken aan het kwaad dat zich roerde. Ze rilde. 'Zal ik naar je toe komen?' vroeg ze. 'Ik kan vannacht bij je blijven.'

'Nee, maar bedankt. Ik red me wel. Ik heb alles op slot gedaan. Ik denk dat hij erger is geschrokken dan ik.'

'Je moet tralies voor je ramen laten zetten,' zei Gemma, denkend aan het pad dat langs Kits huis naar het strand liep. Gemma herinnerde zich van de tijd dat ze 's nachts op patrouille was wat voor smeerlappen je op zulke plekken kon tegenkomen. 'Het verbaast me dat een huis op een dergelijke locatie niet allang beveiligd is. Wacht even, dan pak ik een kaartje.'

Kit wachtte totdat haar zus weer aan de telefoon kwam.

'Deze mensen zijn echt goed,' zei Gemma, en ze gaf Kit het nummer van een bedrijf dat in smeedijzeren traliewerk deed. 'Beloof me dat je ze morgenochtend meteen belt.'

'Oké,' zei Kit, en ze schreef het nummer op. 'Anders heb ik geen moment rust.' Ze aarzelde even. 'Wat is er aan de hand, Gems? Je klinkt zo bedroefd.'

'Ik heb net een gesprek met een hoertje gehad,' zei Gemma. 'En ik ben doodmoe.'

Ze vertelde Kit over haar ontmoeting met Bo Bayliss. Kit moest onmiddellijk denken aan de fantasieën van Clive Mindell. Blijkbaar hadden meer mensen dat soort ideeën.

'Kit?'

'Ja?'
'Denk je nog wel eens aan papa?'
Kit voelde meteen haar maag verkrampen. 'Waarom vraag je dat?'
'Omdat ik het wil weten.'
Het duurde even voordat Kit weer iets kon zeggen. Ze voelde een onredelijke boosheid ten opzichte van Gemma omdat ze weer over hem begon. 'Ik denk af en toe aan hem. Ik denk ook aan mama. Hij heeft haar van ons weggenomen. Hij heeft ons met zijn woede tot wezen gemaakt.'
'Ik geloof niet dat hij het heeft gedaan, Kit.'
'Dat heb je altijd gezegd. Je was pas vijf toen het gebeurde. Ik herinner me hun vreselijke ruzies. Ik herinner me zijn woede.' Ze begon steeds bozer te worden. 'Gemma, ik wil er nu niet over praten. Ik wil dat graag een andere keer doen. We zijn allebei moe.'
'Oké, oké,' zei haar zus. 'Welterusten. Slaap lekker.'
'Welterusten,' antwoordde Kit.

Ze sliep niet lekker. Ze had last van claustrofobie met al die ramen en deuren dicht, en de opmerking over haar ouders had gezorgd voor opschudding in de oude, diepste lagen van haar geest. Ze schrok wakker uit nare dromen over een echtpaar dat slaande ruzie had, en hoewel de hoofdrolspelers in haar droom Gerald en zijzelf waren, wist ze dat het om haar ouders ging. Angstaanjagende dromen over Will die door glasscherven haar huis binnen kwam lopen, wekten haar in de vroege ochtend.
Bij het eerste daglicht was ze al in de tuin en keek ze naar de geknakte ranken en afgetrokken bladeren van de klimop, die in het gras lagen en in de vijver dreven. Later die ochtend belde ze het bedrijf dat smeedijzeren roosters maakte. Ze konden de klus in een week geklaard hebben.

11

Gemma belde mevrouw Georgiou met het rapport over haar overspelige echtgenoot voor zich.
'Hallo?' zei ze. 'Rose? Met Gemma Lincoln van Mercator.'
Wat ze nu ging zeggen was altijd moeilijk, hoe vaak ze het ook al had gezegd.
'Ik ben bang dat je argwaan terecht was. Je man is gisteren na zijn werk naar een motel gereden en heeft daar een vrouw ontmoet die voldoet aan het signalement van Anneliese Smith. Ze zijn daar anderhalf uur gebleven en zijn toen weggegaan om in de buurt iets te gaan eten. Daarna zijn ze weer teruggegaan naar het motel, waar je man uiteindelijk vertrok om...' Ze zocht in Spinners verslag naar het exacte tijdstip. '... tien voor halftien.'
Aan de andere kant van de lijn hoorde ze de vrouw snikken.
'Het spijt me dat ik degene ben die het je moet vertellen. Ik stuur je het volledige rapport en de video per post. Als er nog meer moet worden gedaan, ken je de condities.' Ze zweeg even en voegde eraan toe: 'Het is altijd beter de waarheid te weten.'
'Maar ís dit de waarheid?' onderbrak mevrouw Georgiou haar. 'Misschien zijn ze daarnaartoe gegaan om te werken. Misschien hadden ze alleen maar behoefte aan een stil plekje.'
Ook dit had Gemma vaker gehoord, maar ze zei niet: hoor eens, dame, ik weet heel goed wat voor werk ze daar hebben gedaan. Er is maar één reden waarom een man en een vrouw voor kortere tijd een motelkamer huren.
Maar ze hield haar mond en wachtte. Ze hoorde hoe mevrouw Georgiou aan de andere kant van de lijn de informatie verwerkte en ondertussen probeerde om te vormen tot een meer acceptabele boodschap.
'Er is nog steeds geen echt bewijs,' zei mevrouw Georgiou op meer heldere toon. 'Er kan een volmaakt onschuldige verklaring voor zijn.' Ze wachtte even. 'Ik wil ze zien...' De stem van de

vrouw brak en ze moest haar keel schrapen. '... ik wil het ze met mijn eigen ogen zien doen. Ik kan niet geloven dat mijn man zoiets zou doen. Niet na al die beloften die hij me heeft gedaan. Hij heeft het me gezworen.'

Gemma kneep even haar ogen dicht; ze zuchtte niet hardop. 'Mevrouw Georgiou, we kunnen het volgende voor u doen, videosurveillance, maar dat is niet goedkoop.'

Er volgde weer een stilte.

Dump hem toch, Rose, dacht Gemma. Schop die klootzak de deur uit, verkoop het huis en deel de opbrengst. Een huis als het jouwe brengt genoeg op om ergens een leuk appartement te kopen waar je in vrede kunt leven zonder dat zo'n sukkel je hart breekt. Neem een kat, maak een leuk balkontuintje, koop nieuw serviesgoed en richt je badkamer mooi in. En maak voor eeuwig een eind aan die nat gezeken wc-bril.

'Ik ga van het weekend naar mijn moeder,' zei Rose Georgiou. 'Dan is hij hier alleen.' Weer die brekende stem.

Gemma voelde een bijna telepathisch contact waarin ze beiden de donkere man voor zich zagen, rotzooiend met zijn blonde maîtresse in het echtelijke bed terwijl Rose veilig bij haar moeder zat.

'We kunnen iets voor je regelen, recht boven het bed.' Nu was het Gemma die even pauzeerde. 'Weet je zeker dat je hiermee door wilt gaan?' vroeg ze.

'O ja,' zei de vrouw. 'Ik wil de waarheid weten. Ik móét de waarheid weten.'

Die weet je allang, dacht Gemma. En jouw weigering die onder ogen te zien levert mijn bureau nog eens zeshonderd dollar op.

'Wanneer zou het schikken?' vroeg Gemma. 'Dat we die camera plaatsen?'

'Hij werkt de hele dag. Wat dacht je van morgen?'

Ze spraken een tijd af en Gemma hing op. Ze liep het balkon op. Is het altijd beter de waarheid te kennen, vroeg ze zich af. Gemma leunde tegen de houten balustrade en keek naar de zee, naar de witte schuimkoppen die de noordoostenwind op de golven blies. Ben ik net als Rose Georgiou, vroeg Gemma zich af. Is dat waarom ik de waarheid over mijn vader moet weten? Ik kan niet zonder meer in zijn onschuld geloven; die moet bewezen worden. En dat moet gebeuren, besefte ze, omdat ik daar diep in mijn hart niet helemaal zeker van ben. Of weet ik, ergens diep in mijn hart, de waarheid al?

Ze dacht terug aan Bo Bayliss' starende, blauwomrande ogen, en aan de magere man met het mes, die hier ergens in de stad rondliep. Die gedachte beangstigde haar zodanig dat ze snel naar binnen ging en meteen doorliep naar de radio. 'Tracker 3, meld je, alsjeblieft.'

Hij kwam onmiddellijk door. 'Tracker 3 aan basis.' Hij was er altijd, dacht Gemma. Het idee stelde haar gerust en haar angst nam af.

'Spinner, kun je morgen een camera in de slaapkamer van de Georgious plaatsen?'

'Natuurlijk,' antwoordde hij. 'Ze wil livebeelden? Ik zal hem vandaag ophalen.'

'Hier is het nummer. Houden jullie bij hoeveel tijd je ervoor nodig hebt? Waarom schopt ze die schoft niet gewoon het huis uit?'

'Wat ze wel of niet doet is onze zaak niet, baas. En trouwens, het huwelijk is een contract voor het leven.'

'Dat zal best, Bede. En ik heb een paar sensors nodig, voor een klus in Darling Point.'

'Het cameraverhuurbedrijf heeft die niet,' herinnerde hij haar.

'Ik haal ze zelf wel,' zei ze, en ze meldde zich af. Ze nam een jack mee voor het geval het later op de dag frisser zou worden, duwde Taxi van het tafeltje in de hal, waar hij zijn voorpoot in een vaas met narcissen probeerde te steken, pakte haar strooien zonnehoed, stak haar notitieboekje bij zich en wilde net op weg gaan naar Seagull Bay, toen er werd aangebeld. Toen ze de deur opendeed, zag ze alleen maar een bloemenzee van blauwe irissen, witte lelies, goudgele fresia's en felrode klaprozen met een satijnen lint eromheen. Het reusachtige boeket werd haar voorgehouden door een kleine, vrijwel onzichtbare bezorger.

'Mevrouw Gemma Lincoln?' vroeg de man.

'Dat hangt ervan af,' zei ze terwijl de geur van de lelies haar bijna bedwelmde. 'Ze zijn beeldschoon.'

'Ze zijn van u,' zei de man. 'Tenminste, als u mevrouw Lincoln bent.'

'Ik beken,' zei Gemma, en ze vroeg zich af of Steve ineens vergevingsgezind was geworden. Ze nam het boeket van hem over,

bedankte hem en deed de deur dicht, waarna ze naar de eetkamer liep en de bloemen op de eettafel legde, naast de zilveren vaas die altijd in het midden stond. Ze kleurden prachtig bij het blauw en wit van haar interieur en de vaalblauwe zee erachter. Ze deed het kaartje open. 'Je bent beeldschoon,' stond erop. Ze draaide het om. Op de achterkant stond niets, ook geen handtekening. Ze voelde een kilte op zich neerdalen.
Met het kaartje in haar hand stormde Gemma de gang in, gooide de voordeur open, sprong de treden af en rende naar de straat. Niets te zien. Alleen de auto's die er altijd geparkeerd stonden. Ze bekeek het kaartje van de bloemist nog eens goed. Het was een klein lila kaartje van geschept papier in een bijpassende envelop van het soort waarvan Gemma wist dat je die in elke kantoorboekhandel kon kopen. Er stond geen naam of logo op gedrukt. Gefrustreerd en boos liep ze weer naar binnen. Het was gebeurd in een flits en zij had het laten gebeuren, naïef als een pasgeboren lammetje, dacht ze. Nu had die wolk van blauw, wit en goudgeel, kleuren die werden weerspiegeld in het glanzende hout van het tafelblad alsof ze op een doodskist lagen, opeens een dreigende uitstraling gekregen. Wie had dit gedaan? En waarom? Ze moest weer denken aan die grapjas in die groene Ford. Ze liep naar haar werkkamer, zette de radio aan en pakte de microfoon. 'Basis aan Tracker 3.'
'Ja, basis,' klonk Spinners stem door het gekraak en ethergeruis.
'Ik geloof dat ik net de vijand op bezoek heb gehad,' zei ze. 'Ik voel me een domme gans.' Ze vertelde hem wat er gebeurd was.
'Heb je hem kunnen bekijken?'
'Ja, door een bos bloemen. Klein van stuk. Een jaar of vijftig? Ik weet het niet. Donker haar.'
'Misschien is het legaal,' zei Spinner. 'Je bent een aantrekkelijke vrouw. Een geheime aanbidder.'
'O ja. Of een concurrerend bureau. Misschien zijn we wel gezien tijdens een van onze klussen en willen ze dat op deze manier kenbaar maken.' Ze dacht terug aan de keren dat ze met haar videocamera in een surveillanceauto had gezeten en haar doelwit haar door het glas recht had aangekeken, en zij gespannen had afgewacht totdat hij naar de auto zou komen stormen om haar te vragen waar ze verdomme mee bezig was. Het was nooit gebeurd.

'Mogelijk,' zei Spinner. 'Maar dan zouden ze ons willen laten weten wie ze zijn. En hoe slim ze zijn.'
Gemma beëindigde het gesprek. Het boeket bloemen kleurde perfect bij de blauw met witte gordijnen en kussens in de woonkamer. Zelfs de donkere houten details in haar interieur werden weerspiegeld in het goud van de fresia's, die net aan het opengaan waren. Ze waren beeldschoon en ze moesten weg. Ze pakte de bloemen op en liep ermee naar buiten om ze op iemands huisvuilcontainer te leggen.
'Waarom wil je ze niet?'
Gemma draaide zich om en zag Ratbag aankomen, met een frons op zijn altijd zo serieuze gezicht.
'Wat is er mis mee?'
'Niets,' zei Gemma. 'Er is niets mis mee. Ze passen alleen niet bij mijn interieur,' loog ze.
'Wat is een interieur?' wilde hij weten. Hij had waakzame ogen die hij altijd half dichtkneep als hij iemand aankeek, en Gemma besefte op dat moment twee dingen: dat hij later een heel aantrekkelijke man zou worden en dat niemand hem ooit zou zien lachen.
'Dat is hoe je je huis inricht. De kleuren die je gebruikt, van de gordijnen en zo.'
Ratbag knikte.
'Je moeder zal ze vast erg mooi vinden,' zei Gemma.
Ratbags ernstige gezicht lichtte iets op. 'Ze is dol op bloemen,' zei hij, 'maar ze zal waarschijnlijk denken dat ik ze gepikt heb.'
'Doe je dat soort dingen dan wel eens?'
Ratbag wendde zijn blik af.
'Zeg maar tegen haar dat je ze van mij hebt gekregen,' zei Gemma. 'Ze kan het komen navragen als ze wil.'
Ratbag pakte de bos bloemen van het deksel van de vuilcontainer en liep ermee de trap af, met één tree tegelijk, zoals een veel jonger kind zou doen. Halverwege bleef hij staan en draaide hij zich om, en vanuit Gemma's standpunt zag het er nu uit alsof de bloemen uit een onderlichaam met twee magere benen en een paar afgetrapte schoolschoenen groeide.
'Jij bent privé-detective,' zei hij vanachter de bloemen. 'Mijn moeder zegt dat dat soort werk bepaalde elementen aantrekt.

Wat bedoelt ze daarmee?'
'Zo, zegt ze dat? Wat heeft ze nog meer gezegd?'
Maar de bos bloemen gaf geen antwoord.
'Heb je wel eens iemand doodgeschoten?' vroeg hij toen.
'Nee,' zei Gemma. 'Dat heb ik niet.'
'Heb je een pistool?'
Gemma schudde haar hoofd. Ze vond het niet nodig dat Ratbag of wie ook wist dat ze in de la van haar nachtkastje een .38 met vergunning bewaarde.
Ratbag keek door een opening in de bos bloemen en vroeg: 'Waarom niet? Op tv hebben privé-detectives altijd pistolen.'
'Het echte leven is niet zoals je dat op tv ziet,' zei Gemma. 'Het is voor mij niet nodig een wapen te dragen. Maar vroeger had ik er een,' zei ze, als om hem tegemoet te komen. 'Ik zat vroeger bij de politie.' Er viel een stilte. Ze kon niet met zekerheid zeggen hoe deze mededeling bij hem terechtkwam.
'Waarom ben je daar weggegaan?' vroeg Ratbag. 'Was je corrupt?'
'Nee,' zei ze lachend, 'ik was niet corrupt.' Was ik het maar wel geweest, dacht Gemma. Had ik mijn zakken maar gevuld toen ik daar was, net als al dat andere schorem. Ze dacht aan Davey en Hendricks, die nu allebei teamleider waren.
'Nou, waarom dan?'
'Dat is een lang verhaal,' zei ze.
Zijn donkere oog gluurde nog steeds door de bloemen en hij probeerde het via een andere invalshoek. 'Doe je aan oosterse gevechtskunst?'
Gemma schudde haar hoofd weer. 'Nee,' zei ze, 'maar ik kan me wel snel bewegen.'
'In een gevecht, bedoel je?' vroeg Ratbag met nieuwe hoop.
'Nee,' zei Gemma, hem opnieuw teleurstellend. 'Ervandaan.'
Dat deed de deur dicht en de bos bloemen wandelde de trap af. Gemma zag hem ermee worstelen toen hij zijn sleutel in het slot van de voordeur probeerde te krijgen. Mevrouw Ratbag was iets belangrijks in het bedrijfsleven en Gemma zag haar zelden. Mijn werk trekt bepaalde elementen aan, dacht ze toen ze naar binnen ging; de eenzaam dolenden, de verdachten en de gekwetsten.
Toen ze op weg was naar de noordelijke buitenwijken en de snel-

weg naar Gosford, voelde ze zich iets minder depressief. En af en toe, als haar gedachten aan Steve haar te droevig stemden, dacht ze aan de miljonair die met haar had geflirt.

In minder dan twee uur reed ze naar Seagull Bay. Het kustplaatsje, dat voornamelijk werd bewoond door gepensioneerden, vakantiemakelaars en kleine winkeliers, zorgde ervoor dat ze al gauw werd overvallen door een soort vakantiegevoel, zeker toen ze de geur van zonnebrandcrème, versgebakken friet en uitbottende frangipanes en hibiscus rook. Hoewel de zomer officieel nog niet was begonnen, was dat hier in Seagull Bay wel degelijk het geval, om zich vervolgens te verspreiden over de rest van het land. De zee was aquamarijn en de hemel vaalblauw. Het zou leuk zijn, dacht ze bij zichzelf, om hiernaartoe te komen met een miljonair, een huis met uitzicht op zee te huren en de hele dag gin-tonic te drinken.

Philip Hawker verwachtte haar en zat al op de veranda van zijn leuke buitenhuis, in de schaduw van palmbomen, een Norfolkpijnboom en een bougainville die binnenkort vol grote, felrode bloemen zou zitten. Toen ze het flauw hellende pad naar zijn huis op liep en het geruis van de palmbladen in de wind hoorde, wenste Gemma even dat ze hier kon gaan wonen met Taxi en Steve, elke dag in zee kon zwemmen en nooit meer op surveillance zou hoeven gaan. Philip Hawker, die een zongebruind gezicht had en een vrolijk hawaïhemd droeg, begroette haar met de kenmerkende halve glimlach van de oud-politieman toen hij zijn hand naar haar uitstak.

'Leuk je weer te ontmoeten,' zei hij.

'Weer?'

'Dat weet je waarschijnlijk niet meer. Ik heb toen met jou en je zus gepraat.' Zijn donkere ogen keken recht in de hare. 'Je was nog maar een klein opdondertje, maar bijdehand als wat.'

'Ik kan me er niet veel van herinneren,' zei Gemma, zich bewust van de groeiende onrust diep binnen in haar. 'Alleen flarden, af en toe.'

'Ga zitten, dan haal ik iets te drinken voor je. Thee? Koffie?'

'Koffie zou heerlijk zijn,' zei ze. 'Zwart met één suiker graag.'

Hij verdween het huis in en Gemma had het idee dat hij haar

komst net zozeer beschouwde als een gezelligheidsbezoek als een gelegenheid om een oude zaak te bespreken. Achter de lage daken van de huizen aan de overkant zag ze het nevelige blauw van de zee met haar lage golven. Binnenkort was ze jarig en was het dertig jaar geleden dat de gruwelijke gebeurtenis die ze nu aan het onderzoeken was, had plaatsgevonden, zodat haar verjaardag was als een graf waar je bloemen op legt.

Philip Hawker keerde terug met een dienblad waarop twee dampende mokken stonden. 'Je zult het met mij moeten doen,' zei hij. 'Mijn vrouw zit de hele week in Sydney en ik doe weinig anders dan lanterfanten.' Hij lachte. 'Wat me prima bevalt,' voegde hij eraan toe.

Gemma pakte de mok aan die hij haar aangaf, waarna hij aan de andere kant van de tafel plaatsnam. Een vlucht prachtlori's vloog kwetterend over en Gemma keek ze na totdat ze achter de bomen aan het einde van de straat waren verdwenen.

'Dus de verklaring heb je in goede orde ontvangen,' zei Hawker.

Gemma knikte.

'Ik heb al mijn dozen met materiaal doorgespit en heb een stel foto's gevonden.' Hij zweeg even. 'Ze zijn nogal heftig. Van je moeder op de plaats van het misdrijf. En van je vaders jasje en broek.'

Opeens merkte Gemma dat ze nooit echt had nagedacht over hoe ze op iets dergelijks zou reageren. Dit was niet zomaar een onderzoek; dit was de zwarte bladzijde van de geschiedenis van haar familie. Ze was even niet in staat iets te zeggen.

'Gaat 't met je?' vroeg Hawker. Hij liep het huis weer in en kwam even later naar buiten met een stevige kartonnen envelop, die hij haar toestak. 'Dit is wat ik heb kunnen vinden. Het zijn voornamelijk foto's. En er zitten wat aantekeningen en andere losse dingen bij. Je mag alles houden als je wilt. Ik hoef ze niet terug.'

'Bedankt,' zei ze, en ze pakte de envelop aan. 'Ik neem aan dat het geen dingen zijn die iemand graag bij zich houdt,' hoorde ze zichzelf zeggen. 'Niet het spul dat je in een album zou plakken.'

De poging tot een grapje deed echter niets aan de toenemende onrust die ze voelde, en de envelop bleef als een bombrief tussen hen op tafel liggen.

'Ik heb al mijn aantekeningen ook doorgenomen,' zei hij, 'en ik vind het vreselijk dat ik het moet zeggen, juist tegen jou, maar ik denk dat de jury het voor honderd procent bij het rechte eind had.' Hij kneep zijn lippen op elkaar om haar te laten zien dat het hem speet.

Gemma keek weer naar de envelop. Ze kon het niet opbrengen hem nu open te maken, en zeker niet in het gezelschap van een man die geloofde dat haar vader een meedogenloze moordenaar was.

'Hoe komt u op die gedachte?' vroeg ze op professionele, neutrale toon.

'Het zijn niet alleen de bloedspatten,' zei hij, 'hoewel die als bewijs al zeer belastend zijn. Maar de analist van Justitie en de Forensische Dienst zijn het erover eens dat het bloedspatpatroon op het jasje alleen veroorzaakt kan zijn door de bloedspetters van de slag zelf en de bloedingen die daar het directe gevolg van waren terwijl de moord werd gepleegd.'

Hawker zweeg even en Gemma had het onwerkelijke gevoel dat ze over iets praatten dat in een film of boek gebeurde, en dat het bloed waaraan hij refereerde onmogelijk afkomstig kon zijn uit het lichaam van de vrouw die haar moeder was geweest.

Op zachtere toon vervolgde Philip Hawker: 'Er was ook sprake van een andere vrouw.'

Gemma had het gevoel dat iemand haar een stomp in haar maag gaf en Hawker zag dat.

'Dat wist je niet?' vroeg hij, en hij gaf zelf het antwoord. 'Natuurlijk wist je dat niet. Dat soort dingen zeggen ouders niet tegen hun kinderen. Waarschijnlijk wist niemand van de familie het.' Hij wachtte weer even. 'Wat is er daarna met jou en je zus gebeurd?'

Gemma was blij met deze verandering van onderwerp. 'We hebben een tijdje bij mijn oma en een tante gewoond. Daarna zijn we naar kostschool gestuurd.'

Oude, bittere herinneringen borrelden op, jaren van wetenschap dat niemand hen echt wilde hebben, dat ze voor iedereen zowel een probleem als een last waren. De leugens die zij en Kit vertelden over hun vader die diplomaat was, zodat hij en hun moeder vaak verre reizen moesten maken, de constante, afschuwelijke dreiging dat de leugen ooit zou uitkomen, zelfs al hadden ze een nieuwe achternaam. De schaamte, de bijna ondraaglijke schaamte over het feit dat ze niet alleen geen moeder hadden, maar vooral omdat ze een vader hadden van wie de buitenwereld aannam dat hij haar had doodgeslagen. Wat gaan jullie je vader voor vaderdag geven, hadden hun vriendinnetjes op school gevraagd. En je moeder voor moederdag? Een cake met een vijl voor de een, had ze dan verbitterd gedacht, en een bos bloemen op het graf voor de ander.

En nu was er opeens die andere vrouw die haar oude boosheid deed oplaaien. Ze voelde een absurde haat jegens de vrouw. Dit was een zware schok en ze dacht: wat weet ik nog meer niet?

'Het was een moeilijke tijd,' zei Gemma uiteindelijk. 'We durfden niemand te dicht in onze buurt te laten. We bleven op een afstand van iedereen. Goddank hadden we elkaar.' Ze keek Hawker aan. 'Ik weet niet waarom ik u dit allemaal vertel,' vervolgde ze. 'Ik praat er nooit over. Met niemand.'

Philip Hawker glimlachte. 'Veel mensen vertellen me dingen,' zei hij. 'Waarschijnlijk omdat ik in de bijna veertig jaar bij de politie goed heb leren luisteren.'

'En die andere vrouw?' vroeg Gemma terwijl ze merkte dat ze de woorden nauwelijks uit haar mond kon krijgen.

'Ze was ook psychiater,' zei Philip. 'Ik heb haar een paar keer gesproken. Een vrouw met stijl. Ze woonde in een groot huis in Pymble. Raar dat je sommige huizen nooit vergeet.'

'Hoe heette ze?'

'Wylde. Dokter Rowena Wylde. Ze had een praktijk aan de noordrand van de stad. Ik heb met haar gesproken en ze heeft volgens mij een verklaring afgelegd, maar die kan ik nergens vinden. Misschien heb ik hem nooit gehad. Je kunt het gemeentearchief proberen, of misschien de DPP.'

'Was het bewijs dat mijn vader zijn veroordeling kostte niet meer gebaseerd op de interpretatie van bloedspatten dan op zijn buitenechtelijke interesses?'

Hawker dat even na. 'Ja. De deskundige stelde dat het bloedspatpatroon op zijn jasje overeenkwam met dat op de muur, namelijk dat wat tijdens het slaan ontstaat. Je moeders bloed is dus op het moment van de aanval zowel op de muur als op zijn jasje gespat.'

Gemma kromp ineen bij deze verwijzing naar haar moeder,

moest denken aan de fontein van slagaderlijk bloed die uit de arm van een man spoot terwijl zij een tourniquet probeerde aan te leggen toen ze als eerste aankwam op de plek waar een messengevecht had plaatsgevonden.
'Er is naast het lichaam ook een voetafdruk gevonden die men nooit heeft kunnen verantwoorden,' vervolgde Philip Hawker. 'De officier stelde dat die afkomstig moest zijn van een van de schoenen van je vader, maar dat hij er op de een of andere manier in is geslaagd zich van die schoenen en zijn bebloede kleren te ontdoen voordat de politie kwam. De verdediging zei dat de voetafdruk van de echte moordenaar moest zijn, omdat hij met geen van je vaders schoenen overeenkwam.'
'Maar ze hebben het hele huis toch grondig doorzocht?' zei Gemma.
'Ja. Maar het duurde bijna twintig minuten voordat de ambulance en de eerste mensen van de politie arriveerden. De officier zei dat dit tijdsverschil hem de kans had gegeven om zijn kleren en schoenen uit de buurt van het huis te dumpen, een douche te nemen en zichzelf op te knappen.'
Dan had hij onmiddellijk in actie moeten komen, dacht Gemma. In haar verbeelding was het verleden opnieuw tot leven gebracht. De tuindeuren van de eetkamer stonden open, waardoor een moordenaar de mogelijkheid had gehad om binnen te komen, en haar vader zat op de grond met zijn stervende vrouw in zijn armen. Ze slikte met moeite, wilde hier weg om al deze nieuwe informatie te laten bezinken. Ze was niet van plan op zoek te gaan naar de verklaring van dokter Wylde, besloot ze, maar ze zou de vrouw zelf opsporen. Ze stond op. 'Bedankt voor alles,' zei ze, wijzend op de envelop.
'Ik heb tegenwoordig niets anders te doen dan te proberen enig licht in de duisternis te brengen,' zei Hawker met een glimlach, terwijl hij een stukje meeliep naar haar auto.
Bij het hek bleef ze staan en draaide zich naar hem om. 'Ik ben betrokken bij nog een ander onderzoek,' zei ze zonder precies te weten waarom. 'De moord op die vrouw in Maroubra?'
Philip Hawker knikte. 'Betrokken op welke manier?' wilde hij weten, en Gemma vertelde hem over haar relatie met Angie.
'De man naar wie we op zoek zijn, is op bezoek geweest bij een

prostituee,' zei ze. 'Een jong meisje dat hij bijna met een mes heeft aangevallen.'
'Ik ben blij dat ik niets meer met dat soort zaken te maken heb,' bekende hij. 'Het lijkt eeuwen geleden dat ik bij de politie zat.'
'U hebt het hier goed voor elkaar,' zei Gemma. 'U moet een tevreden mens zijn.'
Hij knikte. 'Het is geen slecht leven. Als ik nog ergens mee kan helpen, laat het me dan weten.'
'Misschien kom ik nog eens terug,' zei ze gekscherend, 'om u te vragen hoe u dít voor elkaar hebt gekregen.' Gemma bedankte hem en vertrok.

Ze reed terug naar Sydney, kocht twee sterke sensorlampen voor het huis van Richard Cross en toen ze thuis was, belde ze hem op zijn adres in Sydney om een afspraak te maken voor de installatie. Ze zou dat doen met Noel, die gediplomeerd elektricien was. Daarna besteedde ze nog een paar uur aan andere achterstallige rapporten, het schrijven van brieven en de rest van het papierwerk.
Ondertussen werden haar gedachten beheerst door de zaak van haar vader. Een voetafdruk die nooit was verantwoord. En een geluid dat ervoor had gezorgd dat de buurvrouw uit het raam had gekeken, bijna een halfuur voordat haar vader was thuisgekomen.
Nu ik deze foto's heb, dacht Gemma, kan ik ze laten zien aan dokter Zelda Firestone en misschien kan zij er iets uit halen wat die zogenaamde experts van dertig jaar geleden over het hoofd hebben gezien. Als ze serieuze vraagtekens kon plaatsen bij de oorspronkelijke interpretatie, dacht Gemma, kon ze bij het Hooggerechtshof een aanvraag indienen voor een 'sectie 475'-onderzoek. En als de rechter dan bepaalt dat er grond is voor een dergelijk onderzoek, kan mijn vader misschien van blaam worden gezuiverd.
Deze gedachte, met alle mogelijke gevolgen ervan, deed Gemma's hoofd tollen. Veel publiciteit, een enorme schadeloosstelling, een reusachtige herziening van de tot dan toe bekende feiten; documenten zouden vernietigd of herschreven worden, archieven bijgewerkt, verklaringen aangepast en het vonnis dat

ongedaan gemaakt zou worden. En als mijn vaders naam wordt gezuiverd, dacht Gemma, wordt de mijne en die van Kit dat ook. Ze zouden niet langer het Kaïnsteken op hun voorhoofd dragen. Misschien zal ik dan eindelijk in staat zijn een normaal leven te leiden, in plaats van nog steeds gezien te worden als de dochter van een moordenaar en zijn slachtoffer.

Maar zonder het te willen bleven haar gedachten ook teruggaan naar haar kapotgesneden kleren en Bo Bayliss' verhaal over de tengere man met het mes. Ze liep naar haar stereo-installatie en zette Triple M aan, in de hoop dat de harde beat haar gedachten zou afleiden. '*High voltage, high voltage, rock and roll,*' zong ze uit volle borst mee, maar het bleef te onrustig in haar hoofd om zelfs maar het eenvoudigste administratieve werk te doen.

Een halfuur later lag de envelop met de foto's nog steeds ongeopend op haar bureau. Een paar keer had ze hem bijna geopend, maar steeds had ze haar hand weer teruggetrokken. Ze wist dat het moment was aangebroken om Kit alles te vertellen, en ze wilde dat haar zus bij haar was als ze de envelop openmaakte.

Gemma grilde een moot zalm voor zichzelf, dronk er twee glazen chardonnay bij, riep 'Bemoei je er niet mee!' naar Taxi, die opgerold op een stoel lag te slapen, en pakte de wijnfles weer. Taxi keek haar even verwijtend aan en ging door met slapen.

'Goed dan,' zei ze. 'Ik doe het niet.'

Ze zette de fles neer. Haar verdriet over Steve overmande haar weer en ze pakte de oude, zware kat van de stoel, liep met hem het balkon op en ging in een stoel naar de zwarte zee zitten kijken terwijl de tranen over haar wangen rolden. Ik had zelfs die twee glazen niet moeten drinken, zei ze tegen zichzelf, niet met dit hartzeer. Maar het deed haar niet ophouden met huilen. Ze liep naar binnen, belde Kit, zei dat ze haar moest spreken en dat ze zou langskomen voor een slaapmutsje.

Toen Gemma de straat naar Kits huis insloeg, zag ze in het licht van haar koplampen een overreden ringstaartstinkdier op de weg liggen, helemaal plat, met zijn prachtige staart opwaaiend van het wegdek.

Kit deed glimlachend open en Gemma liep met de envelop in haar hand achter haar aan het huis in. 'Je bent al aardig geset-

teld,' zei Gemma. 'Heb je nog iets aan de achterkant gedaan?'
De twee zussen liepen door het huis naar de achtertuin, waar Gemma naar de geknakte ranken van de klimop keek. 'Heb je die lui van dat traliewerk nog gebeld?'
'Ja,' zei haar zus. 'Wat is er mis? Waarom heb je gehuild?'
Kit zag het altijd meteen, wist Gemma. Ze schudde haar hoofd. 'Steve en ik,' zei ze. 'Ik denk dat het afgelopen is.' Ze zweeg even. 'Ik zou het eerder verteld hebben, maar ik...' Ze viel stil. Het gevoel dat ze ervoer als ze haar hart uitstortte bij haar zus, was schaamte. Ze legde de envelop op de grond naast het vijvertje en liet haar hand door het water gaan. Het is nu of nooit, dacht ze, en ze keek op naar haar zus.
'Wist je dat onze vader iets met een andere vrouw had in de tijd dat mama stierf?' vroeg ze aan Kit.
Kit, die vlak bij haar zus op de zandstenen rand van het vijvertje had gezeten, stond met een ruk op. Haar gezicht was opeens een hard masker en Gemma hoopte dat haar gelaatstrekken snel zouden verzachten. Uiteindelijk gaf Kit antwoord.
'Nee,' zei ze, 'dat wist ik niet. En ik zou graag willen weten hoe het komt dat jij dat wel weet.'
Gemma haalde een keer diep adem en stond ook op. 'Ik ben op bezoek geweest bij de rechercheur die zijn zaak in 1967 heeft behandeld.' Ze wees naar de envelop. 'Ik heb hier een paar foto's van de plaats van het misdrijf,' zei ze. 'Van het lichaam van onze moeder. En van vaders kleren.' Ze zag Kit geschrokken naar adem happen en vervolgde: 'Kit, ik ben bezig de zaak heropend te krijgen. Er is in de afgelopen vijftien jaar veel veranderd op het gebied van de interpretatie van bloedspatten.' Ze wachtte weer even voordat ze het laatste deel van haar bekentenis deed. 'Je moet ook weten dat ik bij hem op bezoek ben geweest.' Ze vond het moeilijk om 'vader' te zeggen.
Kit pakte de envelop, liep ermee naar binnen en liet Gemma alleen in de tuin zitten. 'Ik geloof niet dat hij het heeft gedaan,' hoorde ze Gemma roepen toen ze in de helder verlichte keuken de envelop openmaakte. Kit keek snel de foto's door, schoof met nijdige gebaren de ene achter de andere. Een afschuwelijke donkere vlek bedekte haar moeders geruïneerde gezicht en ook naast haar hoofd lag een glanzend zwarte plek. Het donkere van het

bloed stak zo scherp af tegen de bleke huid van haar gezicht, dat Kits laatste verdedigingsmuur werd neergehaald. Ze hoorde zichzelf ademhalen en het bonken van haar hart. Een voetafdruk van bloed op de vloerbedekking bij haar moeders ingeslagen schedel liet de tekening van een crêpezool zien. Kit concentreerde zich op de voetafdruk, maar het was al te laat. Opeens kon ze niet goed meer zien, werd haar zicht vervormd door de shock die ze had. Ze draaide zich met een ruk om en met de foto's in haar hand liep ze met grote passen de tuin in, waar Gemma nog steeds op de rand van het vijvertje zat.
'Dit is wat hij heeft gedaan!' hoorde ze zichzelf op lage, schorre toon tegen haar zus zeggen. 'Hier kun je zien wat die man onze moeder heeft aangedaan. Met een hamer, verdomme! Ze was zo... zo...' Het woord bleef in haar keel steken. '... zo klein.' Ze stond daar onbeweeglijk. 'En jij wilt dit allemaal weer tevoorschijn halen. Jij wilt hem redden. Waarom, Gemma? Waarom?'
Gemma keek in de verwilderde ogen van haar zus. 'Omdat, Kit...' zei ze.
'Moet je zien wat hij met haar heeft gedaan!' onderbrak Kit haar. 'Hij heeft haar hoofd en gezicht kapotgeslagen. Kijk! Kijk hiernaar en zie wat hij met haar heeft gedaan!' Ze hield een van de foto's voor Gemma's gezicht. 'Kijk!' Gemma zat als versteend met de foto zo dicht voor haar gezicht, dat ze niets kon zien. 'Waarom wil je al deze gruwelijke dingen weer tevoorschijn halen? Laat ze in het verleden, waar ze thuishoren. Je bent bijna vijfendertig. Je bent geen kind meer. Accepteer het feit dat hij schuldig is bevonden aan een walgelijke misdaad. Dat heb ík gedaan, en dat moet jij ook doen.'
Kit viel opeens stil, haalde de foto voor Gemma's gezicht weg en bleef besluiteloos staan. Zwijgend bleven de twee enige tijd voor zich uit kijken. Toen liet Kit de foto's op de grond vallen, draaide zich om en liep naar binnen, waar ze met veel kabaal de fluitketel op het gasstel zette, een lucifer afstreek en vloekte toen ze haar vinger brandde.
Gemma ging haar achterna, maar ze wist niet precies wat ze moest zeggen of doen. Ze bleef in de deuropening staan, haalde een keer diep adem en zei tegen Kits rug: 'Kit, ik wist dat je het hier niet mee eens zou zijn. Maar ik hoop dat je ten minste wilt

respecteren dat ik het recht heb het wel te doen, ook al doe jij er niet aan mee. En zelfs al ben je ertegen.'

Het verbaasde haar dat Kit ineens haar handen voor haar gezicht sloeg en begon te snikken. Ze liep meteen naar haar toe, want ze kon het niet verdragen als haar zus verdriet had, maar Kit schudde zich van haar af.

'Ik moet even een zakdoek pakken,' zei ze, waarna ze even de keuken uit liep en Gemma haar luidruchtig haar neus hoorde snuiten.

'Oké,' zei Kit met trillende stem toen ze de keuken weer in kwam. 'Je hebt het recht te doen wat je denkt dat het beste is. Maar ik zou graag willen dat je even nadenkt over wat mijn plaats in het gebeuren is. Jij was vijf. Ik was twaalf. Ik herinner me de vreselijke ruzies, het geschreeuw en gevloek. Ik heb nooit vergeten wat ik heb gezien. We waren allemaal doodsbang van hem. Ik heb hem haar een keer zien slaan en ben nooit vergeten hoe ik daarvan geschrokken ben. Daar weet jij allemaal niets van.'

Gemma staarde haar zus aan. Ze had haar nooit eerder in een dergelijke staat gezien.

'De man die onze vader is, was een gewelddadig iemand die zijn woede niet onder controle had en daarom onze moeder heeft vermoord. Hij mag in de ogen van sommige mensen een zeer begaafd psychiater zijn geweest, maar hij was een beroerde echtgenoot en een nog slechtere vader. Ik weet dat onze moeder depressief was en dat het niet gemakkelijk was om met haar samen te leven. Ieder kind dat in dat afschuwelijke methodistenhuishouden opgroeide, zou depressief zijn geworden. Ze hadden alle levenslust uit haar geperst.' Ze ging zachter praten. 'Ik weiger hier moralistisch over te doen, want ik ben psychotherapeut en geen priester. En ik ben ook niet van plan me te verdiepen in zíjn kindertijd, hoewel de antwoorden daar ongetwijfeld te vinden zullen zijn.'

'Is dat niet waar je in feite boos over bent?' zei Gemma. 'Dat ik op mijn manier onderzoek naar hem doe en jij niet?'

Kit bleef doodstil staan en staarde haar aan.

'Ik bedoel,' vervolgde Gemma, 'ben je boos omdat ik doe wat jij niet kunt of niet wilt?'

Kits gezicht betrok nog meer. 'Beschuldig je me van een of andere soort jaloezie?' vroeg ze.

'Nee, Kit, het is alleen dat...'
'Het is alleen dat jij de waarheid niet kunt accepteren,' zei haar zus. 'Jij kunt niet accepteren dat ik hier geen deel van wil uitmaken. Die man heeft gedaan wat hij blijkbaar moest doen, hij heeft daar de prijs voor betaald en binnenkort komt hij uit de gevangenis. Zo zit het in elkaar. En ik wil geen enkel contact met hem. Wat mij betreft is hij toen, die avond, ook gestorven. Het is voor mij gemakkelijker om aan beiden te denken als dood. Zo heb ik het al die tijd gedaan, Gemma. Zo ben ík ermee omgegaan. Jij moet er op je eigen manier mee omgaan.'
Het water kookte en automatisch draaide Gemma het gas uit. Ze schoof de theepot naar Kit, die het kokende water erin goot.
'Is dat ook de manier waarop je met Will omgaat? Door jezelf wijs te maken dat hij ook dood is?' De woorden waren Gemma's mond uit voordat ze het wist.
Kit deed het deksel op de theepot en haar stem klonk schor van boosheid. 'Waarom zeg je dat?'
'Ik vraag het me gewoon af, dat is alles,' zei Gemma. 'Ik weet dat ik niet thuis ben op het terrein van dat psychiatrische gedoe en dat ik niet de kennis heb die jij hebt. Jij bent de psychotherapeut. Maar zelfs ík weet dat de gevoelens die je hebt ten opzichte van je vader, bepalend zijn voor hoe je omgaat met alle andere mannen in je leven. Zelfs ik kan dat bedenken, en ik ben maar een ex-smeris. Je hebt niet het alleenrecht op de interpretatie van het verleden.' Ze draaide zich om en keek uit het raam. 'Misschien verbaast het je hoe vaak ik me afvraag hoezeer onze kindertijd doorspeelt in mijn leven. Dat mijn roekeloze gedrag van om de paar maanden misschien daar het gevolg van is?'
Kit strekte zich om de pot met honing uit het keukenkastje te halen. 'Je weet hoe het voor ons was,' zei ze. 'Hoe bang we waren dat we ontmaskerd zouden worden. Die vreselijke kostschool waar moeder-overste ons vertelde dat onze moeder een engel in de hemel was en onze vader voor eeuwig zou branden in de hel. En de non die mij vertelde dat ik was besmet door het kwaad omdat het bloed van een moordenaar door mijn aderen vloeide. De wreedheid van die vrouwen, de leugens die we moesten ophangen tegen de leraren en de andere meisjes. De leugens waarmee we moesten léven. Onze hele kindertijd was één grote

leugen. Ik was altijd doodsbang dat een van de meisjes erachter zou komen. De meesten van hen wisten dat er iets niet klopte.'
Kit draaide zich om en leunde tegen het aanrecht terwijl de tranen over haar wangen liepen, maar ze deed geen enkele poging ze te verbergen of weg te vegen. 'We deden wat we moesten doen, om te overleven,' zei ze. 'We waren verbazingwekkend moedige kinderen die deden wat nodig was om zich te wapenen tegen de wreedheid van volwassenen. Jij bent je vader en moeder kwijtgeraakt toen je vijf was, en ik toen ik twaalf was, maar daarvoor hebben we ze ook nooit echt gehad. Een zwaar depressieve vrouw kan geen goede moeder zijn voor haar kinderen, en een meedogenloos ambitieuze man geen goede vader. Ik denk dat we heel dapper waren. Veel kinderen zijn dat. Ik wou alleen dat ik dat had geweten toen Will klein was.'
Opnieuw pakte Gemma haar zus vast om haar te troosten, maar weer schudde Kit haar van zich af.
'Ik geloof niet dat we in een leugen hebben geleefd,' vervolgde Kit. 'We zijn op onze eigen manier omgegaan met de dingen en we hebben elkaar gesteund. We hadden geen keus. We hadden die dekmantel nodig om te overleven.'
'Als twee undercoveragenten,' zei Gemma.
'Precies,' zei haar zus. 'We zijn opgegroeid als undercoveragenten.' Ze keek Gemma aan en zei: 'Maar ik ben opgehouden met dat werk. Jij doet het nog steeds. En iets ontdekken dat altijd verborgen is geweest, maakt deel uit van undercoverwerk. Ik ga niet in op de psychologische aspecten van de reden dat jij daar al je energie in wilt steken, en welke aspecten van je eigen leven je daarmee tekortdoet. Dat is jouw zaak. Maar ik hoef dat niet te doen, Gemma, en ik wil er ook niets mee te maken hebben. Wat mij betreft ben je op zoek naar iets wat niet bestaat.'
'Oké, de boodschap komt over,' zei Gemma op scherpe toon. 'Er zijn misschien aspecten in mijn leven die ik nog niet heb afgehandeld. Maar jij bent ook niet volmaakt.'
Kit keek haar aan. Ze moest denken aan Alexanders woorden, dat als er iets akeligs gebeurde, ze een kop thee moest zetten en een bad moest nemen. 'Hoor eens,' zei ze, 'ik beweer ook niet dat ik perfect ben.' Ze pakte de melk uit de koelkast en zette die naast de kopjes op het aanrecht. 'Doe wat je moet doen, maar laat mij

erbuiten. Ik wil het niet weten.'
'Maar Kit, ik heb je altijd aan mijn zijde gehad,' zei Gemma. 'Ik vind het heel akelig als ik weet dat je hier niet aan meedoet. Dan voel ik me zo alleen. Ik heb dat gevoel nooit eerder gehad.'
Kit richtte haar aandacht weer op de theeattributen. 'Een deel van het volwassen worden bestaat uit het doen van de dingen die je moet doen, ook al krijg je daarbij geen steun, Gemma. Je zult jezelf moeten leren redden als er niemand is om je te steunen. Vooral als je je op vijandig terrein begeeft.'
'Aan preken heb ik geen behoefte,' zei Gemma. Ze probeerde het van een andere kant. 'Kit, jij bent de zielenknijper, ik ben de smeris. Ik heb altijd gedacht dat we twee heel verschillende banen hadden. Ik wil uit zien te vinden wát er gebeurd is en jij wilt weten waaróm het gebeurd is. Ik weet wel dat het een heel simplistische voorstelling van zaken is, maar zo heb ik ons altijd gezien. Maar in deze zaak wil jij noch het wat, noch het waarom weten.' Ze haalde haar schouders op. 'Misschien zou je je eens moeten afvragen waarom dat is. Ik ben misschien niet de enige die motieven heeft waarvan ik me niet bewust ben.'
Kit keek op van de kopjes waarin ze de thee schonk. Ze wilde iets zeggen, maar deed het niet. Ten slotte zei ze: 'Er is iets anders wat me dwarszit, en dat heeft niets te maken met wat er tussen ons aan de hand is. Of tussen jou en... hem. Ik weet dat je de dingen anders ziet dan ik, maar als oude zaken die zo'n groot deel van ons leven hebben bepaald opnieuw uit de kast worden gehaald, zullen ze nieuwe energie aantrekken. Je weet niet wat je in beweging zet als je hiermee doorgaat. Het kan heel gevaarlijk zijn. Ik zie dat soort dingen voortdurend bij mijn patiënten, en dan waarschuw ik ze ervoor. Dan zeg ik dat ze extra voorzichtig moeten zijn als ze de straat oversteken, of als ze autorijden. Je kunt namelijk niet voorkomen dat je een hoop oude demonen zult wakker schudden. Ik denk dat je je daar in elk geval van bewust moet zijn. Hou dat goed in gedachten, want, Gemma, als jij oude demonen wekt, heeft dat niet alleen gevolgen voor jou.'
Nadat Gemma vertrokken was, bleef Kit nog enige tijd met haar thee in de tuin zitten. Het licht uit de keuken viel in schuine banen over het gras en op de klimop die tegen de muur achter het vijvertje op groeide. Haar geest was van streek gebracht door

Gemma's woorden. Will had haar er tijdens een van hun vele afschuwelijke ruzies van beschuldigd dat ze mannen haatte. 'Je haat mij niet,' had hij geschreeuwd. 'Je haat alle mannen. Je haat papa. Je haat je eigen vader. Je zit vol haat! Er klopt geen reet van dit gezin!'

Nu, jaren later, hadden Gemma's woorden hetzelfde effect. Ze stond op en goot het restant van haar thee in het vijvertje. Er spatten een paar druppels op het gebeeldhouwde stenen gezicht in de muur en Kit staarde even naar de medusa-achtige gelaatstrekken en niets ziende ogen. Zou het waar zijn, vroeg ze zich af. Heb ik de pest aan mannen? Aan de hemel kwam een half maantje tussen de voorbijschuivende wolken vandaan en met een hoofd vol onheilspellende toekomstbeelden liep ze naar binnen.

12

Gedurende de hele rit naar Darling Point spookten Kits waarschuwende woorden door Gemma's hoofd. Ze had een taxi genomen en Noel zat al op haar te wachten in het busje, op Eastpoint Avenue, onder hoge vijgenbomen die zachtjes druipend in de motregen stonden. Het gebouw waar ze werden verwacht, bevond zich voor een deel onder straatniveau en Richard Cross woonde op de vijftiende verdieping. Er waren vijf ondergrondse en tien bovengrondse verdiepingen.

'Chique tent,' zei Noel toen ze over de overdekte voetgangersbrug naar de entree op de vijfde verdieping liepen. Ze drukten op de knop van de lift en lieten zich naar de tiende brengen. Richard Cross deed meteen open toen ze hadden aangeklopt. Gemma zag dat hij zich net had geschoren en een mooi overhemd van een zachte, dure stof aanhad. Was het teleurstelling, vroeg Gemma zich af, die als een schaduw over zijn gezicht gleed toen hij zag dat Noel bij haar was?

'Zouden jullie het erg vinden je schoenen uit te trekken?' vroeg hij. 'Misschien een gekke gewoonte van me, maar ik hou de buitenwereld graag buiten.'

Opgelucht schopte Gemma haar rode schoenen met de hoge hakken uit en zette haar voeten op de luxueus dikke vloerbedekking. Ze had een mantelpakje aangetrokken en in plaats van een blouse een crèmekleurige kanten body die haar figuur goed deed uitkomen. Richard Cross' appartement was eenvoudig ingericht, minimaal bijna met zijn Spartaanse lijnen in zwarte, witte en matgrijze tinten. Bruin en donkerrood waren de kleuren die in de woonkamer overheersten; comfortabele lederen fauteuils, een groot olieverfschilderij aan de westelijke muur en een levensgroot Melanesisch houten beeld met opengesperde ogen die waren afgezet met schelpjes, en een penis die tot op zijn enkels hing.

'Waar wil je de sensorlampen hebben?' vroeg Gemma.
'Ik wil er een op de vijfde,' antwoordde hij, 'waar de voetgangersbrug uitkomt in de foyer. Er is daar wel licht, maar dat is nogal zwak. De lampen gaan vaak kapot en het duurt eeuwen voordat ze worden vervangen. Ik moet dat nodig eens melden aan de bewonerscommissie.' Hij glimlachte. 'Die voornamelijk uit mijzelf bestaat.'
Hij nam hen mee naar de vertrekken aan de noordkant, waar een groot balkon uitzicht bood op de haven van Sydney. In de regen waren de zee en de lucht niet van elkaar te onderscheiden en gaven de langzaam bewegende lichtjes van de ferryboten en andere kleine vaartuigen aan waar de zee ophield en het vasteland begon.
'Het moet een prachtig uitzicht zijn als de zon schijnt,' zei Gemma.
'Zeker,' zei Richard vergenoegd. 'Ik hoop dat ik het je snel in zijn volle pracht kan laten zien.'
Hij liet de twee zien waar hij de andere sensorlamp wilde hebben, op het balkon aan de noordkant, met de lampen gericht op het groepje tropische planten tegen de balkonmuur.
'Ik wil de sensors daar hebben,' zei hij, 'zodat het licht aanspringt als er iemand over mijn balkon loopt en de inbrekers in het zonnetje worden gezet.' Hij lachte. 'Ik betwijfel dat er ooit iemand op mijn balkon zal klimmen, maar het zal mijn stukje regenwoud in elk geval prachtig doen uitkomen.'
Terwijl Noel op zoek ging naar de stoppenkast en de leidingen en gaten begon te boren voor de lamp en de sensors, ging Richard een drankje inschenken.
'Voor ons niet,' zei Gemma.
'Maar het is na werktijd,' zei hij.
Ze glimlachte. 'Na werktijd hebben wij het meestal het drukst.'
'Ja, natuurlijk,' zei hij. 'Om fatsoenlijke burgers voor het kwaad te behoeden.' Om de een of andere reden leek hij dat een amusante gedachte te vinden. 'Als je het niet erg vindt, neem ik een whisky,' zei hij.
'Ik doe met je mee,' zei Gemma, 'als we klaar zijn.'
Ze ging Noel helpen met het bepalen van de meest efficiënte hoek tussen de sensor en de lichtbron en daarna keken zij en Richard

toe terwijl Noel in en uit liep om de sensor te activeren. De grote groene bladeren van de tropische planten in de mooie keramieken potten zagen er prachtig uit als het licht aansprong.
Op weg naar huis keek Noel haar van opzij aan. 'Hij vindt je leuk,' zei hij. 'Hij stond voortdurend naar je te kijken.'
Dat verheugde Gemma. 'Je bent toch niet jaloers, hè, Noel?'
Hij gaf geen antwoord, schakelde alleen luidruchtig terug naar een lagere versnelling voordat hij New South Head Road in reed.

Toen Kit wakker werd, was het nog heel vroeg in de ochtend. Ze had de hele nacht liggen dromen en was een paar keer wakker geworden door het maanlicht dat op haar gezicht viel. Ze maakte een kop thee voor zichzelf en liep ermee de tuin in. Achter de stenen muur rukte de Stille Oceaan op en trok ze zich weer terug tussen de rotsen en kliffen die de baai afgrensden. Kit zat op de rand van het vijvertje en luisterde naar het zachte gedreun van de golven op de kust. De niets ziende ogen van de medusa staarden in de hare en ze dacht na over mannen.
De woordenwisseling met Gemma had zijn sporen nagelaten. Het was waar dat ze, met uitzondering van Alexander, geen enkele relatie met mannen onderhield. Haar vader was een verboden onderwerp voor haar hart en haar geest, haar zoon was uit huis gezet en ze was in de loop der jaren vervreemd van haar man en was nu van hem gescheiden. Ik moet beginnen mezelf te herstellen van het verlies van mijn vader, mijn zoon en mijn echtgenoot.
Ze zette haar mok neer, liep naar binnen om de kaars naast Wills foto aan te steken en nam hem mee naar buiten. Ze zette de kaars op de stenen rand van het vijvertje en keek hoe de bewegende vlam in de donkere tuin een kleine cirkel van licht rondom zichzelf schiep. Ik moet doen wat goed is, dacht ze bij zichzelf.

Gemma schrok wakker van de telefoon. Ze tastte naar de hoorn en zag dat het nog geen vijf uur was.
'Gemma, hij heeft weer toegeslagen,' zei Angies stem, die schor klonk van spanning. 'De klerenmoordenaar.'
Even had Gemma geen idee waar ze het over had.
'Hij heeft een meisje uit haar huis ontvoerd,' vervolgde Angie. 'Ik bel daar nu vandaan.'

'Hoe weet je dat hij het is?' vroeg Gemma.
'Kom zelf maar kijken,' zei Angie. 'Ik krijg je wel door de afzetting. Ik wacht buiten op je.' En ze gaf Gemma het adres.
Vijfendertig minuten later arriveerde Gemma bij het afgezette woonhuis in South Coogee en parkeerde ze achter een van de twee politiewagens. Het was een degelijk bakstenen huis met erkerramen, een pergola die naar de voordeur leidde en openslaande deuren die toegang gaven tot een grote serre. Een paar busjes van het tv-nieuws stonden aan de overkant van de straat geparkeerd en Gemma herkende een van de reporters, met wie ze een paar jaar geleden had samengewerkt.
Ze duizelde nog van het gebrek aan slaap en het vroege uur. In het oosten waren de eerste geelroze vegen zichtbaar en lichtte de hemel donkerrood op, en Gemma knoopte haar jasje dicht, pakte haar videocamera en stapte uit de auto. Verderop, bij de stoeprand, stond een uniformagent die een cameraploeg van het tv-nieuws terugstuurde. Aan de overkant zag Gemma een zwaargebouwde man van middelbare leeftijd staan; hij leunde tegen een laag stenen muurtje en volgde het gebeuren alsof het plaatsvond om hem tot vermaak te dienen. Ze richtte haar aandacht weer op het huis en de agent die bij het hek stond en de gegevens opschreef van degenen die binnen waren.
'Hallo, Mick,' zei ze tegen hem, zelfverzekerd op hem toe lopend in de hoop dat hij haar niet zou tegenhouden. 'Ken je me nog?'
Hij kneep zijn ogen half dicht en schudde zijn hoofd. Gelukkig kwam achter hen Angie aanlopen.
'Ze is oké, Mick,' zei haar vriendin. 'Ze werkt mee aan het onderzoek. Ze is getuige.'
'Schrijf zijn naam ook op,' zei Gemma, wijzend over haar schouder naar de zwaargebouwde man aan de overkant van de straat. 'Schrijf de gegevens op van iedereen die staat toe te kijken.'
'Ja, doe dat,' zei Angie. 'Iedereen die interesse toont. De buren, de hele santenkraam.'
'Ik weet hoe ik mijn werk moet doen,' zei Mick.
'Ik ben blij dat te horen,' zei Angie opgewekt, en de twee vrouwen liepen langs een overvolle vuilcontainer naast het tuinhek het pad naar het huis op.
Gemma keek om zich heen. Alle lichten waren aan in het grote,

comfortabele huis, waar een grote woonkamer uitkwam op een gang die leidde naar de andere kamers, de keuken en de veranda aan de achterkant. Vingerafdrukken was er al, zag Gemma aan de witte plekken die op de ruiten en raamkozijnen zaten. Ze volgde Angie de gang in en ze kwamen terecht bij een slaapkamer vol posters, snuisterijen en de speelgoedbeesten die tienermeisjes meestal hadden. Over de schouder van haar vriendin zag ze twee bedden waarvan er een was afgehaald en het beddengoed ongetwijfeld op weg was naar het Gerechtelijk Laboratorium, waar het onderzocht zou worden op haartjes, vezels, stof- en textieldeeltjes.

Eenmaal in de slaapkamer keek Gemma meteen naar de vloer. Weer vrouwenkleren, maar deze keer waren ze niet zorgvuldig neergelegd om de gedaante van een vrouw na te bootsen. Ze waren gewoon op de grond gegooid, op een hoop, eerst de schoenen en kousen en de rest erbovenop. En hij had deze keer naast de hoop kleren een parelsnoer en twee pareloorbellen neergelegd.

Gemma haalde haar videocamera uit de draagtas en begon te filmen: de vloerbedekking, de muren, het afgehaalde bed, een omgevallen stoel en een juwelenkistje dat op de grond lag en waarvan de ballerina op het deksel in een vreemde hoek omhoogstak.

'Maar het ziet er niet uit als van hem,' zei Gemma terwijl ze opstond en ophield met filmen. 'De kleren liggen niet uitgespreid.' Ze keek aandachtig naar de vloerbedekking rondom de kleren, en naar de omgevallen stoel. 'Het kan ook geen imitator zijn, Angie. De verschillen zijn te groot.'

Rondom hen lichtte de flitser van de politiefotograaf op toen hij uit alle hoeken van de kamer zijn foto's maakte. Angie keek op van haar aantekenboekje. 'Niemand kan trouwens weten wát er geïmiteerd moet worden,' zei ze. 'We hebben nooit informatie vrijgegeven. We hebben alleen gezegd dat hij bepaalde dingen doet met bezittingen van vrouwen. Kom hier eens ruiken.'

Gemma hurkte neer naast de hoop kleren, waar de geur van parfum duidelijk aanwezig was.

'Hij heeft deze keer parfum gebruikt,' zei Angie. 'In plaats van talkpoeder. Vingerafdrukken heeft het flesje meegenomen. Mis-

schien kunnen ze er iets vanaf halen.'
'Was er sperma?'
'Dat weten we pas als we het rapport van de Forensische Dienst hebben.' Angie draaide zich om naar de jonge rechercheur die de slaapkamer kwam binnenlopen in een elegant, duur pak. 'Je kunt dit wel inpakken, Bruno,' zei ze. 'We hebben alle foto's die we nodig hebben.'
Bruno keek Gemma aan en even leek het of hij iets wilde zeggen, maar hij keerde haar zijn rug toe en ging aan het werk.
Gemma keek naar zijn achterhoofd, naar de plek waar zijn haar ophield en zijn nek begon. Ze dacht terug aan de tijd dat ze zijn das had losgemaakt, dezelfde das die hij nu droeg, zijn overhemd open had geknoopt, zijn broekriem had losgemaakt en dingen had gezegd als: 'Leg dat wapen van je maar op het bed, waar ik het goed kan zien, agent.' Ze herinnerde zich zijn mond die vochtig en heet aanvoelde in haar hals en op haar borsten, en hoe zij haar handen liet gaan over de warme huid van zijn schouders en borst, die nu van haar afgewend waren. Ze richtte haar aandacht weer op Angie. 'Wie was ze?'
'Bianca Perrault, zestien jaar oud. Haar jongere zus, Amy, logeerde bij een vriendin. Mevrouw Perrault lag in bed te slapen en meneer Perrault is weg voor zaken. We proberen hem te bereiken.' Angie keek de kamer weer rond. 'Ik denk,' zei ze, 'dat zijn werkwijze deze keer anders is omdat hij geen vrouw hoefde te maken. Omdat hij een echte vrouw kon meenemen.'
Gemma keek haar vriendin aan, richtte opnieuw haar camera en maakte een opname van een reeks familiefoto's die boven op een witgeschilderd kastje stonden. Op een ervan stonden de twee zusjes samen, in de korte plooirokjes van een volleybalteam, opkijkend en lachend naar de fotograaf.
'Ja, dat klopt,' zei ze, Angies gedachtelijn volgend en zelf hardop denkend. 'Hij heeft een echte meegenomen. En hij heeft ook niets kapotgesneden,' vervolgde ze terwijl ze de vloerbedekking filmde en weer opkeek naar haar vriendin. Dat komt later, dacht Gemma, daar waar hij haar mee naartoe heeft genomen. Haar bloed stolde bij de gedachte en ze legde snel met trillende handen haar camera neer.
De twee vrouwen liepen de slaapkamer uit en liepen door naar de

grote woonkamer, waar een bos narcissen in een blauwe vaas een delicate geur verspreidde. Van buiten klonk opeens gelach op, wat Gemma deed terugdenken aan vroeger. Zwarte humor, dacht ze, een of andere harde grap die het ondraaglijke draaglijk moest maken. Ze was op een perverse manier blij dat ze hierbij aanwezig mocht zijn. Het voelde als vroeger, vertrouwd. Het leidde haar gedachten ook af van haar problemen met Steve en de onmin tussen haar en Kit. Mijn leven is zo verdomde moeilijk, dacht ze, maar ze voelde zich onmiddellijk schuldig toen ze dacht aan de jonge vrouw in Maroubra, die dood op de vloer van haar flat had gelegen, en de angst van het jonge meisje dat midden in de nacht door een gek uit haar eigen slaapkamer was ontvoerd.

'Wat maak jij ervan?' vroeg ze, om zich heen kijkend. Er zat traliewerk voor de ramen en de voor- en achterdeur, zag ze toen ze Angie het huis door volgde.

Angie keek in haar aantekenboekje. 'Hij is door de keukendeur naar binnen gekomen,' zei ze. 'Dat slot is geforceerd. We denken dat hij haar heeft gedwongen door die deur met hem mee naar buiten te gaan. Je kunt zien dat er in de slaapkamer een worsteling heeft plaatsgevonden. Maar hij heeft haar overmeesterd en de mond gesnoerd, waarschijnlijk onder bedreiging van een mes.'

'Hij moet een auto hebben gehad,' zei Gemma. 'Iemand moet iets gezien of gehoord hebben.'

'Mevrouw Perrault had een slaappil ingenomen,' zei Angie. 'Die heeft niets gezien of gehoord totdat vanochtend de telefoon begon te rinkelen en ze zag dat Bianca's bed leeg was en de keukendeur openstond.'

'En de traliedeur?' vroeg Gemma.

'Mevrouw Perrault denkt dat die alleen maar dicht was gedaan en niet op slot was gedraaid,' zei Angie.

Gemma dacht aan alle keren dat zij hetzelfde had gedaan. Om allerlei helse wezens binnen te laten, zou Kit gezegd hebben. 'Ze zal wel trots op zichzelf zijn,' zei Gemma.

'Ze is bij haar zus en zit zwaar onder de kalmerende middelen,' zei Angie. 'We moeten die schoft vinden. Hij heeft dat meisje onder hun neus vandaan uit huis gehaald.'

Gemma dacht weer aan het zieke kunstje dat hij enkele meters van haar slapende lichaam had vertoond. 'Dat vindt hij leuk,' hoorde ze zichzelf zeggen. 'Hij kickt op het risico. Dat vormt er voor hem een deel van.' Ze wist dat uit eigen ervaring, de kick van het anonieme, de naamloze mannen en de seks zonder woorden. Maar in het geval van deze man was het niet de kick van anonieme seks die hij zocht, maar de ultieme macht over een ander menselijk wezen.

'We nemen de verklaringen op van iedereen die Bianca en haar familie kent,' zei Angie. 'En dan bedoel ik ook echt iedereen. We schakelen een taalanalist in om iedereen binnenstebuiten te keren en te kijken of we een of andere hint kunnen vinden.'

'Een taalanalist?' vroeg Gemma, en ze moest denken aan het gesprek dat ze met Steve had gehad. Haar verdriet borrelde weer op en ze richtte haar volledige aandacht op haar vriendin.

'Dat is een heel nuttig opsporingsmiddel,' zei haar vriendin. 'Een manier om verborgen en onbewuste betekenissen uit verklaringen te halen door de gebruikte woorden te analyseren.'

De twee vrouwen liepen het huis uit, lieten de andere leden van het onderzoeksteam achter op de plaats van het delict en liepen door de voortuin, langs de vuilcontainer, terug naar hun respectieve auto's. De zon was op en het beloofde een prachtige dag te worden. Het busje van Channel 10 stond nog steeds aan de overkant geparkeerd en Mick was in gesprek met de zwaargebouwde man die Gemma was opgevallen toen ze hier aankwam, en die nu bij het begin van de oprit van het huis van de Perraults stond.

'Dit is de plaats van een misdrijf, meneer,' zei Mick, met zijn notitieboekje gebarend in de richting van het huis. 'Ik moet u vragen weg te gaan, of u anders arresteren voor belemmering van de politie tijdens het uitoefenen van haar werk.'

De dikke man mompelde iets en liep terug naar de overkant, waar hij bij het busje van Channel 10 bleef staan.

'Nieuwsgierige klootzak,' zei Mick toen hij zag dat de twee vrouwen naar hem keken. 'Hij wilde naar binnen gaan.'

Achter de afzetting had zich een kleine menigte gevormd, die ademloos naar het huis en de geparkeerde politieauto's stond te staren. 'Je zou denken dat de mensen op dit uur van de dag iets beters te doen hadden,' mopperde Mick.

'Ik wou dat wíj iets beters te doen hadden,' zei Gemma terwijl ze de straat overstaken. 'Steve gaat de verklaring die mijn vader heeft geschreven ook aan een taalanalist geven.' Ze vroeg zich af of hij dat nu ook nog zou doen.
'Ik wist niet dat je een verklaring van hem had,' zei Angie. 'Waarom doe je dat nu pas, na al die tijd?'
'Ik hoop de zaak van mijn vader heropend te krijgen. Ik wil de foto's van de plaats van het misdrijf aan die Amerikaanse bloedspatexpert laten zien.'
'O,' zei Angie, die het begreep. Toen kwam ze weer ter zake. 'Dat straathoertje over wie je me belde, kun je haar naar me toe sturen?'
'Ik weet niet of ze met je wil praten,' zei Gemma.
'Ze zal wel moeten, nu dit zo groot aan het worden is,' zei Angie, gebarend naar het huis en de toeschouwers en de tv-reporter die met oprechte blik in de camera keek terwijl hij zijn verslag 'op locatie' deed. 'De baas zet me al flink onder druk.' Ze keek om zich heen om te zien of er niemand meeluisterde. 'En Bruno is charmant als altijd. Hij is een van die knapen die denkt dat zijn lul eraf valt als hij "ja" zegt tegen een vrouw. Tanya heeft me verteld dat hij de meest vreselijke dingen over me zegt. Hij is blijkbaar vastbesloten zich zo dwars mogelijk op te stellen.' Ze kwam bij Gemma's auto. 'Weet je wat hij bij mijn laatste promotie heeft gezegd?'
Gemma knikte. 'Ja,' zei ze. 'Wie zal ze gepijpt hebben om die te verdienen?'
'Hoe weet je dat?'
'Hij heeft over mij hetzelfde gezegd.'
'Het lijkt wel of hij steeds erger wordt,' zei Angie.
'Mannen als hij kúnnen alleen maar erger worden.' Gemma draaide het portier van het slot en stapte in haar auto.
'Nu die Bianca wordt vermist,' zei Angie, 'zal dat straatmeisje zich moeten melden. Kijk of je haar zover kunt krijgen dat ze een sessie met Devlin doet. Misschien vindt ze het minder eng als jij het vraagt.'
Gemma kende Bill Devlin, de hypnotiseur van de Forensische Dienst, en de buitengewone informatie die hij soms loskreeg van getuigen of slachtoffers van een ernstig vergrijp. 'Goed,' zei ze

aarzelend terwijl ze de sleutel in het contact stak. 'Ik zal mijn best doen.'
'En ik wil dat je met je video naar het bureau komt voor een bespreking met het onderzoeksteam,' zei Angie. 'Want het ziet ernaar uit dat jij zijn eerste slachtoffer was.'
'De eerste van wie we op de hoogte zijn,' zei Gemma.
'O,' zei Angie, 'en die registratiecheck die ik voor je op die groene Ford moest doen? Volgens de politie van Marrickville is die auto tien dagen geleden als gestolen gemeld. De eigenaar is een juffrouw van een kleuterschool.' Ze stapte ook in haar auto en startte de motor. 'En je kunt iets voor me doen, als je wilt,' zei Angie.
Gemma trok een wenkbrauw op.
'Nu alles blijkbaar volgens het boekje gedaan moet worden en ik voor elke scheet toestemming in drievoud nodig heb,' zei Angie, 'zou ik me een stuk prettiger voelen als ik wist dat ik een vriendin had die minder aan handen en voeten gebonden is dan ik. Iemand die zich vrij kan bewegen, vragen kan stellen, haar ogen de kost geeft en me dingen kan laten weten. En dat allemaal snel. Zoals je tot nu toe hebt gedaan.'
'Dat ben ik,' zei Gemma. 'Snel en vrij.' Ze startte haar auto. Angie zwaaide haar gedag en Gemma reed weg. Ze stopte bij een bakker in Bondi en bleef een minuut of tien in de auto zitten, tot het zeven uur was, om een paar verse croissants te kopen voor haar ontbijt.

Op weg naar huis betrapte ze zich erop dat ze weer door Steves straat reed en jachtig om zich heen keek in een poging alles in zich op te nemen en tegelijkertijd de weg voor haar in de gaten te houden. Ze ging opeens op haar rem staan, wat tot gevolg had dat de auto achter haar hetzelfde moest doen en de bestuurder onmiddellijk op zijn claxon ging hangen. Ze wachtte tot de woedende man haar met een opgestoken middelvinger voorbij was gereden.
Voor de flat waar Steve woonde stonden vier huisvuilcontainers te wachten tot ze zouden worden geleegd. Gemma propte het papieren zakje met de croissants in het handschoenenkastje, parkeerde langs de stoeprand, sprong uit de auto, deed het achterportier open en sleepte Steves container ernaartoe, waarna ze zijn

vuilniszakken op de achterbank begon te stapelen. Ze had dit al zo vaak gedaan, dat het haar niet meer als vreemd voorkwam, maar ze was zich ervan bewust dat de mensen op straat naar haar keken. De stank van vuilnis vulde haar auto zodra ze op weg ging naar huis.

Daar aangekomen propte ze Steves vuilniszakken in haar eigen container en reed die naar de voordeur van haar flat. Ratbag, die naast een kartonnen doos in het gras zat, keek op en vroeg: 'Waarom breng jij vuilnis je huis ín?'

'Daarom.'

'Nou, waarom?'

'Waarom zijn de bananen krom,' zei Gemma, die meteen in haar achterhoofd de stem van haar tante Merle hoorde terwijl ze de vuilcontainer over de drempel trok en de voordeur dichtdeed. Ze liet hem in de gang staan, ging haar handen wassen, zette water op voor koffie en liep weer naar buiten om haar croissants uit de auto te halen. Ratbag zat over zijn doos gebogen en keek niet op toen ze naar haar auto liep. Gemma herinnerde zich dat zijn moeder 's ochtends altijd heel vroeg wegging. Op de terugweg voelde ze zich opeens schuldig omdat ze hem had afgeblaft met haar bijdehante 'waarom zijn de bananen krom'.

'Wat heb je daar?' vroeg ze toen ze naar hem toe was gelopen.

'Een torenvalk,' zei hij. 'Ik heb hem op het kerkhof gevonden. Hij heeft zijn vleugel bezeerd. Ik wilde met hem naar de dierenarts, maar dat mocht niet van mama. Ze zegt dat die wilde beesten toch doodgaan.'

Hij deed het deksel open en Gemma gluurde in de doos, waar de valk angstig in een hoekje zat en haar met één bruin oog doordringend aankeek. Hij sloeg onhandig met zijn vleugels en Ratbag deed snel het deksel weer dicht.

'Wat geef je hem te eten?' vroeg Gemma.

'Muizen,' zei hij. 'Ik koop jonge muisjes in de dierenwinkel.'

Gemma keek hem aan.

'Dat is niet erg,' zei Ratbag. 'Ik maak ze eerst dood.'

'Wat aardig van je,' zei Gemma.

'Het zijn maar muizen,' zei Ratbag op redelijke toon. 'Trouwens, hij eet ze niet. Hij heeft nog niks gegeten.' Hij keek haar aan. 'Denk je dat hij doodgaat?'

'Misschien moet je hem uit de doos laten,' zei ze.

'Maar je kat!' riep Ratbag, en de verontwaardiging in zijn stem was echt. 'Dan maakt je kat hem dood.'

'Je kunt een veilig plekje voor hem maken,' zei ze, 'waar Taxi niet bij hem kan komen. Een kooi, of een volière of zoiets.'

Ratbag staarde haar aan.

'Ik moet gaan,' zei Gemma. 'Ik heb water op het gas staan.'

Gemma liep met haar kop koffie en de inhoud van Philip Hawkers envelop het balkon op. De zee was een spiegel van verblindend licht en ze moest haar blik afwenden. Ze spreidde de inhoud van de envelop uit op tafel: twee kleine notitieboekjes, enkele bladzijden van het rechtbankverslag en een paar opgevouwen blaadjes die ze voorlopig even opzij legde. Ze nam vluchtig het rechtbankverslag door en kwam Philip Hawkers naam tegen. Ze stopte bij de getuigenis van hoofdinspecteur Frank Alan O'Donell van de wetenschappelijke afdeling van de Centrale Recherche.

Al het bloed is vergoten op het moment van de aanval, meldden de getypte woorden. Al het bloed, dacht Gemma. Mijn moeders bloed. Vergoten. Dat speciale politiejargon dat bedoeld leek om de gruwelijkheid van gewelddaden enigszins te verminderen.

Het was erg moeilijk naar de foto's te kijken. Ze draaide de close-ups van haar moeder om en concentreerde zich op de foto's van haar vaders kleren en de interieuropnamen van het huis van haar jeugd. Donkere strepen bloed waren te zien op het jasje en de muur van de eetkamer. Ze herinnerde zich dat Philip Hawker had gezegd dat het patroon alleen veroorzaakt kon zijn door de bloedspatten van de slag zelf en de bloedingen die daar het directe gevolg van waren. Op een van de foto's hield een hand het jasje voor de muur als het ontbrekende stukje van een puzzel, om te laten zien dat de grillige, donkere streep op de muur doorliep tot op de rechtermouw van het jasje. Maar was dat wel zo? Gemma keek nog eens goed. Het leek er wel op dat het bloed op het jasje en het bloed op de muur veroorzaakt waren door dezelfde straal. Dit was het soort bewijs, besefte ze, dat alleen deskundigen konden beoordelen. Wat ze ook hadden gedaan. Dertig jaar geleden. Het bloed op de muur en op het jasje vormde een grillig patroon dat vaag deed denken aan een palmboom, met de brede baan die diagonaal over de muur liep als de stam en de afzonderlijke, kleinere vlekken die op de bladeren leken. Gemma staarde nog enige tijd naar het patroon, deed de foto's bij elkaar, schoof ze met de notitieboekjes en de andere papieren terug in de envelop en bleef doodstil zitten, verbaasd over hoezeer de beelden haar hadden geschokt. Met tranen in haar ogen stond ze op, liep naar binnen en legde de envelop op het tafeltje bij de voordeur.

Doelbewust richtte ze haar aandacht op Steves afval. Terwijl ze begon aan een van de standaardprocedures van haar vak – het doorzoeken van iemands afval – moest ze denken aan een gesprek dat ze daar enige tijd geleden met Kit over had gehad. Je kunt veel over iemand te weten komen, had Kit haar gezegd, uit de manier waarop iemand leeft en de omgeving die hij of zij om zich heen creëert. 'De diagnostiek van het menselijk decor,' had Kit gezegd, en Gemma was de term nooit vergeten. Ze dacht terug aan de armoedige huizen waarin ze was geweest toen ze nog bij de politie was, aan hoe de rommel en viezigheid in die huizen een weergave waren van de chaos die de verwarde geesten van hun bewoners om zich heen creëerden. Maar je kon net zo veel, zo niet meer over ze te weten komen, dacht ze, op grond van wat ze weggooiden. Wat voor kranten en tijdschriften ze lazen, wat ze aten, of ze zelf kookten of kant-en-klaarvoedsel aten, hoeveel ze verspilden, wat voor kruiden en specerijen ze gebruikten, wat ze het lekkerst vonden en van wie ze brieven ontvingen. Telefoonnummers op strookjes papier, of ze al dan niet condooms gebruikten. Je kon zelfs hun toekomstige activiteiten te weten komen, zeker als ze lijstjes maakten van de dingen die ze nog moesten doen.

Net zoals het vuilnis van ieder ander hadden de zakken die ze voor Steves flat had weggehaald een archeologische opbouw: vandaag en gisteren lagen bovenop en de rest van de week lag in omgekeerde volgorde daaronder. En van boven tot onder vond ze geen enkel spoor van Steve. In plaats daarvan vond ze dingen die aangaven er de afgelopen vijf dagen iemand anders in zijn flat had gewoond. Dat was ook niet zo raar, dacht Gemma. Steve moest van het toneel verdwijnen zodra het drugsteam de inval had gedaan bij zijn vroegere motorvrienden.

Al snel werd haar duidelijk dat de nieuwe bewoner van Steves flat een vrouw was die Winfield Lights rookte, blikjes wodka-orange dronk, panty's droeg, leefde van Lean Cuisine en fruit en graag chips at. Maar helemaal onder in de zak vond ze een boodschappenlijstje in Steves handschrift, plus de wikkels van de citroen-met-honingsnoepjes die hij was gaan eten toen hij was opgehouden met roken.

Gemma nam het boodschappenlijstje door. CADEAUTJE VOOR G, las ze, en ze dacht aan het kleine pakje dat tijdens hun laatste ruzie over de vloer onder de kast was geschoten. Ze had het er nog steeds niet onder vandaan gehaald en zou het ook niet durven openmaken, want ze wist nu al dat de inhoud haar hart zou breken.

Ik stel me aan, zei ze tegen zichzelf toen ze het gevlekte stukje papier gladstreek. Het is al erg genoeg als ik veertig dollar per uur reken om in iemands vuilnis te wroeten. En nu doe ik het voor niets!

Ze richtte haar aandacht weer op het stukje papier met Steves handschrift. Er stonden nog twee woorden op: MOTOR, SLEUTELS, met daarachter een telefoonnummer. Gemma legde het briefje apart, propte de vuilniszakken weer in de container en reed die naar de stoeprand. Van Ratbag was geen spoor te bekennen; hij was zeker naar school. Toen ze weer binnen was, stak ze de vijf geurkaarsen in de vorm van een roos aan – ze had ze de afgelopen kerst gekregen – en zette ze op diverse plekken in het huis om de stank van het huisvuil te verdrijven. Daarna liep ze met het stukje papier in haar hand het balkon op. Ze schaamde zich voor het feit dat ze Steve bespioneerde, maar desondanks richtte ze haar aandacht opnieuw op het briefje. Betekende MOTOR dat hij de motor moest terugbrengen naar het bureau? Met de sleutels erin? Of moest hij ergens sleutels ophalen voor een nieuw huis om in onder te duiken? Hoe dan ook, haar speurtocht had haar een telefoonnummer opgeleverd, en dat was in elk geval iets. Maar voordat ze het kon bellen, werd ze zelf gebeld door Angie, die haar vroeg zo snel mogelijk naar het bureau te komen.

Ze ging onmiddellijk op weg. '*Next time I'll be true, I'll be true,*' klonk het uit de radio, en ze zette hem snel af omdat de tranen in haar ogen sprongen. In de hal van het politiebureau kwam Angie haar tegemoet, waarna ze de lift naar boven namen en de gang in liepen.

‘We zitten daar,’ zei Angie, gebarend naar het einde van de gang. ‘Wil je thee of koffie voordat we naar binnen gaan?’

Gemma liep achter haar aan de kantine in, waar Angie kokend water op de oploskoffie in de piepschuimen bekers schonk. ‘De pers gaat door het lint met deze zaak. Dit soort dingen behoort niet te gebeuren in de oostelijke buitenwijken. Daar betalen de mensen te veel belasting voor,’ vervolgde Angie. ‘Geweldsmisdrijven komen er weinig voor. De commissaris heeft met de korpschef gepraat en we krijgen alle overuren die we nodig hebben.’ Ze leek daar tevreden mee.

Gemma pikte een koekje uit een pakje dat iemand op tafel had laten liggen en moest denken aan de croissants die ze vanochtend had gekocht, die nog steeds op het aanrecht in de keuken lagen, tenminste, als Taxi ze inmiddels niet had opgegeten. Angie keek in de koelkast of er melk was. ‘Agenten van Kings Cross zijn op zoek naar dat straathoertje met wie jij hebt gesproken. Devlin wil proberen of hij met het FACE-programma iets uit haar kan krijgen.’

Een jonge rechercheur stak zijn hoofd om de hoek van de deur. ‘Kom op, Angie, we zitten op je te wachten. De baas vraagt of je je mooie achterste onmiddellijk in deze richting wilt verplaatsen.’

‘Pas op met je machopraat, Col,’ zei Angie, ‘anders klaag ik je aan wegens seksuele intimidatie.’

‘Ik maakte maar een grapje,’ zei Colin. ‘Zo’n mooi achterste heb je nu ook weer niet.’ Hij dook te laat en het koekje dat Angie naar hem toe gooide, raakte hem op zijn voorhoofd. Gemma voelde een steek die niet alleen door nostalgie of jaloezie werd veroorzaakt.

De teampsycholoog hield zijn betoog toen Angie en Gemma het vertrek in kwamen en geruisloos plaatsnamen aan het eind van een lange tafel vol aantekenboekjes en piepschuimen bekers. Kopieën van foto’s van de misdaadlocaties in Maroubra en South Coogee circuleerden onder de aanwezigen.

‘Alles wijst erop dat hij deze omgeving goed kent,’ zei dokter Garry Copeland. ‘Het is zelfs mogelijk dat hij hier in de buurt woont. We gaan ervan uit dat hij het huis in de gaten heeft gehouden. Het moet niet zo moeilijk zijn geweest om vast te stellen dat meneer Perrault weg was. Het is ook mogelijk dat hij het meisje heeft gekend.’

Dat hoeft niet, dacht Gemma. Het is zo doodeenvoudig om privédingen over totaal onbekenden te weten te komen. Ze dacht aan de dagen, weken en soms zelfs maanden dat ze in haar auto voor een huis had gezeten om te zien wie er in en uit liep, welke auto ontbrak in de garage of welke nooit werd gebruikt. Om de alledaagse routines te observeren tot het moment dat het licht in de slaapkamer uitging en het hele huis in duisternis was gehuld. Wat trouwens niet betekende dat er niets meer gezien kon worden. Zolang er buiten iemand was die zijn ogen en oren de kost gaf, gaf het huishouden zich bloot.

Terwijl Garry doorging met het opsommen van de feiten over de vermoorde administratief medewerkster in Maroubra en het ontvoerde meisje uit South Coogee, bleef Gemma proberen zich de moordenaar voor te stellen. Misschien waren er nog meer vrouwen die wakker waren geworden en hun kleren aan flarden gesneden hadden teruggevonden, maar die hun mond hadden gehouden.

'Kijk,' zei Garry, zich op zijn kalende hoofd krabbend op een manier die Gemma zich nog goed herinnerde, 'waar we bij het maken van een daderprofiel in eerste instantie naar op zoek zijn, is een motief. Daarom moeten we zo veel mogelijk te weten zien te komen over deze twee jonge vrouwen. Met name over hun gewoonten, wie hun vrienden en vijanden waren en of ze onlangs van levensstijl zijn veranderd. Wat we zoeken is het motief. Maar in dit soort zaken ontbreekt het ons soms aan wat we normaliter een motief noemen. En dan kan een daderprofiel uitkomst bieden. Maar vergeet nooit,' voegde Garry er streng kijkend aan toe, 'dat een daderprofiel nooit eerlijk onderzoekswerk zal kunnen vervangen.'

O god, Garry, dacht Gemma, wat ben je toch altijd lang van stof. In gedachten was ze hem al een paar stappen vooruit en ging ze na wat ze over de klerenmoordenaar wist. Hij was opportunistisch geweest toen hij die deur op een kier had zien staan. Hij was haar leven binnengekomen door de opening die ze zelf had gecreëerd. Ze moest dat nu toegeven. Die opening had hem opgewonden en hij was binnengekomen om te kijken wat er nog meer te zien was. Misschien was hij 'nieuw' hierin geweest, bedacht Gemma, en was het de eerste keer dat hij op pad was gegaan om

een 'doelwit' te vinden. Misschien had hij zich daarvoor beperkt tot het masturberen boven vrouwenkleren.
Gemma pakte de foto's van de twee misdaadlocaties en spreidde ze voor zich uit. De verschillen waren te groot, zei het analytische deel van haar geest weer. Maar sommige dingen kwamen overeen, zei het rationele deel. Eén facet had haar speciale belangstelling, maar dat wilde ze eerst met Kit bespreken om meer diepte en duidelijkheid te hebben voordat ze het hardop uitsprak.
Angie draaide zich om op haar stoel en drukte op de afspeelknop van de videorecorder die achter haar stond, en opnieuw kwam de moordlocatie in Maroubra tot leven toen de camera langzaam over de vermoorde vrouw en haar kleren zwenkte. De mensen van het team bekeken de opnamen in stilte totdat het scherm eerst zwart en toen wit werd. Angie schoof de nieuwe videocassette in het apparaat, met de opnamen van het huis waaruit het meisje vanochtend was ontvoerd. Weer die trage, systematische camerabeweging, zonder mensen en zonder actie. Alleen de mise-enscène van het misdrijf. Daarna schoof Angie de derde cassette in de recorder en stokte Gemma's adem in haar keel toen ze de korrelige kopie van haar eigen opnamen in het Tusculum Motel herkende. Ze leunde achteruit op haar stoel en draaide haar hoofd weg, want ze wilde dit niet opnieuw zien, maar de stille, langzaam verschuivende beelden trokken haar aan, zodat ze even later weer naar haar kapotgesneden kleren en de beschadigde vloerbedekking zat te kijken.
'Je hebt geluk gehad dat je niet wakker bent geworden toen hij daar bezig was,' zei Garry Copeland, knikkend en glimlachend naar Gemma alsof zijn briljante, analytische geest haar persoonlijk van het kwaad had gered. 'Nou, jullie hebben nu alles gezien wat de mensen van de Forensische Dienst hebben gezien. En wat Gemma heeft gefilmd. Dan wil ik nu graag de voornaamste punten van het daderprofiel in betrekking met geweldsdelicten met jullie doornemen.' Garry's kalende hoofd wipte op en neer van enthousiasme.
Gemma boog zich naar Angie en fluisterde: 'Ik ben weg. Bel me maar als je me nodig hebt.' Ze stond op, pakte de envelop van tafel en liep de kamer uit.
Angie kwam haar achterna en zei: 'Fijn dat je bent gekomen. Dat

waardeer ik zeer. Wat denk je van Copeland en zijn psychologenpraatje?'
'Garry is oké, tot op zekere hoogte,' antwoordde Gemma. 'Maar er is iets anders wat me dwarszit en ik weet nog niet precies wat het is.'
'Over de ontvoering?'
'Over de zaak als geheel,' zei Gemma. 'De drie misdaadlocaties. Er klopt iets niet.'
'Vertel me wat je dwarszit.' Angies intelligente gezicht keek haar aan en de nieuwsgierigheid was zichtbaar in haar ogen.
'Dat zal ik zeker doen,' beloofde Gemma. 'Zodra me iets duidelijker is wat het is.'

Gemma reed naar Silverwater, parkeerde bij de bezoekersingang en ging zitten wachten toen de radio krakend tot leven kwam.
'Tracker 3 voor basis. Meld je, alsjeblieft.'
Gemma pakte de microfoon uit de houder op het dashboard. 'Ga je gang, Spinner.'
'Ik ben bij Rose Georgiou,' zei hij.
'O, het is al "Rose"? Dat heb je snel gedaan. Daarnaartoe rijden, bedoel ik.'
'Ik plaats de camera in de fitting van de lamp boven het bed, met een sensor die zowel op geluid als op beweging reageert. Het wachten is nu alleen nog op de acteurs.'
'Mijn instinct zegt dat ze daar zullen arriveren zodra mevrouw Georgiou naar haar moeder is vertrokken. Je moet bij de film gaan, Spinner.'
'Dat ben ik al,' zei hij. 'Ik ben regisseur, producent en cameraman.'
'Is mevrouw Georgiou daar?'
'Ze is een kop koffie voor me aan het maken.'
'Noel heeft onlangs een aanbod gehad. Om als acteur op te treden in een wraakvideo. Laat je niet verleiden,' plaagde ze hem.
'Mij is de wrake, zeide de Heer,' citeerde Spinner, en Gemma glimlachte toen ze het gesprek beëindigde en de microfoon weer in de houder klemde. Toen ze opkeek, zag ze haar vader aankomen. Hij had een kleine weekendtas bij zich en een opgerolde krant onder zijn arm. Hij deed Gemma denken aan een werkman

die naar huis ging om te eten. Haar hart bonkte in haar borst en haar mond werd droog. Ze stapte uit en liep om de auto heen om het portier voor hem open te doen, vooral om zichzelf iets te doen te geven.
'Hallo,' zei ze.
Haar vader gaf niet meteen antwoord. Toen zette hij zijn tas neer en liet hij haar in een hulpeloos gebaar zijn handpalmen zien.
'Mag ik je omhelzen?' vroeg hij.
'Dat weet ik eigenlijk nog niet,' antwoordde ze schaapachtig.
Hij keek haar even recht in de ogen, pakte zijn tas op en stapte in de auto. 'Dat is tenminste een eerlijk antwoord,' zei hij.
'Misschien later,' zei Gemma, waarna ze instapte en de motor startte.
'Fijn dat je me komt ophalen,' zei hij. 'Dat is aardig van je.'
Over de telefoon had hij haar verteld over de flat in Glebe die hij had geregeld voor na zijn vrijlating, waar hij zou gaan wonen met de man met wie hij de laatste paar jaar zijn cel had gedeeld en die vorig jaar was vrijgekomen, de advocaat die zichzelf had overschat en geld van een trustfonds had uitgegeven. Gemma reed richting stad. Het was een bewolkte dag met een dreigende lucht. Ze zette de radio aan en zocht een zender op waarvan ze dacht dat hij in de smaak zou vallen bij haar vader.
'Ik kan het bijna niet geloven,' zei hij, 'dat ik nooit meer terug hoef. Dat ik morgenavond niet terug hoef naar de gevangenis. Dat ik als een doodgewone man van zevenenzestig een flat ga delen met Paul.'
'Wat zijn je plannen?' vroeg Gemma.
'Ik heb nog wat geld,' zei hij. 'En met mijn pensioen erbij moet ik me kunnen redden. Paul zei dat hij wel wat researchwerk of andere dingen voor me zou kunnen vinden.' Hij zweeg even. 'Ik ga een boek schrijven,' vervolgde hij toen. 'Nee, ik ga twee boeken schrijven. Ik ben vastbesloten de wereld te laten zien dat het waar was wat ik heb gezegd.'
'Dat is één boek,' zei ze.
'En ik ben bezig geweest met iets wat een meer medisch karakter heeft. Maar daar moet ik research voor doen.' Hij keek haar aan en glimlachte op een manier die zijn grote, witte tanden liet zien. De uitdrukking op zijn gezicht bracht haar dertig jaar terug in de

tijd en opeens zag ze hem voor zich toen hij op de universiteit een aula vol belangrijke medici toesprak. Haar moeder, mager en nerveus en met haar bontjas aan, had hard in Gemma's hand geknepen toen de aula zich vulde met jonge en oude heren met de toga's en met bont afgezette mutsen van de universiteit. Haar hart was gezwollen van trots en liefde omdat het haar vader was naar wie al deze belangrijke mensen kwamen luisteren. Maar meteen daarna herinnerde ze zich dat ze bevend van angst in de grote rieten wasmand zat, samen met Kit, en dat ze hem hoorde schreeuwen tegen hun moeder. En ze kon zich nu ook de reden van de ruzie herinneren. 'Het enige wat je hoeft te doen, is die verdomde kinderen stilhouden. Dat is het enige wat ik van je vraag. Je hoeft niet te koken, je hoeft het huishouden niet te doen, niets van dat alles, want dat ligt buiten je bereik. Je hoeft alleen maar die verdomde kinderen stil te houden. En zelfs dát kun je niet!', welke woorden werden gevolgd door de klap waarmee hij de deur van zijn werkkamer dichtsmeet en het gesnik van hun moeder.

'Waar was het ook alweer,' vroeg ze op neutrale toon, 'dat je de een of andere lezing moest houden voor al die mannen in toga's?'

Haar vader bleef uit het raampje van de auto kijken. 'O, daar heb ik er een heel stel van gedaan,' zei hij. 'Verschillende universiteiten. Ik werd daar een tijdje als het grote licht beschouwd.'

En nu was het grote licht en de beangstigende deurensmijter een tengere, gepensioneerde man met dun, zilvergrijs haar en een huid en ogen die erg op de hare leken. Gemma's ogen brandden van de tranen.

'Dat was lang geleden,' zei hij. 'Het verbaast me dat je het nog weet.'

'Kit herinnert zich veel meer dan ik,' zei Gemma, en ze had er onmiddellijk spijt van.

'Ah, Kit,' zei hij. 'Kit zag altijd alles.'

'Hoezo?' vroeg Gemma verbaasd.

Haar vader haalde zijn schouders op. 'De eerstgeborene is altijd meer gericht op wat er binnen het gezin aan de hand is. Alerter. Ik heb eens een heel aardig artikel geschreven over de effecten van de geboortevolgorde binnen gezinnen.'

'Dat wil ik wel eens lezen,' zei Gemma. 'En Kit ook, daar ben ik van overtuigd.'

Opeens draaide hij zich naar haar om. 'Gelooft ze nog steeds dat ik het heb gedaan?'
Er viel een pijnlijke stilte en toen knikte Gemma. 'Ja, ik ben bang van wel.'
'Hoe staat ze ertegenover dat je me opzoekt?'
'Daar is ze niet al te blij mee. Maar ze accepteert dat ik de dingen op mijn eigen manier doe.'
'Ze volgt de weg die ik ben ingeslagen,' zei hij. 'Ze is therapeut.'
Gemma hoorde de trots in zijn stem en voelde een lichte jaloezie.
'Is ze goed? Behaalt ze goede resultaten met haar patiënten?'
'Dat zul je aan haar moeten vragen. Maar ze werkt anders dan jij,' zei Gemma. 'Ze volgt de methode van de bio-energetica.'
'Aha, de bio-energetica.' Het klonk licht verwijtend. 'Psychiaters hebben altijd een hoop geld verdiend aan hysterische vrouwen. Ik neem aan dat ze weet dat die gekke, oude Reich door iedereen werd weggehoond en in de gevangenis is gestorven.'
'Wie?' vroeg Gemma.
'Maakt niet uit,' zei hij. 'Het belangrijkste is of je me gelooft of niet.'
Ze hadden hier nooit eerder over gepraat. En nu, terwijl ze samen in de auto zaten, te midden van het andere verkeer, de mensen op straat en het doodgewone leven van alledag, leek die intieme vraag perfect acceptabel. En het leek bijna of nu hij zich blootgaf, zij dat ook moest doen.
'Nee,' zei ze, 'ik geloof niet dat je het hebt gedaan.'
Ze voelde hoe hij zich ontspande en achteroverleunde in zijn stoel.
'Al het bewijs was indirect,' zei hij. 'Ze hebben die voetafdruk nooit kunnen verantwoorden. Die was niet van mij. Afgezien van de interpretatie van het bloedspatpatroon konden ze op geen enkele manier aantonen dat ik het had gedaan. De getuige-deskundige van de verdediging stelde dat het bloed op mijn jasje overeenkwam met mijn versie van de gebeurtenissen, dat je moeder bloed op me heeft gehoest toen ze op de brancard werd getild. Er is altijd onzekerheid gebleven over het exacte tijdstip van de aanval. Natuurlijk heeft de officier die gesteld op het moment dat ik thuiskwam. Maar de verdediging en ik wisten dat die eerder had plaatsgevonden.'

Gemma betrapte zich erop dat ze het voor zich zag, de bloedende vrouw op de brancard, haar vader die haar hielp op te tillen van de vloer in de eetkamer, op de brancard te leggen en deze achter in de ambulance te schuiven, waarbij de gruwelijke verwondingen aan haar hoofd, die op de foto's zwart waren geweest, nu van glanzend, donkerrood bloed waren.
'Tegenwoordig staan of vallen steeds meer zaken met de verklaringen van getuige-deskundigen,' zei ze. 'Ik ga de foto's van de plaats van het misdrijf aan een expert op het gebied van bloedspatten laten zien, iemand die hier op werkbezoek is.'
Haar vader keek haar belangstellend aan. 'Hoe heet ze?' vroeg hij.
'Dokter Zelda Firestone.'
Haar vader schudde zijn hoofd. 'Ik zou die naam moeten kennen,' zei hij, 'maar dat is niet zo.' Hij zweeg even en Gemma zag dat zijn hoofd naar voren kwam totdat zijn kin op zijn borst rustte, alsof hij in gebed was of heel diep nadacht. 'Jarenlang,' zei hij na een tijdje, 'heb ik al het mogelijke gedaan om de zaak heropend te krijgen. Ik heb heel wat studie gedaan naar de eigenschappen van bloed en de interpretatie van bloedspatpatronen. De mensen vergeten dat psychiaters eerst hun medische graad moeten halen. Maar keer op keer werd ik teruggewezen. Dat, plus het leven van een veroordeeld crimineel...' Zijn stem stokte. '... heeft me uiteindelijk zo afgemat, dat ik het heb opgegeven.' Hij draaide zich naar haar toe en Gemma wierp een snelle blik opzij voordat ze haar aandacht weer op de weg richtte, maar ze zag meteen dat hij woedend was. 'Ik had nooit veroordeeld mogen worden!' zei hij. 'Alles is precies gebeurd zoals ik ze indertijd heb verteld. Dát was de waarheid.'
'Ik ga alles doen wat in mijn vermogen ligt,' zei Gemma, 'om je zaak heropend te krijgen.'
Haar vader legde even zijn hand op de hare, die op het stuur lag, en gaf er een kneepje in. 'Mijn dochter,' zei hij. 'Mijn kleine Gemfish.' Hij leek even overmand door ontroering en ook Gemma's ogen werden vochtig. Ze slikte het brok in haar keel weg.
Bij het stoplicht keek haar vader naar buiten, naar de winkels en de vele voetgangers. 'Wat is het druk geworden,' zei hij. 'Het was hier altijd zo stil en leeg.' Aan de overkant van de straat zag hij een drankwinkel die adverteerde met de wijnen van Hahndorf.

'Ah!' sneerde hij. 'Nog steeds een vleugje platteland. Ik vraag me af of die wijn ook zo goed zou verkopen als ze hem Cock Town hadden genoemd!' Dat leek hem maar even te amuseren, waarna hij weer in een broeierig zwijgen verviel.

'Mijn verhaal is nooit veranderd,' zei hij na een tijdje. 'Ik heb je moeder die avond met geen vinger aangeraakt, totdat ik haar heb opgetild om haar op de brancard te leggen.'

Gemma veranderde van rijbaan om af te slaan van de snelweg. Haar vader ging naar buiten zitten kijken, leek zich terug te trekken in zichzelf en bleef de rest van de rit zwijgen.

Gemma ging even mee naar binnen toen ze bij zijn nieuwe huis in Glebe waren. Het was een kleine flat aan de achterkant van een appartementengebouw dat uitzag op een donkere, verwilderde tuin. Er waren twee slaapkamers, een woonkamer en een grote keuken met een schuifdeur die uitkwam op een betegeld terras dat werd afgegrensd door een wildernis van oleanders, hibiscus en palmen die het door het gebrek aan licht niet al te goed deden. De flat zelf ademde een mediterrane sfeer met zijn ruw gehouwen zandstenen buitenmuren. Hij leek het leuk te vinden een kopje koffie te zetten en haar rond te leiden.

'Ik voel me hier al helemaal thuis,' zei haar vader. 'Ik ben hier al eerder geweest, met weekendverlof. Paul is een aardige kerel. Jij zult hem ook mogen. Ik heb hem alles verteld over mijn slimme dochter de privé-detective.'

In zijn kamer stond een eenpersoonsbed en een klein bureau met een computer erop. 'Ik wil zo snel mogelijk al mijn boeken en papieren uit de opslag halen,' zei hij. 'Ken jij toevallig iemand met een busje, die wat extra's wil verdienen?'

'Noel,' zei Gemma. 'Een van mijn medewerkers. Hij is altijd op zoek naar klusjes. En hij heeft een flinke bus.' Ze schreef Noels telefoonnummer op en haar vader stak het briefje in zijn zak. Ze wilde hem vragen naar Rowena Wylde, maar besloot het uit te stellen tot later. Ze wilde de vrouw eerst zelf nagaan. Ze spraken af dat Gemma de volgende week een keer zou komen eten, waarna ze afscheid nam en naar huis reed.

Toen ze binnenkwam, stond de telefoon te rinkelen en ze rende ernaartoe om op te nemen. Het was haar vader.

'Je hebt geen idee wat het voor me betekent,' zei hij, 'om te weten dat je me gelooft. Ik wil mijn naam gezuiverd hebben. En niet alleen dat. Ik wil genoegdoening voor de dertig jaar die ik in de hel van het gevangenissysteem van New South Wales heb moeten doorbrengen. Ik wil een fortuin aan smartengeld, een heleboel geld. Niet voor mezelf, want ik red me wel. Maar om na te laten aan mijn dochters, zodat ik...' Gemma hoorde zijn stem breken. '... zodat ik toch nog een soort vader voor mijn meisjes kan zijn.' Gemma voelde de tranen weer in haar ogen branden en drong ze terug door als een politievrouw te denken. 'Iemand heeft mijn moeder doodgeslagen,' zei ze. Er volgde een lange stilte aan de andere kant van de lijn. 'En wat mij dwarszit,' zei ze, waarna ze even wachtte, 'is dat de dader nog steeds ergens rondloopt.'

13

Gemma speelde met de envelop toen ze het telefoonnummer draaide dat ze van dokter Zelda Firestone had gekregen. 'Ik heb een suite gehuurd in Liverpool Street,' zei de Amerikaanse, en ze gaf Gemma het adres. 'Maar ik kan pas later in de week naar de foto's kijken. Wat denk je van donderdagavond? Om een uur of zeven?'

'We hebben dertig jaar moeten wachten,' zei Gemma. 'Dus donderdagavond om zeven uur is prima.'

Toen ze het gesprek had beëindigd, ging ze de restanten van de croissants opruimen. Ze lagen kapotgekauwd en in stukken over de keukenvloer verspreid. Taxi hield eigenlijk niet zo van brood en banket, maar hij vond het wel leuk om dat elke keer proefondervindelijk vast te stellen. Ze deed de keukendeur open en riep hem, maar tot haar verbazing kwam hij niet aanrennen. Buiten geselde de noordoostenwind haar parasol, en ze liep het balkon op om hem dicht te doen. Het ding was een keer van het balkon gewaaid om als een losgeschoten vlieger door de lucht te schieten en uiteindelijk terecht te komen in het groen langs het pad dat naar zee liep. Ze riep Taxi nog een keer, maar er kwam geen oranje kat door het gras naar haar toe rennen. De zee had de grijze kleur van oorlogsschepen, de lucht was appelgroen en de horizon ging schuil achter een nevel die aangaf dat er ander weer op komst was.

Ze zette de tv aan om het nieuws te zien. De ontvoering van Bianca Perrault was het eerste item en er waren beelden van de bezigheden van de politie in en om het huis van de Perraults.

'Vrouwen moeten er goed op letten dat ze hun ramen en deuren goed dichtdoen,' zei Davey, die nu commissaris was, met half dichtgeknepen ogen omdat hij bijziend was, herinnerde Gemma zich, maar te ijdel was om een bril te dragen.

Opeens voelde ze zich uitgehongerd. In het keukenkastje vond ze een blikje sardines en een niet al te verse citroen, en ze maakte sardines op toost voor zichzelf klaar. Met het laatste stuk half in haar mond en het bord onder haar kin om de kruimels op te vangen liep ze de woonkamer in, waar het gruwelijk misvormde wrak van een auto op het tv-scherm haar tot staan bracht. 'De politie heeft de naam van de bestuurder vrijgegeven, die de macht over het stuur verloor, frontaal op een kleine vrachtwagen botste en op slag dood was. Het ging om de vierenzestigjarige Imelda Moresby.'

Gemma hield op met kauwen en verstrakte. De rest van het commentaar hoorde ze niet. Ze dacht aan de merkwaardige woorden van de omgekomen vrouw, over dat alles in tweeën ging. Ze dacht ook aan haar opmerking over het kwaad dat zich roerde, en Kits waarschuwing over oude energie die opnieuw opgewekt zou worden.

Een misselijkmakend gevoel van verantwoordelijkheid overviel haar. Heb ik dit gedaan, vroeg ze zich af. Heb ik dit afschuwelijke auto-ongeluk veroorzaakt door me met zaken uit het verleden te bemoeien en op die manier een of andere paranormale geest uit een fles te laten? Doe niet zo gek, wees ze zichzelf terecht. Je lijkt wel zo'n zweverige new-agefiguur. Maar ze was flink van streek en het feit dat Taxi nog steeds niet thuis was, beangstigde haar ook. Ze keek de kamer rond, hopend dat hij zich gewoon ergens in een hoekje zat te wassen. 'Waar ben je nou?' riep ze hardop, geïrriteerd door zijn afwezigheid.

We zijn door een karma met elkaar verbonden, had mevrouw Moresby gezegd, of iets wat daarop leek. Het was daarom met grote tegenzin dat Gemma met de envelop aan tafel ging zitten, de foto's er weer uit haalde en de rest van de papieren bekeek. De aantekenboekjes stonden vol opmerkingen over de verhoren, geboortedata, adressen, telefoonnummers en geheugensteuntjes in het nette, hoekige handschrift van Philip Hawker. Ze stopte bij de naam van dokter Rowena Wylde, met haar adres en telefoonnummer. Eronder stonden andere namen en adressen. Namen van dertig jaar geleden. En mevrouw Moresby was dood. Ze belde Kit en sprak de boodschap in dat ze later langs zou komen.

Toen Clive Kits spreekkamer binnenkwam, ging hij zonder commentaar op de kussens op de grond zitten. Hij was meer ontspannen dan hij daarvoor was geweest, vond Kit, en scheen er minder moeite mee te hebben op de grond en met haar op dezelfde ooghoogte te zitten. Misschien begon hij haar te vertrouwen, te voelen dat ze hem niet vijandig gezind was en ook geen plannen in die richting had.

'Ik heb een nieuwe vriend,' zei hij.

Kit hield haar hoofd schuin alsof ze wilde zeggen: 'O ja?', en hem aan te moedigen er meer over te vertellen.

'Ja,' zei Clive. 'Een jonge vent. We zijn samen op stap geweest.'

Kit bleef zwijgen, dus hij vervolgde: 'Dat stelt in jouw ogen waarschijnlijk weinig voor. Maar sinds mijn vrouw is vertrokken, en vanaf het moment dat mijn "probleem" de kop opstak, had ik geen zin meer om waar ook naartoe te gaan, en zeker niet met een andere man. Je denkt misschien dat het niets voorstelt, maar voor mij was het heel wat. We zijn naar de Blue Mountains gereden. Hij heeft daar een tante wonen.'

'En hoe is het de afgelopen week gegaan?' vroeg Kit. Het was haar opgevallen dat er een ondeugende fonkeling in zijn iets dichtgeknepen ogen te zien was.

'Ik heb gedroomd,' zei hij. 'Ik heb gedroomd dat ik seks met je had. Hier, op deze matten.' Hij klopte erop en keek haar weer aan, als een kind dat achter een gordijn vandaan gluurt, dacht Kit. 'Ik had een enorme erectie, ik klom gewoon boven op je en dat was alles.'

'Zette dat me op mijn plaats?' vroeg Kit.

Clive hield zijn hoofd schuin en keek haar aan.

'Want als je gewoon met een grote erectie op een vrouw kunt klimmen,' vervolgde ze, 'zou ik in feite overbodig zijn. Dan hoefde je niet meer naar me toe te komen voor therapie, is het wel?'

Clive moest daar even over nadenken. 'Dat kan ik me niet herinneren,' zei hij. 'Want ik weet niet meer hoe de droom afliep.'

'Het is niet ongebruikelijk dat mijn patiënten seksuele gevoelens voor me koesteren,' zei Kit op milde toon. 'Maar we doen hier niet aan seks. In andere zogenaamde therapieën wordt dat wel gedaan. Maar je kunt je ontspannen, want er wordt hier, in deze kamer, niet aan seks gedaan, met jou niet en met anderen ook niet.'

Clive schudde zijn hoofd. 'Ik dacht dat het misschien goed voor me zou zijn,' zei hij op sluwe toon. 'Ik heb gehoord dat bepaalde vormen van lichaamsbeweging impotentie kunnen genezen. Dan is het toch een natuurlijk deel van de therapie?'

'Seks is goed voor je zodra je hebt afgerekend met enkele punten die ervoor hebben gezorgd dat je hiernaartoe bent gekomen. Als je hebt ontdekt wat je impotent heeft gemaakt. Daarom ben je hier. Om dat afgestorven deel van je lichaam weer tot leven te brengen. Als je eenmaal weet hoe je je potentie van energie moet voorzien, kan seks een normale plaats in je leven gaan innemen.' Ze schoof een stukje naar hem toe. 'Ik ga vandaag iets aan je voeten doen, als je het goedvindt.'

Clive knikte en Kit begon met haar beide duimen zijn voetzolen te kneden. 'Die droom is goed,' zei ze terwijl ze hem masseerde. 'Over het terugvinden van je hardheid, een seksueel functionerende penis, tijdens de therapie. Je zit op het goede spoor. En ik denk ook dat er een aspect van macht uitoefenen op een vrouw in zit. Over de machtsstrijd in deze kamer. Heb je seks gezien als middel om macht uit te oefenen?'

Clive knikte. 'Natuurlijk,' zei hij, alsof dat voor de hand lag. 'Wat kan het anders zijn?'

Een halfuur later hadden ze het over Clives moeder.

'Vertel haar,' zei Kit, 'vertel haar wat je graag tegen haar wilt zeggen.'

Clives gezicht was rood. 'Ik ben teleurgesteld en boos omdat mijn moeder dood is,' zei hij, schor van inspanning.

'Waarom is dat?' vroeg Kit.

'Omdat ik haar nu niet meer kan vermoorden.'

Even later ging hij rechtop zitten en keek hij haar aan. 'Ik ben benieuwd of ze dat meisje ooit zullen terugvinden,' zei hij. 'Dat jonge meisje, dat uit haar huis is ontvoerd. Of zullen ze alleen haar lijk vinden?'

Kit ging op haar hielen zitten. Was dat een metaforische opmerking, vroeg ze zich af, over het herontdekken van zijn eigen lichaam, dat zo lang uit zijn eigen 'huis' ontvoerd was geweest, was het alledaags gebabbel over het nieuws, of was het iets van meer sinistere aard? Het was wel, besefte ze, de tweede keer dat hij refereerde aan de reeks misdaden.

14

'Het is raar,' zei Gemma terwijl ze zich strekte om over Kits tuinmuur te kijken, 'dat we allebei het gevoel hebben dat we worden geobserveerd. Of worden gevolgd.' Ze sprong van de kleine verhoging, wreef zich in de handen en keek naar de geknakte klimopranken. 'Denk je ook niet?'

Kit knikte. 'Waar keek je naar?'

'Niets speciaals,' zei haar zus. 'We moeten wel in gedachten houden,' vervolgde ze, 'dat het in mijn beroep niet ongebruikelijk is dat ik word gevolgd.'

'Nou, dat kan ik ook zeggen,' zei Kit. 'Ik kom mensen tegen die flink in de war zijn. Met name in het begin van hun therapie, als er dingen worden blootgelegd die ze hun hele leven hebben weggedrukt. Ze maken eerst een flinke terugval mee voordat ze aan hun genezing kunnen beginnen.'

'Denk je dat die insluiper een van je patiënten was?'

Kit haalde haar schouders op. 'Moeilijk te zeggen,' zei ze uiteindelijk. 'Maar het is mogelijk.' Ze hurkte neer naast het verwilderde bloembed en begon het onkruid tussen de peperboompjes en gardenia's uit te trekken. Gemma zag dat een van de wortels opvallend lang was toen Kit hem uit de grond rukte en het stuk onkruid op een hoop gooide. Ze vertelde haar zus over de dood van mevrouw Moresby.

'Ik begin het gevoel te krijgen dat ik steeds meer betrokken raak bij de zaak van de klerenmoordenaar,' begon Gemma.

Haar zus keek op van haar bezigheden. 'Je ziet er moe uit, Gems.'

'Ja,' antwoordde Gemma. 'Dat ben ik ook. Ik heb het de laatste dagen nogal druk. Heb ik je verteld dat ik onze vader naar zijn nieuwe stek in Glebe heb gebracht? Hij heeft daar een aardige flat met een tuin.'

'Leuk voor hem,' zei Kit terwijl ze een pol gras uit de grond trok. 'Je hebt genoeg te doen zonder ook nog eens voor hem het vuur

uit je sloffen te lopen.'
'O, Kit, alsjeblieft,' zei Gemma gestoken. 'Hij wil zijn naam zuiveren en een grote financiële schadeloosstelling eisen. Zodat hij toch nog een vader voor ons kan zijn. Hij zei dat hij iets goeds voor ons wilde doen en ons een hoop geld wilde nalaten. Hij is erg veranderd, Kit. Hij is niet meer de driftige, beangstigende man die we als kind hebben gekend. Hij heeft een afschuwelijk hoge prijs moeten betalen voor de tekortkomingen in zijn karakter.'
'Als hij onschuldig is,' zei Kit.
Er viel een gespannen stilte.
'Hoe dan ook,' zei Gemma na een tijdje, 'ik ben hier niet naartoe gekomen om daarover te bekvechten. Ik wil met je praten over een paar aspecten van Angies onderzoek. Hij heeft deze keer een jong meisje uit haar woonhuis gekidnapt.'
'Hoe weet je dat het dezelfde dader is?' vroeg Kit.
'Dat weten we niet. Niet zeker in elk geval. Hij heeft een hoop gemaakt van haar kleren, ze niet op de vloer uitgelegd zoals de vorige keren. Gewoon op een hoop gegooid.'
'Misschien hoefde hij deze keer geen vrouw "te maken",' zei Kit, 'omdat hij een echte kon meenemen.'
'Dat zei Angie ook, maar er bestaat een kans dat hij het helemaal niet is,' zei Gemma. 'De situatie wijkt absoluut af van de twee vorige keren. Ik zou graag jouw mening erover horen.'
'Vertel me het hele verhaal,' zei Kit. 'Vanaf het eerste begin.'
Gemma deed het, terwijl ze naast haar zus op haar hurken ging zitten en ook onkruid uit de grond begon te trekken. Ze ging uitgebreid in op de diverse misdaadlocaties, begon met haar eigen shockerende ontdekking in het Tusculum Motel, haar kleren op de grond en de deur op een kier, en vervolgde met de administratief medewerkster in Maroubra, die was vermoord omdat ze met een open raam had geslapen, ook al had ze geprobeerd zich te verdedigen met een golfclub. Daarna kwam de misdaadlocatie in South Coogee aan bod, het afgehaalde bed en het verdwenen meisje, het geforceerde slot en de kleren die in een slordige hoop op de grond waren gegooid, met een parelketting erbovenop.
Kit luisterde aandachtig en onderbrak haar zus af en toe om een bepaald punt te laten ophelderen. Ze hield hun meningsverschil

over hun vader bewust buiten het gesprek, zodat ze weer een gesloten front konden vormen, zoals ze altijd hadden gedaan als er iets opgelost moest worden. Ze pakte een hark en begon afwezig het uitgetrokken onkruid en gras op een hoop te harken.
'Ik moet mezelf iets afvragen over deze persoon,' zei Kit uiteindelijk. 'Waarom hij de dingen doet zoals hij ze doet. Wat hij van zichzelf blootgeeft door ze zo te doen.' Ze zakte weer door haar knieën en keek haar zus aan. 'Ik zie een jongen – een jonge man – ergens tussen de twintig en de dertig. Hij laat zien dat hij met vrouwen helemaal niet kan omgaan. Daarom moet hij ze stiekem besluipen. Vermoedelijk voldoet hij in zijn eigen leven evenmin. Hij heeft een slecht contact met zijn ouders, en dat komt tot uiting in zijn schoolopleiding. Hij heeft zijn hele leven nog nooit een succesverhaal kunnen melden. Hij is een van die mensen die onopgemerkt blijven, maar bij hem is het erger dan dat. Hij is wat de mensen een *looser* noemen. En dat komt tot uiting in zijn leven en zijn verschijning. Ik zie hem omgeven door rommel en ellende. Een onverzorgd uiterlijk. Waar je naar op zoek bent, is iemand die zichzelf psychisch en spiritueel teleurstelt, wat wordt weerspiegeld in zijn verschijning. Misschien een slecht gebit, afgetrapte schoenen, vieze kleren. Een smerig huis. Het zou me verbazen als hij een baan had, zeker in deze tijd van werkloosheid. En als hij werk heeft, kan dat zijn in een abattoir of dierenasiel, ergens waar hij zijn woede en sadisme kan botvieren op zwakkere schepsels. Want hij is heel passief, timide zelfs. Hij doet dingen met vrouwenkleren. Misschien begluurt hij ook vrouwen. Misschien fantaseert hij over hoe het hem opwindt als hij dat met die kleren doet terwijl de vrouw in de buurt is. Maar ze mag niet te dichtbij zijn. De eerste keer dat deze fantasie uitkomt – voorzover we weten – is als jij de deur van het motel op een kier laat staan. Hij ziet zijn kans en grijpt hem, sluipt de kamer van de vrouw en op die manier haar leven binnen. Het leven van een slapende vrouw.'
Gemma huiverde en in gedachten zag ze de moordenaar voor zich terwijl hij geruisloos de deur opendeed en haar kamer in sloop, zag dat zij lag te slapen en zijn kans zag om zijn fantasie met haar kleren uit te leven.
'In zijn kamer,' vervolgde Kit, 'waar hij ook woont, heeft hij eer-

der een vrouw "gemaakt", maar deze was altijd samengesteld uit allerlei kledingstukken die hij hier en daar had gevonden. Maar deze keer heeft hij de echte kleren van een echte vrouw die bewegingloos en nietsvermoedend op een paar meter afstand van hem ligt. Dat windt hem zeer op. Ik vermoed dat hij geen erectie kan krijgen met een echte vrouw, ook niet met een prostituee, omdat de associaties met zijn moeder te erg zijn. Maar hij maakt kennis met een nieuwe vorm van opwinding als hij de kleren kapotsnijdt en doorsteekt terwijl hij jou door de open deur kan zien liggen. Dus ik zie hem nu zoeken naar meer van dat soort openingen. Deuren die op een kier staan, ramen die een stukje openstaan. Hou in gedachten dat deze afwijking, deze obsessie voor hem een fulltime baan is. Jij en ik kunnen ons dat niet echt voorstellen. Je moet in gedachten houden dat het de enige energie is die hem drijft, het enige wat zijn leven de moeite waard maakt en richting geeft. Daar huist al zijn levenslust en hij dirigeert al zijn energie in die richting. Hij is dus altijd op zoek en wacht voortdurend op zijn kans. Dat is wat zijn leven betekenis geeft. Altijd op jacht, speurend en zijn territorium verkennend. Hij ziet waar alleenstaande vrouwen wonen. Hij ziet ze aankomen in hun auto's en hun huizen of appartementen binnengaan. En hij weet waar soms ramen uitnodigend openstaan, ook 's nachts. Kortom, hij kent zijn zaken.'

'Ja,' zei Gemma, terugdenkend aan de lezingen over daderprofilering die ze had bijgewoond. 'Dit soort moordenaars woont vaak in de directe omgeving.' Ze dacht aan de parterreflat in Maroubra, waar de jonge vrouw was doodgestoken voordat ze kon uithalen met haar golfclub.

'Deze keer,' vervolgde Kit, 'duwt hij het raam open en klimt hij naar binnen, want hij wil de opwinding die hij in het motel heeft ervaren, opnieuw beleven, maar als hij bezig is de kleren op de grond te leggen...' Ze zweeg even. 'Hoe heette ze trouwens?'

'Marcia,' zei Gemma. 'Marcia Harding.'

'Misschien stoot hij iets om,' vervolgde Kit, 'of moet hij niezen. In elk geval wordt Marcia wakker en pakt ze de golfclub. Ze komt de slaapkamer uit en ziet hem. Hij raakt in paniek. Dát was niet de bedoeling. Misschien gilt ze. Of misschien geeft ze hem zelfs een klap met de golfclub. Maar wat er ook gebeurt, hij vermoordt haar met het mes waarmee hij tot dan toe alleen ritueel had "gemoord." Hij komt nu terecht op een nieuw niveau en merkt dat de opwinding groot is. Natuurlijk is hij bang, maar hij doet wat hij altijd doet als hij bang is. Hij geeft er een seksuele draai aan. Dus waarschijnlijk heeft hij de beste erectie die hij ooit heeft gehad. En hij heeft de vrouw deze keer overmeesterd. Hij kan alles met haar doen wat hij wil. Dus hij masturbeert boven haar dode lichaam. Daarna verdwijnt hij de nacht in en gaat hij naar huis, waar dat ook is.'

'Hij woont alleen,' zei Gemma. 'Een moeder of vrouw of huisgenoot zou zijn bebloede kleren opmerken.'

'Het is mogelijk dat hij met een van zijn ouders leeft. Hij kan zijn kleren onderweg gedumpt hebben, maar het lijkt me waarschijnlijker dat hij alleen woont,' zei Kit.

'En hij is nu echt losgeslagen,' zei Gemma. 'Hij voelt zich bij machte een huis binnen te dringen. Want waarom zou hij passief afwachten totdat zich een open deur aandient?'

'Ja,' zei Kit. 'Dat is het deel dat me zorgen baart. Een meisje kidnappen uit het huis waar ze woont, is iets heel anders dan hij tot nu toe heeft gedaan.'

'Ja,' beaamde Gemma. 'Het is een groot verschil. Het heeft te maken met de verandering van de modus operandi.'

'Dat weet ik. Maar denk daar eens over na. Als gedrag zo ingrijpend verandert, moet iets anders in zijn leven ook zijn veranderd. Iets heeft hem minder passief en meer agressief gemaakt,' zei Kit.

'Wat is ervoor nodig om een passieve persoon agressiever te maken?' vroeg Gemma. 'Dat is in feite de reden dat ik hier ben. Om het jou te vragen als therapeut, als iemand die dagelijks te maken heeft met menselijke drijfveren. Want jij ziet verbanden waar die sufkop van een Copeland geen oog voor heeft.'

De twee zussen gingen zwijgend door met onkruid wieden. Boven hen vlogen meeuwen over en beneden drong het water van de Stille Oceaan de smalle opening van Gordon's Bay binnen.

'Weet je nog, toen we klein waren,' zei Gemma, 'dat we altijd in die grote rieten wasmand kropen als onze vader het hele huis bij elkaar schreeuwde? Ik moest er vandaag toevallig aan denken.'

'O, ja,' zei Kit. 'Dat herinner ik me heel goed. We verstopten ons tussen het wasgoed als de zaak uit de hand liep. Jij huilde altijd tranen met tuiten en ik moest mijn armen om je heen slaan om je te troosten. Jij was mijn kleine zusje.'

Gemma keek Kit aan en zag dat de ogen van haar zus vol tranen stonden. 'Weet je nog dat mevrouw Moresby die avond naar ons huis kwam?' vroeg Gemma.

Kit schudde haar hoofd, stond abrupt op en rekte zich uit. 'Ik kan me niet veel meer herinneren van die avond,' zei ze. 'Maar ik weet wel dat ik voor vandaag genoeg onkruid heb gewied.' Ze liep het huis in en kwam even later weer naar buiten met een kan gekoeld grapefruitsap.

Gemma stond ook op en spoelde haar handen schoon onder de tuinkraan terwijl Kit twee glazen vruchtensap inschonk. Gemma pakte het hare aan en liep naar het vijvertje. Een langpootmug liep wankelend over het wateroppervlak.

'Er moet iets veranderd zijn in het leven van de moordenaar,' zei Kit. 'Een druk van buitenaf kan in iemand zoveel spanning creëren, dat een van nature passieve persoon zich gedwongen voelt tot actie over te gaan. Maar die toegenomen druk kan door allerlei dingen worden veroorzaakt.'

'Een nieuwe relatie?' probeerde Gemma.

Kit knikte en zei: 'Ja, dat is mogelijk. Maar geen liefdesrelatie, want als hij op die manier functioneerde, zou hij niet de behoefte voelen om nepvrouwen voor zichzelf te maken.'

'Maar hij maakt die nepvrouwen om ze te vermoorden,' protesteerde Gemma, 'niet om de liefde mee te bedrijven.'

'In zijn belevingswereld maken seks en geweld deel uit van hetzelfde geheel,' zei Kit. 'Als hij als kind veel huiselijk geweld heeft meegemaakt – en het is vrijwel zeker dat dat zo is – is dat het enige wat hij heeft geleerd.'

'Hoe zit het met het verlies van iemand die belangrijk voor hem was? Een sterfgeval?' vroeg Gemma na een korte stilte.

Haar zus knikte weer. 'Elke grote verandering in zijn leven kan hem naar een nieuw niveau duwen,' zei Kit. 'Maar het moet een grote verandering zijn.'

'Wat als hij weer bij zijn moeder is gaan wonen? Dat zou hem erg kunnen frustreren,' zei Gemma. 'Of als hij zijn baan is kwijtgeraakt, als hij er een had, of misschien een baan heeft gevonden

die te veel van hem vergt?'
Kit haalde haar schouders op. 'Denk je dat hij werk heeft?' vroeg ze.
'Statistisch gezien is het waarschijnlijker van niet,' antwoordde haar zus terwijl ze terugdacht aan haar theorie.
'Maar er kan iets gebeurd zijn, want voor zijn eerste twee acties had hij niet echt een auto nodig,' zei Kit. 'Maar om iemand te ontvoeren, moet hij bijna wel een auto gehad hebben.'
'Ja, dat klopt,' stemde Gemma in. 'Hij moet een auto hebben gehad om een sterke jonge vrouw te ontvoeren, ook als hij haar met een mes bedreigde.' Gemma dacht hierover na terwijl ze een slokje van haar grapefruitsap nam. 'En hij moet haar bijna wel geboeid hebben, waarmee dan ook. Misschien kan haar moeder of zus zien of er iets van haar spullen ontbreekt. Kun je nog andere redenen bedenken waardoor iemand zijn gedrag verandert?' vroeg ze aan haar zus. 'Waarom het van passief naar krachtdadig zou veranderen? Is gewelddadig gedrag als een verslaving? Ik bedoel, heeft hij behoefte aan steeds meer? En wordt het bij elke nieuwe poging gemakkelijker voor hem?'
Kit liep naar binnen om haar handen te wassen en Gemma ging haar achterna. Ze pakte haar rugzak op, hing de banden om haar schouders en Kit bracht haar naar de voordeur.
'Ik heb nagedacht over wat je pas zei,' zei Kit.
Gemma draaide zich om. 'Wat heb ik dan gezegd?'
'Ik weet dat ik een zekere afkeer heb als het om mannen gaat,' zei Kit. 'Ik wist het eigenlijk allang, maar op de een of andere manier, of door de manier waarop je het zei, drong het nu pas tot me door. Ik heb het daarvoor altijd weggeredeneerd.'
Gemma voelde een ongewone blijdschap door het besef dat zij haar oudere zus af en toe ook een wijze raad kon geven.
'God mag weten hoe lang het geleden is dat ik met iemand naar bed ben geweest,' zei Kit, en Gemma keek haar verbijsterd aan. 'Ik heb dat hele gedoe vermeden, dat mannengedoe. Maar je had gelijk. Ik moet een paar dingen veranderen, en de beste manier om iets aan mijn mannenafkeer te doen – de juiste plek om daarmee te beginnen – is te proberen vrede te sluiten met mijn zoon.'
Kit zweeg even en zei toen: 'Gemma, wil jij Will voor me opsporen?'

'Maar ik dacht...'
'Ja, ik weet het,' zei Kit. 'Ik had gezegd dat ik geen contact meer met hem wilde. Maar ik wil weten hoe het met hem gaat en waar hij is. Dan kan ik hem een brief schrijven en hem vragen me te vergeven.'
'Vergeven? Je wát vergeven?' vroeg Gemma.
Kit liep naar het vijvertje, ging op de rand zitten en stak haar hand in het water om de aarde van haar vingers te spoelen. 'Omdat ik hem heb teleurgesteld,' zei ze. 'Als moeder, bedoel ik. Ik werd altijd helemaal in beslag genomen door Gerald, door zijn depressies en het verdriet dat ik daardoor had. Ik was niet bij machte om Will de aandacht te geven die ieder kind – zeker zo'n lieve, intelligente jongen als hij was – nodig had om zich te kunnen ontwikkelen. Ik hield hem altijd van me af. Niet letterlijk, maar door me voortdurend op al die andere zaken te richten. Ik besteedde pas aandacht aan hem als hij zich misdroeg. Daarom wil ik hem een brief schrijven om hem te zeggen dat ik er alles voor over zou hebben als ik het verleden kon veranderen, maar dat ik dat niet kan. Dat ik mijn best heb gedaan, maar dat het blijkbaar niet genoeg was. Dat is alles. Ik wil gewoon dat hij weet dat ik begrijp waarom hij zo'n gewillig slachtoffer voor zijn heroïneverslaving is. Dat ik begrijp dat hij misschien de pest aan me heeft en me nooit meer wil zien. Als dat zo is, zal ik dat accepteren. Maar ik wil dat hij weet dat ik erken dat ik hopeloos heb gefaald en daar heel veel spijt van heb.'
'Ik kan hem voor je opsporen, Kit,' zei Gemma. 'Zo moeilijk kan dat niet zijn.' Ze liepen de keuken weer in, waar het opeens erg donker leek na het felle zonlicht in de tuin.
Kit waste haar handen bij het aanrecht. 'Dan ga ik die brief alvast schrijven,' zei ze terwijl ze haar handen afdroogde. 'Wist je dat ik een keer met hem naar een psychiater ben geweest? Omdat hij het hele huis in elkaar had geramd?'
Gemma keek haar verbaasd aan.
'Ik heb het je nooit verteld. Ik heb het niemand verteld. Will was toen tien jaar. Hij had een van Geralds golfclubs gepakt en de hele woonkamer in puin geslagen. De psychiater schreef Wills naam op een kaartje, schreef eronder "reageert zich af op zijn omgeving," ging er niet op door en schreef hem een kalmerend middel

voor. Mij ook. Ik ben nooit naar hem teruggegaan. Daarna ben ik bij Alexander terechtgekomen. Ik zou nu willen dat ik het had doorgezet, maar het was toen te confronterend voor me. Jaren later, toen ik Alexander vertelde over hoe Will de woonkamer in puin had geslagen, heeft hij me heel grondig uitgehoord over wat Will precies kapot had gemaakt. Hij heeft alles opgeschreven. Toen zei hij dat ik naar huis moest gaan, *Tale of Two Bad Mice* van Beatrix Potter moest lezen en hem bij de volgende sessie moest vertellen wat ik ervan geleerd had. Ik was heel verbaasd, maar ik heb gedaan wat hij zei.' Ze keek op haar horloge. 'Shit, is het al zo laat? Ik moet me gaan klaarmaken. Mijn volgende patiënt kan elk moment hier zijn.'

'Vertel me hoe het verderging,' zei Gemma. 'Wat stond er in dat boek?'

Maar Kit stuurde haar al in de richting van de voordeur, waar ze terugkwam op hun eerdere gesprek.

'Er is een factor,' zei Kit, 'die we nog niet hebben genoemd als het gaat om veranderingen in iemands leven en het creëren van druk.'

'O ja?' zei Gemma terwijl ze zich omdraaide. 'En die is?'

'Beginnen met therapie,' zei Kit.

15

Toen Gemma thuiskwam, pakte ze onmiddellijk het telefoonboek. Er woonden diverse R. Wyldes in Pymble, maar slechts twee ervan hadden 'dr.' voor hun naam staan. Ze belde ze allebei en bij de tweede was het raak. 'Bent u arts of psychiater?' vroeg Gemma.

'Ik werk drie dagen per week als psychiater,' zei Rowena Wylde.

'Mijn naam is Gemma Lincoln.' Ze wachtte even. 'Ik ben de jongste dochter van dokter Archie Chisholm.'

Het bleef enige tijd stil aan de andere kant. Ten slotte zei Rowena Wylde: 'Ik heb geen idee wat ik voor je zou kunnen doen.'

Gemma moest glimlachen. Jij bent de zielenknijper, had ze graag willen zeggen. Dus zoek het maar uit.

Een paar uur later zat Gemma in de comfortabele woonkamer van Rowena Wylde. Grote erkerramen boden uitzicht op een weelderig groene achtertuin waarin drie reusachtige koningsvarens en bloeiende heesters stonden en een stel prachtlori's krijsend op een boomtak zat. Terwijl de gastvrouw voor hen beiden een kopje koffie inschonk, observeerde Gemma haar. Rowena Wylde was een aantrekkelijke vrouw van tegen de zestig, met haar dat was samengebonden in een knotje dat paste bij haar afgemeten, beheerste manier van doen. Ze droeg een wollen mantelpakje van klassieke snit en zilveren oorbellen met amberkleurige edelstenen erin.

'Suiker?' vroeg ze zonder op te kijken.

'Nee, bedankt,' zei Gemma, en ze pakte haar kopje aan. Deze keer ontmoetten hun blikken elkaar en zag Gemma dat Rowena Wyldes ogen roodomrand waren. Had ze gehuild? Of leed de dokter aan slapeloosheid?

'Fijn dat u me wilt ontvangen,' zei Gemma. 'Ik wil een poging doen de zaak van mijn vader heropend te krijgen. Maar daarom moest ik eerst met u praten...'

'Op welke grond wilde je de zaak laten heropenen?' vroeg Rowena.

'De interpretatie van bloedspatten heeft de afgelopen dertig jaar een belangrijke ontwikkeling ondergaan,' zei Gemma. 'Het bewijs op grond waarvan mijn vader is veroordeeld was allemaal indirect.'

'Ah, ik begrijp het.' Dokter Wylde dacht een ogenblik na. 'Of kom je me opzoeken om na te gaan of ik al dan niet de oorzaak van een *crime passionel* was?' Er verscheen een vliesdun glimlachje om haar mond.

'Absoluut niet,' zei Gemma. 'Maar wel om u te vragen of u al dan niet dénkt dat mijn vader schuldig was. U bent psychiater en het is uw vak zaken te interpreteren en conclusies te vormen.' Het tegenovergestelde van mij, dacht Gemma. Mijn werk bestaat alleen maar uit gegevens verzamelen. Waar ik nu mee bezig ben.

'In grote lijnen is dat waar,' zei dokter Wylde. 'Maar ik was emotioneel betrokken bij je vader. En zoals we weten, hebben emoties niet altijd een gunstige invloed op professionele observaties.'

Gemma sloeg de opmerking op in haar geheugen. Ooit zou zich misschien een mogelijkheid voordoen om hem door te geven aan Kit, en zouden ze erom lachen. Maar niet nu. Dit was een ernstige zaak. Toch was het een merkwaardig gevoel om hier bij de exminnares van haar vader te zitten en dit soort zaken met haar te bespreken.

Dokter Wylde stond op en liep met haar kopje koffie naar het raam. Ze keek de tuin in en nam een slokje koffie. 'Je weet natuurlijk – of misschien weet je het niet – dat ons beroep, het beroep dat ik met je vader deelde, statistisch gezien buitengewoon ongezond is. Zowel emotioneel als psychologisch.' Ze draaide zich om, ging in de vensterbank zitten en keek Gemma aan. 'Lichamelijk waarschijnlijk ook. De meeste mensen nemen aan dat het komt door de last die we dragen, want wij zijn de consumenten van de bekentenissen en de zonden en gaan jaar in jaar uit om met ontregelde, lijdende mensen. We luisteren naar hun haatgevoelens, hun obsessies en hun stoornissen, kortom, naar hun gekte.' Ze trok een wenkbrauw op en nam weer een slokje koffie.

'De mensen nemen aan, zegt u,' zei Gemma. 'Denkt u dat er meer redenen zijn?'

De oudere vrouw draaide zich om en bleef even naar buiten kijken, waar de prachtlori's opvlogen en in een vroegbloeiende eucalyptus in de tuin van de buren gingen zitten. 'Waarom worden we überhaupt tot dit vak aangetrokken? Mensen die psychiater worden, vooral de mensen die psychoanalyse doen, hebben genoeg problemen van zichzelf. Misschien proberen we ze op deze manier uit de buurt te houden,' zei ze. 'Natuurlijk kan hetzelfde worden gezegd van andere mensen. Maar het is een feit dat het zelfmoordpercentage onder psychiaters extreem hoog is.'

Ze deed het schuifraam open en het schrille gekrijs van de lori's was opeens duidelijk hoorbaar.

'Misschien is het omdat we onze emoties rationaliseren, zoals iemand onlangs heeft gezegd.' Ze wachtte even. 'Ik zeg wel vaak "misschien," vind je niet? Naarmate ik ouder word, word ik minder zeker van alles.'

Ze schoof het raam weer half dicht.

'Ik vraag me wel eens af of ons werk op de lange termijn wel zinnig is. Of we werkelijk kunnen voorkomen dat mensen in hun eigen duistere gedachten verstrikt raken. Steeds als iemand praat over voelen, dan voelt hij niet. Als hij praat over gewelddadigheid, is hij niet gewelddadig. Het zelfmoordpercentage onder psychiaters is extreem hoog. En zelfmoord is de ultieme vorm van gewelddadigheid tegen jezelf. Het is voor jezelf wat moord is voor anderen. Maar waarom geven zovelen van ons zich over aan het element "zelf" van de zelfmoordgedachte?'

Gemma verbaasde zich over de manier waarop de vrouw sprak. Was dit hoe artsen over ditjes en datjes praatten, vroeg Gemma zich af, of probeert ze me op de zachtst mogelijke manier op iets voor te bereiden?

'Wilt u zeggen dat u denkt dat mijn vader een moordlustig mens was?' vroeg ze. 'Dat hij in staat was tot moord?'

Dokter Wylde haalde haar schouders op. 'Mensen zijn gewelddadige wezens,' antwoordde ze. 'Vraag je me of ik al dan niet denk dat hij in staat was zijn vrouw te vermoorden?'

'Ja, dat vraag ik,' zei Gemma.

'Ik acht het onwaarschijnlijk,' zei ze. 'Alleen al omdat Marianne

Chisholm, jouw moeder, niet alleen zijn vrouw was, maar ook een arts-patiëntrelatie met hem had. Psychiaters vermoorden hun patiënten zelden rechtstreeks.' Ze lachte. 'We nemen liever de vrijheid ze te confronteren met hun eigen gedrag. We voeren ze allerlei theorieën, en allerlei medicijnen. En het is niet ongebruikelijk dat we een verhouding met de patiënten hebben. Soms trouwen we zelfs met ze. Maar het komt zelden voor dat we ze daadwerkelijk vermoorden.'

'Kunt u me iets meer zeggen over waarom u me dit vertelt?' vroeg Gemma terwijl ze zich naar voren boog maar haar koffie liet staan.

Dokter Wylde zette haar kopje neer en leunde achterover in haar stoel. 'Je moeder was je vaders patiënt. Ze leed aan zware depressies. Wist je dat? En als ze niet depressief was, leed ze aan ondraaglijke angsten. Ze kon het leven niet aan en Archie schreef haar medicijnen voor. Zo deden we dat in die tijd. Zo doen we dat nog steeds, zoals je weet. In de jaren vijftig en zestig kwamen er nieuwe tranquillizers op de markt, die het antwoord leken te zijn op het mysterie van het geestelijk lijden, met name dat van vrouwen. Vrouwen die, zoals men meende, alles hadden en toch diep ongelukkig waren. De "welgestelde depressieven" werden ze genoemd.'

'U schijnt opvallend veel te weten over mijn moeder,' zei Gemma, die de merkwaardige aandrang had de doden te verdedigen.

Rowena Wyldes gezichtsuitdrukking veranderde en Gemma vroeg zich af of ze werd getrakteerd op een portie professionele zorgzaamheid. 'Het was normaal dat je vader veel met mij over haar praatte,' zei de psychiater. 'We waren goed bevriend en hij had veel problemen met haar. En je weet dat hij een heel ambitieuze man was. Maar hij zou nooit van haar scheiden, ook al was ze...' Ze zweeg even om na te denken over hoe ze het volgende moest formuleren. '... een zware last voor iemand die zo'n veelbelovende carrière voor de boeg had.'

'Wilde zij scheiden?' vroeg Gemma verbaasd, en dokter Wyldes antwoord verbaasde haar nog meer.

'Nee,' zei ze, 'en hij evenmin.' Ze zette haar kopje op het vurenhouten bijzettafeltje naast haar stoel. 'Ik wilde het wel. Maar hij niet. Hij wilde een privé-kliniek beginnen, in samenwerking met

Mariannes vader, die een hoop geld had. In de jaren vijftig waren velen van ons ervan overtuigd dat de oude hypotheses achterhaald waren en het antwoord op mentale stoornissen eerder in de klinische dan in de analytische psychiatrie te vinden was. Je vader heeft gestudeerd aan de Tulane-universiteit in Louisiana, waar een zeer gerespecteerd psychiater experimenteerde met elektroshocks op levende hersenen, en niet alleen die van dieren. Hij heette Heath. Hij gebruikte terminale patiënten en geesteszieken als proefkonijn. Je kunt zijn wetenschappelijke artikelen in elke bibliotheek vinden. Het vereist een speciaal soort moed om aan dergelijk werk te beginnen. Natuurlijk zouden we dat nu niet meer doen.'

O nee, dacht Gemma.

'Je vader was ervan overtuigd dat een verwarde geest behoefte had aan rust,' vervolgde dokter Wylde. 'Hij wilde een kliniek beginnen waar hij de geest van mensen kon "uitschakelen" om hen een door medicamenten gestuurde rustkuur te geven.'

'Zoals Chelmsford heeft gedaan?' vroeg Gemma geschokt.

Dokter Wylde trok een wenkbrauw op. 'Nee, nee, nee,' zei ze. 'Chelmsford was een ramp. Maar je vader was ervan overtuigd dat narcosetherapie zich in de juiste richting begon te ontwikkelen. Onder begeleiding van de vereiste deskundigen tijdens de langdurige verdoving. Hij wilde een kliniek waarin hij zijn ideeën in praktijk kon brengen en zou nooit het risico nemen de financiële steun van het Lincoln-kapitaal te verliezen door van de dochter van de oude chirurg te scheiden. Dokter Lincoln was iemand om rekening mee te houden, iemand die voor die tijd over een buitengewoon krachtige medische lobby beschikte. Hij had al een eind gemaakt aan de carrières van diverse veelbelovende artsen wier morele aanpak niet strookte met zijn religieuze principes.'

Gemma herinnerde zich haar grootvader, de methodist met zijn dreigende aanwezigheid in het huis van haar grootmoeder, zodat ze zich niet verbaasde over wat ze hoorde. Maar de opmerking over het Lincoln-kapitaal kwam op haar over als te geromantiseerd. Welk Lincoln-kapitaal? Er was een bescheiden erfenis geweest voor haar en haar zus, die ze al lang geleden hadden uitgegeven. Dit begon op een doktersroman te lijken. Tegelijkertijd maakte deze nieuwe kant van haar vaders professionele interesse haar danig van streek. Ze had niet gevonden waarnaar ze op zoek was geweest, ook al wist ze niet precies wat dat was, en ze wilde niet langer met deze vrouw over haar familie praten. Geïrriteerd en gefrustreerd stond ze op.

Dokter Wylde zag wat ze van plan was, stond ook op en bracht haar naar de voordeur. 'Ik weet dat dit geen gezelligheidsbezoekje was,' zei dokter Wylde. Ze bleef staan en keek Gemma recht in de ogen. 'Je wilde weten of je vader een moordenaar was, nietwaar?' Het harde statement bleef in de lucht hangen. 'Natuurlijk wil je dat,' vervolgde ze. 'Waarom zou je hier anders zijn? Want als je echt geloofde dat hij onschuldig was, had je geen reden om met mij te komen praten. Of met wie ook te praten. Dan zou je gewoon doorgaan met waar je mee bezig was om de zaak te laten heropenen.'

Gemma herinnerde zich dat Kit een keer had gezegd dat een van de dingen die ze van veel psychiaters onuitstaanbaar vond, de arrogantie was waarmee ze zich verbeeldden meer van iemands geestelijke leven te weten dan de persoon zelf, alsof alle mensen de voorspelbare koers volgden die door de Victoriaanse en Edwardiaanse aartsvaders was uitgezet, en dat alleen zíj beschikten over de sleutel tot diens psyche. Toch had de vrouw een belangrijk punt aangeroerd.

'Ik hoef niet met mensen te praten om mezelf te overtuigen,' zei Gemma gestoken. 'Maar u kunt vast wel begrijpen waarom ik u wilde spreken. U maakte deel uit van de gebeurtenissen.' Ze voelde zich boos, uit haar evenwicht gebracht en in de verdediging gedrukt.

'Dat was lang geleden,' zei dokter Wylde terwijl ze de voordeur opende alsof dit feit volkomen irrelevant was.

Gemma liep langs haar heen, wilde graag zo gauw mogelijk weg.

'Het is waar dat ik er deel van uitmaakte,' zei dokter Wylde. 'Maar er waren ook anderen. Zie je, Archie was nogal een don juan.' Ze moest de schrik op Gemma's gezicht hebben gezien, want de toon van haar stem werd zachter. 'Het spijt me. Ik vergat dat we het niet over een van mijn vele ex-vriendjes hebben. We hebben het tenslotte over je vader.'

'Hoeveel anderen?'

Dokter Wylde haalde haar schouders op. 'Dat was iets wat ik toen

liever niet wilde weten. Diverse. Hij was iemand met een grote aantrekkingskracht, en... nou ja...' Het leek haar beter verder haar mond te houden.
'En mijn moeder was een depressieve vrouw,' maakte Gemma voor haar af.
Dokter Wylde boog zich naar Gemma toe en raakte even haar arm aan. 'Ik zal je iets vertellen wat niemand weet.' De blik in Gemma's ogen moest haar aan het schrikken hebben gemaakt, want ze haalde haar hand weg en draaide zich om alsof ze het intieme moment betreurde.
'Ik wil niet dat u op die manier over mijn moeder praat,' zei Gemma, blozend van woede.
De dokter draaide zich weer naar haar toe. 'Nee, nee,' zei ze. 'Je begrijpt me verkeerd. Ik heb het niet over je moeder.' Ze wachtte even voordat ze verderging. 'Er was een vrouw... een van Archies patiënten... die dacht dat ze verliefd op hem was.' De dokter snoof laatdunkend. 'Die soort afhankelijkheid is niet ongebruikelijk in ons vak, en een bedreven psychiater kan het aanwenden als onderdeel van de therapie. Je hebt daar vast wel eens over gehoord. Misschien is Archie niet al te radicaal geweest in het ontmoedigen van de vrouw. Misschien heeft hij haar zelfs aangemoedigd. Hoe dan ook, de vrouw heeft zelfmoord gepleegd nadat Archie haar had verteld dat hij niet van plan was van Marianne te scheiden. Dat is wat ik weet. En dat gebeurde allemaal een paar dagen voor de dood van je moeder. Je vader heeft het geluk gehad dat ze geen notities heeft achtergelaten over haar belangstelling voor hem.' Ze haalde haar schouders op. 'Hoewel dat niet veel uitmaakte... door wat er daarna gebeurde.'
De twee vrouwen stonden enige tijd zwijgend tegenover elkaar en ten slotte draaide Gemma zich om. Dokter Wylde keek haar na toen ze de treden af liep en het tuinhek opendeed.
Voordat Gemma het portier van de Mazda opende, draaide ze zich om en zag ze de dokter nog steeds in de deuropening staan. Ze liep terug naar het tuinhek, zodat ze niet zo hard hoefde te praten.
'Dokter Wylde,' vroeg ze, 'hebt u mijn moeder vermoord?'
Het gezicht van de vrouw werd krijtwit. Ze deed haar mond open alsof ze iets wilde zeggen, draaide zich met een ruk om, liep naar

binnen en smeet de deur achter zich dicht.

In de Mazda begon Gemma's mobiele telefoon te piepen. Ze opende het portier, stapte in en griste het apparaat van de passagiersstoel. 'Hallo?'

'Gemma, ik ben het,' zei Angie. 'We hebben Bianca Perrault gevonden. Ik ben nu op de plaats van het misdrijf. National Park, bij Heathcote.'

'Waar? Wat is er gebeurd?' vroeg Gemma terwijl ze met haar andere hand het stuur vastpakte.

'We hebben haar nog niet officieel geïdentificeerd.' De stem van haar vriendin viel weg en Gemma moest zich inspannen om haar te verstaan. 'Het zit hier potdicht... ik kan je onmogelijk door de afzetting loodsen... de dokter is nu met haar bezig... diepe steekwonden in het bovenlichaam...'

'Ik versta je bijna niet,' zei Gemma terwijl ze opnieuw haar kapotgesneden blouse en rok voor zich zag.

Angies stem klonk even op maar viel vrijwel onmiddellijk weer weg. '... helemaal ingepakt in vuilniszakken... verstopt achter een stel boomstammen langs een brandpad. Een stel joggers hebben haar gevonden. Kom later maar, als...'

'Hallo?' zei Gemma. 'Angie? Je valt weg.'

Maar er kwam geen antwoord en Gemma staarde wezenloos door de voorruit van haar auto. Haar moeder, dokter Wylde, mevrouw Moresby, de administratief medewerkster uit Maroubra en nu ook Bianca voerden in haar hoofd een bizarre rondedans uit in gezelschap van de geest van een zelfmoordenares van dertig jaar geleden. Met de telefoon nog steeds in haar hand leunde ze achterover in haar stoel. Soms bleef alles ineens stilstaan op het scherm van haar laptop en was er geen beweging meer in te krijgen, als het apparaat vastsloeg omdat het te veel gegevens tegelijk moest verwerken. Dat was exact wat er in haar hoofd gebeurde terwijl ze in haar auto voor het rustieke huis van dokter Wylde zat. Ze dacht terug aan het witte gezicht en de geschrokken uitdrukking van de vrouw. Zou ik ook zo geschokt zijn als iemand me een dergelijke vraag stelde, vroeg ze zich af. Even later, toen ze zich weer kon bewegen, draaide ze met trillende vingers de contactsleutel om.

16

Clive had besloten de eerstvolgende maanden zo veel mogelijk sessies per week te doen en Kit had hem een speciaal tarief aangeboden. Hij leek erg gespannen toen hij binnenkwam en ging zonder haar aan te kijken met een plof op de grond zitten.

'Ik zit vol haat,' zei hij.

Kit knikte. 'Dat zitten we allemaal,' zei ze, 'totdat we het beseffen en aan onszelf kunnen toegeven.'

'Wat kan ik eraan doen?' vroeg hij.

'Haatgevoelens vormen een krachtige energiestroom in je geest. Het heeft geen zin te proberen die te bestrijden met andere delen van je geest. Dan krijg je een soort burgeroorlog tussen je oren. Laten we een andere benadering proberen.'

Een halfuur later lag Clive ontspannen op zijn rug, met zijn ogen dicht.

'Ik wil dat je de demon van je haat gestalte geeft in je geest,' zei Kit. 'Vertel me hoe hij eruitziet.' Ze zag dat er een heel ernstige uitdrukking op Clives gezicht kwam.

'Ik kan hem duidelijk voor me zien,' zei Clive. 'Hij lijkt op een middeleeuwse scherprechter. Hij is gekleed als dominicaan. Een kaalgeschoren hoofd met een rand haar eromheen. Lange grijpvingers. Je kunt zien dat hij goed is in het aandraaien van de duimschroeven. Hij heeft een scherp, puntig gezicht. Geen lippen. Alleen een rechte, witte streep. Mijn god.' De toon van zijn stem veranderde. 'Mijn moeder had zo'n mond.'

Er viel een stilte.

'Zijn ogen. Ik kan zijn ogen niet goed zien. Ze liggen te diep in hun kassen, als in een doodshoofd. Hij is heel groot, en heel sterk.'

'We gaan hem voeren,' zei Kit. 'We gaan hem eten voeren. Want hoe meer je hem probeert weg te drukken, hoe meer je hem probeert te ontkennen als je je schuldig en slecht voelt over de dingen

die je denkt, des te sterker en valser wordt hij. Want dan voer je hem en haal je opeens zijn eten weg voordat hij genoeg heeft gehad. En hoe hongeriger een demon is, hoe gevaarlijker hij wordt.'
Ze wachtte even.
'Kun je je voorstellen dat ik een kom maak van mijn schedeldak? Stel je voor dat ik gewoon de bovenkant van mijn hoofd haal en die omdraai.'
Ze zag Clive even glimlachen toen ze het zei, maar hij bleef ontspannen en gelijkmatig ademhalen. 'En nu,' vervolgde Kit, 'wordt die kom groter, steeds groter, totdat we een reusachtige ronde voerbak hebben. Hij is zo groot, dat je alles erin kunt stoppen wat je wilt. Wat kunnen we de demon nu te eten geven?'
Clives stem klonk zacht en slepend. 'Ik heb nog nooit een demon te eten gegeven,' zei hij. 'Ik weet niet wat ze lekker vinden.'
'Als ze niet gevoerd worden, eten ze de geesten en harten van mensen op. Daarom is het van het grootste belang dat we ze voeden.'
Clive bleef even zwijgen en zei toen: 'We kunnen een heel brood in de voerbak doen, en een groot pak boter en een vat jam.'
'Daar heeft hij niet genoeg aan,' zei ze. 'Hij heeft je hele leven niets te eten gehad, dus hij is uitgehongerd. Hij is als de geest die uit de fles wordt gelaten.'
Clive ging sneller ademhalen. 'Laten we hem alle broden van de wereld geven,' zei hij. 'En alle boter.'
'Dat lijkt er meer op,' zei Kit. 'Nog meer?'
Clive begon er lol in te krijgen. 'Laten we hem alle graansilo's van de hele wereld geven.'
'Stort ze maar leeg in de bak,' zei Kit. Ze kon zien dat zijn energiestroom toenam. Zijn gezicht had een roze kleur gekregen en zijn aderen klopten. 'Stort al het graan maar in de bak.'
'En alle melk van de hele wereld,' ging hij door. 'En alle koeien.' Hij zweeg opeens. 'O,' zei hij. 'Kunnen we dat die koeien wel aandoen? Ik hou van koeien.'
'Alle koeien,' zei Kit. 'Alle koeien gaan in de bak.'
'En alle schapen. En alle kippen van de hele wereld.' Hij wachtte weer even. 'En alle varkens. Deze demon is heel machtig. Hij wil meer dan alleen eten.'
'Geef hem wat hij wil,' zei Kit. 'Laat hem voor het eerst in zijn

bestaan voelen hoe het is om te krijgen wat hij wil. Om verzadigd te worden. Gun hem dat genoegen. Geen schuld, geen schaamte. Voer hem alles wat je wilt.'

'Mijn vrouw gaat in de bak. Mijn moeder gaat er ook in. En mijn vriendin. En alle gebouwen van de hele wereld gaan erin,' zei Clive. 'En alle bergen en vulkanen van de hele wereld. Alle zeeën en oceanen. Alle schepen, auto's, rivieren en vliegtuigen. Alle militaire installaties. Alle raketten en bommen. En laten we hem ook de maan geven,' voegde hij eraan toe. 'En de zon en de sterren. Alle melkwegstelsels. Ja,' zei hij, 'zelfs die waarvan we het bestaan niet kennen. Ze gaan allemaal in de bak.'

'Je moet nu bijna alles erin gestopt hebben.'

'Ik denk dat we alle mensen er ook in moeten stoppen.'

'Goed,' zei Kit, en ze haalde diep adem.

'Er is nog iets anders,' zei Clive. 'Iets anders wat erin moet.'

Ze zag hem zijn voorhoofd fronsen.

'Ik wil dat de hele wereld in de voerbak gaat.'

'In de bak met de hele wereld,' zei ze.

'Er zijn nog dingen over,' zei hij. 'Nog meer melkwegstelsels en de ruimte erachter.'

'In de bak met alles,' zei Kit.

'En nu ik,' zei Clive op nauwelijks hoorbare fluistertoon. 'Dan hebben we alles gehad.'

Zijn ademhaling was kalm en regelmatig en er viel een lange stilte, die Kit uiteindelijk verbrak. 'De voerbak zit nu helemaal vol,' zei ze. 'Je kunt de demon van je haat nu uitnodigen om aan tafel te komen zitten en de bak met zijn demonenlepel leeg te eten, te eten en te eten totdat hij zo vol zit, dat hij als een ronde ton van zijn stoel valt.'

'Ja,' zei Clive zacht. 'Hij eet. Hij propt alles in zijn mond. Die is reusachtig, zo groot als Harbour Bridge. Hij is uitgehongerd. Hij vreet alles op en wordt alsmaar dikker en vetter. Hij is nu zelfs groot genoeg om God op te eten.'

Kit zag een traan over zijn wang rollen. Het was meer, dacht ze, dan het gebruikelijke tranen van de ogen na de periode van trance. Zijn ademhaling leek voller en krachtiger. Zijn borstkas en ook zijn buik gingen op en neer. Ze zag de subtiele herverdeling van zijn lichaamsenergie en hoe zijn bovenlichaam zich ontspan-

de en nu beter bij zijn benen leek te passen.
Na een tijdje deed Clive zijn ogen open en keek hij om zich heen. 'Tjonge,' zei hij. 'Wel, wel.' Toen deed hij zijn ogen weer even dicht. Een vage glimlach plooide zijn lippen toen hij zijn ogen weer opendeed. 'De kamer ziet er anders uit,' zei hij. 'Ik heb het gevoel dat er iets veranderd is.'
Kit ging rechtop zitten en wachtte af.
Ten slotte keek hij haar glimlachend aan. Zijn gezicht zag er jonger en zachter uit.
'Dat was een heel interessante ervaring,' zei Clive ten slotte. 'Ik voelde iets in me gebeuren. Ik kan niet zeggen wat.'
'Dat hoef je ook niet,' zei Kit. 'Je hoeft het alleen maar te voelen.' Ze keek naar de klok op de schoorsteenmantel. 'Als je weer een beetje bent bijgekomen,' zei ze, 'is het tijd om te gaan. Ik laat je uit en kijk of mijn volgende patiënt er al is.'

Pas toen ze thuiskwam besefte Gemma dat Taxi nog steeds niet terug was. Geschrokken ging ze weer naar hem op zoek, liep naar de voorkant van het flatgebouw om hem te roepen, zocht in de bosjes op het hellende terrein daarachter en vroeg zich af of hij naar beneden was gelopen om bij de rotsen op vis te jagen.
Ze schoof een briefje onder de deur van mevrouw Ratbag, vroeg haar of ze hem misschien had gezien, en ze hing zijn foto met haar telefoonnummer op in de gemeenschappelijke galerij. Iedereen bleek weg te zijn toen ze op de deuren klopte.
Bezorgd om haar vermiste kat ging ze weer naar beneden. Om haar gedachten af te leiden begon ze aan haar achterstallige administratie, maar dat zorgde ervoor dat ze hem nog meer miste. Hij hoorde hier bij haar te zijn en haar tot waanzin te drijven door steeds op haar bureau te springen en over haar toetsenbord te lopen zodat haar computer de meest vreemde dingen deed en zij hem uit haar werkkamer moest jagen. Ze voerde de laatste rapporten van Noel en Spinner in haar computer en ruimde haar bureau op, had behoefte aan dit routinewerk om zichzelf te kalmeren. Daarna belde ze Noel om de installatie van de elektronische surveillanceapparatuur in de pakhuizen en het kantoor van Cross Weld Construction te bespreken.
Daarna haalde ze de notitieboekjes van Philip Hawker weer

tevoorschijn. Het waren zijn privé-lijsten van namen en data en opmerkingen over de verhoren, en alleen de naam van dokter Rowena Wylde betekende iets voor haar. Ze had moeite met het ontcijferen van het haastige, piepkleine handschrift. Volgens zijn aantekeningen was Philip Hawker twee keer bij Rowena Wylde op bezoek geweest. Hij was ook geweest bij een zekere Arik Kreutzvalt in North Sydney, de eerste keer vier dagen na de dood van haar moeder en een week later nog een keer. 20.9.67 16.45 *Informatief bezoek*, las ze. *Zegt dat Chisholm op huisbezoek kwam omdat K door zijn medicijngebruik niet naar hem toe kon gaan. Is ongeveer twintig minuten gebleven. K zegt dat AC en hij zijn toestand hebben doorgenomen.* Daaronder stond in hetzelfde handschrift maar met een andere pen: *AC's enige huisbezoek van die week. Ga strafblad na.* Onder de laatste woorden stonden een paar dikke strepen. Gemma vroeg zich af of de opmerking in Philip Hawkers jeugdige handschrift betekende dat Kreutzvalt een strafblad hád, of dat Hawker moest nagaan of hij er al dan niet een had.

Gemma keek op en staarde naar de muur. Dit was een van haar vaders patiënten, iemand bij wie hij op huisbezoek was geweest op de dag dat hij het diner op de universiteit had. De dag dat haar moeder was vermoord. Ze trok de la open, pakte haar vaders verklaring, die hij vrijwillig had afgelegd op de avond dat haar moeder was vermoord, en zocht naar de betreffende passage.

Om ongeveer halfdrie ging ik naar de bank, las ze, *maar er stond zo'n lange rij, dat ik er niet in slaagde geld op te nemen. In plaats daarvan ben ik nog even langsgegaan bij een patiënt.* Was Arik Kreutzvalt die patiënt? *Daarna ben ik rechtstreeks naar huis gereden.*

Ze zocht Philip Hawkers telefoonnummer op en belde hem, maar er werd niet opgenomen en ze kreeg ook geen antwoordapparaat. Daarna belde ze Angie. Ze was echt van streek vanwege haar vermiste kat. Niets dat ik liefheb blijft, dacht ze bedroefd, denkend aan alle beëindigde relaties in haar leven. Ik word net zo in mezelf gekeerd als Kit. Welk boek van Beatrix Potter moet ík lezen, vroeg ze zich af terwijl ze naar haar auto liep. Het verhaal van de stoute, weggelopen kat, dacht ze, maar zo'n verhaal bestond natuurlijk niet. Ze had niet het idee dat Beatrix Potter daar ooit een boek aan zou wijden. Dat was meer iets voor de gebroeders Grimm.

Het onrustbarende gevoel dat ze iets over het hoofd zag in de zaak van de Klerenmoordenaar bleef haar achtervolgen. In gedachten nam ze de misdaadlocaties nog eens door, probeerde ze vat te krijgen op dat wat er niet klopte, en betrapte zichzelf erop dat ze de hele weg naar het politiebureau op de automatische piloot had afgelegd.

'Zo zag ze eruit,' zei Angie terwijl de video liep en ze op haar horloge keek. 'Ze is nu in het mortuarium voor de autopsie. Haar moeder is daar bij haar. Toen ik wegging, zat ze naast het lichaam van haar dode dochter en streelde ze haar haar. Een van onze maatschappelijk werkers was bij haar. Gelukkig had iemand het lichaam schoongemaakt en de meest ernstige verwondingen afgedekt, maar ik heb er close-up foto's van.'
Gemma pakte de envelop met foto's en richtte haar aandacht weer op de videobeelden. Ze zag een opgerold lichaam dat gedeeltelijk aan het oog werd onttrokken door een omgevallen boom.
'Dat was wat we als eerste te zien kregen,' zei Angie, die meekeek over haar schouder. 'Een paar joggers die op zoek waren naar droog brandhout voor de barbecue hadden de rest van het hout weggetrokken.'
Gemma keek de foto's door totdat ze er een vond waarop het lichaam, nadat het hout was weggehaald, goed te zien was. Bianca lag met haar knieën iets opgetrokken en haar beide handen onder haar kin. Ze had iets aan wat leek op een pyjamajasje, maar de diepe wonden in haar hals en borst waren duidelijk te zien.
'Niet veel bloed,' zei ze.
'Het bloed ligt ergens anders,' zei Angie. 'Op de plek waar ze is vermoord.'
'Waar is de rest van de pyjama?'
Angie haalde haar schouders op. 'Toen we haar vonden had ze alleen het jasje aan. We zijn het gebied nog aan het afzoeken.'
Gemma nam aandachtig de rest van de foto's door terwijl ze dacht aan het gesprek dat ze met Kit had gehad, over hoe ze allebei tot de conclusie waren gekomen dat er iets belangrijks in het leven van de moordenaar gebeurd moest zijn. 'Denk jij hetzelfde als wat ik denk?' vroeg Gemma, opkijkend naar haar vriendin.

'Over dit?' zei Angie, met een blankgelakte nagel op de foto tikkend. 'Ik weet het niet. De steekwonden zijn zo woest. We hebben dat ook met jouw kleren gezien.'
'Of het dezelfde dader is, bedoel ik,' zei Gemma.
'Ik heb het gevoel van wel,' zei Angie.
'En toch is het ook zo methodisch,' zei Gemma. 'Het inpakken.' Ze wees op de lappen stof en het plastic. 'Deze foto's vertellen me iets.'
Angie knikte, pakte de foto's en begon ze in volgorde – van veraf tot close-up – op tafel neer te leggen.
'Ja,' zei ze. 'Je hebt gelijk.'
De eerste foto was een totaalopname van de plek waar het lichaam was gedumpt. Onder de omgevallen boom en de takken was nog net een stukje van de lappen zichtbaar, wat de indruk wekte dat iemand een oude matras had gedumpt. Daarnaast legde ze de close-up van het in lappen gewikkelde lichaam, en daarnaast de foto zonder de lappen, waarop te zien was dat het in plastic was verpakt. En ten slotte kwamen de foto's waarop het verminkte lichaam van Bianca Perrault ook was ontdaan van het donkergroene plastic en opgerold op de grond lag. Haar mooie haar glansde nog steeds in de zon en Gemma kon zien dat de stof van haar pyjamajasje een patroon van groene en rode teddybeertjes had.
'Zeg mij eens wat deze foto's jou vertellen,' zei Angie terwijl ze zich van de tafelrand liet glijden, een bureaula opentrok en er een pakje sigaretten uit haalde.
'Maar je was gestopt met roken,' zei Gemma.
'En ik ben nu weer begonnen,' zei Angie. 'Ik heb van het weekend iemand ontmoet. Het betere werk.' Ze haalde haar schouders op. 'En ik ben gezwicht. Ik móést gewoon weer roken.' Ze wuifde met de onaangestoken sigaret om zich heen. 'Ik hoop alleen dat ik het brandalarm niet laat afgaan.' Ze stak de sigaret op, blies een rookwolk uit en wuifde die weg met haar hand. 'Ik moet kopieën van deze foto's laten maken voor de rest van het team.' Angie nam nog een trek en blies demonstratief een rookwolk naar het plafond. 'Mijn god, daar had ik behoefte aan,' zei ze. 'Die jongen is fantastisch in bed. Hij was overal tegelijk. Ik weet nog steeds niet hoe hij dat voor elkaar kreeg. Het is maanden

geleden dat ik zoiets slechts heb gedaan.'
'Het is niet slecht,' zei Gemma. 'Dít is slecht.' Ze schoof de laatste foto over de tafel naar haar vriendin.
Angie pakte hem op. 'Wat bezielt hem ineens?' zei ze terwijl ze naar Bianca's lichaam keek. 'Wat is er met hem gebeurd waardoor het deze keer zo anders is?'
Gemma keek weer naar de foto's, liet haar blik langs de rij gaan zodat elke foto een volgend stadium onthulde, totdat er in plaats van een Russische baboesjkapop een verminkt menselijk lichaam te midden van bebloede lappen overbleef.
'Je vriendin Bo Bayliss is ten slotte toch naar het bureau gekomen,' zei Angie. 'Ze heeft drie uur bij Devlin gezeten. Ik zal zorgen dat je een kopie krijgt van het gezicht dat ze hebben samengesteld.' Ze wipte van haar bureau, doofde de sigaret in de wastafel en liep het kantoor uit.
Zodra Angie weg was, trok Gemma de telefoon naar zich toe. Ze haalde het blaadje papier dat ze onder in Steves vuilniszak had gevonden uit haar zak, streek het glad en toetste het telefoonnummer in. De telefoon ging een aantal keren over en Gemma wilde het net opgeven toen er werd opgenomen. Onmiddellijk schoot haar hart in haar keel.
'Hallo?' zei Steve.
Even kon Gemma geen woord uitbrengen.
'Wie is dit?' Zijn stem klonk nu scherper, argwanend.
'Ik ben het,' zei ze schaapachtig.
'Hoe kom je aan dit nummer?'
Typisch Steve, dacht Gemma met een bonkend hart. Veiligheid voor alles.
'Ik heb het gevonden,' zei ze, maar ze begreep meteen waar de vraag toe zou leiden als ze er verder op inging en ze schaamde zich voor het feit dat ze zich zijn vuilnis had toegeëigend.
'Hoe heb je het gevonden? Waar?'
'Zeg je me niet eens meer gedag?' vroeg ze op een toon waar ze al spijt van had voordat de woorden haar mond uit waren.
'Dag,' zei hij vlak. 'Hoe kom je aan dit nummer?'
Ze hoorde voetstappen in de gang en even later kwam Angie met een foto in haar hand het kantoor binnen. Gemma kromp ineen van schaamte. Ze kon Steves vraag onmogelijk beantwoorden nu

haar vriendin in de buurt was.
'Steve, ik...'
Maar Steve onderbrak haar. 'Gemma, dit wordt verondersteld een geheim nummer te zijn. Ik weet niet met wiens hulp je eraan bent gekomen, maar bel me hier nooit meer. Je zou toch moeten weten dat ik, toen de drugsjongens mijn operatie kwamen verpesten, een deel van mijn spullen heb moeten achterlaten, waaronder een paar privé-dingen. Als iemand van de Raiders die vindt en te weten komt wie je bent – dat je een kennis van me bent – moet je niet gek opkijken als je straks wordt verkracht door een bende motorduivels. Om over vermoord worden nog maar te zwijgen. Dus voor zowel jouw veiligheid als de mijne, bel me niet meer.'
'Wat voor privé-dingen? Hoe kunnen ze te weten komen wie ik ben?' vroeg Gemma, maar ze hoorde alleen nog maar gepiep.
Angie hield haar de FACE-computerfoto voor en Gemma pakte hem aan terwijl ze met haar andere hand de hoorn op het toestel legde en haar uiterste best deed haar verdriet en boosheid voor Angie te verbergen. Een kennis van me, had hij gezegd. Alsof ze een of andere vage bekende van hem was. Ze keek naar de foto en zag het magere gezicht van de man die een mes had getrokken toen de platinablonde Bo Bayliss naakt op de grond lag, naast haar kleren die netjes in de vorm van een vrouw waren uitgespreid. Gemma staarde naar de lichte ogen, de bijna liploze mond en de hoge jukbeenderen van de man. Hij had iets dat haar bekend voorkwam.
'Mijn god,' zei ze opeens. 'Hij lijkt op Spinner!'
'Wat voor privé-dingen?' vroeg Angie. 'En wie is verdomme Spinner?'
Gemma kon antwoord geven; dit werd haar te veel. Ze werd overspoeld door verdriet en voelde de tranen in haar ogen springen toen ze de compositiefoto op tafel legde en Angie vertelde over de avond dat Steve de video had gevonden. 'En nu waarschuwt hij me ervoor dat ik misschien verkracht en vermoord word door motorduivels. En hij noemt me "een kennis".' Ze veegde de tranen uit haar ogen en haalde haar neus op.
'Maar hij is al zo lang weg,' zei haar loyale vriendin. 'Wat verwacht hij dan van je? Dat je de hele dag gaat zitten mediteren?'
Gemma snoot haar neus. 'Ik weet niet wat hij van me verwacht,

Angie. Maar ik weet wel dat hij niet wil dat ik op stap ga en mannen oppik.'

Angie dacht een ogenblik na. 'Op een bepaald punt heeft hij wel gelijk, Gemma. Over dat je misschien in gevaar bent. Criminele motorduivels staan niet bekend om hun vergevingsgezinde natuur. Als ze hem niet kunnen vinden, is het mogelijk dat ze zich vergrijpen aan iemand die hem na staat. Of ze pakken jullie allebei en executeren jullie omdat hij hun wetten heeft overtreden.'

'Maar ik sta hem niet meer na,' zei Gemma, en een nieuwe golf verdriet deed de tranen weer in haar ogen springen.

'Ben je door nog meer mannen gevolgd?' vroeg Angie.

Gemma schudde haar hoofd. 'Nee, nee,' zei ze, Angies gedachtesprong begrijpend. 'Dat was geen motorduivel in de sportschool. Dat was gewoon een pestkop.' Maar daar was ze nu niet meer zo zeker van. 'En er heeft 's avonds iemand bij Kits huis rondgeslopen. Ik heb gezien dat hij de klimop van de muur heeft gerukt.'

'Wat is dat toch met jullie?' zei Angie. 'Twee zussen die allebei door mannen worden gevolgd.'

Twee zussen, had Imelda Moresby gezegd. Twee moordenaars. Twee maîtresses. Twee achtervolgers. Twee moorden. Dertig jaar geleden had haar vaders maîtresse zelfmoord gepleegd en was haar moeder vermoord. Nu waren er nog twee vrouwen vermoord: Marcia Harding en Bianca Perrault. Was er een verband? Gemma voelde zich achtervolgd door al die tweetallen.

'Verdomde mannen,' zei Angie. 'Verdomde klojo's en machogriezels zijn het!'

Met moeite richtte Gemma haar aandacht weer op het onderzoek waarbij ze, of ze dat nu wilde of niet, betrokken was. Ze snoot haar neus en vloekte toen haar vinger door de tissue schoot. Ze dacht terug aan Kits woorden en pakte de laatste schokkende foto op terwijl Angie de andere bekeek. 'Kit zei dat gedrag verandert als de dagelijkse werkelijkheid verandert,' zei Gemma, en ze gooide de tissue in de prullenmand.

'Kit kan het weten,' zei Angie terwijl ze de laatste foto van haar aanpakte. De FACE-compositiefoto op tafel staarde niets ziend naar het plafond met lege ogen. Ze richtte haar aandacht weer op het werk. 'Breng alle verschillen in verband met wat je op deze foto ziet. Er wordt ons iets verteld door bewijzen die niet liegen.

We kunnen alleen de mist in gaan als we die bewijzen verkeerd interpreteren.'

De twee vrouwen zaten enige tijd zwijgend bij elkaar, totdat de dreiging die in de lucht hing te sterk werd.

'Ik heb het akelige gevoel,' zei Gemma terwijl ze naar het door de computer gecreëerde gezicht staarde, 'dat ik oog in oog sta met een reusachtig hiaat in deze zaak, maar dat ik het niet zie.'

17

Kit was in de keuken een kop koffie aan het maken toen de telefoon overging.
'Kit?'
'Gerald. Hallo.'
Het bleef even stil. 'Ik had gehoopt dat ik even kon langskomen. Er staan nog wat spullen van me bij jou. Het is zaterdag. Ik hoop dat ik je niet stoor bij je werk.'
'Ja,' zei ze. 'Er zijn nog wat spullen van je. En nee, ik werk niet vandaag.'
De lange stilte die viel, herinnerde haar eraan hoe hun huwelijk de laatste jaren was geweest. 'Kom vanavond maar,' zei ze. 'Dan hoop ik mijn laatste dozen uitgepakt te hebben.'

'Ik heb Gemma Lincoln gevraagd hier vandaag aanwezig te zijn,' zei Angie in de planningsruimte van het politiebureau, 'omdat ze niet alleen het eerste ons bekende doelwit van de moordenaar is, maar ook omdat ze tien jaar bij de politie is geweest en een goede reputatie heeft in de ogen van degenen die haar kennen.'
Garry Copeland keek haar aan en trok een wenkbrauw op.
'Er zullen ook hier mensen zijn die haar kennen,' voegde Angie eraan toe.
Gemma zorgde ervoor dat haar blik niet die van Bruno kruiste, maar hij zat iets op te schrijven in een klein aantekenboekje. Afgezien van hem zaten Colin, de inlichtingenman, Ian Bloor en Sandy Mac tegenover Angie aan tafel.
Garry draaide zich om naar Gemma. 'Gemma heeft video-opnamen gemaakt van wat de dader met haar kleren heeft gedaan, en die zijn bijzonder nuttig gebleken,' zei hij. 'Het was haar initiatief dat ons het eerste DNA-monster heeft opgeleverd.' Hij keek even in het rond. 'We kunnen alle hulp en bijdragen gebruiken als we deze knaap willen pakken.'

Zelfs de mijne, dacht Gemma.
De FACE-foto, die achter hen op het prikbord hing, staarde over de tafel. Enkele ogen bleven op Gemma gericht; de rest keek naar de compositiefoto van de man die Bo Bayliss had beschreven.
'Goed,' zei dokter Copeland, die zich herinnerde dat Angie de leiding van het onderzoek had. 'Het woord is aan jou, Angie.'
'Kijk goed naar dat gezicht,' begon ze, 'en hou in gedachten dat hoewel het eruitziet als een foto, het geen foto ís. Waarschijnlijk is er geen mens op de wereld die er echt zo uitziet. Wij hebben deze afbeelding samengesteld. Dus pin jezelf niet vast op dit gezicht. Het hangt daar alleen om jullie een idee te geven. Soms vraag ik me af of het oude Penri-systeem niet beter was, omdat het ons wel een indruk gaf, maar geen kant-en-klaar gezicht.'
Ze zweeg even.
'Maar dat ter zijde. Een tweede punt waar ik jullie aandacht op wil vestigen, is dat er een aanzienlijke verandering in de modus operandi (MO) heeft plaatsgevonden, zoals jullie kunnen zien op deze foto's. Ik weet dat het merendeel van jullie zelf op de diverse locaties is geweest. Maar deze foto's kunnen nuttig zijn om de beelden vers in het geheugen te houden. Ik heb Garry gevraagd om hier vanochtend aanwezig te zijn, zodat hij ons kan briefen over alles wat hij uit psychologisch standpunt van belang vindt.'
Ze knikte naar dokter Copeland, die het woord nam. Zijn bezwete voorhoofd glom onder het tl-licht toen hij zijn boekje opendeed en keek welke punten hij had opgeschreven.
'Ik kom net van het mortuarium,' zei hij. 'Het eerste onderzoek doet vermoeden dat hetzelfde mes is gebruikt als voor de moord in Maroubra.' Hij legde een close-up van de steekwonden op tafel. 'En de vernieling van de kleren. Natuurlijk kan dat pas bevestigd worden als we alle tests en metingen van het lab binnen hebben.'
Hij keek de tafel rond en knikte naar Gemma.
'We zijn uiteraard de familie en vrienden van Bianca aan het nagaan, en die van Marcia Harding. Wie weet of daar iets uit komt. De afbeelding achter me...' Hij wees naar de FACE-foto. '...kan het gezicht zijn van de man die we zoeken.'
Angie gaf een korte opsomming van Bo Bayliss' verhaal over de man met het mes en liet een computerfoto van een gevaarlijk

ogend mes rondgaan. 'Dit is het soort mes dat we zoeken,' zei ze. 'Als we de exacte afmetingen van het lemmet hebben, op grond van de sneden, zal ik ervoor zorgen dat jullie en de afdeling Media een kopie krijgen. Jullie zien dat het uiteinde van het lemmet een duidelijke kromming vertoont.'

Dokter Copeland wees naar de foto met een afgekloven vingernagel. 'We zeggen dit niet tegen de media, en ik heb het zelf ook net van de dokter gehoord, maar dat gekromde lemmet heeft ervoor gezorgd dat een deel van de ingewanden door de wonden naar buiten is getrokken.'

Er kwam geen reactie uit de groep; dergelijke gruwelijke details waren hier alledaagse kost.

'Dat onderscheidt het mes van het gemiddelde aanvalswapen en geeft ons dus dat kleine beetje extra.'

Gemma en Angie keken elkaar aan.

'We staan in deze zaak oog in oog met enkele klassieke aspecten van de geordende en ongeordende geest,' vervolgde Copeland. 'En voor degenen van jullie die nog steeds niet weten wat dat betekent...' Hij legde een stapeltje brochures op tafel. Angie pakte er twee en schoof er een door naar Gemma. DE PSYCHOLOGISCHE BENADERING VAN DADERPROFILERING, stond er in grote letters op de kaft, met daaronder het embleem van de New South Wales Police. Gemma keek om zich heen terwijl Angie de brochure doorbladerde; ook de anderen aan tafel schoven brochures naar elkaar door.

'Waar het om gaat bij daderprofilering is dit,' zei Garry. 'Een misdaad is net als andere activiteiten een heel natuurlijke afspiegeling van de persoonlijkheid van degene die hem pleegt. Als iemand in het dagelijkse leven ordelijk is, zal de misdaad die hij pleegt de neiging hebben eveneens ordelijk te zijn. Deze knaap...' Hij wees naar de foto's van de misdaadlocatie in Maroubra. '... is niet ordelijk. Hij klimt door een raam dat iemand open heeft laten staan. Hij hangt in de buurt rond totdat hij zijn kans schoon ziet. Hij gaat een motelkamer binnen omdat iemand de deur niet goed heeft dichtgedaan.' Hij keek Gemma recht aan terwijl hij het zei. 'Er is geen reden om aan te nemen dat hij van plan was in Maroubra iets anders te doen dan wat hij in het Tusculum Motel had gedaan. Maar er gebeurde iets. Hij werd betrapt toen de vrouw

kwam kijken wat dat geluid te betekenen had. Dat gebeuren veranderde zijn MO. Op die avond veranderde hij van een perverse gluurder in een moordenaar.' Garry keek de groep rond. Sommigen zaten naar hem te luisteren, anderen zaten in hun brochure te lezen. 'Die eerste moord was niet gepland. Hij heeft die gepleegd omdat hij werd gestoord.'
'Maar hij is wel zo ordelijk dat hij zijn eigen mes bij zich heeft,' zei Gemma. 'Hij pakt niet zomaar een wapen van de misdaadlocatie.'
'Dat is waar,' beaamde Garry. 'En hij is ook ordelijk als het gaat om het afzoeken van zijn jachtgebied en wacht op zijn kans. Hij valt niet zomaar ergens binnen. Hij is altijd aan het kijken en zoeken naar de opening waardoor hij naar binnen kan glippen. Hij woont vermoedelijk in de buurt van de misdaadlocaties.'
Dus hij beheerst zijn persoonlijke behoeften, dacht Gemma, maar hij wacht op een willekeurige kans om ze te bevredigen. Hij plant de moord niet maar hij gaat wel voorbereid op pad. Gemma dacht aan haar eigen werk, aan Spinner en Noel die de straten afschuimden, wachtend op het juiste moment om die ene foto te maken of een verborgen camera in werking te stellen terwijl hun prooi niets in de gaten had. We zijn allemaal gluurders, had Spinner een keer gezegd. We zijn allemaal voyeurs die op het juiste moment wachten om toe te slaan. De gedachte zorgde ervoor dat haar haarwortels begonnen te jeuken.
'Dus wat je zegt,' zei Angie, 'is dat hij zowel geordende als ongeordende kanten heeft.' Ze wachtte even. 'Dat lijk ik wel.' Het gelach brak de spanning in de kamer.
'Dat doet het zeker, mevrouw,' zei Bruno, en de vijandigheid in zijn stem was onmiskenbaar.
'Tot de moord en de ontvoering van Bianca Perrault was zijn gedrag beheerst,' vervolgde Copeland zonder acht te slaan op de schermutseling aan tafel. 'En toen is er iets gebeurd.'
'Er is iets veranderd,' zei Gemma. 'In zijn leven.'
Garry Copeland keek haar aan met een opgetrokken wenkbrauw en een paar diepe rimpels in zijn bezwete voorhoofd. 'Het was een zwarte dag voor de New South Wales Police toen jij ons verliet,' zei hij, en voordat hij verderging, keek hij de tafel rond om te zien of zijn ironie op de juiste wijze werd geïnterpreteerd. 'We

hebben inmiddels ook het rapport van de taalanalist die zijn visie heeft gegeven op de verklaringen van de mensen die Bianca hebben gekend. Hij heeft gezegd dat er twee mensen zijn die de moeite van een tweede gesprek waard zijn. Er wordt op dit moment met ze gepraat.' Zijn mobiele telefoon begon te piepen en hij pakte hem op.

'Met Copeland,' zei hij. De rimpels in zijn vochtige voorhoofd werden nog dieper. 'Goed, oké, ik kom er meteen aan.' Hij zette zijn telefoon uit, deed zijn aantekenboekje dicht en stond op. 'Ik moet weg. Ik zal ervoor zorgen dat jullie zo gauw mogelijk de kopieën van de testrapporten krijgen.'

'Bedankt, Garry,' zei Angie. 'Kunnen we elkaar hier morgen weer ontmoeten om te zien hoe de dingen gaan? Laten we zeggen om tien uur?'

Ze deed de dop op haar pen, stak hem in de borstzak van haar jasje en stond op. 'Alles wat jullie te melden hebben, geef je door aan Colin, die als coördinator optreedt. Dus laten we aan het werk gaan, mensen, en zorgen dat hij het flink druk krijgt.'

Toen de twee vrouwen de gang op liepen, vroeg Gemma aan Angie: 'Kun je vanavond naar me toe komen? Ik heb een afspraak met dokter Firestone. Ik zou graag willen dat je erbij was.'

Angie keek op haar horloge.

'Alsjeblieft,' zei Gemma. 'Ik vraag het niet graag.'

'Als het maar niet te laat wordt,' zei Angie. 'Ik heb een afspraakje met mijn nieuwe liefje.'

Om tien over zeven werd er op de voordeur geklopt. Kit liep het huis door, deed het licht in de voorkamer aan en ging opendoen. Gerald kwam binnen en keek om zich heen. Kit observeerde hem aandachtig, zocht naar sporen van Alexanders werk op het lichaam van haar ex-man. Er was iets veranderd, zag ze. Gerald liep meer rechtop en leek groter. Zijn bekende kromme rug, hangende schouders en vooruitgestoken nek hadden een subtiele verandering ondergaan. Ook zijn ogen en donkere haar maakten een levendiger indruk, en hij was minder bleek dan voorheen. Als ze hem nu voor het eerst had gezien, en niet door de bril die was gekleurd door jaren van onbegrip en ruzies, dacht ze, zou ze hem zelfs een aantrekkelijke man hebben gevonden.

'Je ziet er goed uit,' zei ze terwijl ze hem door het huis voorging naar de keuken aan de achterkant. Halverwege de gang zei Gerald: 'Ik wou dat ik jaren geleden naar Alexander was gegaan.'
Ik ook, dacht Kit, maar het leek haar beter dat niet te zeggen.
'Ik ben net koffie aan het zetten. Heb je trek in een kopje?'
Gerald knikte en keek om zich heen. 'Dit is een leuk huis, Kit. Je hebt het hier goed voor elkaar.'
Kit trok een wenkbrauw op en begon de kopjes en de suikerpot uit het keukenkastje te halen.
'Ik heb een klein huis in Newtown,' zei Gerald. 'Ik had het eigenlijk willen kopen. Maar de prijs die ze vragen is belachelijk.'
'Ik heb je dingen bij elkaar gezocht,' zei ze. 'Je kleine aquarel en die Chinese draken waar je altijd zo gek op was. Ik heb alles goed ingepakt.' Ze wees naar de doos bij de keukendeur. Ze schonk de koffie in en wilde er bij Gerald twee schepjes suiker in doen, zoals hij zijn koffie altijd had gedronken.
'Nee, nee,' zei hij. 'Geen suiker meer tegenwoordig.' Toen vroeg hij: 'Mag ik even buiten kijken?'
Kit nam hem mee de tuin in en ze stonden enige tijd zwijgend naast elkaar, met hun kopjes in de hand, te luisteren naar de branding.
'Wat een geweldige plek,' zei hij na een tijdje.
'Ja,' zei Kit. 'Ik heb altijd gedroomd van een huis als dit.'
Opeens huilde Gerald; het raspende geluid dat een man maakt omdat de machinerie roestig en te lang ongebruikt is. Kit bleef naast hem staan, raakte hem niet aan en zei niets. Ze had nooit geweten dat haar man kon huilen. Haar professionele geest zag dat als een teken van vooruitgang, maar haar vrouwenhart brak.
'Het spijt me,' zei Gerald. 'Het spijt me dat ik er zo'n puinhoop van heb gemaakt, dat ik jou zoveel pijn heb gedaan.'
Kit wachtte totdat hij zijn koffie had neergezet, zijn neus had gesnoten en zijn grote zakdoek weer in zijn zak had gestopt.
'Het spijt mij ook,' zei ze. 'Omdat ik niet wist wat ik moest doen totdat het te laat was. Geen van ons had de bedoeling de ander pijn te doen.'
Ze dacht aan de jaren die ze had verspild in een poging hem te genezen, de energie had verspild die ze eigenlijk voor zichzelf nodig had, haar eigen leven had genegeerd, haar zoon die ze had

genegeerd, werd opgezadeld met een verantwoordelijkheid die nooit de hare was geweest, waarbij ze zijn uiteindelijke instorting en de noodzaak om in therapie te gaan, alleen maar had uitgesteld.
'We kunnen in ons leven maar één ziel redden,' zei ze. 'Dat is iets wat ik zeker weet. En zelfs dat is al een hele klus.'
'Ik had nooit moeten trouwen,' zei hij, zonder haar te horen. 'Ik begin nu pas te beseffen hoeveel vijandigheid ik in me heb. Ten opzichte van vrouwen. Van iedereen eigenlijk.'
Kom bij de club, dacht Kit. 'Daar zitten we allemaal vol mee, Gerald. Op de een of andere manier is het gemakkelijker te haten dan lief te hebben.'
'Maar dan hadden we Will nooit gehad,' zei hij defensief en haar recht aankijkend. 'Alhoewel dat voor iedereen misschien beter was geweest.'
Kit besloot er niet op in te gaan en de ongemakkelijke stilte tussen hen duurde voort terwijl Gerald zijn koffie opdronk.
Op weg naar de voordeur draaide hij zich naar haar toe. 'Ik denk de laatste tijd veel aan Will. Ik begin in te zien dat mijn depressies ook veel effect op hem hadden. Ik ga met Alexander mijn kindertijd na en verbijster me keer op keer over de overeenkomsten. Ik zie nu verbanden waar ik vroeger geen benul van had.'
'Ik heb Gemma gevraagd me te helpen hem op te sporen,' zei Kit. 'We moeten allebei in dezelfde richting hebben gedacht.'
Geralds gezicht lichtte op. 'Wil je het me laten weten als je hem hebt gevonden?' vroeg hij. 'Ik wil hem zo graag zien. Gewoon, om met hem te praten. Verslaafd of niet, hij is mijn zoon. Onze zoon.'
Kit knikte en slikte een traan weg.
Ze namen afscheid en Gerald wilde haar kussen, maar Kit draaide haar hoofd iets weg zodat de kus rechts van haar mond op haar wang terechtkwam.
'Wil je een keer een kop koffie bij me komen drinken?' vroeg hij, naar de grond kijkend.
'Ik zal je bellen,' zei ze. 'Ik heb het nogal druk op dit moment.'
'Natuurlijk,' zei hij. 'Tot ziens.' Hij keek haar een fractie van een seconde te lang in de ogen en Kit meende iets van vijandigheid te zien toen hij zich omdraaide en wegliep.

Even later hoorde ze zijn auto wegrijden en ze bleef in de deuropening staan totdat hij bij de vlek die het platgereden stinkdier op de weg had achtergelaten om de hoek verdween. Ze moest denken aan de keer dat Will, die toen zeven jaar was, in een boom was geklommen en er niet meer uit wilde komen omdat zijn vader onder hem stond te vloeken en te dreigen. Kit was naar buiten gerend om te zien waar al die ophef over was. En toen was er iets leuks gebeurd, want Gerald had het belachelijke van zijn reactie ingezien en was in een schaterend gelach uitgebarsten. Met z'n drieën hadden ze staan lachen en Wills gezicht had gestraald van vreugde.

18

Dokter Firestone reageerde op de zoemer door de veiligheidsdeur in de foyer van het luxe appartementengebouw in Liverpool Street te openen en de twee vrouwen binnen te laten. De hal was klein, met een nep-Louis-Quinzespiegel en tafeltje eronder en hoogglans granieten muren. Ze namen de lift en stapten uit op de zesde verdieping, waar ze werden opgewacht door dokter Firestone, die een glanzende, groenzijden huispyjama aanhad en hen meenam naar haar suite, verderop in de gang. Haar donkerblonde haar danste om haar schouders. In de in crèmekleurige en beige tinten uitgevoerde zitkamer bood ze hun iets te drinken aan. Op de salontafel stonden schaaltjes met Japanse rijstkoekjes en nootjes.
'Het is heel aardig van u dat u me wilt ontvangen,' zei Gemma. 'Dit zijn de foto's waarover ik het had.'
'Ik kijk graag naar foto's,' zei de vrouw terwijl ze drie glazen mineraalwater inschonk. 'Een stuk minder smerig dan echte moordlocaties. Hoewel ik die ook vaak heb bezocht toen ik jonger was.' Ze ging in een crèmekleurige fauteuil zitten en Gemma en Angie namen tegenover haar op de bank plaats. 'Zijn deze van een recente politiezaak?' vroeg ze met een frons op haar aantrekkelijke gezicht. 'Ze komen wat gedateerd over.' Ze draaide ze om, maar er stond niets op de achterkant.
'Ze zijn dertig jaar oud,' zei Gemma, die vond dat de dokter er zonder make-up en felrode lipstick, en met de bril die ze had opgezet om de foto's te bekijken, uitzag als een strenge schooljuffrouw.
Gemma keek van haar vriendin naar de deskundige. 'Het zijn foto's van de plek waar mijn moeder is vermoord. Ze is doodgeslagen met een hamer toen ik vijf jaar oud was. Mijn vader heeft bijna dertig jaar in de gevangenis gezeten voor deze moord. Hij heeft altijd gezegd dat hij onschuldig is.'
Omdat beide vrouwen professionals waren op het terrein van de

dood, werd er geen commentaar geleverd, maar vanaf dat moment was de lucht geladen met een zekere spanning, terwijl dokter Firestone de foto's behandelde met een zachtheid en respect die er niet geweest zouden zijn als het om een anoniem slachtoffer was gegaan.
'Dertig jaar is een lange straf,' zei ze.
'Ja,' zei Gemma. 'Hij heeft vijftien jaar extra gekregen voor zijn betrokkenheid bij een uitbraakpoging waarbij een cipier bijna het leven heeft verloren.'
'Je vader schijnt een erg stug karma te hebben,' zei de Amerikaanse terwijl ze de eerste foto bekeek.
'Hij was arts,' zei Gemma. 'Psychiater.'
Dokter Firestone nam systematisch alle foto's door, haalde er af en toe een uit de stapel, die ze dan vergeleek met een andere, en legde ze ten slotte uit op het tafelblad. Gemma zag haar moeders verminkte gezicht, ondersteboven, de donkere bloedvlekken en spatten waar op sommige plekken haar glanzende haar doorheen te zien was.
'Waar had de officier de aanklacht op gebaseerd?' vroeg dokter Firestone.
'Op de interpretatie van de bloedspatten,' antwoordde Gemma. 'Allemaal indirect dus. Mijn moeder was al stervende toen mijn vader thuiskwam. Maar de politie geloofde hem niet. De deskundigen en analisten van de overheid waren het erover eens dat de bloedspatten zwaar genoeg telden om hem te hangen.'
'Dus je vader is min of meer veroordeeld op grond van het bewijs dat op deze foto's staat?'
Gemma knikte. 'Ja, voornamelijk. De kroongetuige stelde dat het bloedspatpatroon op zijn kleren en de muur bij mijn moeder was veroorzaakt door dezelfde bloeding.'
'En wat zei je vader daarover?'
'Hij zei dat hij die avond om een uur of elf thuiskwam en haar liggend op de grond had aangetroffen. Ze was ernstig verwond door een hamer die nooit is teruggevonden. De openslaande deuren naar de achtertuin stonden op een kier. Ze waren opengebroken. Mijn vader zei dat hij haar in zijn armen had gehouden totdat de ambulance kwam en dat ze bloed op hem had gehoest.' Gemma's stem viel stil.

Zelda Firestone bekeek de foto's nog eens goed, een voor een. Daarna begon ze opnieuw, veegde ze bij elkaar en legde ze weer uit op tafel. Ze stond op en liep naar de kleine witte keuken die grensde aan de woonkamer. Opeens zweefde de geur van novemberlelies door de kamer en toen Gemma zich omdraaide zag ze achter zich een grote blauwe vaas met een enorm boeket staan. Het deed haar denken aan de bloemen die ze aan Ratbag had gegeven. Dokter Firestone kwam de kamer weer in met een schaaltje ijs voor het mineraalwater. Ze kwam tegenover de twee vrouwen zitten en begon opnieuw de foto's te bestuderen. Uit een la, naast haar, haalde ze een elegant vergrootglas met een gouden ketting eraan. Gemma merkte hoe hard haar hart bonkte toen de deskundige de foto's van de plaats van het misdrijf bestudeerde, soms met behulp van het vergrootglas en soms met het blote oog.
'Ik kan het niet geloven,' zei ze ten slotte. 'Ik kan niet geloven dat niemand dit heeft opgemerkt. En je hoeft het niet eens uit te vergroten om het te zien.' Ze legde het vergrootglas met de gouden ketting op tafel.
'Wat geloven?' vroeg Gemma. 'Wat zien?'
'Dat dit bloed al aan het stollen is.' Ze schudde haar hoofd. 'Dit zijn de grondbeginselen die zelfs een niet-deskundige vrij duidelijk kan zien.' Ze pakte de foto met de close-up van de bloedvlekken en -spetters op de linkermouw en -schouder van het jasje en liet hem aan Gemma zien. Gemma's hart begon nog harder te bonken.
'Kijk.' Haar roodgelakte nagel wees naar een reeks bloedspatten die als donkere punten op de stof lagen. Gemma fronste haar wenkbrauwen en concentreerde zich. Het enige wat ze kon zien, was een stel donkergrijze cirkeltjes die in het midden een zwart puntje hadden.
'Wat betekent dat?' vroeg Gemma, en haar hart juichte al terwijl ze de woorden uitsprak.
'Als vers bloed op een stof als deze terechtkomt,' zei de dokter, 'wordt het onmiddellijk geabsorbeerd. Het trekt in de stof zodra het die raakt, op een gelijkmatige manier omdat de rode bloedlichaampjes zich vrij in het nog vloeibare bloed kunnen bewegen. Maar als het stollen eenmaal begint, trekken de bloedlichaampjes naar elkaar toe – klonteren heet dat – en dan krijg je dit.' Ze

wees naar de minuscule zwarte puntjes in het midden van elke bloedspat. 'Het bloed is zich al aan het scheiden in plasma en bloedlichaampjes. Daar worden die zwarte kernen door veroorzaakt. Vers bloed gedraagt zich gewoon niet op deze manier.'

Gemma staarde haar aan. Vers bloed gedraagt zich niet op deze manier. De woorden namen bezit van haar geest en ze moest zich concentreren om haar aandacht weer op de stem van de Amerikaanse te richten.

'Ik zou zeggen,' zei dokter Firestone, 'op grond van mijn ervaring, dat deze bloedspatten op z'n minst al twintig minuten aan het stollen waren, tot misschien wel een uur. Het was stollend bloed dat je moeder ophoestte, wat aangeeft dat de slagen zijn toegebracht voordat je vader thuiskwam.'

Een overweldigend gevoel van opwinding zorgde ervoor dat Gemma haar lippen op elkaar moest persen om te voorkomen dat ze óf in stom gelach óf in snikken zou uitbarsten. Mijn vader, klonk het ergens diep binnen in haar, mijn vader. Wat je altijd hebt gezegd, is de waarheid. Iemand anders heeft dit je vrouw aangedaan, minstens twintig minuten voordat je haar vond. Je bent ten slotte toch een goede vader geweest. Mijn lieve, goede vader die nu in een tuinappartement in Glebe woont. Het enige wat ze nog hoorde, was het kloppen van haar eigen bloed in haar oren.

Dokter Firestone sorteerde de foto's opnieuw, schoof ze met haar roodgelakte nagels over het tafelblad alsof het stukjes van een puzzel waren en maakte er ten slotte drie stapeltjes van. Toen ging ze rechtop zitten en keek ze Angie en Gemma aan. 'En jij zegt dat je vader is veroordeeld op grond van het bewijs van deze bloedspatten?' vroeg ze op haar kenmerkende lijzige Amerikaanse toon.

'Ja,' zei Gemma. 'De getuige-deskundige van de politie stelde dat het bloedspatpatroon niet op een andere manier had kunnen ontstaan dan tijdens het toeslaan met de hamer.'

'Ik zal je nog iets anders vertellen,' zei de dokter, en ze leunde achterover in haar stoel, nam een slokje ijswater maar bleef naar de foto's kijken. 'Ik zie hier twee, misschien zelfs drie afzonderlijke momenten waarop het bloed op de muur en het jasje is gespat. Wat inhoudt dat het bloed op drie afzonderlijke momenten is vergoten. Deze vlek hier,' zei ze, wijzend naar de donkere boog op de muur, 'komt overeen met de bloeding die als gevolg van de eerste slagen met de hamer is ontstaan. Het hart pompt heel krachtig, met name als er sprake is van angst en paniek.' Haar ogen, achter de brillenglazen, keken recht in die van Gemma. 'Wanneer er een wond in een ader ontstaat, spuit het bloed eruit op een manier die te vergelijken is met water dat uit een tuinslang komt. Maar dan niet in een gestage stroom, maar in korte, repeterende stoten.'

Ze wees naar de boogvormige vlekken op de muur, zocht meer foto's waarop deze te zien waren en legde ze apart van de andere. 'Dit is het eerste wat je ziet als het bloeden begint. Er zijn nog twee andere waarop iets soortgelijks te zien is, wat dus drie in totaal maakt. Het merendeel van de specialistische kennis over het zogenaamde "spuitgedrag" van bloed is pas in de laatste tien, vijftien jaar ontwikkeld, lang nadat deze foto's zijn genomen en er conclusies uit zijn getrokken. Onderzoekers hebben altijd gedacht dat ze hun conclusies erop konden baseren, alleen omdat het zo visueel en vertrouwd is. Maar zonder specialistische opleiding zouden ze het verschijnsel nooit als bewijs mogen gebruiken. Niemand mag dat. We hebben het hier over een zeer verfijnd en specialistisch onderzoeksterrein. Thuis, in de Verenigde Staten, heb ik van politiemensen van het platteland de meest absurde dingen gehoord als het ging om de interpretatie van bloedspatten. Terwijl ze het niet in hun hoofd zouden halen om andere terreinen, zoals DNA-onderzoek of ballistiek, op een dergelijke wijze te benaderen. Maar alleen omdat ze regelmatig huizen met bloed in en uit wandelen, gaan ze er door de bekendheid ermee van uit dat bloedspatten eenvoudig te interpreteren zijn.'

'Dus u zegt,' zei Gemma, toen ze er weer aan dacht adem te halen en haar stem had teruggevonden, 'dat er een kans bestaat dat mijn vader de waarheid heeft verteld.'

'De patronen die ik hier zie, sluiten zeker aan bij zijn versie van het gebeuren. Als je hier kijkt – en weet waar je naar moet kijken – kun je het zelf zien. Kijk naar deze vlekken op de muur,' zei dokter Firestone, wijzend op een van de foto's.

Gemma boog zich naar voren en keek naar de boogvormige

bloedvlekken op de muur, die haar eerder hadden doen denken aan palmbladeren.

'Je kunt vrij goed zien dat ze elkaar op sommige punten overlappen,' vervolgde de dokter. 'En dat kan alleen als de eerste vlek al begint in te drogen voordat de tweede laag erop terechtkomt. Dit houdt in dat er ten minste twee afzonderlijke momenten zijn geweest waarop het bloed is vergoten. En misschien drie.'

'Het feitelijke toeslaan met de hamer,' zei Gemma opgewonden, 'en vervolgens toen mijn vader haar een halfuur later in zijn armen nam. En ten slotte de ambulancebroeders.'

'Die uitleg zou aansluiten bij wat we hier zien,' zei dokter Firestone. 'Het ziet er in beide gevallen uit als een aderlijke bloeding. Na het toeslaan, toen het slachtoffer...' Ze herstelde zich snel. '... toen je moeder bewusteloos op de grond lag, kan het bloed al zijn gaan stollen, wat vervolgens werd verstoord toen ze werd opgetild, het stollende oppervlak barstte en het bloed weer begon te spuiten. En ik ben toch vrij zeker van een derde keer, vermoedelijk toen ze, zoals jij zei, door de ambulancebroeders op de brancard werd gelegd.'

Gemma's hart sloeg als een bezetene. Haar geest werd beheerst door haar moeder en haar vader, de een vreselijk bloedend, de ander onschuldig. Ze sloeg haar hand voor haar mond toen de beelden haar deden duizelen.

'Als ik kopieën kan krijgen van deze foto's,' zei dokter Firestone, 'kan ik een volledig rapport schrijven zodra ik thuis ben. Mijn honorarium bespreken we later wel. Dat zal niet al te hoog zijn. Dit is het soort zaak waar ik graag mijn tanden in zet. Er zijn al te veel mensen veroordeeld door nalatigheid.'

'Ik wil mijn vaders zaak laten heropenen,' zei Gemma. 'Uw deskundige mening zal ons verzoek ondersteunen. Ik stuur morgen een koerier met de kopieën naar u toe,' beloofde ze. Ze moest opstaan, kon niet langer blijven zitten en weerstand bieden aan alle gevoelens die met grote kracht door haar heen werden gepompt. Ze wilde alleen zijn, naar de sportschool, van Tamarama naar Bondi rennen, in de lucht springen en roepen: hij heeft het niet gedaan. Mijn vader is onschuldig. Hij heeft altijd gezegd dat hij het niet heeft gedaan, en hij heeft de waarheid gesproken. Ik ben niet de dochter van de moordenaar van mijn moeder. Ik ben niet getekend door schande. Ik ben een goed mens en hij is dat ook!

'Voel je je wel goed?' vroeg Angie, en Gemma merkte dat de tranen over haar wangen liepen.

'Ja,' zei ze, 'ik voel me zelfs heel goed. Wat een fantastisch nieuws is dit.'

Dokter Firestone deed de foto's bij elkaar en gaf ze aan Gemma. 'Het moet een grote opluchting voor je zijn,' zei ze, 'om te weten dat je vaders versie van het gebeuren wordt ondersteund door deze foto's. Concreet bewijs liegt niet. Het kan zichzelf niet veranderen. Het enige wat ermee kan gebeuren, is dat het fout wordt geïnterpreteerd door mensen.'

Dokter Firestone vroeg of ze nog even wilden blijven voor een kopje koffie, waarvan de heerlijke geur al uit de kleine, witte keuken kwam zweven, maar Gemma wilde zo snel mogelijk naar Kit, en ook Angie keek op haar horloge, schijnbaar met haar nieuwe liefje in gedachten. Gemma haalde een tissue uit haar tas en snoot haar neus.

Op weg naar de lift legde Angie haar arm om Gemma's schouders. 'Rustig aan, hè?' zei ze. 'Wees voorzichtig als je naar huis rijdt.'

Maar Gemma ging niet naar huis; ze reed rechtstreeks naar het huis van haar zus. Kit deed open en Gemma zag dat ze gehuild had.

'Wat is er?' vroeg ze toen ze samen aan de keukentafel zaten.

'Gerald was hier zo-even. Het was moeilijk. En toen hij weg was en het doodstil was, was het nog moeilijker. Ik ben blij dat je er bent, Gemfish.'

'Ik zal een ketel water opzetten,' zei Gemma. Ze deed het en vervolgde: 'Ik kom net van een van 's werelds meest vooraanstaande experts op het gebied van bloedspatinterpretatie. Ik heb haar de foto's van de misdaadlocatie van de moord op onze moeder laten zien. Ze zei dat de bloedspatten vaders verslag van het gebeuren van die avond ondersteunen. Ze neemt kopieën van de foto's mee naar de Verenigde Staten en faxt me een gedetailleerd rapport.'

Achter haar begon het water in de fluitketel zachtjes te ruisen. Kit staarde haar aan. Haar ogen, die net nog vol tranen hadden gestaan, leken opvallend groot in het heldere licht in de keuken.

‘Onze vader heeft de waarheid gezegd,’ zei Gemma ten slotte. ‘Hij heeft al die tijd de waarheid gesproken en dertig jaar – dertig verspilde jaren van zijn leven – onterecht in een smerige gevangenis gezeten voor iets wat een ander heeft gedaan. Steve had gezegd dat hij een kopie van zijn verklaring aan een taalanalist zou geven.’ Ze zweeg even. ‘Ik moet ervoor zorgen dat hij dat alsnog doet,’ zei ze, maar Kit merkte de verdrietige ondertoon in haar stem niet op.

‘Maar het bewijs,’ zei Kit. ‘Het spatpatroon van de eerste bloeding. Dat hebben ze allemaal gezegd, de deskundigen.’

Gemma schudde haar hoofd. ‘Dokter Firestone zei dat er sprake was van drie afzonderlijke bloedingen. Drie, Kit. Het gaat niet langer om bloedvlekken als gevolg van de eerste bloeding.’

De fluitketel stootte een schril gefluit uit. Gemma draaide het gas dicht en pakte de oploskoffie, suiker en melk uit het kastje. Ze had het gevoel dat de rollen ineens waren omgedraaid, dat zij nu de oudere, wijze zus was en Kit de jongere en meer naïeve.

‘Begrijp je het dan niet, Kit? Het is zoals onze vader altijd heeft gezegd, dat hij dat bloed op zijn jasje heeft gekregen toen hij haar in zijn armen nam. Dat was het tweede patroon dat dokter Firestone kon onderscheiden. Ze denkt dat er zelfs sprake is van een derde patroon, van toen de ambulancebroeders moeder op de brancard legden.’

Kit zat nog steeds voor zich uit te staren. Alle kleur was weggetrokken uit haar gezicht. ‘Ik weet niet wat ik moet zeggen,’ zei ze. ‘Ik weet niet eens wat ik moet denken.’

‘Er is hem een vreselijk onrecht aangedaan,’ zei Gemma. ‘Dát is wat er gebeurd is. En we moeten alles doen wat in onze macht ligt om zijn naam te zuiveren.’ Ze stond op. ‘En de staat aan te klagen voor een schadeloosstelling.’

Kit stond op en leunde op het aanrecht terwijl de enorme gevolgen van deze nieuwe informatie tot haar door begonnen te dringen. ‘Maar ik heb dertig jaar lang geloofd dat hij het heeft gedaan. Ik heb hem erom gehaat.’ Ze ging rechtop staan en keek haar jongere zus aan. ‘Dit is te veel voor me. Ik kan dit niet zomaar aannemen.’

‘Ik ga voor de schadeloosstelling,’ zei Gemma. ‘Hoe bereken je het inkomen van een vooraanstaand psychiater? En wat belangrijker is, hoe kun je iemand terugbetalen nadat je hem eerst zijn halve leven hebt afgenomen? Wat voor geldbedrag kan dat goedmaken? Vijf miljoen dollar? Tien miljoen? Honderd miljoen?' Gemma pakte haar koffiemok op en zette hem meteen weer neer, want ze kon op dit moment onmogelijk een slok nemen.

'Het was ook interessant,' zei ze na een tijdje, 'om de aantekeningen te zien die zijn gemaakt door Philip Hawker, de rechercheur die de zaak toen heeft onderzocht. Hij heeft dat heel grondig gedaan. Hij heeft ook een van vaders patiënten ondervraagd, iemand die Arik Kreutzvalt heet.'

Kit fronste haar wenkbrauwen en knipperde met haar ogen. 'Ik kan me die naam zelfs herinneren, geloof ik.' Ze wendde haar blik af om na te denken. 'Ik geloof dat hij een keer naar ons huis is gekomen,' zei ze, Gemma weer aankijkend. 'En volgens mij is er toen een soort heibel ontstaan.'

'Dat kan,' zei Gemma. 'Want vader is op de dag van moeders dood bij hem op huisbezoek geweest.' Ze stond weer op. 'Verdomme, het is allemaal zo lang geleden. Maar laten we ons nu met het heden bezighouden. Hé, Kit, laten we hem opbellen,' zei ze. 'Laten we hem het goede nieuws vertellen. We kunnen hem vertellen dat we al het nodige zullen ondernemen om hem volledig te rehabiliteren. En schadeloos te stellen. Wat daar ook voor nodig is. En we kunnen een boek schrijven. "Nachtmerries uit de Australische rechtsspraak", noemen we het. Kom op, Kit, laten we hem opbellen.'

Maar Kit schudde haar hoofd. 'Niet nu, Gemma. Ik heb even tijd nodig om dit te verwerken. Ik moet dit even laten bezinken. Kunnen we dit niet laten wachten tot morgen?'

Gemma nam een slokje van haar koffie. 'Wat is één nacht na dertig jaar?' zei ze lachend.

Kit stond tegen het aanrecht geleund, met haar armen over elkaar. Ze keek haar zus aan en zei: 'Zie je, wat ik het ergste vind, is dat ik hem eigenlijk nog steeds niet wil zien. Onschuldig of niet. Ik herinner me te veel.'

Nadat Gemma naar huis was gegaan, was Kit veel te opgewonden om te gaan slapen. Ze zat een tijdje in de tuin, maar kon geen rust vinden. Het was volle maan, dus ze deed het smeedijzeren tuinhek open, liep het pad naar Gordon's Bay op en snoof de zilte geur van de zee op. In het maanlicht zag ze de donkere contouren van de vissersboten aan de steigers langs het kleine strand en even later, aan het eind van het pad, liep ze het houten plankier op. Helemaal op haar gemak voelde ze zich niet toen ze dacht aan de insluiper in haar tuin en het feit dat hier vroeger veel mensen werden beroofd, hoewel het pad nu steeds meer werd gebruikt door wandelende stelletjes, kinderen en honden.

Ze leunde op de balustrade en staarde naar de nimmer aflatende golven van de Stille Oceaan voor de kust van Australië. In de verte, op zee, gleden de donkere contouren van een containerschip langs de horizon; de boordlichten brandden wel, maar het effect ging grotendeels verloren in de weerspiegeling van de maan in het water.

Het leek of haar hele wereld een draai van honderdtachtig graden had gemaakt. Het duister van de nacht had plaatsgemaakt voor de felle zon van een zomermiddag. Haar vader was in één klap getransformeerd van moordenaar tot slachtoffer, alleen omdat de ervaren ogen van iemand die de eigenschappen van stromend en stollend bloed kende, naar een paar foto's van dertig jaar geleden had gekeken. Hoe moet ik hem nu benaderen, vroeg ze zich af. Wat moet ik in godsnaam tegen hem zeggen?

Zelfs nu, met hem als het schijnbare slachtoffer van een afschuwelijk juridisch onrecht, voel ik nog steeds geen liefde voor hem, dacht Kit. Ik herinner me de sfeer in dat huis nog zo goed. Ik herinner me dat ik door het huis sloop en hoopte dat mijn moeder op haar kamer zou blijven of in elk geval niets zou zeggen of doen dat zijn boosheid zou opwekken. En dan de angst als ik de deur van zijn werkkamer tegen de muur hoorde slaan en zijn boze voetstappen op de trap hoorde als iemand of iets hem had gestoord bij zijn werk. Maar is het ook niet zo dat mijn vader een afschuwelijke prijs heeft betaald voor het feit dat hij niet zo'n goede vader en echtgenoot was?

Een geluid in de donkere bosjes langs het strand maakte haar aan het schrikken, en ze liep snel over het pad terug naar het hek in de tuinmuur, schoof de grendel erop, deed binnen alle ramen en deuren dicht en zat nog even wezenloos voor zich uit te kijken voordat ze naar bed ging.

De volgende ochtend kwam Gemma haar oppikken. Ze hadden elkaar tijdens het ontbijt gebeld en afgesproken samen bij hem op bezoek te gaan. Kit had een leuk boeketje gemaakt van bloemen die ze in de tuin had geplukt, en ze had een doos vacuüm verpakte scones in een plastic boodschappentasje bij zich. Onderweg vroeg ze zich af wat ze moest zeggen en doen als ze haar vader zag.

'Jij kunt beter eerst naar binnen gaan,' zei ze tegen Gemma, 'om hem te zeggen dat ik er ook ben. Misschien wil hij me helemaal niet zien.'

'O, doe niet zo gek, Kit. Natuurlijk wil hij je zien.'

Gemma reed Glebe Point Road in, reed door tot St. John's Road en draaide ten slotte de straat in waar haar vader zijn flat had. Ze parkeerde aan de overkant van het oude appartementengebouw en stapte uit.

'Ik wacht hier,' zei Kit toen ze ook was uitgestapt en met de bos bloemen in haar hand tegen de auto leunde. 'Neem jij de scones alvast mee.'

Gemma deed het, liep langs het huis, door een hekje dat toegang bood tot de achtertuin, en kwam terecht op het terras. Haar vader zat aan een tafel te schrijven in een boek, met de krant opgevouwen naast hem en zijn zilvergrijze haar oplichtend in de zon. Hij keek op, deed onmiddellijk het boek dicht alsof hij werd betrapt op een kwajongensstreek, en zijn gezicht begon te stralen toen hij haar zag. 'Mijn schat,' zei hij. 'Wat een leuke verrassing.' Hij stond op en kwam naar haar toe.

'Ik heb nog een verrassing,' zei Gemma. 'Kit is er ook. En we komen je iets vertellen.'

'O?' Zijn stem klonk onzeker alsof hij slecht nieuws verwachtte. Hij heeft zo lang in die verdomde gevangenis gezeten, dacht Gemma terwijl ze de eerste tranen alweer voelde branden in haar ogen, dat hij ervan uitgaat dat alle nieuws slecht nieuws is.

'Wacht,' zei ze, en ze legde het pak scones op de tafel naast de zijne en rende terug om Kit te gaan halen. Toen ze samen terugkwamen, zat hun vader al vol verwachting op hen te wachten.

Kit aarzelde even maar kwam toen naar voren. Ze had geen idee wat ze moest doen. Ze kon niet 'papa' zeggen, ze kon niet eens 'vader' zeggen. Ze haalde diep adem. 'Ik kom je mijn excuses

maken,' zei ze, hem recht in de ogen kijkend. 'Het schijnt dat ik het al die jaren bij het verkeerde eind heb gehad. Gemma heeft een expert op het gebied van bloedspatten naar de foto's van de plek van het misdrijf laten kijken en die heeft gezegd dat jouw versie van het gebeuren van die avond de juiste is.'
Hij bleef doodstil aan tafel zitten, als een standbeeld, met de zon op zijn voorhoofd en zilvergrijze haar. 'Dat heb ik altijd gezegd,' zei hij op scherpe toon.
Hij was niet erg elegant in het incasseren van zijn overwinning, merkte Kit op.
'Dat is wat we je komen vertellen,' babbelde Gemma door zonder aandacht te schenken aan de vreemde reactie van haar vader. 'Het is fantastisch nieuws. Ik ga een verzoek indienen voor een sectie 475-onderzoek op grond van de bevindingen van dokter Firestone.'
De stijfheid als gevolg van de schrik hield hem nog even in haar macht en toen zag Kit dat hij begon te ontdooien.
'O, dat,' zei hij onzeker.
Gemma keek Kit aan. 'Hoe bedoel je, "dat"?' vroeg ze. Toen pas zag ze dat hij als een oude man onderuitgezakt in zijn stoel zat.
'We hebben voldoende gronden om je zaak te laten heropenen en je naam te zuiveren,' vervolgde Gemma. 'Om nog maar te zwijgen van de miljoenen dollars die we als schadeloosstelling gaan eisen. Dat is wel het minste wat de staat voor je kan doen. En toen je me belde, zei je hoeveel het voor je zou betekenen als je...'
Haar stem stierf weg. Het leek opeens zo dom en meelijwekkend om te geloven dat hij hun een hoop geld wilde nalaten om te tonen dat hij een goede vader was. Dom van haar. Ze knipperde boos met haar ogen, want ze was zich bewust dat ze vol tranen stonden.
Hun vader staarde enige tijd naar het dichtgeslagen boek waarin hij had zitten schrijven, kuchte een keer en schraapte zijn keel. 'Daar heb ik over nagedacht,' zei hij terwijl hij langzaam opstond en Kit zag hoe stram hij was geworden. 'Ik moet jullie helaas zeggen dat ik daar nu anders over denk.'
Er zat een vlakheid in zijn stem die Kit alert maakte. 'Wees alsjeblieft wat duidelijker,' zei ze, 'en vertel ons hoe dat is gekomen.'
Hij bleef achter de tafel staan, alsof die een verdedigingsbuffer

moest vormen, en keek van de een naar de ander. 'Weet je,' zei hij, 'ik ben er niet meer zo zeker van of dat wel de juiste manier is. Om al dat oude gedoe weer op te rakelen.'

Gemma staarde hem ongelovig aan. Toen keek ze haar zus aan; haar ogen waren net zo groot als die van Kit de vorige avond waren geweest. 'Al dat oude gedoe!' herhaalde ze verbijsterd. 'Waar heb je het over? We hebben het hier pas nog over gehad. Je was een en al vastbeslotenheid! Wat is er gebeurd? Er moet iets gebeurd zijn om je zo van gedachten te doen veranderen.' Ze voelde dat Kit haar hand op haar arm legde.

'Er is niets gebeurd,' zei hij nors. 'Het is alleen een hoop werk voor iemand op mijn leeftijd. Een hoop gedoe om niets.'

'Op jouw leeftijd? Een hoop gedoe om niets? Je hóéft helemaal niets te doen,' zei Gemma. 'Ik doe alles. Ik ben er al mee bezig!' Haar ogen fonkelden van woede en frustratie en ze voelde dat Kits hand zich vaster om haar arm sloot.

'Ik heb zitten nadenken over het verleden,' zei hun vader met neergeslagen ogen en zijn hand op het boek waarin hij had zitten lezen. 'Ik wil niet dat alles weer tevoorschijn wordt gehaald. Iedereen is alles allang vergeten. Niemand herinnert het zich. Niemand maakt zich er druk over. Ik ben nu alleen nog een anonieme man van bijna zeventig. Als we de zaak heropenen, komt het hele verhaal weer in de krant. Dan komen ze foto's van me maken en word ik weer achtervolgd door de pers. Je weet hoe ze zijn. Ik heb ontdekt dat het een droom van me was zolang ik in de gevangenis zat. Het hield me aan de gang. Maar nu ik vrij ben, wil ik alles niet opnieuw meemaken. Bovendien wil ik weer aan mijn wetenschappelijke artikelen gaan schrijven. Ik heb al dit spul dertig jaar lang laten opslaan.' Hij wees naar de open tuindeuren en Gemma keek naar binnen. Ze zag een aantal kartonnen dozen en achter de open gordijnen van zijn slaapkamerraam stonden er nog een paar.

'Maar papa!' riep Gemma bijna stampvoetend. 'Ik kan mijn oren niet geloven. Weet je dan niet wat het voor ons zou betekenen?' Ze draaide zich om, was zo boos dat ze hem niet eens kon aankijken. Kit kwam naar voren. 'Hier,' zei ze tegen hem. 'Ik heb deze voor je geplukt in mijn tuin.'

'Dat is heel lief van je, Kit,' zei hij, waarna ze vlak voor hem kwam staan en hem recht aankeek terwijl ze het boeketje overhandigde. 'Het zijn viooltjes,' zei ze, 'en de laatste sneeuwklokjes van het jaar, en een paar mooie bloemen van mijn geraniums. Je kunt ze in een vaas zetten, of in een jampot, als je geen vaas hebt.' Ze voelde dat achter haar Gemma verbijsterd stond toe te kijken. Ze draaide zich om naar haar zus. 'Kom op, Gems,' zei ze. 'We moeten gaan. We hebben dingen te doen.'

'Eh... ik vroeg me af...' zei hun vader, en hij wachtte even tot ze zich weer hadden omgedraaid. Even raakte Gemma's hart vervuld van de hoop dat alles toch nog goed zou komen en hij zou zeggen: 'Ik vroeg me af of ik niet een grote fout maak als ik de zaak op deze manier laat zitten.' Maar wat hij in plaats daarvan zei, maakte haar verbijstering nog groter. 'Zouden jullie, of een van jullie, me aan wat geld kunnen helpen? Duizend dollar? Ik vind het vreselijk dat ik het moet vragen.'

Gemma was met stomheid geslagen, en het was Kit die antwoord gaf. 'Ja, dat denk ik wel. We regelen wel iets.'

Ze liepen weg terwijl hun vader gegeneerd bij de tafel bleef staan en Kit haar zus in de richting van de auto stuurde.

'Ik kan het niet geloven,' zei Gemma toen ze instapte en Kit hetzelfde deed aan de andere kant. Gemma sloeg met haar vuisten op het stuur. 'Verdomme! Hij kan dat niet maken! Waarom is hij verdomme ineens van gedachten veranderd?' zei ze, bijna huilend van frustratie. 'En dan heeft hij ook nog het lef om ons zó voor het blok te zetten!'

Haar zus keek haar van opzij aan. 'Gems,' zei ze, 'laat het gaan. Het is zijn zaak. Het is tenslotte zijn leven.'

Gemma startte de auto. 'Maar ik ben er al mee bezig,' zei ze. 'Ik heb nieuw bewijs. Ik heb een internationaal erkend expert die wil bevestigen dat het bloed al aan het stollen was toen hij het op zijn kleren kreeg. Dat kan alleen maar betekenen dat zijn verhaal waar was. Hij zal gerehabiliteerd en weer gerespecteerd worden.' Ze draaide Glebe Point Road op, in zuidelijke richting, waarbij ze bijna in botsing kwam met een in paars en zwart fluweel geklede vrouw wier oren, wenkbrauwen en lippen vol zilveren ringen zaten. 'Om nog maar te zwijgen van een kapitaal aan smartengeld,' zei ze, nog steeds woedend. 'Hij kan schatrijk worden én zijn naam zuiveren.'

'Misschien, Gemma, is dat voor jou belangrijker dan voor hem,' zei Kit.
In een woedend zwijgen reed Gemma door, waarbij ze de bochten te scherp nam, steeds op het allerlaatste moment remde en voortdurend de andere weggebruikers uitschold. 'Hij heeft tegen me gezegd dat hij ons een hoop geld zou nalaten,' zei Gemma toen ze op Anzac Parade reden. 'Hij zei het alsof dat heel belangrijk voor hem was. Alsof *wij* belangrijk voor hem waren. Hij zei dat hij na al die tijd een goede vader voor ons wilde zijn. Hij heeft dat allemaal gezegd, dus waarom neemt hij nu ineens alles terug?' Ze werd steeds bozer. 'Het is nog steeds alleen maar zijn werk dat belangrijk voor hem is. Zelfs nu nog drijft zijn verdomde ego hem ertoe zijn artikelen te publiceren en de beroemde psychiater uit te hangen, de redder van de mensheid! Over dat andere boek hoor je hem niet meer. Wat kunnen hem zijn dochters schelen? Hij geeft geen barst om ons. En dan heeft hij ook nog een keer het lef ons voor het blok te zetten door om geld te vragen. Nou, ik héb geen geld. Ik draai op het ogenblik met verlies. Ik heb de afgelopen maand één voorschot gehad en daar moet ik mijn mensen van betalen. En daarna, als de zaak niet snel aantrekt, dan weet ik het ook niet meer. En hij heeft het verdomde lef om mij om geld te vragen.'
'Ja, ik weet het, ik weet het,' zei Kit. 'Het is afschuwelijk. Ik ben ook boos, en ik heb er lang niet zoveel tijd in gestoken als jij.' Ze wachtte even terwijl Gemma nijdig terugschakelde en de motor veel te veel toeren liet maken. 'Ik geef hem het geld wel,' zei Kit. 'Maak je daar maar geen zorgen om. Ik heb nog wat over van de verkoop van het huis. Het is te weinig om zelf iets te kopen, dus kan ik er net zo goed iets van aan hem geven. Ik vind eigenlijk wel dat ik hem iets schuldig ben, omdat ik al die jaren heb geloofd dat hij onze moeder heeft vermoord.' Ze keek uit het raampje naar een paar kinderen die op de stoep speelden. 'Gems, ik stond vlak voor hem toen ik hem die bloemen gaf,' zei ze. 'Ik keek hem recht in zijn gezicht... en in zijn ogen...' Ze viel stil.
'Nou en?' zei Gemma kortaf, alsof het haar absoluut niet interesseerde.
'En ik zag wat daar was.'
'Zeg op dan!'

Kit draaide zich naar haar zus. 'Ik zag angst in die ogen.'
'Angst? Waar moet hij nou bang voor zijn?' Gemma gaf weer een ruk aan het stuur. 'Hij heeft niets te verliezen en alles te winnen. Nu laat hij alles vallen en gaat hij aan een nieuw project beginnen. Waar moet hij in godsnaam bang voor zijn?'
Ze reden in stilte door totdat ze in Kits straat waren en Gemma de auto voor haar huis tot stilstand bracht.
'Kom je nog mee naar binnen?' vroeg Kit, maar Gemma schudde haar hoofd.
'Ik ben nog te nijdig,' zei ze. 'Ik zou geen aangenaam gezelschap zijn. Ik bel je wel als ik wat gekalmeerd ben.'
'Oké,' zei Kit.
Zonder gedag te zeggen reed Gemma weg.
Toen ze de voordeur van haar huis opendeed, was er nog steeds geen Taxi om haar op te wachten en bijna te laten struikelen als ze binnenkwam. Ze gooide haar jas en sleutels op het tafeltje in de hal, liep door naar de keuken, haalde een pak vruchtensap uit de vrijwel lege koelkast, vloekte omdat ze besefte dat ze binnenkort écht boodschappen moest gaan doen en liep met haar glas het balkon op.
Het was een prachtige lentedag met wattige witte wolkjes aan een lichtblauwe hemel boven een diepblauwe zee. Ze zat naar de horizon te turen totdat ze aan iets moest denken. Om iemands gedrag te veranderen, herinnerde ze zich, moest er iets in diens leven veranderen. Net zoals er iets was veranderd in het leven van de moordenaar, met als gevolg een andere modus operandi, was er iets veranderd in haar vaders leven, dat – wat het ook was – ervoor had gezorgd dat hij honderdtachtig graden was gedraaid. Ze had bijna Kit gebeld, maar besloot eerst te proberen het voor zichzelf uit te werken. Onder alle agitatie in haar hoofd sluimerde nog steeds de ruzie met Steve, die een belangrijke bijdrage had geleverd aan haar emotionele reactie op haar vaders gedrag. Het liefst had ze nu Taxi opgepakt om zijn dikke, warme lijf tegen haar wang te drukken en hem te laten spinnen. Ze goot het restje vruchtensap over de balustrade van het balkon in de tuin en liep naar haar werkkamer toen ze de radio krakend tot leven hoorde komen.
'Tracker 2 aan basis, meld je, alsjeblieft.'
Gemma drukte de knop in en zei: 'Ja, Noel, ga je gang.'

‘Ik heb die chauffeur die benzine pikt eindelijk te pakken,’ zei Noel. ‘Hij kwam pas vannacht om drie uur binnen. Maar ik heb het allemaal op video staan, dus je kunt een afspraak maken met de mensen van de verzekeringsmaatschappij om het ze te laten zien.’

‘Ik denk dat we hier de politie bij moeten betrekken,’ zei ze.

‘Dan moet je bij Bob Blackett van de recherche van Parramatta zijn.’ Gemma pakte een pen en schreef het telefoonnummer op dat Noel haar gaf. ‘Hij weet ervan. De politie hield deze knaap al een tijdje in de gaten.’

Gemma zette een streep onder de naam van de rechercheur en zei: ‘Dat houdt in dat jij bij hem in de buurt moet blijven.’

‘Ik weet het, ik weet het,’ zei Noel. ‘Dat hoort nu eenmaal bij het werk. Als ik hem niet achter *zijn* vodden zit, zijn het wel de vodden van iemand anders. Trouwens, ik heb de camera’s opgehaald die we nodig hebben voor die klus bij Cross Weld. Wanneer wilde je dat gaan doen?’

Gemma keek even in haar agenda en klapte hem dicht. ‘Wat dacht je van morgen?’ zei ze. ‘Ik zal hem bellen om te zeggen dat we komen.’

Het was goed, dacht ze, om iets te doen te hebben. Dat zou haar afleiden van de diepe teleurstelling en verbijstering over haar vader, haar verdriet om Steve, en de groeiende angst dat Taxi deze keer voorgoed verdwenen zou zijn.

Maar ook dat hielp niet lang, dus zat ze kort daarna op het Internet, waar ze het telefoonnummer van het stukje papier dat ze onder in Steves vuilniszak had gevonden, invoerde in een site die Ozziephone heette en die werkte als een omgekeerd telefoonboek.

NUMMER NIET GEREGISTREERD, verscheen er op het scherm.

Verdomme, dacht Gemma, een geheim nummer. Haar volgende stap zou haar meer dan honderd dollar kosten en was illegaal, maar in een wereld waar informatie geld waard was, was een zekere mate van corruptie soms onvermijdelijk, tenminste, dat hield ze zichzelf graag voor. Ze voerde een kort telefoongesprek met de man die ze haar ‘communicatieadviseur’ noemde en gaf het geheime nummer aan hem door. Ze spraken af dat ze hem die avond in de Duke of Marlborough zou ontmoeten.

19

Kit zat in de keuken haar brief aan Will te schrijven. *Lieve Will,* begon de brief.

Ik schrijf je deze brief om je te vertellen hoezeer het me spijt dat ik er nooit voor je was toen je jong was, en vooral in die moeilijke eerste puberjaren. Ik dacht toen dat onze relatie bestond uit je te eten geven, je kleren wassen, mopperen over je cijfers op school, ruzie met je maken en je op je nek zitten over je huiswerk. In de afgelopen paar jaar, sinds je weg bent, heb ik veel geleerd, onder andere dat een echte relatie bestaat uit het accepteren van de ander. Ik was je altijd aan het pushen omdat ik wilde dat je het 'goed' deed. Ik kon niet accepteren dat je was zoals je was. Geen wonder dat kinderen zelfmoord plegen. Ik weet door mijn eigen ervaringen met je vader hoe erg het voor je moet zijn om niemand te hebben om mee te praten, écht te praten. En niemand die naar je kan luisteren. Ooit, op een dag, zul je me misschien genoeg vertrouwen om me te vertellen hoe het voor jou was. Ik betreur dit falen van mijn kant meer dan ik je kan zeggen en vraag je om vergiffenis. Ik hou zielsveel van je.

De tranen kwamen in haar ogen toen ze er MAMA onder zette, de brief in een envelop deed en daar in blokletters zijn naam op zette. Toen stopte ze de brief bij het boodschappenlijstje dat ze voor zichzelf had gemaakt. Ze was van plan naar Arcadia te rijden om waterlelies te kopen voor in het vijvertje in de tuin, witte petuniabollen om te planten en grote terracotta potten voor stekjes van de lavendel. En een om voor haar vader een grote pot met eenjarige planten te maken, een paar witte en gele petunia's om het schaduwrijke terras voor zijn slaapkamer in Glebe een beetje op te vrolijken.

De enorme verrassing van zijn pas onthulde onschuld leek alles om haar heen in een ander licht te zetten, en ze had tijd nodig om dit in haar hoofd te laten bezinken. Op dit moment echter wond

het haar op en hield het haar bezig op een manier die deed denken aan een nieuwe liefdesaffaire. Een zware last was van haar schouders gevallen, zodat ze het gevoel had dat ze lichter was. Ze had opeens weer een vader, zei haar hart. Een vader die geen al te beste vader was geweest, maar die haar wel het leven had gegeven, en een man die een groot onrecht was aangedaan.
In wat voor positie had dat haar gebracht? Wat moest ze eraan doen? Ze belde Alexander en maakte een afspraak met hem. Ze had zelfs zin om Gerald te bellen, maar ze bedwong de neiging. Ze voelde nieuwe energie in haar lichaam opstijgen vanaf haar voeten en in haar bloed bruisen als koolzuurbelletjes. Het afhandelen van oude zaken als deze, de erkenning van haar aandeel in het rommelige leven van haar zoon en de acceptatie van het effect dat het nieuws over haar vaders onschuld op haar had, gaven haar nieuwe energie, impulsen die aanzetten tot een nieuw begin en die – wist ze – de stroom van het leven zelf op gang hielden. Ze kon ricotta en zwarte bessen kopen om een taart te bakken en die samen met haar vader op te eten.

De volgende ochtend ging Gemma's wekker om kwart voor vijf en twintig minuten later was ze op weg. O Taxi, dacht ze, mijn lieve, oude dikkerd, waar ben je? Ik zal een opsporingsbureau voor dieren beginnen, ter nagedachtenis aan jou. Vermiste huisdieren terugbrengen bij treurende bazen. Een gigantisch honorarium rekenen, dat ze allemaal graag zullen betalen. De gedachte maakte haar niet vrolijker.
Op dit vroege uur was rijden door Sydney een verademing, want er was vrijwel geen verkeer. Ze had een wodka gedronken met haar communicatieadviseur, had naar hem gelonkt toen ze hem een nieuw biljet van honderd dollar gaf, hem zelfs de kans gegeven haar te versieren. Maar in plaats daarvan had hij haar een envelop met een strookje papier met een adres in Artarmon gegeven. Ze reed nu over Harbour Bridge en de oostelijke hemel had de kleur van perziken en lavendel, die reflecteerden in de woelige zee.
Gemma verfrommelde het strookje papier en gooide het uit het raam van de auto. Doe dit niet, zei het ene deel van haar geest tegen het andere. Laat het met rust.
Om vijf over halfzes draaide ze Flaming Avenue in, een lange

straat met bomen, in het rustige, groene Artarmon. Een man die een klein hondje uitliet keek om toen haar koplampen hem verlichtten en ze doorreed naar nummer 112, bijna aan het eind van de straat. Ze reed het huis voorbij, sloeg de hoek om, maakte een eind verderop een U-bocht, reed weer terug en parkeerde op een paar huizen afstand van het huis. Eksters hupten door de bomen en Gemma leunde achterover in haar stoel en haalde diep adem.

Het begon net licht te worden toen de man die naast 112 woonde zijn huis uit kwam, naar zijn auto liep, instapte en de ruitenwissers aanzette om de ochtenddauw van de voorruit te vegen. Terwijl de ruitenwissers twee halve bogen over het glas trokken, ging Gemma rechtop zitten en boog ze zich naar voren, want bij 112 kwam iemand naar buiten. Het was niet Steve maar een niet al te grote, goedgebouwde man die liep als een smeris. Hij stapte ook in een auto en startte de motor. Toen keek hij opeens naar haar auto en Gemma schrok toen hij haar recht aankeek. Ze wendde haar blik af en deed alsof ze iets zocht in haar handschoenenkastje, vurig wensend dat hij gauw zou wegrijden. Na wat een eeuwigheid leek te duren hoorde ze zijn auto optrekken, waarna hij vlak voor haar een U-bocht maakte. Om haar beter te kunnen bekijken? Als het een politieman was, beschikte hij misschien over dat zesde zintuig dat hem vertelde dat de vrouw in de auto aan de overkant van de straat daar niet thuishoorde.

Gemma dook ineen en boog zich opzij om een denkbeeldig voorwerp van de vloer onder de passagiersstoel te rapen. Pas toen ze zeker wist dat hij weg was, kwam ze weer overeind. Ze zat te trillen in haar stoel. Ze startte de auto en reed snel weg. Wat als hij haar gezien had? Wat als hij aan Steve zou vertellen dat een vrouw met haar signalement in een auto voor dit huis had gezeten? Ze voelde hoe haar hele gezicht en hals gloeiden van schaamte. Je bent niet goed bij je hoofd, zei ze tegen zichzelf. Je bent een ervaren, professionele privé-detective en gedraagt je als een derderangs gluurder. Toen ontspande ze zich. Mannen keken altijd naar vrouwen. Dat hoorde bij het leven. Het is goed, stelde ze zichzelf gerust. Pas op dat je niet paranoïde wordt. Ze startte, draaide Pacific Highway op en reed naar huis.

Toen ze daar aankwam, voelde ze zich vreselijk en stond haar hoofd absoluut niet naar werk. Ze zette een kop koffie, leunde tegen het aanrecht en staarde uit het raam naar de bosjes en varens in de tuin. Nu haar vader van gedachten was veranderd, had ze niets meer om haar emotionele en lichamelijke energie op te richten en voelde ze een enorme leegte in zich knagen. Iedereen laat me in de steek, zelfs die rotkat van me. Daar sta je dan, dacht ze, niet in staat een langdurige relatie met een man te onderhouden terwijl het je op de een of andere manier wel is gelukt een gestoorde moordenaar in je leven toe te laten en je te laten betrekken bij een politieonderzoek, ook al ben je al jaren geen smeris meer. Ik heb de vriendschap met mijn zus geriskeerd door te proberen het verleden te veranderen en een man te redden die nu ineens niet meer gered wil worden. Dus wat doe je dan? In plaats van door te gaan met je eigen leven, ga je voor het huis zitten van iemand die je duidelijk heeft gemaakt dat hij je niet meer wil zien, ga je hem zitten bespioneren als een verliefd schoolmeisje.

Ze schrok toen de telefoon overging. Het was Kit, die meldde dat ze de hele dag weg zou zijn en de brief die ze aan Will had geschreven in haar brievenbus zou stoppen. Haar zus had net opgehangen toen de radio tot leven kwam.

'Tracker 3 aan basis. Meld je, alsjeblieft.'

'Zeg het maar, Spinner,' zei ze.

'Ik heb Rose Georgiou net gesproken,' zei hij. 'Dat was me wat. Het enige wat ze wilde zeggen, was dat de video "afdoende" was. Ze had gehuild. Ze lijkt me een heel aardige vrouw.'

'En jij bent een heel goede surveillant,' zei Gemma. 'Vergeet dat niet.'

'Ik neem aan dat we niet veel meer van haar zullen horen,' zei Spinner.

Hij had zich nog niet afgemeld of de telefoon begon weer te piepen. Het was Angie en haar stem klonk schor van de spanning.

'Kom onmiddellijk hiernaartoe,' zei ze. 'De moordenaar heeft telefonisch contact gezocht met het huis van de Perraults.'

'Wát?' riep Gemma. 'Ik kom eraan.'

Ze zette het antwoordapparaat aan en vertrok. Toen ze naar haar auto liep moest ze bekennen dat, hoe afschuwelijk het ook was, deze nieuwe ontwikkeling in de zaak van Bianca Perrault haar een gevoel van opluchting gaf dat haar algehele teleurstelling en verdriet wegdrukte.

Toen ze de bespreekkamer binnenkwam en de deur zachtjes achter zich dichtdeed, voerde Angie het woord aan de tafel. Aan de wand hing een gedetailleerde plattegrond van de buitenwijken Maroubra en Coogee, waarop de twee misdaadlocaties waren omcirkeld.

'Er werd vanochtend vroeg gebeld,' zei Angie, knikkend naar Gemma toen ze aan de tafel plaatsnam.

Bruno, die recht tegenover Gemma zat, negeerde haar, maar Colin, Garry Copeland en Sandy Mac begroetten haar met een zwijgend hoofdknikje.

'De beller vroeg naar Amy,' zei Angie. 'Mevrouw Perrault dacht eerst dat het een vriend van de familie was, maar toen ze vroeg wie ze aan de lijn had, zei de man dat ze dat zou moeten weten, omdat hij een bloedverwant was. Het was de manier waarop hij "bloedverwant" zei waardoor ze besefte wie ze aan de lijn had.'

Gemma voelde een rilling over haar rug lopen. Ze dacht aan de twee dode vrouwen en haar eigen kapotgesneden kleren.

'Dat was toen ze hem voor de tweede keer vroeg wie hij was, maar toen hing hij op. De arme vrouw is er vreselijk aan toe. Garry denkt dat dit aangeeft dat hij de familie niet alleen in de gaten houdt, maar ook denkt er op de een of andere manier deel van uit te maken,' zei Angie, kijkend naar Garry Copeland.

Hij knikte, begreep wat ze bedoelde en nam het woord van haar over. 'Dit soort contact komt niet zo vaak voor,' zei de psychiater, 'maar toch is het niet ongebruikelijk bij dit soort misdaden. Hij zal een heel levendige belangstelling voor het onderzoek hebben. Dus als jullie op pad gaan, denk er dan om dat je het meldt als iemand er een hoop vragen over stelt. Ik bedoel niet de gewone vragen die we tijdens ons werk zo vaak gesteld krijgen. Maar iedereen die een meer dan normale interesse toont.' Hij keek naar zijn aantekeningen. 'We hebben ook diverse tips gehad naar aanleiding van de FACE-foto, en die worden op dit moment nagegaan.'

Angie nam het weer over. 'We hebben de telefoonlijn van de Perraults inmiddels afgetapt en het huis wordt vierentwintig uur per

dag in de gaten gehouden. Mevrouw Perrault en Amy zijn ondergebracht bij familie en meneer Perrault blijft thuis, tezamen met enkele politiemensen voor het geval hij nog een keer belt. Maar als hij slim is, zal hij weten dat we de zaak in de gaten houden.'
'Daar kun je van uitgaan, dat hij slim is,' zei Garry. 'Hij is slim, manipulerend en doortrapt. Dat iemand een moordlustige maniak is, betekent nog niet dat hij stom is. De meerderheid van dit type moordenaars heeft een hoog IQ.' Hij liet dit even bezinken voordat hij verderging. 'Het feit dat hij contact opneemt met de ouders van het meisje dat hij heeft vermoord, plaatst hem echter buiten het normale. Het geeft aan dat hij deel wil uitmaken van dit gezin. Ik denk dat hij ze op een bepaalde manier bewondert, ze misschien zelfs kent, of misschien voor ze heeft gewerkt. Op zijn eigen morbide manier zoekt hij naar liefde en erkenning.'
Net als wij allemaal, dacht Gemma. Behalve dat wij dat op een andere manier aanpakken.
'Welke politiemensen heb je in dat huis?' vroeg ze op fluistertoon aan Angie.
'Christine Saunders en Peter Kozinski voor dit moment,' zei haar vriendin. 'Maar Peter zal daar later weg moeten. Hij moet Colin gaan helpen met het sorteren van de info die binnenkomt.'
Gemma knikte goedkeurend. Ze kende de twee genoemde politiemensen; Christine was een ervaren politieonderhandelaar.
'Als hij weer belt,' zei Angie op gedempte toon, 'geeft Christine zich uit voor de zuster van mevrouw Perrault en doet ze wat elke goede onderhandelaar doet.'
'Wat was dat ook alweer?' vroeg Gemma.
'Ten eerste heel goed luisteren, natuurlijk,' zei Angie. 'En hem alles laten bevestigen wat hij zegt, om er zeker van te zijn dat ze hem goed heeft begrepen, en kijken of ze hem zover kan krijgen om meer over zichzelf en zijn plannen te onthullen. Op die manier krijgt hij de indruk dat hij met een meelevend toehoorder te maken heeft.'
'Dat is leuk voor hem,' fluisterde Gemma.
'We doen dat niet om hem een lol te doen,' voegde Angie eraan toe. 'We doen dat om hem aan te moedigen tot een intensiever contact, omdat hoe meer hij over zichzelf blootgeeft, hoe groter de kans is dat we die smerige psychopaat in zijn kraag kunnen grijpen.'

'En de bewaking? Wie bekommert zich om Amy en mevrouw Perrault?'

'Dat doen wij,' zei Angie. 'Dit onderzoek heeft inmiddels de belangstelling van de politiek. Heb je de hoofdcommissaris gisteravond in het nieuws van halfacht gezien?' Ze dempte haar stem nog meer. 'Je hebt goede mensen voor je werken, nietwaar?'

'De beste,' zei Gemma, denkend aan de rotsvaste Noel en de slimme, behendige Spinner.

'Ik wil dat je wat uren voor mij komt werken,' zei Angie. 'Officieel, niet als vriendendienst. Op contractbasis. Rechercheursloon?'

'Ik zou het werk goed kunnen gebruiken,' zei Gemma, die zich nog steeds zorgen maakte over haar omzet. 'Oké, rechercheursloon.'

'Het geeft ook aan,' vervolgde Garry, 'hoe ver onze man is afgedwaald van de realiteit, door de manier waarop hij dit aanpakt. Daarom gaan we iedereen na die contact kan hebben gehad met de ouders en de meisjes. Mensen die klusjes in huis hebben gedaan, dingen aan de deur komen verkopen, of in de tuin hebben gewerkt. Meneer Perrault heeft ons een lijst met namen gegeven en jullie krijgen daar allemaal een kopie van, plus een overzicht van wie met wie gaat praten. En ik heb de profielschets voor jullie uitgeprint, voor het geval jullie je geheugen willen opfrissen.' Hij klopte op een stapeltje aan elkaar geniete papieren. 'Neem er allemaal alsjeblieft een mee en lees hem goed door. En voor degenen van jullie die niet kunnen lezen zijn we op zoek naar een man van eind twintig, begin dertig. Hij kan kort getrouwd geweest zijn, maar het is waarschijnlijker dat hij vrijgezel is. Hij woont alleen of nog bij zijn ouders. Hij kan niet goed omgaan met mensen. Mogelijk heeft hij een strafblad met seksuele en geweldsvergrijpen. Obscene telefoontjes, pogingen tot verkrachting en andere aanrandingen. Hij zal een grote belangstelling hebben voor het doden van dingen. Houdt van jagen en schieten, dat soort dingen. Hij zal een collectie vuurwapens en messen hebben. Hij woont in de zuidoostelijke buitenwijken of heeft daar vroeger gewoond. Als jullie zo iemand tegenkomen, die ook klusjes in of om het huis van de Perraults heeft gedaan, zouden we het erg leuk vinden een serieus gesprek met hem te hebben. We houden ook een oogje op degene die als een van de eersten op de FACE-foto heeft gereageerd. Sommige van zijn antwoorden waren verrassend dubbelzinnig.'

'Hoe heet hij?'

Garry keek in zijn aantekeningen. 'Ik heb zijn naam hier niet,' zei hij. 'Die hou je van me te goed.'

'En het ritueel met de kleren? Waar komt dat om de hoek kijken?' vroeg Gemma.

Garry zuchtte. 'Dat is het deel waar ik niet zeker van ben. Ik kan het me alleen voorstellen als een onderdeel van zijn ziektebeeld. Als we hem pakken, verheug ik me er al op om hem daarover aan de tand te voelen. We hebben het over de soort knaap die er op het eerste gezicht onschuldig en een beetje meelijwekkend uitziet. Het is mogelijk dat hij te dik of onaantrekkelijk is. Dit op grond van de manier waarop hij vrouwen benadert. Hij heeft niet genoeg zelfvertrouwen om een vrouw op te pikken in een bar of tijdens een ander sociaal gebeuren. Hij kan een zware drinker zijn. Misschien neemt hij niet de moeite zich te scheren. Er bestaat een kans dat hij nu van huis of van woonbuurt is veranderd. Maar dat zal niet te ver uit de buurt zijn, want hij wil het onderzoek blijven volgen. Hij heeft een verzameling krantenknipsels over de moorden en misschien andere dingen die ernaar verwijzen. Dit is zíjn moment in de schijnwerpers. Hij zal een verzameling sadistische pornografie in huis hebben en over de moorden praten en theoretiseren met iedereen die naar hem wil luisteren.'

'Geweldig,' grapte Colin. 'Wat is zijn telefoonnummer?'

De spanning in de kamer werd even gebroken door gelach.

'Oké,' zei Angie. 'Jullie weten allemaal wat je moet doen?'

'Ik ben nog steeds de mensen aan het nagaan die onlangs uit gevangenissen en psychiatrische inrichtingen zijn vrijgelaten,' zei Ian, wiens filmsterrenuiterlijk, met zijn blonde haar en blauwe ogen, licht werd ontsierd door een lui oog.

'Goed,' zei Angie. 'Als je daarmee klaar bent, meld je je bij mij.' Ze keek de tafel rond. 'Ik splits de lijst die meneer Perrault ons heeft gegeven op in sectoren en laat de uniformdienst daar een eerste onderzoek doen. Bruno, jij en Sandy Mac gaan bij alle huizen in de straat aanbellen. Ik wil dat jullie de soort man beschrijven

waarin we geïnteresseerd zijn. Ik wil dat elke bewoner in de buurt daarover gaat nadenken. Alles wat afwijkt van het normale, hoe weinig ook, wil ik gerapporteerd hebben. Ik wil die informatie, ongeacht hoe bizar en irrelevant die op het eerste gezicht ook lijkt, met naam en adres genoteerd en hier terug hebben. Daarna wil ik dat met al deze mensen contact wordt gezocht en wordt gepraat. We hebben te maken met een echte slechterik en een hele hoop doodsbange vrouwen.'
Ze stond op, zette een losgeraakte lok rood haar vast met een speldje en gebaarde Gemma dat ze mee moest komen. 'Ik wil niet dat er iets van deze informatie bij de pers terechtkomt,' zei ze terwijl ze naar haar kantoor liepen, 'maar ik moet je nog iets vertellen.'
Ze liepen langs enkele leden van hun team, die op de lift stonden te wachten. 'Het is me er een, die knaap,' hoorde Gemma Ian zeggen. 'Nu heeft hij ineens een hele persoonlijkheidsverandering ondergaan.'
'Dat profileringsgedoe is een grote hoop onzin,' zei Bruno duidelijk hoorbaar toen Angie kwam aanlopen. 'Zelfbevrediging van de academici, en de mensen die in hun hol proberen te kruipen.'
'Ga aan je werk, Bruno,' zei Angie toen de liftdeuren opengingen. Zodra ze weer dicht waren, draaide ze zich om naar Gemma. 'De beller wilde weten wat Amy voor pyjama had.'
'Wat?' Gemma bleef abrupt staan.
'Of ze ook een pyjama met teddybeertjes had,' zei Angie.
De twee vrouwen staarden elkaar aan, terugdenkend aan de rode en groene teddybeertjes op het blauwe satijn dat besmeurd was met Bianca's bloed en vol vliegen zat.

Op de terugweg naar huis zat Gemma nog steeds aan Bianca's pyjama te denken toen haar mobiele telefoon op de passagiersstoel begon te piepen.
'Ik ben bij de loods,' zei Noel. 'We hebben die truckchauffeur te pakken.'
Gemma moest bijna glimlachen door de opwinding in zijn stem.
'Het is net gebeurd. Hij moet voor ongeveer veertigduizend dollar brandstof verantwoorden.'
'Goed werk, Noel,' zei Gemma. 'Neem de rest van de dag maar

vrij.' Ze stuurde naar de stoeprand en parkeerde voor haar flat.
'Vrij?' zei Noel. 'Ik sta op je te wachten. We zouden de installatie bij Cross Weld gaan doen.'
'O shit,' zei Gemma terwijl ze het raampje dichtdraaide. 'Ik kan niet, Noel. Er is hier te veel aan de hand. Kun je het alleen doen?' Ze stapte uit, keek in de brievenbus, haalde er een envelop met een onbekend handschrift uit, liep de treden af en probeerde met één hand de voordeur van het slot te draaien.
Het bleef enige tijd stil aan de andere kant van de lijn. Noel was hier blijkbaar niet blij mee.
'Neem anders Spinner mee,' zei ze toen ze de telefoon in haar werkkamer hoorde overgaan. 'Er hoeven maar een paar camera's geïnstalleerd te worden. En een paar lampen met sensors.'
'Dat kost ons de hele middag. En Spinner kan straks pas naar me toe komen.'
'Hoor eens,' zei ze, 'ik moet ophangen.' Ze beëindigde het gesprek, liep haar werkkamer in en legde de brief op haar bureau.
'Mercator Business Services,' zei ze toen ze de hoorn had opgenomen. Als je het over de duivel hebt, dacht ze. Het was Richard Cross.
'Ik heb zitten wachten,' zei hij. 'Op een telefoontje van je.'
'Een telefoontje?' vroeg Gemma, zich afvragend waar hij het over had.
'Ja, een telefoontje,' herhaalde Richard. 'Als een man een vrouw bloemen stuurt, hoopt hij natuurlijk dat ze hem zal bellen om...'
'Jíj was het!' riep Gemma. Ze dacht aan het prachtige boeket met de blauwe, witte en goudgele bloemen die ze niet in huis had willen hebben, en een brok argwaan en bezorgdheid verdween uit haar hoofd, waardoor ze moest lachen van opluchting.
'Er zullen ongetwijfeld talloze mannen zijn die jou bloemen sturen,' zei Richard.
'Nee, nee,' zei ze lachend. 'Dat bedoelde ik niet.' Ze vroeg zich even af hoe ze het moest uitleggen, maar zei toen simpelweg: 'Bedankt, ze waren beeldschoon.'
'Je zegt "waren". Zijn ze niet goed gebleven?' vroeg hij.
'O, ja,' zei ze, zich afvragend of ze naar mevrouw Ratbag moest gaan om ze terug te vragen. 'Ze staan nog steeds prachtig.' Ze dacht aan de woorden op het kaartje en voelde dat ze bloosde.

'Ik plaag je maar,' zei hij. 'Ik heb mijn naam niet op het kaartje gezet zodat ik een excuus zou hebben om je te bellen en schuld te bekennen. Ik ging ervan uit dat je onmogelijk kon weten dat ze van mij waren.'

Gemma probeerde een of ander briljant antwoord te bedenken maar er schoot haar niets te binnen.

'Ben je morgenavond vrij om met me te dineren?' vroeg hij. 'Ik weet dat het kort dag is.'

Ze nam niet eens de moeite om in haar agenda te kijken. Reken maar, dacht ze. Een liefdesaffaire met een aantrekkelijke, rijke zakenman met politieke ambities is precies wat de dokter heeft voorgeschreven. Voor mij geen smerissen meer, dacht ze. 'Ja, ik ben vrij,' zei ze.

'Mooi, dan pik ik je om zeven uur op.'

'Ja,' zei ze. Haar pijn vanwege Steve was opeens een stuk minder. Met een licht hart van vreugde beëindigde ze het gesprek. Het is bijna onfatsoenlijk, dacht ze bij zichzelf, die hang naar romantiek van mij. Opeens moest ze denken aan iets wat Kit had gezegd. Wat het ook is dat een vrouw verdriet doet, had Kit gezegd, het antwoord is nooit een man.

'Je kan mijn rug op, miss Kitty,' zei ze hardop, en ze liep opeens uitgehongerd naar de keuken. Ze pakte een glimmende, rode appel van de schaal en beet erin. Het sap droop op de tafel. Ze dacht aan de robuuste aantrekkelijkheid van Richard Cross, met zijn brede schouders, en ze zag zichzelf al voor zich terwijl ze weekendjes in chique hotels doorbrachten, de hele middag de liefde bedreven in een kamer met uitzicht op de haven, met de zon op hun naakte lichaam en de champagne in een zilveren emmer vol ijs. En daarna naar The Rocks wandelen om te dineren, of over Circular Quay om over de smeedijzeren balustrade te leunen en te kijken naar het flessengroene water dat om de bemoste palen kabbelde om door de schroeven van de veerboten te worden opgeklopt tot wolken van wit en aquamarijn.

Maar de lege plek in de woonkamer, waar Taxi altijd als een dikke oranje bol lag te slapen, bracht haar terug tot de werkelijkheid. Ze haalde zijn foto uit het lijstje, plakte hem op een stuk wit karton en schreef er met een dikke zwarte viltstift onder: WEGGELOPEN: RODE, GECASTREERDE KATER, met zijn naam en haar telefoonnummer. Ze bekeek haar werk, schreef er met nog grotere letters BELONING onder en maakte er tien fotokopieën van. Het kostte haar bijna een uur om ze in de omgeving om telefoonpalen, in de bushokjes bij het strand en achter de deur van een winkel te plakken. Toen ze terugkwam, was er in de straat geen enkele parkeerplek meer en moest ze haar auto om de hoek zetten.

In haar werkkamer pakte ze de envelop met de verklaring van haar vader en het materiaal van Philip Hawker. Ze bladerde de notitieboekjes van de gepensioneerde politieman nog eens door en stuitte weer op de naam van Arik Kreutzvalt. Ze zette haar computer aan, startte het Ozondisc-programma en voerde de naam in. Het kleine zandlopertje op het scherm vroeg haar even geduld te hebben. Toen verschenen er drie opties op het scherm, waarvan twee in New South Wales en één in North Ryde. Ze schreef de adressen en huisnummers op en sloot het programma af. Het was lang geleden, besefte ze, dat haar vader, op de dag dat zijn vrouw werd vermoord, dat huisbezoek had gedaan. Haar hoofd tolde en ze wist dat ze die avond een slaappil zou moeten nemen. Toen dacht ze opeens aan de brief die was gekomen. Ze scheurde de envelop open, fronste haar wenkbrauwen en schrok toen ze de naam onder aan dc bladzijde zag staan. Het was de handtekening van een dode vrouw.

De brief luidde:

Beste mevrouw Lincoln,

Bedankt voor uw telefonische boodschappen, die ik heb afgeluisterd voordat ik vertrok. Ik zou u graag opnieuw ontmoeten, maar ik ga bij mijn broer in Queensland wonen, vandaar deze brief. Ik heb de laatste tijd zo naar gedroomd, dat ik denk dat een verandering van omgeving me goed zal doen.

We hebben al gepraat over het geluid dat ik in de achtertuin van uw huis had gehoord, ongeveer een halfuur voordat dokter Chisholm thuiskwam. Maar er is toen nog iets gebeurd, iets wat in de rechtszaal nooit aan bod is gekomen en waar ik u nu over wil vertellen.

Drie dagen voor uw moeders dood (zij ruste in vrede) was er een zeer boze man aan de voordeur van uw huis. Na een verhitte discussie, die ik vanwege de verheven stemmen niet kon verstaan, heeft uw vader hem binnengelaten. Ik had de indruk dat deze man een patiënt van hem was. Ik heb dit toen ook aan de politie verteld, maar hoewel het is opgeschreven in het notitieboekje van een agent, is het me duidelijk dat het nooit in het politierapport is opgenomen. Ik heb me vaak afgevraagd wie die man was en of hij drie dagen daarna 's avonds is teruggekomen, in de wetenschap dat uw vader er dan niet zou zijn.

Uw ouders hadden ook een opvallend mooi zilveren tafelbestek dat altijd stond uitgestald in een van de wandkasten in de eetkamer.

En ten slotte, en u mag ervan denken wat u wilt, vind ik dat ik u moet zeggen dat ik een heel grillig roodbruin aura om die man heb gezien, iets wat ik maar één keer eerder had gezien, bij een ernstig psychotische patiënt, toen ik een jonge verpleegster was.

Er zijn boze geesten om u heen. Ik zal bidden voor uw welzijn en dat van uw zuster, en hoop dat het duistere karma dat ons verbindt, uiteindelijk zal oplossen en in iets goeds zal veranderen. God zegene u. Imelda Moresby.

P.S. Dit zal u misschien vreemd in de oren klinken en laat u zich alstublieft niet bang maken, maar ik zie u in gezelschap van een buitengewoon gevaarlijke man... een moordlustige man zelfs. Berichten komen vaak op de vreemdste manieren tot me. Maar ik zie iets wat klein, wit en dodelijk is. En opnieuw komt het allemaal in tweeën. Ik zal voor u bidden.

Onder het post scriptum stonden haar initialen gekrabbeld. Gemma legde de brief neer. Haar hoofd tolde. Dit was griezelig, een brief uit het hiernamaals. Ze schonk zichzelf een glas brandy in. Het maakte haar ook boos, dit rare, zweverige gedoe. Waarom kwam alles in tweeën? Waarom had de vrouw de brief eigenlijk geschreven? Wie was de moordlustige man? Had ze hem vergiftigd met een klein, wit, dodelijk pilletje? Dit wordt te gek, dacht ze. Sorry, Imelda, zei ze in gedachten tegen de dode vrouw, maar hier kan ik nu even niet tegen. Ik heb behoefte aan contact met iemand die echt is. Iemand die levend is. En hoewel ze eigenlijk nog steeds boos op haar vader was, moest ze met hem praten. Ze nam de hoorn van de telefoon en toetste het nummer in.

'Papa?'

'Ja?' Zijn stem klonk aarzelend en broos.

'Ik ben het, Gemma. Ik heb net een brief gehad van mevrouw Moresby, die vroeger naast ons woonde.'

'Ja?' zei hij. 'Wat wilde ze?'

'Wist je dat ze dood is?' vroeg ze snel. 'Ze is dinsdag omgekomen bij een auto-ongeluk.'
'Het is niet waar,' zei haar vader nogal onzeker.
Gemma had het gevoel dat hij niet precies wist over wie ze het had. 'In haar brief heeft mevrouw Moresby het over een incident dat drie dagen voordat mama werd vermoord plaatsvond.' Het verbaasde haar dat haar stem nog steeds brak als ze het over haar moeder had. Het is nog steeds niet helemaal geheeld, dacht ze, zelfs niet na dertig jaar. Die avond heeft nog steeds de kracht me pijn te doen, tot de dag van vandaag. 'Dat is waar ik over bel.'
'O?' zei hij. 'En wat was dat dan?'
Gemma las hem de regels voor en wachtte. Het bleef lang stil.
'Dat herinner ik me niet,' zei hij uiteindelijk. 'Ik weet niet wie dat geweest kan zijn. Ik herinner me helemaal niet veel meer over die periode.' Hij zweeg even. 'En ik zie niet wat het er nu nog toe doet.'
Hij klonk gedeprimeerd. Gemma was ervan overtuigd dat er iets was gebeurd. Kit had angst in zijn ogen gezien. Het bleef lang stil. 'Kun je je een beetje redden?' vroeg ze om de stilte op te vullen.
'Ja hoor.' Zijn toon werd wat levendiger. 'Ik heb net mijn laatste medische verslagen en papieren uit de opslag laten halen en ben ze nu aan het doornemen. Ik moet een plekje in de buurt zien te vinden om alles weer op te slaan. Een garage of zoiets. Ik ben de hoofdstukken van mijn boek aan het plannen. Maar ik weet niet zo goed waar ik moet beginnen. Ik wil een wetenschappelijk werk schrijven dat tegelijkertijd persoonlijk is.'
'Dat klinkt als een contradictie,' zei Gemma.
'Je memoires schrijven is een heel merkwaardige ervaring. Ik blijf maar nadenken over alles. Over haar. Over dat huwelijk. Ik kan van bepaalde dingen soms niet geloven dat ze zijn gebeurd. Het is allemaal zo lang geleden.'
'Heb je het over mijn moeder?'
'Ja,' zei hij. 'Wanneer kom je eten?'
Ze was vergeten dat ze het had toegezegd. 'Binnenkort,' beloofde ze. 'Papa?' vroeg ze toen, 'is er iets wat je bang maakt?'
'Nee, nee, natuurlijk niet. Hoe kom je daarbij?'
Ze hoorde een sleutel in het slot en wilde net een gat in de lucht springen toen ze zag dat het Kit was, die binnenkwam met een

paar boodschappenzakken en een bosje bloemen. 'Ik moet ophangen. Kit komt net binnen.' Ze beëindigde het gesprek.

'Gems, ik dacht dat je er niet was,' zei Kit. 'Ik zag je auto niet staan. Anders zou ik wel geklopt hebben. Ik had iets voor je gebakken en wilde het als verrassing in je koelkast zetten.' Kit sloeg de geruite theedoek terug en liet haar de taart met zwarte bessen en ricotta zien.

'Jammie,' zei Gemma. 'Bedankt.' Ze zette de taart in de koelkast.

'Het is een vredesgebaar,' zei Kit. 'Ik heb er ook een voor vader. En ik heb de brief voor Will meegebracht. Probeer hem op de een of andere manier bij hem te krijgen, alsjeblieft.' Ze gaf de envelop aan Gemma, die hem op het aanrecht legde.

'Hé,' zei Kit. 'Waar is Taxi?'

'Hij is al een paar dagen zoek. Ik ben bang dat hij door zijn negen levens heen is. Ik heb net overal briefjes opgehangen, met een beloning zelfs.'

'O, Gemma, wat erg.'

'Het is niet alleen dat. Lees dit maar eens.' Gemma gaf Kit de brief van mevrouw Moresby en Kit las hem in stilte. 'Wat vind je daarvan?' vroeg Gemma toen Kit haar de brief teruggaf.

'Misschien een boze patiënt,' zei Kit. 'Boze geesten.' Ze zag wat Gemma aan het drinken was. 'Zit je nu al aan de drank?' vervolgde ze, wijzend naar het brandyglas.

'Dat komt door die brief,' zei Gemma. 'Ik ben er nogal van geschrokken.' Ze liep naar haar werkkamer en kwam terug met Philip Hawkers aantekeningen. 'Ik heb papa net gebeld. Hij zegt dat hij zich er niets van herinnert. Hij wist niets van een incident met een boze man aan de deur. Misschien was het... is het niet ongebruikelijk,' corrigeerde ze zichzelf, 'dat labiele patiënten naar het huis van de behandelend arts komen?' Ze keek haar zus afwachtend aan.

'Is mij ook overkomen,' zei Kit. 'Ik heb in het verleden een paar patiënten gehad die ik heel duidelijk moest maken dat naar mijn huis komen buiten de afspraken hoogst ongewenst was.'

'Kun jij je mooi tafelzilver herinneren?' vroeg Gemma.

Kit fronste haar wenkbrauwen. 'Volgens mij stond er een heel mooi koffie- of theestel op een dienblad in de eetkamer. Is er die avond iets als gestolen opgegeven?'

Kit bukte zich en zocht in het onderste keukenkastje tot ze een vaas had gevonden. Ze vulde hem met water, zette de rode tulpen erin die ze had meegebracht en liep ermee naar de eettafel.
Gemma schudde haar hoofd, liep naar de koelkast, sneed voor zichzelf een flinke punt van de taart af en legde die op een bordje.
'Ik wil papa vertellen dat het me spijt,' zei Kit, 'dat ik altijd zo fout over hem heb gedacht. En dat ik altijd zo tegen hem was. En Gemma, ik had ook niet zo raar tegen jou moeten doen omdat jij wel meer over hem te weten wilde komen. Ik ben verdomme therapeut. Ik behoor te weten dat de relatie die een vrouw met haar vader heeft, bepalend is voor de relatie die ze met "mannen" zal hebben. En toch zag ik dat in mijn eigen geval niet in. Ondanks mijn ervaring was dat mijn blinde vlek. Ik weet dat zeggen dat het me spijt nogal mager is na al die jaren dat ik hem heb vervloekt, en ook over jou verkeerd heb geoordeeld. Maar het spijt me echt, Gemma. Je had gelijk, en dat was niet alleen het idealistische kind in je, zoals ik aannam. Onze vader is ten slotte onschuldig gebleken.' Ze wachtte even. 'En toch,' zei ze, wijzend naar de brief, 'weet mevrouw Moresby van de boze geesten.'
'Wat bedoel je?' Gemma keek op van Philip Hawkers aantekeningen, zocht afwezig om zich heen naar Taxi en voelde weer een steek van pijn toen ze zich herinnerde dat hij weg was. Ze keek haar zus vragend aan.
'Boze geesten,' zei Kit, 'is een oosterse term. Ik gebruik die term als ik het heb over energiestromen die in het heden vloeien maar die hun wortels hebben in het verleden. Andere psychotherapeuten noemen ze misschien onverwerkte archaïsche angsten en woede in de psyche van een persoon. Ze kunnen in en rondom deze persoon een groot gevaar creëren.'
'Ze kunnen hun wortels onmogelijk hebben in onze moeder,' zei Gemma. 'Die zou ons nooit kwaad willen doen.'
Kit schudde haar hoofd. 'Ik bedoel niet dat er iets is wat je achtervolgt,' zei ze. 'Ik heb het over energiestromen die in je eigen psyche zitten. Ze worden niet veroorzaakt door iemand anders, maar door je eigen gevoelens óver die persoon. Alhoewel,' voegde ze eraan toe, 'onze moeder was erg passief, en passiviteit brengt zijn eigen gevaren met zich mee.'
'Wat bedoel je?' vroeg Gemma.

‘Wat ik zeg. Een passieve persoon creëert zijn eigen gevaar door geen verantwoordelijkheid voor zichzelf te nemen.’
Doe ik dat, vroeg Gemma zich vol schuldgevoel af. Ze schraapte haar keel.
‘Hoe laat zullen we gaan?’ vroeg Kit. ‘Naar het kerkhof?’ Eén keer per jaar, op Gemma’s verjaardag, gingen ze naar het graf van hun moeder.’
‘Ergens in de middag komt me het beste uit,’ zei Gemma.
‘Ik kan onderweg wel een bos bloemen kopen.’ Kit merkte dat ze niet in staat zou zijn hun vader te vragen om mee te gaan, zelfs al wist ze nu dat hij onschuldig was.
‘Ik zou toch graag willen weten wat er is gebeurd dat papa ervan heeft doen afzien zijn naam te zuiveren,’ zei Gemma.
‘Heb je de kans gehad het hem te vragen?’
‘Ja.’ Ze haalde haar schouders op. ‘Maar daar kwam ik niet veel verder mee.’ Ze zweeg even. ‘Kit, in de aantekeningen van Philip Hawker staat iets over een patiënt van papa, Arik nog iets. Als exsmeris zou ik graag eens met hem gaan praten, als ik hem kan vinden. Gewoon, om alles een beetje op een rij te zetten. Zeker hierna.’ Ze gebaarde naar de brief en stond op.
De telefoon ging en Gemma nam op. Het was Angie. ‘Ik wilde je net bellen,’ zei Gemma. ‘Wat heb je?’
‘Ik ben op zoek naar je zus,’ zei Angie. ‘We hebben een verdachte die moord en brand schreeuwt.’
‘Knap werk,’ zei Gemma. ‘Kit zit hier naast me. Wie heb je in zijn kladden gepakt?’
‘Goed,’ zei Angie. ‘Komen jullie allebei dan naar het bureau.’
‘Wie?’ herhaalde Gemma. ‘Wie ben je aan het verhoren?’
‘Een akelig heerschap dat Clive Mindell heet,’ zei haar vriendin. ‘Hij zit om je zus te gillen. Weer een van haar charmante patiënten.’

Ze werden opgewacht door een jonge agente die hen meenam naar boven. In de lift zei Kit tegen haar zus: ‘Dit is belachelijk. Clive kan hier niets mee te maken hebben.’
De agente drukte op de knop en de cabine zette zich in beweging. Ze stapten uit en liepen achter de jonge vrouw aan de gang in, totdat ze bij een deur kwamen waarop ‘verhoorkamer’ stond.

Kit kon Clive al op de gang horen. 'Ik zeg het je toch,' zei hij. 'Je luistert niet naar wat ik zeg.'
Toen ze binnenkwamen draaide hij zich om en klaarde zijn gezicht op. 'Kit,' zei hij. 'Goddank dat je er bent. Praat jíj met deze vrouw. Ze willen me niet geloven. Zeg ze dat ik aan mijn problemen werk. Dat ik jou daar honderd dollar per week voor betaal. En dat ik níét het soort dingen doe die zij me in mijn schoenen proberen te schuiven. In godsnaam, zég het ze!'
Hij keek haar smekend aan. Hij zag er bang en in de steek gelaten uit, en al zijn weerstand was verdwenen. Kit boog zich naar hem toe en legde haar hand op zijn arm. Van zijn gebruikelijke arrogantie en nonchalance was geen spoor te bekennen. Zelfs Gemma kon de schrik en angst in zijn ogen zien. Hij had iets bekends, maar ze kon het niet plaatsen.
'Wat voor problemen, Clive?' vroeg Angie dreigend.
De rechercheur met de sproeten, die tegenover Clive aan tafel zat, draaide zich om en mompelde iets naar zijn collega met de videocamera. Ze keken naar de onbekende vrouw in hun midden en knikten naar Gemma. Het was duidelijk dat het formele verhoor, dat normaliter op video werd opgenomen, even werd opgeschort. Clive zag er vermoeid en verwilderd uit, alsof het verhoor al uren aan de gang was.
'Clive,' zei Kit op rustige toon, 'haal een paar keer diep adem.' Ze zag dat hij zijn ogen sloot en hoe zijn borstkas zich uitzette. Toen hij zijn ogen weer opende, stonden ze vol tranen.
Angie leunde tegen de muur en bleef naar Clive staren. 'Hij ontkent alles. Zegt dat hij er niets mee te maken heeft. Maar er zijn wel een paar dingen die om uitleg vragen, is het niet, meneer Mindell?' Angie stond opeens weer voor hem. 'Hoe verklaar je deze krantenknipsels, Clive?' zei ze, voor zijn gezicht wapperend met een paar stroken krantenpapier. 'Waarom heb je de berichten over de dood van Marcia Harding en Bianca Perrault uit de krant geknipt? Vertel me dat eens?'
Kit keek haar patiënt fronsend aan. Dit kwam als een schok. Ze dacht terug aan de opmerkingen die hij in haar spreekkamer had gemaakt over de vermoorde vrouw en het open raam in Maroubra. Maar dat kan toch niet, dacht ze, het kan Clive toch niet zijn? En opeens moest ze weer denken aan wat Alexander had

gezegd over hun blinde vlek.
'Jullie hadden niet het recht die knipsels mee te nemen,' zei Clive. 'Die mensen van jullie zijn zomaar mijn huis komen binnenvallen, zonder huiszoekingsbevel of iets.'
'Je moet ze gevraagd hebben om binnen te komen,' zei Angie. 'Mijn mensen doen alles volgens het boekje.'
'Ik heb gezegd dat ze binnen konden komen omdat ik niets te verbergen heb.'
'En zij konden er weinig aan doen dat ze deze knipsels op jouw tafel zagen liggen.'
'Die jonge man, Sandy of zoiets, die pakte al mijn spullen op en zei: "Wat is dit?" en "Wat is dat?"'. Mijn privé-dingen. Daar had hij het recht niet toe.'
'Waarom heb je ze bewaard?' vroeg Angie, en ze hield opnieuw de knipsels onder zijn neus.
'Dat heb ik al gezegd. Dat heb ik al aan deze mannen verteld. Ik verzamel dingen over moorden. Als een soort hobby.'
Kit dacht terug aan zijn opmerking over de statistieken van de dood, over welk geslacht de meeste moorden pleegde en hoe het hem genoegen scheen te doen dat dat mannen waren. 'Als jullie in de kast van de extra slaapkamer bij mij thuis kijken, zullen jullie er nog veel meer vinden. Jullie proberen me erin te luizen. Jullie laten me die knipsels zien om me in een kwaad daglicht te stellen.'
'Daar heb je ons niet voor nodig,' zei Ian terwijl hij naar de tafel kwam lopen. 'Daar slaag je zelf heel aardig in.' Hij hield een grote envelop ondersteboven en er viel een roze slipje op tafel. 'Want wat is dit, Clive? Vertel ons de waarheid. Hoe komt dit in jouw auto terecht?'
Kit staarde geschokt naar het lichtroze slipje. Ze draaide haar hoofd weg, wilde niet dat de anderen zagen hoe haar gezichtsuitdrukking veranderde.
'Dat heb ik al verteld,' zei Clive. 'Ik heb gezegd dat ik het in een vuilnisbak heb gevonden. Het deksel stond open en dat ding lag bovenop. Het is maar een aandenken.'
'Hé!' zei Gemma. 'Jij was het die voor het huis van de Perraults stond op de ochtend nadat Bianca was ontvoerd!' Ze draaide zich om naar Angie. 'Weet je nog? Die knaap die Mick moest wegsturen?'

Clives paniek werd zo mogelijk nog groter. 'Jullie begrijpen het niet,' zei hij.
Angie keek Gemma enige tijd aan en draaide zich toen om naar Clive. 'We begrijpen je maar al te goed, Clive,' zei ze, en haar stem klonk zacht en dreigend. 'Net zoals we je aandenkens heel goed begrijpen.' Haar glanzende rode haar raakte bijna het zijne toen ze met haar pen het slipje van tafel tilde en het voor zijn gezicht hield. 'Net zoals we alles begrijpen van moordenaars die aandenkens van hun slachtoffers meenemen om hun daad daarna opnieuw te beleven als ze geen levend slachtoffer meer hebben. En dat weet jij ook, hè? Van wie is dit slipje, Clive? Vertel het me.' Ze liep naar het raam, met het slipje nog steeds bengelend aan het uiteinde van haar pen.
Met een ruk draaide Clive zich om op zijn stoel, weg van de vrouw die hem beschuldigde. 'Vertel jij het ze,' riep hij naar Kit. 'Zeg ze dat ik aan mijn problemen werk. Zeg ze dat ik dit niet gedaan heb, dat ik er niets mee te maken heb!'
Zijn hoofd en nek waren helemaal opgeblazen en zijn gezicht was vuurrood, maar de energie die daarvoor nodig was, was nu afkomstig van angst en frustratie. Clive keek van de ene vrouw naar de andere en zijn hoofd bewoog alsof hij naar een tenniswedstrijd zat te kijken. 'Trouwens,' zei hij verontwaardigd, 'als ik het zo druk had met het ontvoeren en vermoorden van dat meisje, hoe komt het dan dat ik tijd had om voor dat huis te staan toekijken?'
Angie maakte zich los van haar plek bij de muur en gebaarde Ian, die tegenover Clive aan de tafel zat, dat hij weg moest gaan. Ze liet het slipje op tafel vallen en ging zitten. Haar gezicht gloeide en met een ongeduldig gebaar duwde ze haar haar achter haar oren. 'Dat is niet zo moeilijk, Clive. Het is helemaal niet zo moeilijk om je slachtoffer ergens op een veilige plek vast te binden en dan terug te komen om een nog grotere kick te krijgen als je de politie aan het werk ziet.' Ze stond op en glimlachte naar hem. 'Je bent rechtstreeks uit het daderprofiel komen wandelen, Clive, dus begin maar te praten.' Opeens boog ze zich naar hem toe totdat haar neus bijna de zijne raakte. 'Ik vraag je nu nog eens naar dit slipje. Van wie is het een aandenken? En waar heb je het vandaan?'

Maar Clive zei niets. Hij keek alleen maar naar Kit en Kit zag de wanhoop en schaamte op zijn gezicht.
'Aandenken aan wát?' Angies stem klonk scherp en beschuldigend en Clive kromp ineen. 'Clive, ik wil weten waar dit slipje vandaan komt,' zei Angie onverbiddelijk, en ze wees weer met haar pen naar het stukje textiel.
'Hou je kop en laat me met rust!' schreeuwde Clive.
'Het is oké, Clive,' zei Kit. 'Haal een paar keer diep adem en neem je tijd. Je hoeft pas antwoord te geven als je er klaar voor bent.'
'Ik hoef helemaal nergens antwoord op te geven. Ik ben hier alleen maar omdat ik behulpzaam wilde zijn.'
'Waarom wil je dan niet dat onze politiearts een DNA-monster van je neemt, Clive? Als je onschuldig bent, kun je je op die manier van de verdachtenlijst laten schrappen. We hoeven je niet eens te prikken. Alleen maar een uitstrijkje van de binnenkant van je wang. Waarom weiger je dat?'
'Omdat jullie het recht niet hebben,' zei Clive. Hij zag eruit alsof hij elk moment kon gaan huilen en had zijn hand op zijn wang gelegd alsof hij zichzelf wilde beschermen. 'Ik ben niet een of ander ding waar jullie zomaar stukken vanaf kunnen halen.'
Angie draaide zich om naar de twee mannen bij de deur. 'Breng hem naar beneden en zet hem in een andere verhoorkamer, zodat hij kan nadenken over alle dingen die wij allang weten. We weten nu dat je gek bent op vrouwenkleren.' Ze tilde het slipje weer op met haar pen. 'Je vindt het leuk om symbolische beeltenissen van vrouwen te maken, hè? Om die dan kapot te snijden en je erboven af te rukken!'
Clive werd vuurrood. 'Nee! Je luistert niet. Ik heb het je al gezegd! Ik heb dat ding gewoon in een of andere opwelling meegenomen. Ik zag het over de rand van de vuilnisbak hangen en heb het in mijn zak gestoken.'
'Welke vuilnisbak, Clive?' wilde Angie weten. 'Je zegt "de" vuilnisbak, niet "een" vuilnisbak, Clive.'
Ze was absoluut meedogenloos en Clive ging rechtop op zijn stoel zitten, zag eruit alsof hij zich schrap moest zetten tegen haar.
'Je woordkeus geeft aan dat je een speciale vuilnisbak in gedachten hebt. Niet zomaar een vuilnisbak, Clive, maar een vuilnisbak

die je kent. Welke is dat, Clive? Van wie ís die vuilnisbak?'

Maar opnieuw schudde hij zijn hoofd, weigerde hij antwoord te geven, en Kit zag dat de aanhoudende druk ervoor had gezorgd dat zijn angst had plaatsgemaakt voor arrogantie.

'Ik ben niet langer van plan antwoord te geven op al deze stomme vragen,' zei hij met een dieprood gezicht. 'Ik heb jullie alles verteld wat ik weet.' Hij keek op het dure horloge om zijn pols. 'En ik zit hier al vier uur.'

Kit zag hoe zijn energie leek terug te vloeien in zijn lichaam en het weer opblies tot zijn oorspronkelijke formaat, tot de dominerende persoon die hij dacht te zijn.

'Ik ken de wet goed genoeg om te weten dat jullie me niet langer kunnen vasthouden tenzij jullie me in staat van beschuldiging stellen.'

Met een blik van pure minachting schoof Angie haar stoel achteruit. 'Breng hem naar beneden en geef hem een kop thee.'

'Smeer je thee maar in je haar,' zei Clive, en hij stond ook op. 'Jullie moeten me laten gaan en dat weet je.'

'Hoe komt het dat je zoveel van de wet weet, Clive?' zei Angie, die was opgestaan en vlak voor hem ging staan. 'Gewone mensen hebben geen idee hoe dit soort dingen in zijn werk gaat. Bovendien veranderen de regels voortdurend. Soms weet ik het zelf niet eens. Hoe komt het dat jij zo goed op de hoogte bent van de laatste ontwikkelingen? Dat is informatie die doorgaans alleen advocaten uit het hoofd kennen.' Ze sloop om hem heen. 'Of criminelen.' Ze draaide zich om naar Kit. 'Ik wil je even spreken,' zei ze met een hoofdbeweging naar de deur. 'Op de gang.'

'Luister niet naar haar, Kit,' riep Clive toen Angie de deur achter hen dichtdeed en de twee vrouwen op de gang stonden.

Angies gezicht zag er verhit uit. 'Als jij zou zeggen dat hij een potentieel gevaar voor de gemeenschap vormt,' zei ze, 'kunnen we hem langer vasthouden.'

'Angie, dat kun je me niet vragen. Ik ben hier op verzoek van een van mijn patiënten, niet om de dingen gemakkelijker te maken voor de politie.'

'Hoe lang komt hij al bij je?' vroeg Angie. 'Dát kun je me toch wel vertellen?'

'Een paar maanden.'

'En waarvoor?'
'Dat is vertrouwelijk, Angie.'
'O ja? Laat mij je dat dan vertellen. Zijn huwelijk is op de klippen gelopen,' zei Angie terwijl ze haar rechterwijsvinger op de pink van haar linkerhand zette en begon af te tellen. 'Hij komt bij jou omdat hij een lage dunk van zichzelf heeft, zich geïsoleerd en vervreemd van de maatschappij voelt, niet in staat is tot normale, langdurige relaties met vrouwen, een moeizame relatie met zijn moeder heeft gehad, en omdat hij zijn ding niet omhoog kan krijgen.' Ze spreidde haar handen omdat ze door haar vingers heen was. 'O, en hij heeft een ellendige jeugd gehad. Hoe doe ik het tot nu toe?' Ze keek naar het plafond. 'Mensen als hij hebben een ellendige jeugd omdat het zelf eersteklas ellendelingen zijn, vanaf het eerste begin. Daarom!'
'Ik denk,' zei Kit zonder acht te slaan op Angies opmerkingen, 'dat Clive niet bij iets als dit betrokken kan zijn. Hij zou nooit moordlustige neigingen vertonen.'
'Hoe kun je dat nu zeggen?' zei Angie. 'Juist jij. Ik herinner me een van je andere patiënten. Die idioot met dat kind in het bad? Hij was bereid zowel het kind als zichzelf te vermoorden, en hij volgde therapie bij jou. Wat geeft jou het vertrouwen om te zeggen dat Clive geen moordlustige maniak is?' Angies kattenogen waren half dichtgeknepen en haar gezicht en hals gloeiden van woede. 'Hij bewaart krantenknipsels over deze moorden. Hij heeft er zelfs een paar bij zich! En we hebben dat slipje in zijn auto gevonden.'
Kit schudde haar hoofd. 'Over dat slipje kan ik weinig zeggen,' zei ze. 'Er zijn blijkbaar dingen die hij zelfs niet aan zijn therapeut vertelt. Het enige wat ik kan zeggen, is dat Clive niet eenzelfde persoon is als Adrian Adams. Die is opgehouden met therapie, weet je nog? Clive is een compleet andere persoonlijkheid.'
'O, echt?' zei Angie.
'Ja, echt,' zei Kit, die met opzet zachter ging praten. 'Clive is samen met mij aan het werk gegaan om bepaalde problemen op te lossen. Hij heeft inmiddels een inzicht in zichzelf op een manier die Adrian nooit voor elkaar zou krijgen. En dat heeft hij allemaal zelf gedaan. Ik heb het hem niet verteld.'
'Wat voor problemen?' drong Angie aan. 'Als het nodig is, kun-

nen we je dossiers vorderen, Kit. Als we het echt willen weten, kómen we het ook te weten.'
Kit keek Angie recht in de ogen, tastte haar af alsof ze voor het eerst werd geconfronteerd met de kracht en de macht van de vrouw.
'Ik kan niet meer volgen hoe het er hier de laatste tijd toegaat,' zei Angie. 'Ik reken een of andere griezel in voor ondervraging en dan wil hij zijn therapeut bij zich! En dan zijn wij meer dan een uur bezig om jou op te sporen.'
'Angie, ik ken Clive Mindell beter dan jij en ik kan je zeggen dat het heel onwaarschijnlijk is dat hij je man is,' zei Kit. 'Iemand die vrijwillig hulp zoekt in de vorm van de therapie die ik kan bieden, en die daarmee doorgaat totdat hij aan mij kan laten zien dat hij goede vorderingen maakt. Moordenaars gaan niet in therapie. Ze gaan door waar ze mee bezig zijn omdat ze de gevoelens van schaamte en machteloosheid die tijdens de therapie naar boven komen, willen vermijden. Clive werkt op dat punt juist aan zichzelf.'
'Ik durf te wedden dat ik wel ergens een moordenaar kan vinden die onder psychiatrische behandeling was terwijl hij zijn moorden beging,' zei Angie, wier woede zich concentreerde in haar tot spleetjes geknepen ogen.
'Misschien wel,' zei Kit. 'Maar mijn werk is niet hetzelfde als dat van een psychiater. En ik spreek ook niet in algemeen geldende termen. Ik heb het over Clive.'
'Maar je geeft toe dat hij mogelijk in staat is tot gewelddaden?' drong Angie weer aan.
'Hij heeft nooit blijk gegeven van geweldsneigingen.'
'En fantasieën?'
'Kom op, nou,' zei Kit, die boos begon te worden toen ze aan Clives fantasie over hemzelf met een prostituee dacht. 'Dat is niet eerlijk. Er is een enorm verschil tussen fantasie en werkelijkheid.'
Angie staarde haar aan. 'Niet voor deze moordenaar.'
Ze zwaaide de deur open en liep met grote passen de kamer weer in. Clive viel bijna van zijn stoel van schrik. Angie wendde zich tot Gemma en zei: 'Praat jij je zus eens wat redelijkheid aan.'
Gemma maakte haar handen los van de stoel waarop ze had staan leunen. 'Dat...' Ze aarzelde. 'Ik kan Kit niet onder druk zetten,

Angie. Ze weet waar ze staat.'

Angie griste haar notitieboekje en pen van tafel. Haar gezicht stond boos en hard. Ze keek Clive aan, die zichtbaar ineenkromp onder de terreur van haar groene ogen. 'Oké, Clive,' zei ze. 'Je kunt gaan. Sandy, breng hem naar de uitgang.'

Clive keek even als een opgejaagd dier om zich heen en toen hij besefte dat hij echt kon gaan, schoot hij omhoog van zijn stoel. 'Ik moet met je praten, Kit,' zei hij toen hij bij de deur stond. 'Ze hebben me hier heel slecht behandeld. Ze hebben me van de meest vreselijke dingen beschuldigd. Geprobeerd me bang te maken. Gedreigd met DNA-tests. Ik ga een klacht indienen.'

Kit zag dat Angie haar aankeek en haar zwijgend verzocht nog even te blijven. 'Ik kom zo naar beneden,' zei Kit terwijl hij de kamer uit liep. 'Zodra ik hier klaar ben.'

Gefrustreerd en zonder naar de twee andere vrouwen in de kamer te kijken smeet Angie haar pen in haar zwarte leren tas. Ze liep naar het raam, duwde haar weerbarstige haar achter haar oor en zette het vast met een speld. 'Waarom wil je me niet helpen, Kit?' wilde ze weten. 'Die knaap is zo fout als wat. Alles wijst in zijn richting. Als ik nog even was doorgegaan, zou hij bekend hebben.'

'Ik kan dat een patiënt niet aandoen,' zei Kit. 'Je hoeft niet precies te begrijpen hoe ik werk, maar aan dit soort verraad kán ik me gewoon niet schuldig maken. Ik betreur jouw positie.'

'Je betreurt mijn positie!' stoof Angie op. 'Wat dacht je van de jouwe? Wat als de moordenaar opnieuw toeslaat? Denk daar maar eens over na, Kit. Hoe zul je je dan voelen?'

Kit gaf geen antwoord en Angie draaide zich met een ruk weg van het raam, griste haar notitieboekje van tafel en propte het in haar tas. 'Hij heeft gelijk,' vervolgde Angie. 'We hebben op dit moment niet genoeg om hem in staat van beschuldiging te stellen. Elke advocaat zou ons uitlachen. En we kunnen hem niet langer vasthouden zonder toestemming van de rechter.' Ze keek Kit beschuldigend aan voordat ze verderging. 'We hebben niets wat hem op de plaats van het misdrijf plaatst, of de plaatsen van de misdrijven.' Ze pakte het slipje op en deed het terug in de envelop. 'Breng dit naar het lab,' zei ze, en ze gaf de envelop aan Colin. 'Zeg ze dat er haast bij is. Misschien vinden we iets.'

Colin pakte de envelop aan en liep de kamer uit.
Onmiddellijk daarna stak Sandy Mac zijn hoofd naar binnen. 'Ik heb post voor je. Je moet ervoor tekenen.'
Angie deed het, pakte de envelop van hem aan, scheurde hem open en haalde er een briefje en twee vellen papier uit. Opeens keek ze op. 'Waar is Bruno?' vroeg ze hem.
Sandy haalde zijn schouders op. 'Wie zal het weten?'
'Ik wil het weten. Ga kijken of hij op zijn kamer is, wil je?'
Sandy vertrok en Angie richtte haar aandacht op de inhoud van de envelop van het Instituut voor Forensische Geneeskunde. Kit zag twee vellen papier met op elk ervan een grafiek die een aantal gekleurde pieken vertoonde.
'Dit is het DNA-profiel van de moordenaar in Maroubra,' zei Angie, wijzend naar de eerste grafiek.
Opeens stak Bruno zijn hoofd naar binnen. 'Je wilde me zien?' vroeg hij Angie op een toon alsof dat erg ongelegen kwam.
'Ja,' zei Angie, waarna ze haar notitieboekje weer tevoorschijn haalde en Clive Mindells adres op een lege bladzijde schreef. 'Ik wil dat je deze man voor je rekening neemt. Ik wil het weten als hij weggaat en waar hij dan naartoe gaat. En ik wil dat je bereikbaar blijft. Je hebt de neiging voortdurend uit beeld te verdwijnen.'
Bruno griste het velletje papier uit haar hand, draaide zich om en kwakte de deur achter zich dicht.
'Charmante man,' zei Angie. 'Nou, laten we deze eens bekijken.'
Ze legde de twee grafieken naast elkaar op tafel. 'Dit is het profiel van de rukker in het Tusculum Motel.' Ze keek op naar Gemma. 'Jouw vriendje,' voegde ze eraan toe terwijl ze een stap achteruit deed om de twee zussen te laten kijken.
Gemma staarde naar de grafieken. Ze had het verwacht, maar toen ze zag dat de twee grafieken exact overeenkwamen, kreeg ze toch een week gevoel in haar knieën.
'Nu hebben we alleen nog een monster van Clive nodig,' zei Angie, 'en dan kan ik de schoft inrekenen.'
Het bleef enige tijd stil.
'Het zal Clive niet zijn, Angie,' zei Kit ten slotte.
'Dat weet je niet.'
'Wat heeft hij gezegd voordat ik binnenkwam?'

‘Hij heeft alles ontkend,’ zei Angie.
‘Zoals jij ook zou hebben gedaan als je het niet had gedaan,’ zei Kit.
‘En zoals je zou hebben gedaan als je het wél had gedaan,’ zei Gemma nuchter, ‘en geen zin had om er twintig jaar voor te zitten.’
Kit keek haar zus aan en voelde zich in de minderheid. Ze richtte zich weer op Angie. ‘Je hebt geen DNA-monster van hem gekregen. Dat heeft hij geweigerd.’
Angie glimlachte sluw. ‘Er is al een monster naar het lab,’ zei ze, kijkend op haar horloge. ‘Het zal ongeveer nu onder de microscoop liggen.’ Ze keek Kit aan en genoot van haar verbaasde gezichtsuitdrukking. ‘We hebben een monster van het stuur van zijn auto genomen toen we hem hiernaartoe hadden gebracht.’
‘Is dat legaal?’ vroeg Kit.
‘Natuurlijk,’ zei Angie. ‘Als jij ergens iets achterlaat wat je niet meer wilt hebben en ik neem het mee, wat is daar dan illegaal aan? Mensen laten voortdurend sporen van zichzelf achter. Op sturen van auto’s, op tandenborstels, en wij nemen ze gewoon mee. We hadden beneden een mooi parkeerplekje voor hem geregeld en hoefden ons alleen maar naar binnen te buigen.’
Kit verbrak ten slotte de gespannen stilte. ‘Ik ga naar huis,’ zei ze, en ze liep naar de deur. ‘Je hebt me hier niet meer nodig.’
Angie haalde haar schouders op. ‘Wat je wilt,’ zei ze.
‘Angie, het is Clive niet,’ zei Kit. ‘Ik ken hem. We maken goede vorderingen.’
‘Wie probeer je te overtuigen, Kit? Mij of jezelf?’
Er viel weer een stilte, die Gemma uiteindelijk verbrak. ‘Kit kent haar zaken, Angie. Je kunt maar beter serieus nemen wat ze zegt.’
‘Dank je, Gemma,’ zei Angie overdreven beleefd, en ze keek van de een naar de ander. ‘De twee zusjes. Jullie vormen één front, nietwaar? En toch verschillen jullie van elkaar als dag en nacht.’ Ze schudde haar hoofd.
Gemma keek opeens op alsof haar door Angies woorden een licht opging. Ze moest weer denken aan wat mevrouw Moresby had gezegd. Alles gaat in tweeën. En toch verschillen jullie van elkaar als dag en nacht. De onbegrijpelijke puzzel van de tegenstrijdigheden in de beide misdaadlocaties in relatie met de dader,

die haar al enige tijd dwarszaten, werd van een nieuw stukje voorzien. Misschien was er een mogelijkheid om het onbegrijpelijke begrijpelijk te maken.
Kit deed de deur van de kamer open, maar voordat ze kon weggaan zei Angie: 'Als je straks naar huis rijdt, Kit, denk dan aan het volgende. Het is niet de eerste keer dat een patiënt van je blijk heeft gegeven van moordlustige neigingen.'
'Het is Clive niet,' zei Kit weer, zich omdraaiend naar Angie.
'Ik hoop dat je gelijk hebt,' zei Angie. 'Want als dat niet zo is, hebben we zonet een sadistische moordenaar laten gaan.'
Kit deed de deur achter zich dicht en liep de gang in. Maar de deur ging weer open en Angie riep haar na: 'En dan heb jij hem daarbij geholpen!'

20

Op het politiebureau op King Cross boog Gemma zich over de balie. Een tenger blond meisje van nauwelijks een meter vijftig, met lichtroze lipstick en piepkleine pareltjes in haar oren, keek op van haar werk. De grote, zwarte Glock in de holster op haar smalle heupen leek daar nogal misplaatst, en Gemma kon niet helpen dat ze zich afvroeg hoe deze vrouw zich tijdens een straatruzie zou handhaven.

'Ja, mevrouw, wat kan ik voor u doen?'

'Is Greg McCovern aanwezig?' vroeg Gemma.

'En u bent?' vroeg de jonge agente.

'Ik ben een klasgenoot van hem. We hebben samen op de politieschool gezeten. Gemma Lincoln.'

'Een ogenblikje.'

De agente verdween en Gemma wachtte. Achter haar, ineengedoken in een hoekje, zat een oudere vrouw met een zwarte wollen jas en een sjaal om haar hoofd, en het ingevallen gezicht dat generaties van lijden vertegenwoordigde.

Gemma glimlachte toen Greg kwam aanlopen. Even leek het erop dat hij niet wist wie ze was, maar toen herkende hij haar en verscheen er een behoedzame glimlach op zijn gezicht.

'Hé,' zei Greg. 'Leuk je te zien. Kom verder.'

Ze volgde hem langs de open werkplekken en kantoren naar zijn kamer. 'Sorry voor de rommel,' zei hij automatisch. 'Ga zitten. Ik kan je geen koffie aanbieden want we zitten de hele ochtend al zonder water.' Gemma ging tegenover hem zitten en Greg leunde ontspannen achterover in zijn stoel. 'Hoe gaat het in de beveiligingsbusiness?' vroeg hij.

Gemma grijnsde. 'Je weet wel. Ongeveer zoals in het echte leven. Het heeft zijn goede en slechte momenten.'

Greg boog zich naar voren. 'Ik zou het niet erg vinden om er een punt achter te zetten,' zei hij. 'Er is erg veel veranderd sinds we hier zijn begonnen. Ik stuurde onlangs twee jonge rechercheurs naar Wollongong om een knaap op te halen met wie we eens serieus moesten praten vanwege een reeks inbraken, zo een van de oude stempel, die van wanten weet, maar toen ze terugkwamen, geen boef. Nou, waar is hij? vraag ik. Konden jullie hem niet vinden? Ja hoor, zeggen ze, we hebben hem gevonden, maar hij zei dat hij het niet gedaan had, dus zijn we teruggekomen.' Greg zweeg even en schudde zijn hoofd. 'Ze zeggen: "Sorry dat we u hebben lastiggevallen, meneer", en ze komen terug. Omdat hij zegt dat hij het niet gedaan heeft. Kun je dat geloven?'

'Dat ging vroeger anders,' zei Gemma.

'Nou, misschien kan ik jou ergens mee van dienst zijn,' zei hij. 'Wat brengt je hier?'

'Ik ben op zoek naar iemand,' zei ze. 'Mijn neefje. Hij heeft de afgelopen drie jaar op en om de Cross rondgehangen. Hij is verslaafd. Ik heb een brief van zijn moeder voor hem.'

'Hoe heet hij?'

'Will Westlake.'

Greg stond op, liep naar de deur en stak zijn hoofd naar buiten. 'Heeft een van jullie van ene Will Westlake gehoord?'

'Ja,' riep een vrouwenstem terug en even later kwam de jonge, blonde agente de kamer binnenlopen. 'Hij kwam wel eens in de Wall. Hij is onlangs in elkaar geslagen.'

Gemma voelde haar hart samentrekken. Knappe Will, Kits lieve kind. Gemma moest denken aan vijftien jaar geleden, toen Will haar op haar eenentwintigste verjaardag hielp de kaarsjes op de taart uit te blazen en haar een zelfgemaakt cadeau gaf, een verjaardagskaart met een onhandig getekende olifant erop.

'Deze dame is zijn tante,' legde Greg snel uit.

De jonge agente zei niets, keek haar alleen maar aan met haar grote blauwe ogen.

'Heb je enig idee waar ik hem kan vinden?' vroeg Gemma.

'U zou het in Landsdowne Centre kunnen proberen. De meeste verslaafden gaan ernaartoe voor hun nieuwe naalden. Misschien weten ze daar waar hij uithangt.'

Landsdowne Centre was gevestigd in een oud herenhuis dat vroeger een heel gerieflijk onderkomen moest zijn geweest. Er waren

een kleine uitgiftepost, een parttime arts en een aantal kamers waar kon worden gepraat. Gemma sprak met Irene, een jonge maatschappelijk werkster van Drugs en Alcohol, die eruitzag, vond Gemma, alsof ze de vorige avond zelf een flinke shot had genomen. Op een van de stoelen in de hal bij het trappenhuis zat een jong meisje met reusachtige oorringen en gemillimeterd haar dat in een luipaardmotief geschoren was.
'Ja,' zei Irene terwijl ze het haar uit haar gezicht streek en Gemma met een wat loensende blik aankeek. 'We kennen Will.'
'Hoe is het met hem?' vroeg Gemma, bang voor wat ze misschien te horen zou krijgen.
Irene haalde haar schouders op. 'Hij leeft nog,' zei ze. 'Hij heeft het steeds over afkicken. Een paar maanden geleden hadden we alles voor hem geregeld, maar hij is niet komen opdagen.'
'Ik heb een brief voor hem,' zei Gemma. 'Van zijn moeder. Is het mogelijk dat iemand die aan hem geeft?'
'U kunt hem hier achterlaten. Hij komt hier van tijd tot tijd. Ik kan hem aan hem geven als hij hier is.'
'Maar wat als jij er niet bent?'
Irene haalde haar schouders weer op. 'Ik kan het tegen de anderen zeggen. Misschien denken ze eraan.'
'Bedankt, maar ik wil proberen hem zelf te vinden,' zei Gemma. 'Heb je enig idee waar ik moet zoeken?'
'Hij is verslaafd. Probeer uit te vinden waar hij zijn spullen koopt. De enige afspraak waaraan een verslaafde zich houdt, is die met zijn dealer.'
Gemma merkte dat er iemand bij hen was komen staan. Ze draaide zich om en zag dat het het meisje met het luipaardenhaar was.
'Ik wilde jullie niet afluisteren,' zei ze, 'maar ik ken Will. Ik kan de brief aan hem geven, als u wilt.'
Gemma keek haar aan. Haar ogen stonden fris en levendig en haar huid had een gezonde, roze tint.
'Dit is Tasha,' zei Irene. 'Ze werkt hier als vrijwilligster.'
Gemma nam een besluit. Op deze manier kon ze misschien uren en uren vruchteloos loopwerk vermijden. Ze trok Kits brief uit haar achterzak.
'Het is oké,' zei ze. 'De brief is van zijn moeder. Ze wil hem alleen maar laten weten dat ze van hem houdt.'

Tasha pakte de brief aan en Gemma vroeg zich af hoe dit soort dingen in zijn werk ging. 'Wil je... iets voor de moeite?' vroeg ze.
Het meisje fronste haar wenkbrauwen en schudde haar hoofd. 'God, nee,' zei ze. 'Will is een vriend van me.'
'Junkies hebben geen vrienden,' zei Irene moedeloos. 'Alleen kennissen van wie ze nog gebruik kunnen maken. Tasha is nog aan het leren.'
Tasha trok een wenkbrauw op maar zei niets.
'Dat is heel aardig van je,' zei Gemma terwijl ze een visitekaartje tevoorschijn haalde. 'Hier, dit ben ik.'
Het meisje keek naar het kaartje en Gemma bewonderde het luipaardenhaar op haar schedel.
'Bedankt,' zei Tasha, en ze stak de brief en het visitekaartje in haar zak. 'Het kan altijd van pas komen een privé-detective achter de hand te hebben.'
'Ik bied tegenwoordig een speciale service,' zei Gemma. 'Die heet Mandate. Als je ooit een man wilt laten checken, doe ik je een leuk aanbod.'
'Ik geef er de voorkeur aan zelf mijn mannen te checken,' zei Tasha.
Verderop in de gang ging een deur open. 'Tasha,' riep iemand.
'Mag ik ook een kaartje van je?' vroeg Irene, en Gemma gaf haar er een.
'Jij moet je man niet laten checken,' riep Tasha plagend achterom toen ze de gang in liep, 'maar hem meteen de straat op schoppen.' Gemma liet de twee achter.
Ze reed op Springfield Avenue en keek naar de nieuwe knoppen in de platanen toen het geluid van een opstootje haar aandacht trok. Twee jonge mannen waren aan het ruziën met een derde. Gemma kon niet horen wat ze zeiden. Maar de twee hadden de derde, die hun zo te zien iets probeerde uit te leggen, klemgezet tegen de muur van een gebouw. Ze begonnen hem te slaan en het slachtoffer deed geen pogingen zichzelf te verdedigen, stond daar alleen maar, met zijn armen omhoog om zijn gezicht te beschermen.
Gemma vond het vreselijk om hiernaar te moeten kijken; de vroegere politievrouw in haar had willen ingrijpen, maar ze reed langzaam door en prentte het signalement van de twee mannen in

haar hoofd, meer uit gewoonte dan dat ze van plan was er daadwerkelijk iets mee te doen. Het was een gebruikelijk beeld geworden in de straten van Sydney, bedacht ze, dus werd ze verrast toen de twee overvallers zich ineens omdraaiden en klem werden gereden door een politiebusje waaruit twee agenten sprongen, onder wie de kleine blonde met de pareltjes in haar oren. Ze grepen de twee belagers vast en trokken ze los van hun prooi, en in een mum van tijd had de kleine blonde de grootste van de twee klem staan tegen de muur, met zijn arm op zijn rug en haar wapenstok onder zijn kin.

Gemma draaide het raampje open toen ze langsreed. 'Knap werk, agent,' riep ze naar de kleine blonde, die verrast omkeek terwijl haar partner de overvallers de boeien omdeed. Haar blauwe ogen lichtten op toen ze Gemma herkende.

'Ze zijn altijd het ergst als ze met z'n tweeën zijn,' zei ze. 'Dat maakt ze allebei gemener. Kom op, jullie twee. In het busje. U ook, meneer,' zei ze tegen het slachtoffer, dat probeerde ervandoor te gaan. 'We willen ook even met u praten.'

Achter Gemma werd getoeterd; haar auto blokkeerde de straat. Maar ze hoorde het nauwelijks. Dát was het, dacht ze. Dat verklaarde het. De bestuurder van de auto achter haar hing inmiddels op zijn claxon en de auto daarachter begon nu ook. Opeens werd het Gemma duidelijk. Natuurlijk! Hoe had ze dat over het hoofd kunnen zien? Ze zijn altijd het ergst als ze met z'n tweeën zijn, had de jonge agente gezegd. De stukjes van de onbegrijpelijke puzzel vielen opeens op hun plaats en vormden een beeld dat perfect duidelijk was.

Met piepende banden reed ze weg, bijna duizelend van opwinding terwijl ze de tegenstrijdige feiten over de zaak opnieuw op een rijtje zette. Alles viel op zijn plaats en alles klopte. Zo snel als ze kon reed ze terug naar het politiebureau.

21

'Het zijn er twee!' riep ze naar Angie zodra ze haar in de hal van het politiebureau in het oog kreeg. 'Twee!'

'Twee wat?' Angies gefronste voorhoofd deed haar ogen groener en dreigender lijken.

'Twee moordenaars. We hebben te maken met twee verschillende daders.' Gemma stormde de lift uit en kwam bijna in botsing met een veel te zware hoofdagent die ook niet uit zijn doppen keek. De tegenstrijdige aspecten van het onderzoek ordenden zichzelf in haar hoofd en vielen stuk voor stuk netjes op hun plaats. 'Beheerst en onbeheerst samen, Angie.' Haastig liepen ze de gang naar Angies kamer in en Gemma zag aan de denkrimpeltjes op haar voorhoofd dat ze diep nadacht. 'Denk erover na,' zei ze terwijl ze Angies kamer in liepen. 'Toen we voor het eerst met hem geconfronteerd werden, was hij alleen maar een opportunist die buiten rondhing en op zijn kans wachtte. En dan gaat hij opeens inbreken in huizen en mensen ontvoeren.'

'Je probeert alleen maar het gezicht van je zus te redden,' zei Angie.

'Kits gezicht hoeft niet gered te worden. Want *wij* hebben het mis, of tenminste, we hadden het mis. We zijn vastgelopen omdat we iets probeerden te verklaren wat niet te verklaren valt. Denk na,' zei ze weer. 'Een dader die ineens van passief omzwaait naar actief. Die eerst alleen met kleren een beeltenis van een vrouw maakt en dan ineens een echte vrouw uit haar huis haalt. Dat werkt misschien in films, maar jij en ik weten door onze ervaring met daderprofilering dat we hier te maken hebben met twee compleet verschillende MO's. En dat het heel onwaarschijnlijk is dat die uit één karakter afkomstig zijn. Het geeft aan dat we met twee compleet verschillende persoonlijkheden te maken hebben.'

Het was zachtjes gaan regenen en Angie stond bij het raam naar buiten te kijken. Na een tijdje draaide ze zich om naar Gemma. 'Mijn ervaring zegt me dat ik eerder vandaag met de dader heb gesproken. Je wilt over daderprofilering praten? Mij best. Dan herinner je je misschien dat de dader vaker wel dan niet iemand blijkt te zijn die in een eerder stadium van het onderzoek is ondervraagd en die men – per vergissing – heeft laten gaan. Zoals hier vanmiddag gebeurd is.'

Maar Gemma was niet onder de indruk. Ze zag het gewoon te duidelijk voor zich. 'Luister naar me,' zei ze. 'De eerste vrouw die hij vermoord, laat hij liggend op de vloer achter; de tweede pakt hij in lappen en plastic om haar in het bos te verstoppen. Dat slaat nergens op. Maar het slaat wel ergens op als ze met z'n tweeën zijn. Twee moordenaars die als team opereren.'

'Er is maar één moordenaar,' zei Angie met stemverheffing. 'En ik ben er vrij zeker van dat ik weet wie dat is.'

'Je moet dit met een open geest benaderen, Angie, in plaats van jezelf vast te pinnen op Clive Mindell.'

'Ik benader dit met een open geest. En ik heb me "vastgepind" op Clive Mindell omdat ik daar een verdomd goede reden voor heb. Krantenknipsels over de moord, en hij heeft verdomme een slipje als aandenken meegenomen!' Ze wachtte even voordat ze doorging. 'Gemma, je bent altijd een goede smeris geweest, maar je bent hier al een tijd weg. De hele dag in auto's zitten heeft ervoor gezorgd dat je fantasie op hol is geslagen.'

'Jezus, denk nu eens na!' Gemma voelde haar eigen woede groeien. 'Lagen en lagen stof en plastic om een lichaam gewikkeld. Wat wil dat zeggen? Dat zegt: "Ik verstop mijn slachtoffers. Ik verhul de misdaad die ik heb gepleegd. Ik laat ze niet zomaar op de grond liggen." En waarom heeft hij nummer twee eerst uit haar huis gehaald alvorens hij haar vermoordde? Ik zal je vertellen waarom. Omdat we in Maroubra te maken hadden met dader één, alleen nummer één. Een laffe, passieve griezel die in paniek raakte toen hij werd gestoord tijdens zijn ritueel. Maar in het huis van de Perraults hadden we te maken met dader één plus nog iemand. Dader twee. Er moet een auto zijn gebruikt voor die tweede moord. Dat weten we. Dader twee heeft een auto. Dader één niet. Die zwerft lopend door de stad, op zoek naar open ramen of de open deur van een motelkamer. Daarom hebben ze de laatste keer het meisje kunnen overmeesteren en in die auto kunnen meenemen. Daarom was het ritueel met de kleren zo anders in het huis van de Perraults, ontbrak het eigenlijk. Dader één had geen tijd om het goed te doen. Of misschien heeft dader twee hem tegengehouden. Dat is de reden waarom er zoveel verschillen en tegenstrijdigheden zijn.' Gemma wachtte even. 'Dader één komt iemand tegen. Iemand die veel gevaarlijker is dan hij. Ik zie ze gewoon voor me. Pratend in een bar. Stoer doen tegen elkaar. Fantasieën uitwisselen.'

Angie pakte haar tas op. 'Ja, fantasieën,' zei ze. 'Dat is waar ik op dit moment naar luister.'

'Angie, luister naar me. Ik heb het helemaal uitgewerkt. Kit heeft gezegd...'

'Ik wil niet horen wat Kit heeft gezegd! Ik ben jullie getheoretiseer spuugzat. Ik ga naar huis.'

'Angie, alsjeblieft. Menselijk gedrag verandert alleen als er iets in iemands leven verandert. Jij had ook het gevoel dat er iets was wat we over het hoofd zagen. Je wist wat ik bedoelde toen ik dat zei. Je had hetzelfde gevoel. Je wist het instinctief.'

'Ik weet instinctief dat als ik nog vier uur mijn gang had kunnen gaan met Clive Mindell, ik de schoft had kunnen pakken,' zei Angie. 'Jouw zus ziet het meest voor de hand liggende over het hoofd, en het lijkt erop dat jij dat ook doet.'

Gemma besefte dat ze zo niet verder kwamen. Ze veranderde van tactiek. 'Waar is Amy nu?' vroeg ze.

'Bij haar moeder. We hebben ze ergens ondergebracht.'

'De moordenaar heeft al geprobeerd contact met haar te maken. Je hebt gehoord wat Garry Copeland zei. Hij voelt zich alsof hij deel uitmaakt van de familie. En we hebben nu te maken met dader twee, die denkt dat hij een of andere relatie met haar heeft. Angie, Amy verkeert in groot gevaar!'

'Hij kan haar nu niet meer bellen. Niemand weet waar ze op het ogenblik is,' zei Angie kortaf. 'Ze zit op een veilige plek.'

Gemma dacht aan de jaren dat ze in haar auto mensen had zitten observeren die niet eens wisten dat ze bestond. Ze moest denken aan het geheime telefoonnummer en het huis op Flaming Avenue in Artarmon, waar ze 's ochtends vroeg iemand naar buiten had zien komen. 'Geen enkele plek is honderd procent veilig,' zei ze.

'We hebben een stel goede mensen in haar buurt,' zei Angie, die harder ging praten. 'En we houden Clive Mindell in de gaten als haviken. Er kan niets gebeuren.'
'Als het Clive niet is, verspil je je mankracht. En als je niet in de juiste richting zoekt, kun je niet weten uit welke hoek je een volgende moord kunt verwachten.'
'Een prettige avond,' zei Angie, en ze liep de kamer uit.
Gemma haastte zich achter haar aan. Ze zag dat Angie de lift naar de parkeergarage in de kelder had genomen. Ze stormde langs de beveiliging in de hal, smeet haar bezoekerspas op de balie en rende naar buiten. Haar auto stond in de verboden zone aan de overkant en ze zag de bruine envelop al op de voorruit zitten. Ze vloekte niet eens, trok hem onder de ruitenwisser vandaan, stapte in haar auto en keek in de achteruitkijkspiegel.
Angie kwam tevoorschijn uit de ondergrondse parkeergarage, stak Goulburn Street over en reed weg richting Oxford. Gemma zette de achtervolging in, sloeg links af Riley in en reed met grote snelheid naar de kruising, waar ze net op tijd aankwam om haar vroegere collega de baan voor de snelweg richting Oxford te zien kiezen. De stoplichten op Taylor's Square stonden op rood, zodat Angie werd opgehouden en zij tijd had om hetzelfde te doen, de middelste baan te kiezen en een oogje te houden op Angie, die links van haar twee auto's voor haar zat. Gemma zette zichzelf in de volgstand.
Het was een gemakkelijke achtervolging. Angie nam haar eerst mee naar Bondi Beach en Campbell Parade. Gemma zat drie auto's achter haar toen ze Angie linksaf Curlewis in zag draaien. De geur van zout hing hier sterk in de lucht en een straffe zuidenwind rukte aan de bosjes en het andere groen. Gemma passeerde een complex van vier flats, dat 'Kia-ora' werd genoemd, en had een goed uitzicht op de rest van de straat. Ze zag Angie aan het eind van de straat links afslaan en zette opnieuw de achtervolging in.
En daar was het, een Budget Motel van twee verdiepingen, achttien eenheden, negen per verdieping, klein, balkons met verroeste balustrades en een geasfalteerde parkeerplek voor de deur, met een paar uitgedroogde palmbomen die bogen in de wind.

Gemma ging onmiddellijk op de rem staan. Angie had haar auto aan de overkant van het motel geparkeerd. Ze pakte de microfoon van de radio uit de houder op het dashboard. 'Basis aan Tracker 3,' zei ze, kijkend in haar achteruitkijkspiegel. 'Meld je, alsjeblieft.'
Spinners stem drong door het ethergeruis. 'We zijn net klaar met de Cross Weld-klus,' zei hij, in de veronderstelling dat ze dat wilde weten. 'Ik stond net op het punt naar huis te gaan.'
'Goed werk, Spinner,' zei ze. 'Hé, zou je me een plezier willen doen en nog een paar uur door willen werken? Een motel op Hallam Avenue in Bondi in de gaten willen houden?'
'Wat is er aan de hand?'
'Dat weet ik nog niet,' zei ze. 'Het kan zijn dat mijn vriendin een afspraakje heeft in die gribus. Maar het kan ook de plek zijn waar een doodsbang meisje en haar moeder zijn ondergebracht. Dat is wat ik te weten wil komen. Ik zou het zelf hebben gedaan, maar ik heb een afspraak.'
'Is Steve al terug?'
'Ja,' zei ze, 'en nee.'
'Vrouwen,' zei Spinner. 'Ik zal zien wat ik kan doen. Waar moet ik op letten?'
Gemma gaf een uitvoerig signalement van mevrouw Perrault, en van Amy voorzover ze zich die herinnerde van de foto van de twee zusjes.
'Ik weet nog niet hoeveel politie hier rondloopt,' zei ze. Ongemerkte politieauto's herkende ze altijd onmiddellijk, vooral de volgauto's, de glimmende Commodores en Fords met de opvallende nieuwe kentekenplaten, de vakantiestickers die er allemaal tegelijk op waren geplakt, de brede banden en de lage wielbasis.
'Ik kom er nu aan,' zei Spinner. 'Noel is al naar huis. Hij had nogal een slecht humeur vanmiddag. Hij had echt vreselijk de pest in.'
Gemma kreunde, meldde zich af, klemde de microfoon weer in de houder en zette de autoradio aan. Golden Earring was op de radio, met *Radar Love.* Dit is mijn leven, dacht ze, zitten kijken naar het leven van andere mensen, naar hun intriges en naar de slachtoffers van geweld. Ik hou mezelf bezig met de zaken van

andere mensen zodat ik niet hoef te zien wat voor puinhoop mijn eigen leven is. Maar dit is anders, hield ze zichzelf voor. Wat ze nu deed, was het werk van een beschermengel, want Amy Perrault had de aandacht getrokken van een heel gevaarlijk roofdier.

Ze dacht aan de mannen in haar leven. Ze vroeg zich af wat haar vader op dit moment zou doen. Ze schrok op toen ze Angie naar haar auto zag rennen en met flinke snelheid zag wegrijden. Gemma ging er weer achteraan, hield steeds minstens één auto tussen hen in en kwam uiteindelijk weer op de snelweg terecht. Ze reden heuvelopwaarts in zuidelijke richting, en op Bondi Road kregen ze gezelschap van een patrouillewagen die achter Gemma kwam rijden. Er was iets aan de hand. Ze keek in haar achteruitkijkspiegel maar zag dat de bemanning van de patrouillewagen niet in haar geïnteresseerd was. Bij de stoplichten kwam hij naast Angie staan en toen ze op groen sprongen, sloot hij achter haar aan. Ze hadden dus dezelfde bestemming.

Gemma voelde de adrenaline al door haar aderen stromen toen ze gas gaf en opnieuw de achtervolging inzette. *'We got a thing, and it's called radar love,'* zong ze mee, *'we got a vibe in the sky,'* toen ze helemaal terugreden naar South Coogee, naar het huis van de Perraults, waar geen vrouwen meer waren.

Gemma parkeerde aan de overkant van het huis van de Perraults. Ze rende de straat over, worstelde zich door het groepje mensen dat zich voor het huis had verzameld en vroeg zich af wat die plotselinge belangstelling van de politie te betekenen had. Opeens kwam Angie naar buiten.

'Wat is er gebeurd?' vroeg Gemma. 'Wat is er aan de hand?'

'Wat doe jij hier?'

'Ik ben je gevolgd, Angie.' Gemma haalde haar schouders op. 'Dat is mijn werk. En je had me gevraagd mijn ogen open te houden.' Ze haalde diep adem en wachtte op de storm van protesten, maar die kwam niet.

In plaats daarvan deed Angie een stap opzij en gebaarde ze Gemma binnen te komen. 'Kom snel kijken,' zei Angie, 'voordat de anderen er zijn.'

Gemma liep het huis in. Alles zag er nog hetzelfde uit: het nette, schone huis in de buitenwijk, dat ze twee dagen geleden had bezocht. Ze volgde Angie door de gang naar de slaapkamer van de zusjes, stopte in de deuropening, keek naar binnen en voelde haar adem stokken in haar keel.

22

De leuke slaapkamer van de Perrault-zusjes was één grote ravage. Een reusachtige ster van bloed ontsierde het lavendelblauwe behang van de muur tegenover het raam. De lichte beddensprei-en en de vloerbedekking zaten vol donkere bloedvlekken. Gemma nam alles in zich op. Het raam was kapot en glasscherven vol bloed lagen op de vloerbedekking. Naast de stoel lag een halve baksteen, ook met bloed besmeurd.
Angie kwam achter haar staan. 'Het bloed is in een verzwaarde plastic zak door het raam gegooid, hard genoeg om een flinke deuk in de muur te maken.'
'Wie doet nu zoiets?' vroeg Gemma, zich walgend wegdraaiend van het tafereel.
'Dat moet je aan je zus vragen,' zei Angie sarcastisch. 'Die is gespecialiseerd in gestoorden.'
'Het moet inderdaad een gestoorde zijn geweest,' zei Gemma terwijl ze voorzichtig de kamer door liep. 'Ik denk niet dat er een verband met de moordenaar is.'
'Jij en Kit,' zei Angie. 'Holmes en Watson. Hoe kun je daar zo zeker van zijn? Ik weet van ten minste één huis waar de moordenaar iets soortgelijks heeft gedaan.'
'Dat was in de Verenigde Staten,' zei Gemma. 'Niet hier.'
'Dat was Kentucky Fried Chicken ook,' zei Angie. 'Die is nu ook hier.'
Gemma wist wanneer ze haar mond moest houden. Angie liep de kamer uit en haalde haar mobiele telefoon uit haar zak. Gemma ging haar achterna toen ze hoorde dat de mensen van de Forensische Dienst waren gearriveerd.
In de achtertuin van het huis zette Angie haar telefoon uit, gooide haar notitieboekje op de grond, vloekte en gaf er een schop tegen. Toen zette ze haar handen op haar heupen en liep weg om af te koelen. Ze kwam weer naar Gemma lopen en haalde haar pakje

sigaretten tevoorschijn. Haar gezicht was heel bleek en haar ogen fonkelden van woede. 'Dat was Bruno. Clive Mindell is niet thuisgekomen. Hij is ook niet op zijn werk geweest.' Ze pakte haar notitieboekje uit het gras. 'Hij is in rook opgegaan. Godverdomme!' Met nijdige passen begon ze door de tuin te ijsberen. 'Dit onderzoek,' zei ze, 'is één grote klerezooi. De helft van mijn mensen is vandaag naar de rechtbank. En ik zit opgescheept met die verdomde Bruno en zijn vijandigheid.'

'Kun je niet eens met de baas over hem praten?'

'Wat? En riskeren dat iedereen zegt dat ik hem niet aankan? Dat ik meteen naar papa ren zodra ik een probleem heb? Ik dank je feestelijk.' Ze stopte het notitieboekje in haar tas. 'Ik heb zin om er de brui aan te geven,' zei ze. 'Om ander werk te gaan zoeken.'

Gemma staarde haar aan. 'Dat meen je niet,' zei ze. 'Je houdt van je werk. Je werk is dat waar je 's morgens voor opstaat. Je werk is je leven!'

Angie keek om zich heen alsof ze haar niet had gehoord. 'Weet je wat ik zou willen?' zei ze, met een brede armzwaai waarmee ze alle misdaad in Sydney op een hoop leek te willen vegen. 'Deze hele stinkende rottroep laten voor wat het is en naar het platteland verhuizen. Daar een leuk huisje te kopen, met rozen tegen de muren. Groenten te verbouwen en kippen te houden. En Turkse otters te fokken.'

'Dat hou je vol tot theetijd op dag één,' zei Gemma. 'En die Turkse otters nog korter.'

Angie streek haar haar uit haar ogen. 'Ik meen het,' zei ze. 'Als er nog fatsoenlijke mannen rondliepen, zou ik op het platteland gaan wonen en kinderen krijgen. En dan zou ik niet hier zijn om te zoeken naar een of andere moordlustige psychopaat met een mes, die al twee vrouwen heeft vermoord. Ik zou neuriënd in de tuin de was ophangen.'

'Angie, ik ben je vriendin,' zei Gemma, en ze legde haar hand op Angies arm. 'Ik ken je al vijftien jaar. Jij zou gillend de rozen van je muur rukken en jezelf ophangen met je eigen waslijn.' Ze moest ineens aan iets denken. 'Waar is je nieuwe liefje gebleven?'

Angie keek haar alleen maar aan. Vraag het me niet, zeiden haar groene ogen.

Gemma probeerde een andere tactiek. 'Kom op, Angel Face,' zei ze, en ze stak haar hand uit. 'Ik trakteer je op een kop koffie. En je moet iets eten.' Ik klink als Kit, dacht ze bij zichzelf. Hier trapt ze nooit in.

'Ik kan niet,' zei Angie. 'Ik moet doorwerken. Zeker na dit. Ik moet terug naar het bureau om te kijken of de uitslag van het lab al binnen is. En ik moet nog een hoop andere dingen doen.'

'Ik denk nog steeds dat we op zoek zijn naar twéé moordlustige psychopaten,' zei Gemma.

Angie haalde diep adem en Gemma zette zich schrap voor wat komen ging. Nu heb ik het echt gedaan, dacht ze. Ze herinnerde zich van vroeger – ze had het zelf ervaren of was er als getuige bij aanwezig geweest – hoe Angie kon zijn als ze een woedeaanval had. Maar er gebeurde niets. Gemma wachtte gespannen af, maar de lucht tussen hen leek niet langer met elektriciteit geladen.

'Weet je,' zei Angie, 'misschien is jouw idee van twee daders helemaal niet zo gek. Het sluit aan bij wat we weten van de zaak en het verklaart de plotselinge verandering in MO.' Ze wachtte even. 'Maar er is geen reden dat Clive Mindell niet een van de twee kan zijn.' Ze nam een sigaret uit het pakje en stak hem op. 'Ik zou graag even pauze nemen,' zei ze, 'maar dat gaat gewoon niet. Ik heb veel te veel te doen. En nu moet ik ook nog met Garry Copeland over jouw twee-dadersscenario gaan praten. En iedereen op de hoogte brengen. We moeten nagaan wat voor vrienden Mindell heeft en waar hij zich kan hebben verstopt.' Ze pakte Gemma's hand even vast. 'Bedankt,' zei ze. 'Ik sta nogal onder druk de laatste tijd. Mijn werk. De mannen. De hele verdomde mikmak. Ik weet dat ik nogal gauw tegen het plafond vlieg. Maar dat betekent niet dat ik je niet waardeer.'

23

Gemma kon het bloederige tafereel in de slaapkamer niet uit haar hoofd zetten, want er had geen lichaam gelegen en op de een of andere manier leek dat erger dan wanneer dat wel zo was geweest. Wie kwam er in godsnaam op zo'n gestoord, walgelijk idee? Bloed roept zoveel emoties op, dacht ze. Het maakt ons van streek. Opeens moest ze weer denken aan de bloedvlekken op die andere misdaadlocatie, en ze kwam tot een besluit. Ik ga mijn vaders naam zuiveren. Of hij wil of niet. En wat ik er ook voor moet doen. Want ook al draag ik zijn naam niet meer, zijn bloed is hetzelfde als het mijne. Gebruikte ze haar vader als 'de man' die richting en betekenis aan haar leven moest geven, omdat ze daar zelf blijkbaar niet toe in staat was? Ze dacht aan Kits opmerking over dat een man nooit het antwoord was. Waren ze in dit geval op haar van toepassing? Ze merkte dat ze nog steeds met de sleutel in haar hand voor de voordeur stond, als bevroren door haar eigen gedachten. Ze stak de sleutel in het slot en opende de deur. Haar hart zonk weer in haar schoenen toen ze besefte dat er geen Taxi was om haar te verwelkomen. Ze liep naar de balkondeuren en wenste vurig dat hij op het balkon zou zitten. Maar dat was niet zo. Ze deed de deuren open en riep hem. Geen reactie. Er kwam geen oranje bol door het gras naar haar toe wandelen. Ze hoorde iemand bij de voordeur en draaide zich om.

'Wie is daar?' riep ze.

'Ik ben het.'

Ze deed de voordeur open en daar stond Ratbag, met zijn ogen vol tranen en een kartonnen doos in zijn handen. Gemma hoorde hoe de torenvalk in de doos zich bewoog.

'Ik mag hem niet houden van mijn moeder. Ze zegt dat hij stinkt, maar dat is niet waar. Ik moet hem wegdoen van haar.'

'Kom maar binnen,' zei Gemma.

Ratbag droeg de doos naar binnen. Ondanks zijn verdriet keek hij vol bewondering om zich heen. 'Cool,' zei hij.
'Hebben jullie die bloemen nog steeds?' vroeg ze hem.
Hij knikte en keek weer om zich heen. 'Jouw interieur heeft dezelfde kleuren als die bloemen,' merkte hij op. 'Je zei dat ze er niet bij pasten.'
Goed gezien, Ratbag, dacht Gemma. Hoeveel kinderen van jouw leeftijd zouden dat opmerken? 'Misschien kun je later voor me komen werken,' zei ze, en ze moest lachen toen ze zijn verbaasde blik zag. Ze liep naar haar werkkamer en zag dat het lampje van haar antwoordapparaat knipperde.
Ratbag kwam haar achterna en keek in het rond. 'Is dit je detectivebureau?' vroeg hij.
'Wat ga je nu met je torenvalk doen?' vroeg Gemma.
'Mijn vader zei dat hij me zou helpen een kooi voor hem te maken,' zei de jongen hoopvol.
'Wanneer?'
Ratbag haalde zijn schouders op. 'Dat weet ik niet. Binnenkort. Als ik hem weer zie.'
'Dat is nogal vaag. Wanneer zie je hem weer?'
Ratbag haalde opnieuw zijn schouders op. 'Dat weet ik niet.'
De radio kwam tot leven en Gemma pakte de microfoon.
'Tracker 3 aan basis. Meld je, alsjeblieft.'
Het duurde even voordat Gemma zich herinnerde dat Spinner in Bondi was. 'Ja, Spinner?'
Ratbag keek haar over de doos met grote ogen aan.
'Ik heb geluk gehad en die twee voor je getraceerd,' zei Spinner. 'Er is maar één unit waar een moeder en dochter verblijven. Alle anderen zijn verhuurd aan stelletjes en mensen op doorreis. Ik heb een leuk babbeltje met de manager gehad. Dat is trouwens een ex-smeris.'
Dat klonk redelijk, dacht Gemma. Angie had hem blijkbaar om een gunst gevraagd.
'Moet ik de identiteit vaststellen?' vroeg Spinner.
'Nee,' zei Gemma, terugdenkend aan hoe ze op die manier ooit een heel delicate operatie in gevaar hadden gebracht. 'Welke unit is het?' Gemma schreef het op. Nummer zestien.
'Als je niets anders hebt, ga ik naar huis,' zei Spinner. Maar hij

meldde zich niet af en Gemma had het gevoel dat hij nog iets wilde zeggen.
'Wat is het, Spinner?'
Het bleef even stil aan de andere kant. 'Het hoeft niets te zijn.' Hij viel weer stil.
'Wat is het?' herhaalde Gemma. Ze voelde zijn aarzeling omdat hij niet zeker was van zijn zaak.
'Er staat hier nog iemand,' zei Spinner uiteindelijk, 'in een witte Toyota pick-up. Met een kruiwagen in de achterbak. Hij staat op enige afstand van het motel, dus ik kan niet met zekerheid zeggen of dat zijn doelwit is. Maar ik sta zelf ook op enige afstand. En ik ben er vrij zeker van dat hij er een uit het vak is.'
'Wat? Een professionele surveillant?'
'Het kan,' zei Spinner. 'Hij staat er net zo lang als ik. En hij zit daar maar, ook net zoals ik.'
Misschien had Angie de hulp van een ander privé-bureau ingeroepen. Ze voelde een flauwe steek van jaloezie. Had het meningsverschil met Kit ervoor gezorgd dat ze van gedachten was veranderd en had besloten vriendschap en zaken voortaan uit elkaar te houden? Ze kon het Angie nauwelijks kwalijk nemen, bedacht ze, dat ze de zaken overzichtelijk wilde houden. 'Angie heeft zeker besloten dat ze hulp kon gebruiken,' zei ze ten slotte.
'Iedereen houdt iedereen in de gaten,' zei Spinner. 'Het is een rare wereld. Hoe dan ook, het is mijn zaak niet langer. Zonder identiteit kunnen we niet honderd procent zeker zijn, maar als jij het genoeg vindt, ga ik nu naar huis.'
Gemma meldde zich af en zag hoe Ratbag naar de radio stond te staren. Hij hield de doos schuin en Gemma hoorde de nagels van de torenvalk over het karton krassen. Ze keek op haar horloge. Het was al vijf voor halfzeven. Richard Cross! Ze was hem helemaal vergeten.
'Ik moet zo weer weg,' zei ze tegen Ratbag. 'Je kunt je vogel hier laten totdat we een oplossing hebben bedacht.'
Ratbags gezicht lichtte op en voor het eerst zag Gemma hem glimlachen. Hij had dik haar en wenkbrauwen die iets te vol waren voor zijn jonge gezicht. 'Dat zou echt cool zijn,' zei hij.
Ze was geroerd. 'Geef maar hier,' zei ze.
Ratbag gaf haar de doos en Gemma trok de klep iets omhoog om

erin te gluren. Twee grote donkerbruine ogen die fel afstaken tegen de gele veertjes keken recht in de hare. Op de bodem stond een bakje met water en ernaast lag een dode muis.

'Ik ben door mijn muizen heen,' zei Ratbag. 'Ik heb er geen geld meer voor.'

Opgelucht tilde Gemma de doos op en schoof hem voorzichtig boven op de kast. 'Dat is oké,' zei ze. 'Ik schiet het wel voor. En nu wegwezen. Ik moet me gaan omkleden.'

De klauwen van de torenvalk krasten nog even over het karton en toen was het stil.

'Ik kan je pas terugbetalen als ik mijn vader heb gezien.'

Gemma knikte.

'Mag ik hem morgen komen opzoeken?' vroeg Ratbag.

'Ja,' antwoordde ze.

'Zitten mensen jou achterna?' vroeg de jongen toen ze door de gang naar de voordeur liepen.

'Hoe bedoel je?' Ze keek hem aan en zijn slimme, oprechte ogen keken op naar de hare.

'Als je op boeven jaagt,' zei hij, 'dan wordt een van die boeven misschien boos en gaat hij op jou jagen.'

'Dat lijkt me onwaarschijnlijk,' zei ze.

'Nee, hoor,' zei de jongen. 'Als ik een boef was en jij zat me achterna, zou ik je gewoon vermoorden en dan had ik geen last meer van je.'

Gemma trok een wenkbrauw op. 'Dan is het maar goed,' zei ze terwijl ze hem uitliet, 'dat jij geen boef bent, vind je ook niet?'

Nadat Ratbag was vertrokken, keek ze snel of de doos met de torenvalk veilig op de kast stond en rende naar de douche. Ze had minder dan twintig minuten waarvan ze de helft verspilde door drie keer iets anders aan te trekken. Uiteindelijk koos ze voor haar zwarte rok, crèmekleurige zijden blouse en rode jasje. Ze was net klaar met haar lipstick toen Richard Cross voor de deur stond.

'Het moet heel interessant werk zijn,' zei Cross.

Het was flink druk in Ravesisi's en er waren zelfs mensen die de moed hadden om in de straffe zuidenwind op het terras te gaan zitten. Ze waren klaar met eten en genoten van een kopje koffie met truffels.

Gemma haalde haar schouders op. 'Ja en nee,' zei ze. 'Mensen zijn altijd interessant. De hele dag in een voertuig zitten is dat niet.'
Hij lachte. 'Je klinkt nog steeds als een politievrouw,' zei hij. 'Je zegt "voertuig", terwijl de meeste mensen gewoon "auto" zeggen.'
Hij zag er heel goed uit, vond Gemma, met zijn blazer en witte overhemd. Hij had dat frisse, schone uiterlijk, met verzorgd haar en witte tanden, waarbij alles op de juiste plek leek te zitten, en toch was er dat ongepolijste randje dat hem buitengewoon interessant maakte. Ze was heel benieuwd naar de vrouwen in zijn leven, maar dacht: alles op zijn tijd.
'Heb je nog ergens trek in?' vroeg hij. 'Een slaapmutsje?'
Gemma keek nog eens op de kaart. Ze hadden al een fles witte wijn gedeeld en zij had voor het eten een gin-tonic gedronken. 'Een cognacje zou heel lekker zijn,' zei ze.
Ze voelde zich dus heel rozig toen ze terugreden naar haar huis, maar niet zo erg dat ze zijn eerdere opmerking was vergeten. 'Hoe weet je dat ik vroeger bij de politie ben geweest?' vroeg ze.
Aarzelde hij iets te lang voordat hij antwoord gaf? Verdomme, dacht ze, ik had dat laatste drankje niet moeten nemen. Ik raak mijn scherpte kwijt.
'Als ik geïnteresseerd ben in een vrouw,' zei hij, 'wat trouwens niet erg vaak gebeurt, voel ik het als mijn taak zo veel mogelijk over haar te weten te komen.'
Gemma draaide haar hoofd om en keek naar zijn goed geproportioneerde profiel in het flauw verlichte interieur van de auto. Ze reden langs de kust naar Tamarama en onder hen, onder het licht van een halve maan, schoven de golven in witte strepen naar het strand. 'Wat ben je nog meer over me te weten gekomen?' vroeg ze.
'Genoeg om nog veel meer over je te willen weten.'
Het was een cliché, dacht Gemma, maar het klonk toch erg leuk. Bij de voordeur van haar huis stond ze te hannesen met haar sleutel en liet hem zelfs vallen, en toen ze zich allebei tegelijk bukten, botsten hun hoofden tegen elkaar. 'Sorry,' zeiden ze tegelijk en ze lachten allebei.
Richard ging zachtjes met zijn hand over haar hoofd. 'Ik heb je

toch geen pijn gedaan, hè?' Hij trok zijn hand niet terug maar liet hem in haar nek liggen en keek haar in de ogen, en het leek uitgesloten dat Gemma hem níét zou vragen of hij wilde blijven.

'Wat is echt belangrijk voor je?' vroeg Richard toen ze later naast elkaar lagen, met haar hoofd op zijn borst.
'Dat ik mijn kat terugvind,' zei ze.
'En wat nog meer?'
'Dat ik mijn naam zuiver.'
Belangstellend draaide hij zich naar haar toe. Daar gaat hij weer, dacht Gemma, en ze vertelde hem het hele verhaal over haar vader en de moord op haar moeder. Hij luisterde aandachtig toe en zei lange tijd niets. Gemma begon zich zorgen te maken. Hij is geschokt, begon ze te denken. Hij knapt op me af. De oude angst kreeg weer vat op haar en ze schoof van hem weg.
'Zeg iets,' zei ze ten slotte op gespeeld luchtige toon.
'Het is zo lang geleden,' zei hij. 'Weet je zeker dat je vader gelijk heeft? En wil je echt alles weer tevoorschijn halen?'
'Ik heb erover nagedacht,' zei ze, 'en ik ben vastbesloten om door te gaan. Wat ik onderweg ook tegenkom.'
Toen pas draaide hij zich om en keek hij haar aan. Hij legde zijn wijsvinger onder haar kin zoals een vader met een kind zou doen. 'Het verleden,' zei hij, 'kan heel gevaarlijk zijn. Denk daar maar eens over na.'
Ze keek hem recht in de ogen. In het flauwe licht in haar slaapkamer leek hij opeens veel ouder. Ze dacht aan Kit, die ooit iets soortgelijks tegen haar had gezegd.
'Ik wil nooit meer terug naar het verleden,' zei Cross. 'Het verleden van mensen kan hun net zoveel kwaad doen als dingen die in het heden gebeuren.' Hij zuchtte en draaide zich van haar weg, waarna Gemma nog enige tijd naar het plafond lag te staren voordat ze in een onrustige slaap viel.

Richard Cross vertrok vroeg in de ochtend, nadat hij haar had beloofd dat hij zou bellen. Gemma bleef wakker liggen, kon niet meer slapen. Ze stond op, liep het balkon op, leunde op de balustrade en luisterde naar de branding, die in de stilte van de vroege ochtend opvallend hard klonk. Ze was aan iets begonnen, wist

ze. Iets groots. Ze dacht aan hun liefdesspel van de afgelopen avond. Voor de eerste keer was het meer dan bevredigend geweest en vanochtend gloeide haar lichaam nog na van het luxueuze post-seksgevoel, dat ze lang niet had ervaren.
Maar het is niet verstandig, dacht ze, om me met een andere man in te laten, en een cliënt nog wel. Het Cross Weld-contract was heel belangrijk voor haar, want ze had nog maar een paar duizend dollar voordat ze de grens van haar krediet bereikte. Haar gedachten bleven teruggaan naar de met bloed besmeurde kamer en het huiveringwekkende feit dat de moordenaar contact had gezocht met Amy. Ondanks alle zorgen die ze op dit moment zelf had, had ze het gevoel dat dit ook háár zaak was. Het liefst had ze haar beschermende vleugels gespreid boven dat motel in Bondi, want de mensen die daar verbleven, waren verwanten van haar geworden, waren met haar verbonden door bloedvlekken en een maniakale moordenaar. Ze rilde. Ze slofte terug naar bed, kroop er weer in en liet de nachtmerrie van de Perraults plaatsmaken voor haar dromerige gedachten over Richard. De herinnering aan zijn robuuste lichaam vervaagde toen ze in een diepe slaap viel.

24

Er bonkte iemand op de voordeur. Gemma duwde zichzelf overeind en riep: 'Wie is daar?'
'Amy Perrault is weg,' klonk Angies stem van buiten. 'Ik ben net gebeld. Ik rij er alvast naartoe.'
Gemma worstelde zich in haar kleren terwijl ze een moeizame poging deed wakker te worden. Haar ergste angst was waarheid geworden. Hij was teruggekomen om Amy te halen. Maar hoe, dacht ze terwijl ze stond te hannesen met een ritssluiting. Met al die meldingen bij nacht en ontij, dacht ze terwijl ze naar de keuken liep en snel een glas sinaasappelsap achteroversloeg, kan ik net zo goed weer bij de politie gaan solliciteren. Buiten waren de oostelijke hemel en de zee nog pikzwart en alleen de vaalgrijze golven waren te zien toen ze naar haar auto liep.

Gemma parkeerde aan de overkant van het motel en zag Angie en Bruno al bij de ingang staan. Ze sleepte zich uit de auto en verzette zich heftig tegen de effecten van het slaapgebrek en de alcohol van de vorige avond. Haar samenzijn met Richard Cross leek eeuwen geleden.
'Maar zij is niet meer bij de politie,' hoorde ze Bruno zeggen toen ze de straat overstak. 'Ze heeft hier niets te zoeken.'
'Ze maakt deel uit van het onderzoeksteam,' zei Angie, 'en ze was het eerste slachtoffer. En nu werkt ze voor mij.'
Dank je, Angie, dacht Gemma, toen Angie haar met een hoofdknikje begroette.
'Dat hoor ik voor het eerst,' zei Bruno. 'Weet de baas daarvan?'
'Hoor eens, Bruno, als je het me lastig blijft maken, ga je op rapport en kan ik nog wel een paar andere dingen bedenken die de baas graag zou willen weten. Ik weet heus wel dat je me overal zwart loopt te maken als ik niet in de buurt ben.'

'Waar heb je het over?' De gekwetste verontwaardiging droop van zijn stem.
'Je weet verdomd goed waar ik het over heb!' Ze draaide zich met een ruk om en liep naar binnen, met Bruno en Gemma achter zich aan. Ze liepen de trap en de gang in totdat ze bij nummer 16 waren. De deur van de kleine motelkamer stond op een kier en Angie duwde hem verder open.
Garry Copeland, in een T-shirt, een sportjasje en met ongekamd haar, draaide zich om toen ze binnenkwamen en Angies stem iedereen deed opschrikken. 'Kan iemand me alsjeblieft vertellen wat er gebeurd is?'
Er werd een toilet doorgetrokken, de deur van de badkamer ging open en mevrouw Perrault kwam de kamer in. Er viel een stilte toen meneer Perrault, in gezelschap van een agente, via een andere deur binnenkwam. De Perraults gingen naast elkaar op de rand van het bed zitten en de echtgenoot probeerde zijn huilende vrouw te troosten.
'Ik heb haar op het hart gedrukt,' zei ze, 'dat ze onder geen beding uit moest gaan. Maar ze wilde niet naar me luisteren. Toen belde hij. Ik wist dat hij het was...'
'Wie is hij?' vroeg Gemma.
'Haar vriendje,' zei Garry.
'Ik had haar verboden het telefoonnummer van hier aan iemand te geven,' snikte mevrouw Perrault.
'Wie is hij?' vroeg Gemma weer, en ze moest denken aan tante Merle en haar regels op dit punt, en hoe volstrekt nutteloos die waren als het om verliefde tieners ging.
'Brett Collins,' zei meneer Perrault. 'Hij woont op Clarendon Parade, nummer 4/40, in Maroubra.'
Angie schreef het op, liep naar de hoek van de kamer en keerde iedereen haar rug toe. Even later hoorde Gemma haar praten met de politie van Maroubra. 'Ze zijn er binnen twintig minuten,' zei ze. 'Wanneer merkte u dat ze verdwenen was?' vroeg ze toen ze zich had omgedraaid.
'Ze moet weg zijn gegaan toen ik even lag te slapen,' zei mevrouw Perrault. 'Een uur geleden ongeveer. Ik kan niet goed slapen. Ook niet met de pillen die ik heb gekregen.'
Angie keek op haar horloge. Het was bijna vier uur. 'Bruno,' zei

ze, 'ga jij alsjeblieft naar beneden om de uniformagenten en Brett Collins op te wachten.'
Bruno wierp haar een boze blik toe en liep de kamer uit.
Angies mobiele telefoon begon te piepen en ze haalde hem tevoorschijn. Ze luisterde, trok een boos gezicht en zette het apparaat uit. 'De politie van Maroubra heeft zijn huis gecheckt. Hij is er niet en zijn auto staat er ook niet. Laten we hopen dat ze ergens geparkeerd staan om zich over te geven aan hun natuurlijke verlangens.'
'Maar daar kunnen we niet van uitgaan,' zei Gemma. Naast haar pakte meneer Perrault de hand van zijn vrouw vast.
'Nee, natuurlijk niet,' zei Angie. 'Daarom nemen we dit heel serieus. We zorgen ervoor dat iedereen naar hem en zijn gele Corolla uitkijkt. Hij krijgt het hele korps achter zich aan.'
Meneer Perrault keek wanhopig op naar Angie. 'Hoe hebben jullie dit kunnen laten gebeuren?' zei hij, bijna in tranen. In de stilte die volgde, haalde Garry zijn hand door zijn haar met een gebaar dat Gemma zich van vroeger herinnerde. Ze zag zijn gelaatsspieren bewegen terwijl hij heel zorgvuldig zijn woorden koos. Het is onmogelijk, dacht Gemma, om iemand tegen zijn wil te beschermen. Om iemand te beschermen had je de medewerking van de betreffende persoon nodig. Maar ze hoopte dat Garry dat nu niet zou gaan uitleggen.
'We vinden haar wel,' zei Garry. 'Al het mogelijke zal worden gedaan.'
'Ja,' zei Angie. 'Haar vinden is onze eerste prioriteit.'
Mevrouw Perrault keek op. Haar stem was niet meer dan een schor gefluister dat de zoveelste lange stilte verbrak. 'Het is hun fout niet,' zei ze tegen haar man. 'Amy wilde per se gaan.' Ze viel stil en vervolgde na enige tijd: 'We hadden ruzie, Amy en ik. Een flinke ruzie.' Ze wachtte weer even. 'Bianca is nog niet eens begraven...' Haar stem brak en haar man pakte haar schouder vast. De vrouw knipperde met haar ogen en vervolgde: '... en Amy kan alleen maar denken aan een of andere jongen! Ik heb haar verboden te gaan. Ik heb haar gezegd dat er niet over te praten viel. Ze schreeuwde naar me, rende de badkamer in en sloeg de deur achter zich dicht. Mijn man was naar mijn zuster om wat schone kleren op te halen en ik moet in slaap gevallen zijn. Toen

ik wakker schrok, was ze weg. Het was net alsof ik opnieuw de ochtend beleefde dat ik Bianca's bed leeg aantrof.' Mevrouw Perrault boog zich naar voren, sloeg haar handen voor haar gezicht en begon te snikken. Haar man keek alsof hij niet goed wist of hij haar nu moest vastpakken of niet, en zijn handen bleven aarzelend boven haar ineengedoken gedaante zweven.
Garry gebaarde Gemma dat ze mee moest komen naar het balkon. Het was stil buiten; op de anders zo drukke kruising waarop het motel uitkeek, reed slechts af en toe een auto voorbij. Een fris briesje blies Gemma's haar van haar voorhoofd.
'Angie en ik hebben gepraat,' zei Garry, 'en ik denk dat er een reële mogelijkheid is dat we inderdaad met twee daders te maken hebben.'
Gemma staarde hem aan. Als het haar plezier deed dat hij het met haar eens was, dan werd dat overschaduwd door de ernst van de situatie. Garry praatte heel zacht, was zich ervan bewust dat mevrouw Perrault op een paar meter afstand van hem zat. 'Als twee moordenaars gaan samenwerken, wordt het resultaat groter dan de som van de afzonderlijke delen. Twee moordenaars halen het slechtste van elkaar naar boven, en meer nog dan dat. Statistisch gezien is het ongebruikelijk, maar het komt voor.' Hij maakte een vaag handgebaar naar de Perraults. 'Laten we voor hen hopen dat ze er gewoon met haar vriendje vandoor is.'
Angie kwam bij hen op het kleine balkon staan. 'En voor jou ook,' vervolgde Garry terwijl hij haar aankeek. 'Als de pers hierachter komt, breekt de hel los. Eerst die zak met bloed die hun huis in wordt gesmeten en nu loopt dat meisje zomaar weg. Er had hier iemand van ons moeten zijn.'
Angie schudde haar hoofd. 'Ho even, ho even,' zei ze. 'Dat gooien met dat bloed, dat bleek een of andere rotstreek van een jongen die verderop in de straat woont en die in het abattoir werkt. Ik had nog niet de kans gehad het je te vertellen. Ik heb de agenten die hem hebben gearresteerd opgedragen hem alles aan te rekenen wat ze kunnen. En Amy's verdwijning is ons niet te verwijten. Ik heb alles geprobeerd om ze over te halen dat er iemand van ons hier bleef. Maar ze wilden het niet. Ze wilden geen onbekende in hun huis. Ian is al die tijd beneden geweest, maar hij heeft haar niet gezien. Hij keek trouwens uit naar iemand die het motel bin-

nenkwam, niet naar Amy die wegging.'
Garry Copeland haalde zijn schouders op. 'Toch slaat de politie hier een rotfiguur mee,' zei hij.
'De politie slaat al een rotfiguur sinds Ned Kelly,' zei Angie. 'Kom op, Gems, laten we die Corolla gaan zoeken. Rij achter me aan, oké?'
Ze lieten Garry bij de Perraults en Bruno bij de ingang achter. Op het moment dat Angie haar auto startte, klonk er een stem uit haar radio.
'We hebben de auto gevonden. Marine Drive, in de buurt van Port Botany.'
'We zijn onderweg,' zei Angie, waarna ze de exacte locatie opzocht op de kaart, het portier dichttrok en met hoge snelheid wegreed, met Gemma in haar kielzog.

De gele Corolla was nauwelijks te zien door alle auto's en mensen die eromheen stonden. Op de helling van een stormwal waarachter de felle lampen van de haven een licht verspreidden alsof het middag was, zag Gemma de kanariegele auto staan, op een plek die al was afgezet met blauw-wit geblokt plastic lint. Op het geasfalteerde terrein achter het hek wierpen de reusachtige kranen en containers lange, zwarte schaduwen. Er was niet veel verkeer op dit uur van de dag, maar de auto's die langsreden minderden vaart om te zien wat er aan de hand was.
De Forensische Dienst was al ter plekke. Een van de mannen stond met zijn rug naar hen toe bij het open portier aan de bestuurderskant, en boog zich naar binnen om met zijn in transparant witte doktershandschoenen gehulde handen het bewijsmateriaal in plastic zakjes en bakjes te doen. Gemma liep naar hem toe en toen ze langs hem heen keek, zag ze dat de jongen die over het stuur hing al dood was.
'Doodgeschoten,' zei de technische rechercheur terwijl hij zich oprichtte. 'Een jonge knaap die Brett Collins heet. De dokter is net weg.'
Hij deed een stap opzij en Gemma zag het donkerrode gat in de slaap van de jongen, en het bloed dat over zijn zachte, jonge wang naar beneden was gekropen en een klein plasje vormde bij zijn halfopen lippen op het stuur.

Gemma liep om de auto heen naar de andere kant. Op de stoelzitting lag een kleine leren schoudertas met een goudkleurig schildje waarin de letters AP stonden gegraveerd. De tas was open en een gebruikte zakdoek, een kam en een paar geldstukken waren op de stoelzitting gevallen.
'Ze is hier ontvoerd,' zei Gemma. 'Ik durf te wedden dat hij de auto op de een of andere manier tot staan heeft gebracht en de jongen het wapen op zijn hoofd heeft gezet om haar te dwingen te doen wat haar werd gezegd.'
'Ze moeten het motel in de gaten hebben gehouden,' zei Angie, die achter haar was komen staan.
'O, mijn god,' zei Gemma. 'Spinner. De witte Toyota.' Ze haalde haar mobiele telefoon uit haar zak en toetste Spinners nummer in. 'Wat voor witte Toyota?' hoorde ze Angie vragen toen Spinner met een slaperige stem opnam.
'Spinner, sorry dat ik je wek. Die witte Toyota, die je gisteravond bij het motel hebt zien staan. Vertel me nog eens wat je dacht.'
'Wat voor witte Toyota?' vroeg Angie weer, op dwingender toon deze keer.
Maar Gemma had alleen oor voor Spinner. 'Ik dacht dat het iemand uit het vak was,' zei hij door het zachte ethergeruis. 'Getinte ramen, een kruiwagen in de laadbak, maar alle werklui waren allang weg. Ik vroeg me af wat hij daar op dat uur nog deed.'
Je bent heel goed in wat je doet, dacht Gemma. Ik zou dat vaker tegen je moeten zeggen. 'Vertel me wat je nog meer aan hem opviel,' vroeg ze in plaats daarvan.
'Er zaten gordijntjes voor de zijramen bij de achterstoelen. Hij zat achterovergeleund in zijn stoel, net zoals wij doen als we al lang zitten te wachten.'
'Heb je het kentekennummer genoteerd?' vroeg Gemma, en ze wachtte totdat Spinner het had opgezocht op zijn laptop. Hij las het op en Gemma noteerde het, waarna ze het gesprek beëindigde en zich omdraaide naar haar vriendin. 'Angie, er bestaat een kans dat de moordenaar gisteravond met zijn auto in Hallam Street heeft gestaan. In een voertuig dat is gemeld door een van mijn medewerkers. Een witte Toyota, kentekennummer KHI-311, met getinte ramen, gordijntjes voor de achterste ramen en een kruiwagen in de laadbak.'

Angie verspilde geen tijd. Ze noteerde de gegevens, belde Kentekenregistratie en gaf het nummer en het signalement van het voertuig door. Daarna riep ze een jonge rechercheur bij zich en gaf hem de onaangename taak de dood van de jongen aan zijn ouders te melden en de rest van de formaliteiten voor zijn rekening te nemen. 'En vertel me nu wat je man zei,' vroeg ze aan Gemma.

'Spinner had de indruk dat de bestuurder van de Toyota iemand uit het vak was,' zei Gemma. 'Ons... ik bedoel, mijn vak.'

'Wat? Een privé-detective? Beveiliging?' vroeg Angie. Ze nam maar heel even tijd om de betekenis hiervan te laten doordringen. 'Ik moet op Hallam Avenue laten checken of iemand gisteravond een witte Toyota pick-up heeft zien staan. Kijken of iemand de bestuurder heeft gezien. Of we iets van een signalement kunnen lospeuteren.'

Er waren alleen al in Sydney meer dan honderd beveiligingsdiensten, dacht Gemma, zowel kleine als grote, en het was onbegonnen werk om daarvan een enkele medewerker of ex-medewerker te traceren.

'Ik kan hier verder niets doen,' zei Angie. 'Ik moet onderzoek doen naar de achtergrond van Clive Mindell. Jouw zus weet misschien wat voor werk hij doet of heeft gedaan. We moeten naar hem op zoek. Ik moet op het matje komen bij de korpsleiding en ergens tussen dit alles zal ik ook nog een paar uur moeten slapen.'

Gemma legde haar hand op Angies arm. 'Je kunt niet iemand beschermen die niet meewerkt,' zei ze. 'Het was jouw fout niet dat Amy ervandoor is gegaan.'

'Ik hoop alleen dat de baas het ook zo ziet.'

Gemma liep met Angie terug naar haar auto. Angie stapte in, keek haar door het open portier aan en zei: 'Dit is mijn eerste écht grote zaak. Dus ik wil het goed doen.'

Gemma knikte. 'Laten we eerst een paar uur gaan slapen,' zei ze. 'Ik rij met je terug naar het bureau en slaap wel op de grond in je kantoor. En als je wakker bent, zet ik een kop koffie voor je.'

Op de terugweg naar het bureau kon Gemma het niet laten weer langs Steves flat te rijden, met dit verschil dat ze deze keer voor zijn deur stopte. Uit het handschoenenkastje haalde ze een pen en trok ze een envelop uit de stapel die ze daar bewaarde voor noodgevallen. *Lieve Steve,* schreef ze. *Ik heb zo'n spijt van hoe ik me heb gedragen. Je had groot gelijk toen je zo reageerde. Ik wil je alleen maar zeggen dat je heel belangrijk voor me bent en dat ik in de afgelopen jaren heel veel van je ben gaan houden. Vergeef me alsjeblieft. Je verdient beter.* Ze schreef zijn naam en adres op de envelop, stapte uit de auto en deed hem in zijn brievenbus. Misschien zou hij hem krijgen. Misschien ook niet.

25

Later die ochtend zat Gemma in Angies kantoor en keek ze naar de foto van Angies kat Sabrina, die ze op de deur van de grijze archiefkast had geplakt. In haar hart verlangde ze naar haar eigen Taxi. Ze had gedoucht in de vrouwenkleedkamer en toen ze klaar was, begonnen de mensen van de dagdienst binnen te komen. Gemma bleef wachten in het kantoor van haar vriendin terwijl Angie op haar donder kreeg in het kantoor met de glazen wanden daar vlakbij. Ze kon niet horen wat er werd gezegd, maar het ging er heftig aan toe. Het deed haar denken aan de leeuwen in Taronga Park, het geluid dat over het water de tuin van tante Merle in kwam drijven als de oppassers ze om vier uur in de ochtend kwamen voeren. En het was niet moeilijk te raden wat er was gezegd toen Angie met een bleek gezicht en als een geslagen hond haar kamer binnenkwam. Ze zag eruit alsof ze elk moment in tranen kon uitbarsten, maar ze was ineens weer een en al aandacht toen hoofdagente Sheila Stanton haar hoofd plotseling om de hoek van de deur stak. 'Die witte Toyota die je gecheckt wilde hebben.'
Vol verwachting draaide Angie zich om.
'We hebben niets kunnen vinden. We zijn naar het adres op de registratie geweest, maar die man zei dat hij de auto weken daarvoor had verkocht. Hij was ervan uitgegaan dat de koper hem zou laten overschrijven. Ik heb al een opsporingsbevel uitgevaardigd.' Ze haalde haar schouders op toen ze Angies teleurstelling zag. 'We blijven erop zitten en hebben iedereen opdracht gegeven naar het voertuig uit te kijken.'
Sheila was nog niet vertrokken of Ian kwam Angies kamer binnenlopen. 'Wil je deze voor me tekenen? Jack, van het lab, heeft me laten beloven dat ik je dit zo snel mogelijk en persoonlijk zou overhandigen.'
Angie pakte de envelop van het Instituut voor Forensische Geneeskunde aan en scheurde hem open. De kleur kwam terug

op haar wangen en haar ogen werden groot. 'Krijg nou wat!' riep ze terwijl ze gloeiend van triomf om haar bureau heen liep. 'We hebben hem!'
Gemma, die schrok van het enthousiasme in de stem van haar vriendin, voelde zelf ook een nieuwe golf van energie.
'Dat roze slipje dat we in Clive Mindells auto hebben gevonden,' zei Angie, 'dat was van of is het laatst gedragen door Bianca Perrault. Ze hebben de DNA-overeenkomst aangetoond. We hebben nu concreet bewijs dat hem aan Bianca koppelt. We hebben hem!'
Ze rende haar kamer uit, terug naar het kantoor van de baas.
Gemma voelde zich alsof ze een stomp in haar maag had gekregen. Clive Mindell, Kits patiënt. Kit zat er volledig naast, en ik ook. Er waren helemaal geen twee daders. Het was Clive, al die keren.
Angie kwam haar kamer weer binnenstormen en gooide de testresultaten voor Gemma op het bureau neer. 'Ik wist het,' zei ze. 'Al die tijd. Ik voelde aan mijn water dat hij het was. Haar slipje in zijn auto. Hoe kletst hij zich daaruit?'
Opeens werd Angie woedend. Alle opgekropte frustratie van de berisping die ze net had gekregen, kwam eruit. 'Ik hád hem!' riep ze. 'Ik had die vuile schoft hier! Als die mooie zus van jou een paar woorden had gezegd... een paar miezerige woordjes die ik tegen de rechter had kunnen gebruiken om zijn hechtenis te laten verlengen, had ik hem achter slot en grendel gehad! Ik had hem te pakken en toen ontglipte hij me weer... alleen door die verdomde Kit. Nu wordt hij vermist en ik zal je zeggen waarom. Omdat hij Amy Perrault heeft ontvoerd!'
Ze griste de testresultaten van het bureau en rende de deur weer uit terwijl Gemma wanhopig probeerde alles op een rij te zetten. Het opsporingsbevel zou nu uitgaan, op alle politiegolflengten. Binnen een paar uur zou er een grootscheepse zoekactie starten. Clive Mindells gezicht en dat van de vermiste Amy Perrault zouden op de voorpagina van de avondbladen staan met het onderschrift: 'Gezocht door de politie in verband met de moord op Bianca Perrault en de vermissing van haar jongere zus Amy'.
Gemma moest opeens aan iets denken. Als Clive Mindell wist dat iedereen naar hem en Amy op zoek was, zou hij zich nog dieper ingraven, en als Amy nog in leven was, kon dit haar doodsvonnis betekenen.

'Angie, wacht!' Gemma rende haar vriendin achterna, maar het was al te laat. Angie had het opsporingsbevel al doorgegeven aan de mediadienst. Gemma besefte ineens dat er in feite een enorme afstand bestond tussen Angie en haar. Angie was een dienstdoende politievrouw die deed wat ze moest doen, contact legde met alle beschikbare politie-eenheden en de moord annex ontvoering aanpakte met alle middelen die haar ter beschikking stonden. En het enige wat Gemma kon doen was toekijken terwijl de machinerie van de politie warmdraaide en zich opmaakte voor wat komen ging. Ze had het helemaal bij het verkeerde eind gehad, geen van haar bijdragen aan deze zaak had iets opgeleverd en ze had zich nog nooit zo letterlijk een ex-smeris gevoeld als vandaag. Haar oude onrust laaide weer op en ondermijnde haar verstandelijk denken. Opeens voelde ze weer de behoefte om af te zakken naar de lagere regionen, naar de cafés en clubs met hun rokerige atmosfeer en de door whisky getekende stem van een jazz-zangeres, waar onbekenden in gedempt licht aan hun tafeltjes zaten en te veel dronken. Waar ze een naamloze man kon benaderen om met hem te dansen, verhit en dicht bij elkaar, totdat ze naakt in een motelkamer lagen, zij het gewicht van zijn lijf op het hare voelde en ze haar pijn en zorgen vergat op de meest effectieve manier die ze kende.

Ze reed naar Glebe, parkeerde voor de flat van haar vader en bleef enige tijd in de auto zitten zonder precies te weten wat ze moest doen. Ten slotte stapte ze uit en liep naar de tuinflat aan de achterkant van het oude appartementengebouw. Ze klopte op de deur en een nette, kalende man met een mager gezicht en scherpzinnige ogen deed open.

'Jij moet een dochter van Archie zijn,' zei hij. 'Ik ben Paul Lestrange, je vaders huisgenoot. Kom binnen.'

De advocaat die met zijn hand in de koektrommel had gezeten, dacht Gemma.

Ze volgde hem naar binnen en keek om zich heen in de typische vrijgezellenkeuken: lege flessen en potten in een nette rij langs de plint, geen gordijnen of jaloezieën voor de ramen en klein handgereedschap tussen het keukengereedschap aan de haakjes aan de muur.

'Ik was net thee aan het zetten,' zei hij. 'Drink je een kopje mee?'
Gemma knikte. 'Papa is er niet,' zei ze, meer als vaststelling dan als vraag.
'Nee, hij is uitgegaan. Hij heeft mij een stel van zijn artikelen gegeven om te lezen. Je vader was een buitengewoon geleerd man. Een vriendin van me is jarenlang zijn patiënte geweest. Ze zei altijd dat hij de beste op zijn terrein was.'
'Is ze beter geworden?'
'Niet echt,' zei Paul. Er kwam een verre blik in de scherpzinnige ogen en Gemma zag dat hij ouder was dan ze op het eerste gezicht had aangenomen. Hij schonk een mok thee voor haar in en Gemma pakte hem aan en nam er een slokje van.
'Denkt u dat mijn vader zich ergens zorgen over maakt?' vroeg ze. 'Of dat iets hem bang maakt?'
'Wat een grappige vraag,' zei hij na een tijdje. 'Maar ik vond het wel vreemd dat hij er eerst zo op was gebrand om zijn naam te zuiveren en toen ineens van gedachten veranderde. Hij heeft het nu over het schrijven van zijn memoires, als boek. Een persoonlijk en tegelijkertijd wetenschappelijk verslag van zijn studie en onderzoek naar narcosetherapie. Hij verdiept zich op het ogenblik in de nieuwe medicijnen die in de jaren zestig niet voorhanden waren. Hij heeft zich er met hart en ziel op geworpen.' Paul Lestrange gebaarde naar de kartonnen dozen en stapels papieren die – zichtbaar vanuit de keuken – tegen de muur van haar vaders slaapkamer aan het eind van de gang stonden opgestapeld.
Gemma zag dat haar vaders bureau vol papieren en computerprints lag. Ze liep de gang door en bleef in de deuropening van haar vaders kamer staan terwijl Paul Lestrange doorging met zijn bezigheden in de keuken. Opeens werd ze overvallen door de herinnering van haar vader die zijn werkkamer in hun huis in Killara uit kwam stormen, zich dreigend over haar heen boog en haar doodsbang maakte. Ze dwong zichzelf weer terug tot het heden. Met haar beide handen om de warme mok thee gevouwen liet ze haar blik door de kamer gaan. Die was netjes en ordelijk afgezien van het feit dat hij vol stapels en dozen papieren stond. Het boeketje bloemen dat Kit voor hem had meegebracht, was al verdord, en Gemma zag dat hij het wel in een jampot had gezet, maar vergeten was er water in te doen. Met het gevoel dat ze zich op verbo-

den terrein bevond liep ze naar haar vaders bureau. Onbegrijpelijke brochures van farmaceutische bedrijven over de werking van bepaalde medicijnen lagen bovenop, tezamen met notities over de diverse doseringen in een praktisch onleesbaar handschrift. Het was een naam die haar aandacht trok, omdat ze hem al eerder was tegengekomen. 'Arik Kreutzvalt' zag ze op een dossiermap staan.

Gemma sloeg de map open. Ze zag het adres aan de noordkant van Sydney, dat ze in de aantekeningen van Philip Hawker was tegengekomen, en keek naar de notities die onder zijn geboortedatum in 1947 stonden. *Lijd aan ernstige depressies en een vrijwel totaal gebrek aan affectie, welke worden afgewisseld met woedeaanvallen*, las ze. *Fixatie op de moeder, castratiecomplex en periodieke schizofrenie. Fantaseert over vermoorden van de moeder...* Gemma deed het dossier dicht, schaamde zich voor haar nieuwsgierigheid naar de problemen van een ander menselijk wezen en opeens stonden de tranen in haar ogen. Ze dacht weer aan haar oude verdriet en haar verlangen om vreemde mannen op te pikken. Ze draaide zich weg van het bureau en liep terug naar de keuken.

'Bedankt voor de thee,' zei Gemma. 'Ik kan beter gaan.'

Paul Lestrange pakte de mok van haar aan. 'Ik ben al een tijdje vrij,' zei hij zonder enige gêne. 'Misschien begrijp je niet hoe dat is.'

'Vertel het me.'

'Als je net vrijkomt, is het enorm. De aanpassing, bedoel ik,' zei Lestrange. 'Je zwaait van het ene extreme om naar het andere. Reusachtige stemmingswisselingen, herinner ik me. Alsof je opnieuw geboren wordt, maar deze keer als oude man, niet als kind. Dat is heel verraderlijk en heel onplezierig. Je vader heeft dertig jaar binnen gezeten. Hij zit nu in de fase dat hij... nou ja... een tijdje onevenwichtig zal zijn. Veranderlijk. Grillig zelfs. Vat het niet persoonlijk op.'

'Maar dat doe ik wel,' zei Gemma. 'Het raakt me persoonlijk dat hij niet langer geïnteresseerd is in het bewijzen van zijn onschuld.'

'Hij heeft zijn straf uitgezeten. Het is allemaal voorbij. Kun jij het ook niet gewoon achter je laten?'

'Ik zit mijn straf nog steeds uit,' zei ze, met een stem die bijna brak. 'Want ik ben óf de dochter van een meedogenloze moordenaar, óf ik ben dat niet. Dat is wat de mensen die me kennen van me denken. Ik heb een expert gevonden die bereid is te verklaren dat de interpretatie van het bloedspatpatroon onjuist was en zelfs aangaf dat mijn vaders versie van het gebeuren de waarheid was. Dát wil ik openbaar maken. Ik wil dat de mensen dat weten. En ik wil dat de kranten daar net zoveel aandacht aan geven als ze aan het te schande maken van mijn vader hebben gedaan. Mijn straf is pas voorbij als dát gebeurd is. Daarna kan ik erover gaan denken alles achter me te laten.'

Ze moest denken aan haar oma, die de kranten verstopte of snel de tv of de radio uitzette zodra er iets over de zaak werd gezegd. Ze dwong haar geest terug naar het heden en was zich bewust van de verslagenheid in haar blik.

'Het spijt me,' zei Lestrange. 'Ik wilde je niet van streek maken.' Hij leek zich te generen en wist niet wat hij met zijn handen met die opvallend lange vingers moest doen. 'Ik ben verleerd hoe ik met vrouwen moet praten. Dat is ook iets wat je kwijtraakt.' Uiteindelijk stak hij zijn vingers achter de band van zijn broek. Gemma liep naar de deur.

'Ik zal je vader zeggen dat je geweest bent,' riep hij haar na.

Ze haalde het net naar haar auto voordat ze in tranen uitbarstte. Ze liet de raampjes dicht en zette de radio voluit. '*Suicide blonde, suicide blonde,*' schalde het om haar heen terwijl ze huilde en huilde.

Toen ze uiteindelijk gekalmeerd was, reed ze naar Kits huis, maar ze kon het op de een of andere manier niet opbrengen om zich bij de voordeur aan te dienen, dus liep ze naar de achterkant en duwde ze het tuinhek open. Ze keek naar het nieuwe smeedijzeren traliewerk voor de ramen en zag haar zus aan de keukentafel zitten. Er lagen diverse pennen op tafel en zo te zien zat Kit iets over te schrijven uit een boek.

'Wat ben je aan het doen?' riep ze door het raam.

Kit schoot overeind van haar stoel van schrik. 'Mijn god,' zei ze. 'Je bezorgt me bijna een hartaanval.' Ze liep naar de achterdeur en liet Gemma binnen. 'Ik heb net het nieuws gehoord en nu ben ik mijn aantekeningen over Clive Mindell aan het herschrijven.

Absoluut ongeoorloofd, maar het alternatief kan nog veel onaangenamer zijn,' zei ze.
Gemma zag dat ze verschillende pennen gebruikte voor haar notities.
'Ik ben als de dood dat de politie hier straks voor de deur staat met een gerechtelijk bevel,' vervolgde Kit. 'Ik ga ze niet helpen hem veroordeeld te krijgen met de dingen die hij mij heeft toevertrouwd. Dat is absoluut ondenkbaar.'
'Maar Kit, bedenk wat hij gedaan heeft.'
Kit gaf geen antwoord en ging door met schrijven totdat ze klaar was. Toen gooide ze haar pen op tafel, stond op en trok een grote braadpan onder het gasfornuis vandaan. Ze deed het oorspronkelijke verslagenboek erin, pakte een doosje lucifers en liep de tuin in. Gemma ging haar achterna. De tuin zag er verzorgd uit en naast het vijvertje begonnen de sperziebonen tegen hun staken op te klimmen.
'Ik geloof nog steeds niet dat hij degene is naar wie ze op zoek zijn,' zei Kit toen de eerste vlammen – bijna transparant in het daglicht – oplaaiden van het boek. 'Ik heb geen idee hoe hij aan dat slipje is gekomen. Hij wordt aangetrokken door geweld. Net als iedereen die thrillers leest en naar de bioscoop gaat.' Toen het boek opgebrand was, stampte Kit de zwartgeblakerde restanten fijn en gooide ze ze in het vijvertje. 'Zo, nu mogen ze met gerechtelijke bevelen komen zoveel ze willen.'

26

Niet lang nadat Gemma was vertrokken werd er aan Kits voordeur gebeld. Ze haalde haar hand door haar haar en streek de vouwen uit haar blauwe rok. Ze vroeg zich af wie het kon zijn. Gemma riep altijd en Gerald belde voordat hij kwam. Verbaasd deed ze open en bleef doodstil staan. Het was een magere, ziekelijk uitziende jongen met een zwart overhemd, een zwarte spijkerbroek en een ring door zijn rechterwenkbrauw.

'Mam?'

Kit bleef als versteend staan en kon geen woord uitbrengen. Haar hoofd duizelde van schrik. Talloze emoties overspoelden haar: ongeloof, angst, liefde, woede en machteloosheid. Haar hart bonkte als een bezetene terwijl ze het getekende gezicht afzocht naar sporen van de zoon die ze had liefgehad. Ergens daaronder zat hij nog steeds, zag ze, hoewel drie jaar heroïnegebruik zijn ogen, zijn huid en zijn haar hadden geruïneerd. Hij zag eruit als een oude man, stond ook licht voorovergebogen alsof alle energie uit zijn lichaam was gezogen en hij elk moment in elkaar kon zakken. Ze slikte. Dit was het moment waarnaar ze had verlangd. Maar toen kwam de angst. Kwam hij weer om geld voor heroïne vragen? Ging de waanzin gewoon door? De gesprekken en ruzies totdat iemand de telefoonhoorn op de haak smeet of de deur dichtgooide? 'Will,' zei ze. 'Mijn zoon, mijn lieve zoon.'

Hij kon even geen woord uitbrengen, stond daar doodstil, perste zijn lippen op elkaar en probeerde zichzelf te beheersen. 'Ik wilde je vertellen dat ik aan het afkicken ben, mam,' zei hij ten slotte. 'Ik mag hier eigenlijk niet zijn. Ik had toestemming om een boodschap te gaan doen.'

Kit moest dat even tot zich laten doordringen. 'Toestemming?' herhaalde ze. Will die iemand om toestemming vroeg? Had hij zich onderworpen aan een andere autoriteit dan die van zijn verlangen naar heroïne? Automatisch luisterde ze naar de kracht van zijn ademhaling als hij praatte, hoorde de vermoeidheid, de trilling van angst, van een ziekte die dodelijk kon zijn. Maar ze zag ook een levenslust in zijn ogen die ze niet meer had gezien sinds hij een klein jongetje was.

Ze deed een stap opzij. 'Kom je even binnen? Alsjeblieft?'

Hij schudde zijn hoofd. Zijn haar was gewassen en moest nodig geknipt worden. Ze moest denken aan Hunca en Munca, de twee kwajongens die wel heel stout maar niet slecht waren. Net zoals Will was geweest, gefrustreerd door de omgeving waarin hij opgroeide, een huwelijk dat niet meer dan een leugen was, zonder liefde en wederzijds respect, met ouders die hem leerden wat liefde was, maar met wie macht en manipulatie de dagelijkse gang van zaken bepaalden.

'Ik kan niet blijven. Ik heb een lift gekregen van mijn maatschappelijk werkster. Ik wilde je alleen bedanken voor je brief.'

'Mijn brief,' herhaalde Kit.

'Die heeft ervoor gezorgd dat ik alles opnieuw ging bekijken,' zei hij. 'Toen ik hem las, voelde ik diep binnen in me iets gebeuren. Alsof ik heel goed wist dat ik niet meer als een verslaafde wilde leven, en dat ik de enige persoon ter wereld was die daar verandering in kon brengen. Opeens kon ik het jou en papa niet meer verwijten dat ik zo'n leven leed. Jij hebt de verantwoordelijkheid genomen voor jouw deel en daardoor zag ik in dat ik de verantwoordelijkheid moest nemen voor mijn eigen deel. Ik weet nog niet hoe ik dat moet doen. Ik voel me zo machteloos, nog zo in de war. Ik weet niet wat de zin van het leven is.'

De zin van het leven. Wie wel, dacht Kit. 'Je bent al ontgift?'

'Ja, in Basement 82. Daarna ben ik doorgestuurd naar Riverside House. Ik heb gezegd dat ik hulp nodig had om clean te blijven.'

Ze keken elkaar aan. Kit spreidde haar armen en Will kwam naar voren. Ze voelde de tranen over haar wangen lopen toen ze het broodmagere, trillende lichaam van haar zoon tegen zich aan drukte. Zijn schouderbladen voelden als messen onder haar vingers. Hij was bijna dood geweest, besefte ze. 'Will,' zei ze. 'Je hebt ervoor gekozen te blijven leven.'

Hij lachte als een oude man, een kort, schor geblaf toen hij zich van haar losmaakte, naar iets zocht om zijn neus in te snuiten en de tissue aanpakte die zij hem voorhield. 'Je stond op het punt om

te zeggen "Het zal niet gemakkelijk worden" of zoiets, waar of niet?'
Ze glimlachte. Hij had gelijk. Hij had altijd een goed instinct gehad, totdat de drugs het hadden verdoofd. Hij wachtte even en zei toen: 'Het is de afgelopen jaren ook niet bepaald gemakkelijk geweest. Het was een verdomde nachtmerrie.'
'Mag ik je komen opzoeken?'
'Ja,' zei hij. 'Of nee, wacht daar nog even mee. Bezoekers raken meestal nogal ontmoedigd tijdens de eerste weken.'
Kit knikte. 'Goed, schat. Ik zal je over een dag of wat bellen. Vragen hoe het ermee gaat. Als je dat goedvindt.'
Hij knikte. 'Hoe gaat het met papa?'
'Beter. Hij krijgt nu professionele hulp voor zijn depressies.' Ze besloot maar even voor zich te houden dat Gerald en zij waren gescheiden. Hij had al genoeg veranderingen te verwerken. Er was zoveel te vertellen. Hij was niet de kleinzoon van een moordenaar en zijn vader en moeder waren gescheiden. Maar niet nu. 'Ik heb al een verandering ten goede bij hem gezien.'
De toon van Wills stem veranderde. 'Ik moet gaan. We hebben vanavond groepstherapie. Die mogen we niet missen.'
Ook dit was nieuw, wist Kit, heel anders dan het 'ik doe wat ik wil en de consequenties zullen me een zorg zijn' van tijdens zijn verslaving. 'O, Will,' zei ze, en haar hart stroomde over.
Er viel een stilte.
'Ik zal je bellen,' zei hij, en weg was hij.
Ze stond nog enige tijd in de deuropening, was niet in staat zich te bewegen. Toen liep ze naar binnen, duizelig als een jong meisje dat voor het eerst verliefd is, en liep door naar haar spreekkamer, waar Wills foto op de schoorsteenmantel stond. Ze stak de kaars ernaast aan. De jeugdige schoonheid van de jongen op de foto was niet meer te zien geweest op het gezicht van haar zoon. Haar meningsverschil met Angie, haar bezorgdheid om Clive Mindell, de moord op de twee vrouwen, alles was naar een uithoek van haar geest gedrukt. De frase 'de zin van het leven' bleef zich in haar hoofd herhalen als een mantra. Wat is de zin van het leven, vroeg ze zich af. Voor mij? Voor Will? Ze verviel in meditatie en stelde zichzelf de vraag opnieuw. Na een tijdje nam het gebonk in haar borst af en werd haar hartslag weer normaal. Ook

aan het trillen van haar lichaam, dat zich voortzette tot in elke cel – wist ze – kwam ten slotte een eind. Wat was de zin van het leven? De vraag nestelde zich als een mantra in haar hoofd.

27

Het meisje strompelde de helling op, dwars door de bessenstruiken die haar blote benen openhaalden. Het kon haar niets schelen, net zomin als het haar iets kon schelen dat ze alleen maar een vuil hemd aanhad. Bijna blind van de vierentwintig uur dat ze in het donker had gezeten tuurde ze met half dichtgeknepen ogen in de verte toen ze het zachte geruis van de snelweg hoorde. Ze had geen idee hoe ver ze had gelopen. Het enige wat ze wist, was dat ze zo snel mogelijk een zo groot mogelijke afstand moest scheppen tussen zichzelf en dat huis en de mannen.

Het was een wonder geweest dat ze had kunnen ontsnappen, en dat had alleen gekund omdat haar onderbewustzijn haar had verteld dat hij weg was. Toen ze er zeker van was dat hij niet langer in huis was, had ze net zo lang zitten worstelen en draaien totdat ze het verband van haar ogen kon schuiven. Het was de enige kans die ze zou krijgen, wist ze. Het was haar gelukt het trillen en schokken van haar lichaam te beheersen en ze was, met haar polsen nog steeds voor zich geboeid, uit het raam geklommen en van de verdieping naar beneden gevallen, dwars door de takken van een boom, die haar flink hadden opengehaald maar ook haar val hadden gebroken. Snikkend en kreunend van pijn was ze weggekropen. Maar ze was vrij. Weg van de gruwelijke nachtmerrie die ze in het huis had beleefd. Ze was zo in de war geweest, dat de gedachte aan de terugkeer van de man haar een bijna bovennatuurlijke kracht had gegeven, waardoor ze nu tegen de steile helling op kon klauteren en door de spleetjes van haar gezwollen ogen de bovenkanten van de langsrijdende trucks kon zien. Iemand zou voor haar stoppen, bad ze. Iemand zou haar naar huis brengen.

Kevin Jansen, die op zijn bakkie met zijn maat Mad Dog zat te kletsen terwijl hij op de snelweg naar Liverpool reed, zag een paar honderd meter voor hem iets kleins en wits op de weg.

'Jezus,' zei hij. 'Volgens mij staat er een meisje op de weg. Op de weg! Jezus!'
'Wat doet ze daar?'
'Ze staat te zwaaien. Midden op de weg. Godverdomme, ik rij bijna honderdtachtig!'
Hij ging op zijn rem staan en alle achttien wielen van zijn truck kregen er tegelijk van langs. Het gekreun van metaal op metaal overstemde Kevins gevloek toen hij zijn handen om het stuur klemde en de zware truck onder controle probeerde te houden.
'Ga van de weg af, stom kind! Ga verdomme van die weg af!'
Het halfnaakte meisje kwam op hem af alsof ze op een lopende band stond, recht op de kolossale neus van zijn truck. Hij drukte op de claxon en schrok zelf van het oorverdovende geluid.
'Ga nou toch van die weg af!' schreeuwde Kevin terwijl de doodsbange ogen van het meisje op hem af kwamen. Toen viel ze achteruit en schoot de truck rakelings langs haar heen om vijftig meter verderop zuchtend op de vluchtstrook tot stilstand te komen. Kevin deed zijn parkeerlichten aan en sprong uit de cabine. Hij kon bijna niets zien door de dikke stofwolk die de truck had opgeworpen. Hoestend en knipperend met zijn ogen rende hij naar de plek waar het meisje naast de weg lag. Toen hij dichterbij kwam, trok hij alvast zijn jasje uit om haar te bedekken. 'Jezus christus, kindje,' zei hij. 'Wat is er met jou gebeurd?'
Een paar minuten later, met het bewusteloze meisje in een deken gewikkeld naast zich, riep Kevin met zijn radio de basis op. 'Bel de politie,' zei hij. 'Zeg ze dat ik met een meisje onderweg ben naar het politiebureau in Campbelltown. Ze is er vreselijk aan toe. Ze zegt dat ze Amy Perrault heet.'

Angie wachtte ongeduldig op de gang terwijl meneer en mevrouw Perrault bij Amy en de arts in de kamer bleven. Ze had vreselijk de pest aan de geur die je altijd in ziekenhuizen rook: bloed en ontsmettingsmiddel, vermengd met luchtverfrisser die naar plastic perziken en vanille rook. Ze liep de gang in en belde Gemma.
'We hebben Amy Perrault. Op de een of andere manier is het haar gelukt te ontsnappen.'
'Wie heeft haar ontvoerd?'

'Dat weet ik nog niet. We hebben nauwelijks met haar kunnen praten. Ze is in een shocktoestand. De dokter zegt dat we straks met haar mogen praten, als haar toestand stabiel blijft. Ze heeft veel overgegeven en ze zijn bang voor uitdrogingsverschijnselen. Zeker na wat ze de afgelopen vierentwintig uur heeft meegemaakt.'

'Goddank,' zei Gemma. 'Ik waardeer het dat je me op de hoogte houdt.'

'Er is nog iets anders.'

'Wat?'

'Je had gelijk. Er is sprake van twee daders.'

'Wie?'

'Dat is het probleem. Ze heeft maar één gezicht gezien. Ken legt haar het FACE-programma voor zodra ze daartoe in staat is. Maar ze was geblinddoekt en vol drugs gespoten. De dokter denkt aan een opiaat, mogelijk codeïne.'

Het was bijna zes uur toen Angie het op video vastgelegde gesprek afspeelde voor de leden van het onderzoeksteam. Gemma, Colin, Bruno en enkele andere rechercheurs van hun divisie keken naar de monitor waarop Amy Perrault rechtop in bed zat, met haar ouders aan weerszijden ervan, en een verslag gaf van haar ontvoering en de moord op haar vriendje. Mevrouw Perrault hield haar dochters hand vast. Met haar haar in een staart gebonden en haar lichtblauwe nachtpon zag ze eruit als een jaar of twaalf, vond Gemma.

'Amy,' zei Angie op de video, 'we willen je zo snel mogelijk met rust laten. Je hebt een zware beproeving doorgemaakt. Ik wilde je zeggen, ook namens de leden van het onderzoeksteam, dat we allemaal erg onder de indruk zijn van je moed en doorzettingsvermogen.'

Het meisje deed haar ogen dicht.

'Ik lees je alleen de verklaring voor die je hebt afgelegd en als je je nog iets herinnert, zeg het me dan, alsjeblieft. Hoe meer je ons kunt vertellen, hoe sneller we de mannen kunnen pakken die je dit hebben aangedaan.'

Het meisje knikte. De ene kant van haar gezicht was flink opgezwollen en de kalmerende middelen die ze had gekregen vertraagden haar reacties. 'Goed,' fluisterde ze.

Angie stond op en liep naar de monitor. 'Oké, iedereen,' zei ze. 'Jullie hebben gehoord wat er is gebeurd. Hoe Amy en haar vriendje zijn aangehouden door twee mannen die zich voordeden als politieagenten in burger en die een blauw zwaailicht op het dak van hun auto hadden. Aan zo'n zwaailicht is vrij eenvoudig te komen via een beveiligingsdienst. Amy werd uit de auto gehaald en op de achterbank van een andere auto gedwongen, waar ze een deken over zich heen kreeg. Haar vriendje werd doodgeschoten en zij werd meegenomen naar een huis ergens ten zuiden van Sydney, waar we nu met man en macht naar op zoek zijn.' Ze liet haar blik over de andere aanwezigen gaan. 'Amy denkt dat ze ongeveer een uur hebben gereden, maar haar waarnemingsvermogen kan beïnvloed zijn geweest. Aangekomen in dat huis is Amy geblinddoekt en door een van de mannen verkracht. We gaan uit van het feit dat dader twee ergens een strafblad moet hebben. Hij was op de hoogte van forensische technieken. Hij heeft zijn gezicht niet laten zien en heeft nauwelijks iets gezegd. En als hij iets zei, was het een schor gefluister. Al deze factoren wijzen op een crimineel verleden. Hij is op de hoogte van de politieprocedures. De politie van Liverpool gaat al haar zedendelinquenten aan de tand voelen. Amy is een bewonderenswaardige jonge vrouw,' besloot Angie. 'Ze maakte zich geen enkele illusie over welk lot haar te wachten stond en heeft gevraagd of ze een brief aan haar ouders mocht schrijven. Daar zijn ze mee akkoord gegaan.'

'Ja,' zei Kit toen Gemma haar kort daarna in Kits keuken een samenvatting van het gesprek gaf. 'Dat speelt in op zijn gevoel dat hij deel uitmaakt van de familie. Dat vindt hij leuk. Vanuit zijn dominante positie is hij haar ter wille als het gaat om een verzoek dat het gezin betreft waarmee hij zich op de een of andere manier verbonden voelt. Dat geeft hem een nog groter machtsgevoel.'

'Dus,' zei Gemma, 'kreeg ze een blocnote en een pen en werd haar de blinddoek afgedaan. Ze schreef haar brief. Die is van een absolute schoonheid. Zo onschuldig. De laatste wil van een jonge, moedige vrouw die op die manier een soort waardigheid geeft aan haar lijden. Ze heeft een goed signalement van een van de daders gegeven. Garry Copeland noemt hem een "ondergeschikte persoonlijkheid". Wij kennen hem als dader één. De andere man, dader twee, heeft ze niet gezien.'

Kit zei niets en wachtte tot haar zus doorging.

'Ze hebben haar foto's van Clive Mindell laten zien, maar ze zegt dat hij absoluut niet de man is die ze heeft gezien.'

'Hij heeft er niets mee te maken, Gemma,' zei Kit. 'Hij heeft me gebeld. Clive is geen moordenaar; hij is alleen maar doodsbang.'

'Angie denkt nog steeds dat hij degene kan zijn die Amy niet heeft gezien,' zei Gemma, 'omdat het concrete bewijs hem aan Bianca koppelt. Ze zijn een landelijke zoekactie gestart. Mindell had een vriend die in Melbourne woonde.'

'Ja, dat klopt,' zei Kit. 'Ze zijn er een keer samen op uit geweest, naar de Blue Mountains.'

'Angies mensen zijn overal naar hem op zoek.' Gemma ging aan de keukentafel zitten en pakte een paar nootjes uit het schaaltje dat er stond. Kit leunde tegen het gasfornuis, dat nog warm was van het brood dat ze had gebakken, en keek haar aan.

'De truckbestuurder die haar heeft opgepikt,' zei Gemma, 'heeft de politie verteld dat Amy zomaar uit het niets de weg op kwam lopen. Een paar plaatselijke uniformagenten zijn er gaan kijken en niet ver daarvandaan is een kleinere weg die uitkomt op de snelweg maar praktisch niet meer wordt gebruikt. Amy denkt dat ze die weg op een zeker moment is overgestoken. Ze kon niet zeggen hoe lang ze precies had gelopen. En de politie van Liverpool is op zoek naar een half afgebouwde boot.'

Kit trok een wenkbrauw op.

'Ik zal het zo uitleggen,' zei Gemma. 'Gelukkig voor Amy is ze gestruikeld op het pad van het huis toen ze ernaartoe werd gebracht, en is daardoor de blinddoek even weggeschoven van haar ogen. Het huis waar de politie naar op zoek is, ligt op enige afstand van de weg en er loopt een pad met een hek naar de voordeur. Devlin, de hypnotiseur van de Forensische Dienst, is met Amy aan het werk geweest en ze hebben samen heel wat interessante details over het huis kunnen opdiepen. Angie heeft die video niet afgespeeld omdat die veel te lang duurde.'

Kit knikte; ze wist dat het uren kon duren om op die manier informatie van iemand los te krijgen.

'Amy heeft een smeedijzeren hek gezien met krullende vormen in het midden, en een stuk van een brievenbus. Een donkerrode brievenbus in de vorm van een huisje. Er stond een nummer op dat tweeënzestig of vijfenzestig geweest kan zijn.'
'Ik vraag me af,' zei Kit terwijl ze wegging bij het gasfornuis, 'hoeveel huizen met tweeënzestig of vijfenzestig er in het district Liverpool zijn.'
'Er waren twee treden die de veranda op leidden en ze heeft ernstig doorgerot hout gezien. Er was een deurmat waar WELKOM op stond. Er was een tree bij de voordeur, die donkerblauw was en waarvan de verf licht afbladderde. En er was een koperen brievenbus, smal, langwerpig en groen uitgeslagen. Maar...' vervolgde Gemma, '... het beste was dat er rechts van het huis waarnaar we op zoek zijn, achter het hek een deels afgebouwde boot zichtbaar was.' Ze stond op. 'Dus is er een goede kans dat we dat huis vinden. Maar nu moet ik naar huis. Ik moet mijn torenvalk eten geven.'
Gemma keek haar zus aan. Ze had dat in haar enthousiasme over de wending die het onderzoek had genomen, eigenlijk nog niet gedaan. 'Je hebt gehuild,' zei ze toen ze Kits roodomrande ogen zag.
'Will is langs geweest,' zei Kit. 'Hij heeft mijn brief ontvangen en is aan het afkicken.'
'O, Kittycat.' Gemma omhelsde haar zus en drukte haar stevig tegen zich aan. 'Wat geweldig. Ik ben zo blij voor je.'
'Ik kan het nog steeds niet geloven,' zei Kit. Ze haalde haar zakdoek tevoorschijn en snoot haar neus. 'Hij is er nog lang niet,' zei ze, 'en ik moet in gedachten houden dat de cijfers over mensen die zich herstellen van een heroïneverslaving niet al te best zijn. Maar hij probeert het in elk geval.'
'Grappig,' zei Gemma. 'Ik zat pas te denken aan hoe hij vroeger naar mijn huis kwam om daar gewoon wat rond te hangen. Ik heb nooit helemaal begrepen waarom hij dat deed. Zoveel hebben we niet gemeen. Niet dat ik het erg vond dat hij er was,' voegde ze eraan toe. 'Ik heb alleen nooit begrepen waarom hij naar mij toe kwam.'
Kit keek haar aan en de tranen stonden weer in haar ogen. 'Omdat jij hem niet veroordeelde.' Ze wendde haar blik af. 'Zoals

ik wel deed, en zijn vader ook,' zei ze. 'Je hield van hem zoals hij was. Dus waar moest hij anders naartoe?'

Een grootscheeps onderzoek van de State Protection Group vond de volgende ochtend plaats op nummer 62, Overland Street, Kimberly Vale in Liverpool. Links van een grote, nog niet afgebouwde boot werd een leegstaand huis aangetroffen. Onderzoek naar de bewoners leverde niets op. Het ging om een echtpaar uit Hongkong, dat overzee woonde, en de makelaar die het beheer had zei dat de huur maandelijks werd betaald per postcheque op naam van meneer Smith.
Het huis werd van onder tot boven doorzocht en verzegeld. Diverse dozen met spullen, waaronder een blocnote en een pen, werden meegenomen voor verder onderzoek, maar de brief die Amy aan haar ouders had geschreven was er niet bij.

28

Laat in de middag, op het bureau, was Angie bezig de vorderingen in het onderzoek in haar computer te voeren, om te zien wat er nog gedaan kon worden, toen Jason, een van de jonge rechercheurs van Moordzaken, zijn hoofd om de hoek van de deur stak.
'Ik kom net van een zelfmoord in Liverpool. Seksueel getint, compleet met jarretelgordel en kousen. Maar dat heeft hem er niet aantrekkelijker op gemaakt, zeker niet met dat mes in zijn borst.'
Angie knikte afwezig en ging door met haar werk. Ze zag dat Bruno zich nog steeds niet had gemeld met de resultaten van het buurtonderzoek in South Coogee. Toen keek ze ineens op. Liverpool, dacht ze. Een mes. Die twee tezamen hoefden niets te betekenen, maar het was alsof haar instinct haar een signaal gaf. Ze liep naar de deur. 'Jason,' riep ze. 'Wie behandelt die zaak?'
'Mark Condon, recherche Liverpool.'
'Dat is mooi,' zei Angie. 'Ik heb een paar keer met hem gewerkt.'
Ze belde meteen naar Mark, die er niet was, maar ze kreeg wel iets te horen wat haar belangstelling deed toenemen. 'Er is een mes gevonden,' zei de agente aan de andere kant van de lijn, 'en het uiteinde van het lemmet heeft een duidelijk gebogen vorm.'
'Ik fax je een tekening van zo'n soort mes,' zei Angie. 'Het houdt verband met het onderzoek naar de moord op die vrouw in Maroubra.'
'Weet je hoeveel van dat soort faxen we binnenkrijgen?' vroeg de agente. 'We hebben niet eens de tijd en de mankracht om onze eigen onderzoeken normaal te doen, laat staan die van de andere regio's.'
Angie wist dat het waar was. 'Waar is Mark nu?' vroeg ze.
'Hij is nog met de anderen op de plaats van het misdrijf, of hij is al naar het mortuarium.'

'Wat is het adres? Dan ga ik ernaartoe zodra ik weg kan,' zei Angie, en ze schreef het op.

Ze pikte eerst Gemma op en nog geen twee uur later stopten ze voor het adres dat ze had gekregen. Gemma en Angie stapten uit en liepen langs een politieauto naar de hoofdingang van de oerlelijke, vierkante kolos die was opgesplitst in vier flats. Op de eerste verdieping klopte Angie op de deur van nummer 3. Een jonge rechercheur in een propyleen pak deed open.

'We wilden hem net lossnijden,' zei Mark, die glimlachend de gang in kwam lopen toen ze binnenkwamen. 'We hebben hem nog even laten hangen, puur voor educatieve doeleinden.' Zijn gedrongen, hoekige lichaam zag er te netjes gekleed uit in zijn donkere pak met das, en zijn haar was een stuk grijzer geworden sinds Angie hem voor de laatste keer had gezien. Hij had roze gummihandschoenen aan, die hij altijd liever droeg dan die dunne, witte weggooidingen. 'Ongeveer iedereen is al geweest en weer weggegaan, behalve hij,' vervolgde Mark, en hij wees naar de technische rechercheur van Liverpool die over zijn koffertje gebogen zat om zijn plastic zakjes en potjes op te bergen. Toen richtte hij zijn aandacht op de reden van hun aanwezigheid in de kleine flat met het versleten bloementapijt en de anonieme meubels. 'Doden als deze kom je hier niet vaak tegen, dus ik heb wat mensen laten komen om een blik op hem te werpen voordat hij wordt afgevoerd.'

Gemma keek over Angies schouder de kamer in. De groteske figuur, die er met zijn slipje, kousen en jarretelgordel bespottelijk uitzag, hing pontificaal in het midden van de brede deuropening, langzaam draaiend aan het touw om zijn nek, met het hoofd voorover en zijn kin rustend op een beha met grote, opgevulde cups. Aan een van zijn voeten zat een schoen met hoge hak; de andere lag op de grond, in een plas bloed. Achter hem lag een omgevallen stoel en in het midden van zijn borst zat een diepe steekwond.

'Wie is hij?' vroeg Gemma.

'Ene Adrian Adams,' zei Mark. 'Hij is jarenlang van de ene psychiatrische inrichting naar de andere verhuisd. De mensen van de plaatselijke Zorg kennen hem heel goed.'

'Adrian Adams!' zei Gemma, en ze keek haar vriendin aan.
'Ja,' zei Angie. 'Die mafkees met dat kind in het bad. Wat is de wereld toch klein.'
Gemma dacht terug aan de dozen met foto's van Kit.
'Weer een van de klanten van je zus.'
Gemma reageerde niet.
'De dokter wil op dit moment nog niet zeggen wat de doodsoorzaak is,' zei Mark. 'Dat weten we pas na de autopsie.'
'Ik ben geen arts,' zei Gemma, 'maar mag ik je wijzen op die grote, bloederige steekwond in zijn borst?'
'De dokter weet nog niet of er sprake is van zelfmoord of iets anders,' legde Mark uit. 'In dit stadium behandelen we hem nog steeds als een sterfgeval onder verdachte omstandigheden.'
'Het ziet er wel uit als moord,' zei Gemma. 'Wat denk jij?'
Mark antwoordde door zich om te draaien naar Angie. 'Herinner je je die jonge knaap in Padstow, waar we naartoe waren gestuurd? Die we aantroffen met een groot mes in zijn borst en waarvan de plaatselijke jongens dachten dat het moord was?'
Angie knikte en legde het uit aan Gemma. 'Het bleek dat hij het zelf had gedaan,' zei ze. 'Mark en ik hebben diverse pogingen tot een zelfmoordbriefje in de prullenmand in zijn slaapkamer gevonden.'
'Als je zo lang in het vak zit als ik,' zei Mark, 'ontdek je dat er geen bal klopt van alles wat er is geschreven over hoe bepaalde methodes van zelfmoord onmogelijk zouden zijn. Ik heb alles al gezien. Trouwens, over messen gesproken...' vervolgde hij, wijzend met zijn in roze gummi gehulde vinger, '... dat is wat we uit dat gat in zijn borst hebben gehaald.'
Angie liep naar de tafel waar een bebloed mes op een witte doek lag. Ze boog zich ernaartoe. De inkepingen aan de ene zijkant van het lemmet eindigden in een bocht. 'Dat is *mijn* mes!' riep ze. 'Ik durf te wedden dat dit het mes is waarmee Bianca Perrault is vermoord.' De opwinding van de herkenning trok als een rilling door haar heen en ze was blij dat haar instinct het bij het juiste eind had gehad.
'Daar kunnen we niet zeker van zijn,' zei Mark.
Angie hoorde hem nauwelijks toen hij zijn mobiele telefoon pakte en opnieuw de jongens van het mortuarium belde, want ze had

het te druk met haar poging de zaken op een rij te zetten. 'We vinden dit mes bij de ene man en haar slipje bij de andere.' Ze schudde haar hoofd en haalde haar sigaretten tevoorschijn. 'Dader één en dader twee? Ik begrijp geen barst van wat hier gaande is. Mijn Turkse otters beginnen er steeds aantrekkelijker uit te zien.'

'Doe niet zo gek,' zei Gemma. 'Denk na. Als deze grapjas een van de daders is, dan is hij dader nummer één, het onderkruipsel met zijn fototoestel en zijn gegluur, die alleen een moord heeft gepleegd omdat hij betrapt werd. Hij gaat een samenwerking aan met een echte slechterik en nu zijn ze uit elkaar gegaan omdat Amy is ontsnapt. Adrian Adams heeft een eind aan zijn leven gemaakt zoals een derde van alle moordenaars dat doet. En die andere loopt nog steeds ergens rond.'

'Verontreinig mijn plaats-delict niet met die rook,' zei Mark toen Angie haar sigaret opstak.

Ze negeerde hem. 'Ik wil onmiddellijk de labgegevens van dat mes,' zei ze. 'Wanneer is de autopsie?'

'Vanmiddag, denk ik. Ik geloof niet dat we nog een achterstand hebben.' Hij trok zijn handschoenen uit. 'We hebben gepraat met de andere bewoners van de flat. Hij heeft maar één bezoeker gehad, een man die hier een aantal keren is geweest.'

Angie en Gemma keken elkaar aan. Dader twee?

'We zijn op dit moment met het signalement bezig,' vervolgde Mark. 'Er is iemand met zijn moeder gaan praten, om te kijken of we van haar namen kunnen loskrijgen. Hij schijnt geen vrienden en kennissen te hebben gehad.'

'Nee,' zei Angie. 'Hij beoefent – beoefende – zijn sociale vaardigheden om vier uur in de ochtend. Laat het me weten zodra de uitslag van de autopsie binnen is.' Ze dacht even na. 'Het kan een zelftoegebrachte messteek zijn geweest, waarna hij van de stoel is gevallen, of iemand heeft hem in zijn borst gestoken en hem daarna opgeknoopt.' Ze wachtte weer even. 'Of nadat hij zichzelf had opgeknoopt.'

'Dat is niet aan ons om te zeggen. Maar kijk eens om je heen,' zei Mark. 'Alles ziet er netjes uit. Geen sporen van een worsteling. Zou jij je door iemand laten opknopen zonder je te verzetten?'

Gemma liet haar blik door de kamer gaan. Een gele bank met twee fauteuils, een tv, een eettafel met een formicablad en vier

stoelen eromheen, en de vijfde stoel die omgevallen achter de man lag. Maar alles stond netjes op zijn plaats. Alleen het potsierlijk verklede lijk in de deuropening viel uit de toon.
De forensische rechercheur van de politie van Liverpool deed het mes in een kartonnen koker, drukte het deksel stevig dicht en stond op. 'We werden een keer naar de knaap geroepen die door de waterpolitie uit Glebe Bay was gehaald,' zei hij. 'Hij had rattengif geslikt, zichzelf verzwaard met kettingen, een pistool op zijn hoofd gezet en was van de pier in het water gedonderd.'
'Laat me raden,' zei Angie. 'Een geslaagde zelfmoordpoging?'
'Nou nee,' zei de rechercheur. 'Hij viel in de boot van de waterpolitie. Die is met hem naar het dichtstbijzijnde ziekenhuis gescheurd en een paar dagen later liep hij weer buiten.'

Gemma stond op het punt om naar huis te gaan toen Garry Copeland Angies kamer binnen kwam lopen. 'Mark Condon heeft vanuit Liverpool gebeld voordat je terug was,' zei hij tegen Angie. 'En ik heb net met de patholoog-anatoom gepraat. Er bestaat geen twijfel over dat het mes dat in de borst van die man in Liverpool stak, hetzelfde is als dat waarmee Bianca Perrault is vermoord. Amy heeft de identiteit van Adrian Adams bevestigd. Ze zegt dat hij de man was die ze heeft gezien. Het arme kind begon te beven en te huilen toen ze zijn foto zag, zelfs nadat we haar hadden verteld dat hij hartstikke dood was. De baas wil dat we het onderzoek afronden. We hebben het moordwapen en we hebben een van de daders. We blijven naar Clive Mindell uitkijken en pakken hem op zodra hij zijn gezicht laat zien. Het is alleen nog een kwestie van tijd.'
Maar Angie schudde haar hoofd. 'Wat als de dokter moord waarschijnlijker acht dan zelfmoord?'
'Grappig dat je dat zegt,' zei Garry. 'De dokter zegt dat het hart nog een tijdje door kan blijven pompen. Dat hij zich eerst helemaal heeft uitgedost, zichzelf toen in zijn borst heeft gestoken en nog een tijdje is blijven bloeden nadat hij van de stoel was gevallen. Of dat iemand hem heeft gestoken terwijl hij daar al hing, gebruik heeft gemaakt van de situatie zoals hij die aantrof. De hoek van de messteek zegt weinig; of hij heeft hem zelf toegebracht, of niet. De enige vingerafdrukken op het mes zijn de zijne.'

'Dat was in beide gevallen te verwachten.'

'Ja,' beaamde Garry Copeland. 'Toch heb ik het gevoel dat we hem hebben opengebroken... de zaak, bedoel ik.'

Gemma haalde haar schouders op. 'Dat weet ik nog zo net niet,' zei ze.

Angie fronste haar wenkbrauwen. 'De baas heeft me al gezegd dat ik het onderzoek moet afronden.'

Op weg naar buiten bleef Copeland bij de deur staan. 'Nog iets,' zei hij. 'Mark Condon heeft me gevraagd je te zeggen dat ze dozen met foto's hebben gevonden toen ze Adrian Adams' spullen nazochten. Foto's van vrouwen, gemaakt met een telelens.'

Gemma voelde hoe de haartjes in haar nek weer rechtop gingen staan. 'Hij werd blijkbaar geobsedeerd door mijn zus,' zei ze. 'We hebben in zijn vroegere flat ook dozen met foto's van haar gevonden.'

'Misschien kun je ze gaan bekijken, kijken of er iemand op staat die je kent.'

'Ja,' zei ze. 'Dat zal ik doen.'

29

Kit nam de telefoon op. 'Hallo?' zei ze.
'Ik ben het. Clive.'
'Clive? Waar zit je?'
'Doe niet zo gek. Dat kan ik niet zeggen. Maar geloof me alsjeblieft als ik je zeg dat ik niets met de dood van Bianca Perrault te maken heb. Of met de ontvoering van haar zusje.'
Kit bleef zwijgen. Ze kon zijn gejaagde ademhaling aan de andere kant van de lijn horen.
'Ik ben een brief aan het schrijven naar die politievrouw die de leiding van het onderzoek heeft. Om haar uit te leggen hoe ik aan dat slipje kom. Misschien gelooft ze me dan. Ik voel me al dagen als een opgejaagd dier. Ik kan niet naar therapie komen. Ik kan helemaal nergens naartoe. Ik weet niet wat ik moet doen.'
'Clive, hoe kom je aan dat slipje?'
'Zoals ik gezegd heb. Ik heb het gevonden in de vuilcontainer die voor de deur van het huis van het meisje stond. Ik stond naar de politie te kijken nadat het oudste meisje was ontvoerd.' Er kwam meer opwinding in zijn stem. 'Dat is het! Ik kan het bewijzen. Een jonge agent zei dat ik weg moest gaan, of anders zou hij me bekeuren. Dat moet hij zich herinneren. Hij moet zich mij herinneren. En die huisvuilcontainer stond op de stoep, aan het begin van de oprit. Zeg tegen die politievrouw dat ze die agent opzoekt.'
Kit dacht erover na. Clive was daar geweest en had vroeg in de ochtend naar de bezigheden van de politie staan kijken. Wat het voor Clive alleen maar erger maakte, nóg meer de indruk wekte dat hij er iets mee te maken had. Zelfs in de Victoriaanse tijd was bekend dat misdadigers worden aangetrokken door de plaats van hun misdrijf.
'Clive, het zou het beste zijn als je je aangeeft. Als je onschuldig bent...'
'Zie je wel? Zelfs jij gelooft me niet!'

'Juist omdát je onschuldig bent moet je je aangeven,' zei Kit, maar hij had al opgehangen.

De drie vrouwen zaten om de tafel in Kits keuken. In het midden stond een mandje versgebakken brood met boter en eromheen stonden enkele potten jam in diverse smaken.
'We hebben dus dader één die zelfmoord pleegt of wordt vermoord, vermoedelijk door dader twee,' zei Angie. 'Wat inhoudt dat een buitengewoon gevaarlijke man nog steeds vrij rondloopt.'
'Misschien is het dader twee die zelfmoord heeft gepleegd of is vermoord. Misschien was Adrian Adams de dominante van de twee.'
'Dat denk ik niet,' zei Angie. 'Dader twee is veel gewelddadiger. Op grond van wat ik van hem weet, wijst alles erop dat het Adrian Adams was die zich boven die kleren heeft staan afrukken. We kunnen met zekerheid zeggen dat hij een obsessieve gluurder was. Het lijkt me sterk dat het andersom is.' Ze keek Kit aan. 'We hebben wat informatie opgediept over Clive Mindells werkverleden,' zei ze. 'Voorzover we weten heeft hij nooit beveiligingswerk gedaan.' Dat leek haar teleur te stellen. 'Heeft hij nooit iets gezegd over dat soort werk?'
Kit schudde haar hoofd. 'Nee,' zei ze. 'Hij is altijd afdelingschef geweest, heeft nooit iets anders gedaan.' Hij was begonnen als verkoper bij Woolworths, herinnerde Kit zich.
'De Amerikaanse opvattingen met betrekking tot daderprofielen verschillen nogal van de onze,' zei Angie, 'maar je zou verwachten dat het soort knaap naar wie we op zoek zijn, vroeger in de beveiliging heeft gewerkt. Dat geeft hem de kans een wapen te dragen en mensen te commanderen en in elkaar te slaan. Dat soort dingen. We moeten niet vergeten dat onze kleine charmeur gek is op macht en dominantie.'
Kit dacht aan Clive en zijn behoefte aan domineren.
'Maar is het niet net zo gebruikelijk dat je een verleden van werkloosheid tegenkomt?' vroeg Gemma.
'Dat is waar,' zei Angie. 'En het is ook mogelijk dat jouw man gelijk had met zijn instinctieve gevoel en dat de knaap in de witte Toyota degene is die we zoeken. Hij kan een blauw zwaailicht op zijn dak hebben gezet toen hij Amy en haar vriendje tot stoppen

dwong.' Ze stond op en liep naar de deur. 'Let wel, Clive Mindell kan al die dingen ook hebben gedaan, zelfs zonder verleden in de beveiliging. Mag ik roken?' vroeg ze Kit.
'Zolang je bij de deur blijft staan,' antwoordde Kit.
'En nog iets,' zei Angie terwijl ze haar aansteker in haar zak stak. 'Dader twee kan net zo goed iemand zijn die wel werk heeft. Wat me brengt op mijn volgende punt. De man naar wie we op zoek zijn kan op dit moment werkzaam zijn in de beveiligingsindustrie. Zo iemand heeft veel bewegingsvrijheid en zit de hele dag op de weg.'
Gemma dacht aan Spinner en zijn precieze, scherpzinnige verslagen. En aan Noel met zijn kalme, onwankelbare toewijding. Ze meldden zich diverse malen per dag om haar te laten weten waar ze waren. Of zij nam contact op met hen. Zij kende twee mensen in de beveiligingsindustrie die goed en volkomen betrouwbaar waren. 'En wat is je punt?' vroeg ze aan Angie.
'Wat dacht je hiervan?' zei haar vriendin terwijl ze rook uitblies en die naar buiten wuifde. 'We hebben alleen Spinners woord als het om die Toyota gaat. Wat als hij de moordenaar is? Hij heeft tenslotte uitgedokterd waar we Amy Perrault en haar moeder hadden ondergebracht. Hij kan gezien hebben dat Amy hem smeerde met haar vriendje. Wat als die witte Toyota een verzinsel is en Spinner het kentekennummer van een volmaakt onschuldige passant heeft doorgegeven?'
Gemma was verbijsterd en voelde zich misselijk worden. 'Nee,' zei ze. 'Dat is onmogelijk. Dat is waanzin.'
'Waanzin is ons dagelijks brood, Gemma. Waanzinnige mensen met waanzinnige ideeën die ze soms nog uitvoeren ook.'
Gemma bleef haar hoofd schudden. 'Ik kén Spinner,' zei ze.
'Net zoals zij Clive Mindell kent, zeker?' zei Angie op scherpe toon in Kits richting. 'Wat kennen we iedereen hier toch goed.'
'Angie,' zei Kit, 'ik dacht dat je ervan overtuigd was dat Clive Mindell en dader twee één en dezelfde persoon waren. Ik had de indruk dat het onderzoek bijna was afgerond omdat je alleen nog maar Clive hoefde op te pakken.' Ze wachtte even. 'Waarom kom je dan nu ineens met een heel nieuw scenario?'
'Omdat er nog steeds mogelijkheden te over zijn en ik niets zeker weet,' zei Angie.

'Ik ben een paar keer gebeld door Clive,' zei Kit. 'Nee,' was ze Angie voor, 'hij heeft niet gezegd waar hij was. Maar hij was radeloos en doodsbang, en helemaal niet arrogant en trots. Hij is het niet, Angie.'
Angie gooide haar sigaret op de grond, trapte hem uit, raapte hem weer op en zocht in de keuken naar de vuilnisbak. Ze gooide hem erin en streek met beide handen haar haar uit haar gezicht. Ze zag er moe en uitgeblust uit. 'Wat denk jij, Gemma?' vroeg ze. 'Je was vroeger een goede rechercheur.'
Gemma keek naar een kwast in het tafelblad. Hij leek een beetje op een oog en ze liet haar vingertop langs de omtrek gaan. 'Ik zal je vertellen wat ik denk,' zei ze. 'Ik denk dat Adrian Adams degene was die boven de kleren masturbeerde en die de eerste moord heeft gepleegd omdat hij werd gestoord. Ik denk dat hij toen een samenwerkingsverband is aangegaan met dader twee, die Bianca heeft vermoord en die Amy ook zou hebben vermoord als ze niet zo moedig en slim was geweest. Ik denk dat dader twee toen Adrian Adams heeft vermoord omdat hij een onzekere factor was. Omdat hij labiel en onbetrouwbaar was. Dader twee kan zelfs geloofd hebben dat hij Amy heeft laten ontsnappen. Op de een of andere manier – en ik betwijfel of we dat ooit te weten zullen komen – heeft dader twee ontdekt dat Adrian Adams zich van tijd tot tijd in lingerie hulde. En op een moment dat Adrian er absoluut niet op bedacht is, ramt hij dat mes tussen zijn ribben en voilá, het ziet eruit als zelfmoord.' Ze keek de twee anderen aan. 'Kijk, hij weet niet dat wij op de hoogte zijn van zijn bestaan. Hij ensceneert het zo dat het erop lijkt dat we de moordenaar hebben waar het hele land naar op zoek is. Maar dan ontsnapt Amy en zij vertelt ons dat ze met z'n tweeën zijn, waardoor zijn plan in duigen valt.' Ze keek op naar Angie, die aandachtig toeluisterde.
Kit keek van de een naar de ander. 'Wat wordt zijn volgende zet?' vroeg ze.
Angie keek Gemma even aan en draaide zich toen om naar Kit. 'Moeilijk te zeggen,' zei ze.
'Dat Amy aan hem is ontsnapt zal een zware slag zijn voor zijn superioriteitsgevoel en hang naar macht en dominantie,' herinnerde Kit hun. 'Hij zal koken van woede en niets liever willen dan haar straffen voor wat ze heeft gedaan.'

'Hangt dat type moordenaars niet altijd rond bij de graven van hun slachtoffers?' vroeg Gemma.
Angie knikte. 'Ik durf te wedden dat hij zeer geïnteresseerd zal zijn in de begrafenis van Bianca. Vergeet niet dat hij zichzelf op zijn eigen gestoorde manier ziet als een lid van de familie. Dus heb ik bij de baas een paar extra mensen losgepraat om tenminste op de begraafplaats te posten.'
Gemma zag het tafereel voor zich. De begrafenis van het meisje dat hij had gedood, en de kans om een tweede blik te werpen op het jongere zusje dat aan hem was ontsnapt. 'Zijn' familie geschaard om het werk dat zíjn handen hadden gedaan. De verleiding zou voor hem heel groot zijn. Zeker nu hij in de veronderstelling verkeerde dat ze niet meer naar hem op zoek waren. Als ze dat op de een of andere manier konden uitbuiten. Opeens moest ze denken aan een zaak waarover ze had gelezen, waarin een val voor de moordenaar werd gezet. 'Hé!' Gemma sprong uitgelaten op van haar stoel. 'Laten we ervoor zorgen dat hij komt!'
Kit en Angie keken haar aan.
'Laten we hem een uitnodiging sturen,' zei Gemma.
'Wat bedoel je?' vroeg Angie.
Gemma's gezicht gloeide van opwinding. 'Ik heb net een manier bedacht om hem zover te krijgen dat hij komt. Tenminste, als de Perraults akkoord gaan.'
'Vertel op,' zei Angie.
Gemma schetste haar plan terwijl de andere twee aandachtig toeluisterden. 'Laten we alles in de strijd werpen wat we hebben,' besloot ze. In de stilte die volgde, voelde ze hoe haar plan werd goedgekeurd.
Angie stond op. 'Oké, we doen het.'

Binnen een uur had Angie gepraat met haar contacten bij de *Mirror* en de *Telegraph* en hadden zij gesproken met hun respectieve hoofdredacteuren. Beide avondedities moesten nog gedrukt worden. Ze sprak met de reporters van de diverse tv-zenders. De *Sydney Morning Herald* bracht de volgende ochtend het verhaal dat de politie van mening was dat de moordenaar die Sydney had geterroriseerd dood was. Er werden geen namen genoemd, maar er stond wel een foto bij, hoofdinspecteur Angie McDonald, onscherp op haar verzoek, in gesprek met Bianca's vader. Onder de foto stond een tweede artikel. SCHERPE BEVEILIGING TIJDENS BEGRAFENIS MOORDSLACHTOFFER, luidde de kop.

De familie van de vermoorde Bianca Perrault, die aanstaande woensdag zal worden begraven, heeft het publiek verzocht hun wens om privacy te respecteren. Het lichaam van de zeventienjarige Bianca Perrault werd vorige week gevonden in de bossen bij Windsor, nadat ze was ontvoerd uit haar ouderlijk huis. Haar jongere zusje Amy, die daarna eveneens werd ontvoerd, slaagde erin te ontsnappen. De rouwende familie zal beveiligingsmensen uit de privé-sector aantrekken om er zeker van te zijn dat de begrafenis geen mediacircus wordt, heeft meneer Perrault ons vandaag verteld. 'We wensen met rust gelaten te worden om afscheid te nemen van onze lieve dochter. We willen geen aanwezigheid van de politie.' Meneer Perrault voegde eraan toe dat hij geen kritiek had op het politieonderzoek en alleen maar waardering had voor de individuele leden van het team. Meneer Perrault meldde verder nog dat hij persoonlijk de sollicitaties van het beveiligingspersoneel zou afhandelen.

De volgende dag werd meneer Perrault op zijn kantoor overstroomd door telefoontjes van grote beveiligingsdiensten. Hij bedankte hen voor hun interesse maar zei dat hij dit zelf zou afhandelen. Hij werd ook gebeld door een aantal beveiligingsmensen die alleen opereerden. Meneer Perrault maakte met ieder van hen een afspraak voor een persoonlijk gesprek op zijn kantoor. In totaal sprak hij met zeven sollicitanten. Zodra een gesprek was beëindigd, faxte hij de naam, de geboortedatum en het werkverleden door naar Angie.

30

Angie en Jason checkten de zeven namen met behulp van het COPS-systeem toen Angies mobiele telefoon begon te piepen. Ze griste het apparaat van tafel, luisterde aandachtig toe, schreef een telefoonnummer op en haastte zich naar de teamruimte.

'Ik ben gebeld door Colleen van het lab.' Iedereen keek op van waar hij of zij mee bezig was. De sfeer in het vertrek veranderde voortdurend. Nu leek hij geladen met de hoop dat het harde werk iets begon op te leveren. 'Jullie herinneren je de blocnote waarop Amy een brief aan haar ouders heeft geschreven?' vroeg Angie. 'We hebben hem doorgestuurd naar het lab. We hebben de brief nooit gevonden, maar ze hebben de bladzijde eronder door de ESDA gehaald.'

Gemma kende het elektrostatische detectieapparaat en wist dat het de geringste oneffenheden in oppervlakken kon scheiden in lichte en donkere tinten totdat er hele woorden leesbaar werden.

'Wat ze gevonden hebben is een stuk van een boodschappenlijstje,' vervolgde Angie, 'en een telefoonnummer.' Ze keek de anderen aan. 'Ik hoop dat de baas ons toestemming geeft de lijn af te tappen.'

'Kan Amy hem op grond van zijn stem identificeren?' vroeg Jason. 'Hij moet met haar gepraat hebben.'

'Ze heeft me verteld dat hij maar heel weinig heeft gezegd. En als hij wat zei, was dat op schorre fluistertoon.'

De gedachte deed een rilling over Gemma's rug lopen.

Angie liep de kamer uit en kwam een minuut later weer terug. 'Hij vindt het goed.' Ze liep naar Jason. 'Bel Harvey Urquart bij Telstra en zeg hem dat hij zo snel mogelijk dit nummer nagaat. We moeten weten wie dit is. Vraag hem of hij het alsjeblieft zo snel mogelijk doet. Het kan heel belangrijk zijn.'

Jason knikte en pakte het stukje papier met het telefoonnummer aan. 'Trouwens,' zei hij voordat hij de kamer uit liep, 'de eerste

vier sollicitanten die zich hebben gemeld voor het beveiligingswerk zijn brandschoon.'
Angie keek om zich heen. 'Bruno, ik wil dat jij de andere drie voor je rekening neemt. Kijk of ze ook zo brandschoon zijn. En zo niet, dan wil ik een gedetailleerde lijst van al hun veroordelingen.'
Bruno verroerde zich niet.
'Als je tijd hebt, Bruno, natuurlijk,' voegde Angie er op droge toon aan toe, waarna ze zwijgend wachtte totdat Bruno eindelijk de kamer uit liep.
'Goed,' zei ze. 'Colin, wij gaan de strategie voor de begrafenis plannen. We zullen moeten samenwerken met de SPG. We moeten de hele begraafplaats coveren, want Amy zal opnieuw worden blootgesteld aan de moordenaar. Als hij niet in de val trapt en dus niet als beveiligingsman komt opdraven, moeten we de directe omgeving van de begraafplaats in de gaten houden voor het geval hij als gluurder komt kijken.'
De telefoon begon te rinkelen en Angie griste de hoorn van de haak.
'Harvey Urquart, Telstra Security voor hoofdinspecteur Angie McDonald. Je wilde info over een telefoonnummer?'
'Ja,' zei Angie, en ze pakte een pen. 'Geef maar op.'
'Het is een mobiele telefoon die toebehoort aan een zekere Jeremy Mintner. Hier is het adres.'
'Ik ben al onderweg,' zei Angie toen ze het had opgeschreven. 'Kellyville?' zei ze verbaasd. Toen draaide ze zich om naar Gemma, die al half was opgestaan van haar stoel. 'Kom op, meisje,' zei Angie, 'werk aan de winkel.'

Kellyville was een merkwaardige verzameling van krakkemikkige huisjes met autowrakken en ingestorte schuurtjes in de tuin, die fel contrasteerden met de protserige landhuizen op keurig onderhouden terreinen en luxueuze nieuwbouwprojecten.
'Hier is het,' zei Angie toen ze bij nummer 349 kwamen, een huis in imitatie-tudorstijl, met overdreven grote ramen en een zwarte, smeedijzeren zonnewijzer in de tuin.
Ze lieten de auto langs de stoeprand staan, liepen het lange tegelpad naar de voordeur van meneer Jeremy Mintner op en klopten

aan. Een witgeschilderde autoband, gesneden in de vorm van een zwaan, onttrok de tuinkraan aan het oog en meer witgeschilderde autobanden vormden lijnen van halve cirkels die het gazon begrensden. Gemma en Angie keken elkaar aan. 'Hier klopt niets van,' zei Gemma. Door het gekleurde ribbelglas in de voordeur zagen ze iemand de hal in komen en even later werd de voordeur geopend door een vriendelijk ogende oudere vrouw met een schort voor, waarna hun de geur van versgebakken cake tegemoet kwam.

Angie deed haar portefeuille open en liet haar legitimatie zien. 'Angie McDonald,' zei ze. 'Ik onderzoek de moord op Bianca Perrault.'

De vrouw knipperde met haar ogen en slikte.

Iedereen kende inmiddels de naam van het meisje, dacht Angie. 'En dit is Gemma Lincoln. We doen hier een buurtonderzoek. Is meneer Jeremy Mintner thuis?'

De vrouw keek geschrokken van de een naar de ander. 'Ja,' zei ze. 'Dat is mijn man. Ik zal hem voor u gaan halen.'

Angie en Gemma keken elkaar aan toen mevrouw Mintner terugkwam, nu zonder schort maar in het gezelschap van een frêle oude man. 'Ik weet niet wat ze willen, schat,' zei ze. 'En doe in hemelsnaam een vest aan. Je vat nog kou.'

'Alstublieft, komt u binnen,' zei meneer Mintner. 'Laten we in de serre gaan zitten. Daar is het warmer.'

Ze volgden hem door het huis naar een serre met reusachtige ramen waarachter bloeiende struiken stonden waar bijen omheen gonsden.

'Gaat u zitten alstublieft,' zei hij, gebarend naar een met fluweel beklede bank.

'We hebben gezien dat u een mobiele telefoon hebt,' zei Angie, zijn uitnodiging negerend. Ze haalde het blaadje papier uit haar zak en gaf het aan hem.

'Dat klopt,' zei hij toen hij het nummer zag. 'Dat is het nummer van mijn telefoon. Ik heb hem de afgelopen kerst van Eileen gekregen, vlak voordat we die cruise gingen maken, nietwaar, Eileen?'

Mevrouw Mintner was bij hen komen staan en vroeg: 'Waar gaat dit over?'

'We onderzoeken een moord en een ontvoering,' zei Angie. 'Van

Bianca Perrault en haar jongere zusje. Dit telefoonnummer is opgeschreven op een blocnote dat we hebben gevonden in het huis waar het jongste meisje is vastgehouden.'
Meneer Mintner keek haar aan alsof hij water zag branden. 'Maar wie zou zoiets doen?' vroeg hij. 'Waarom zou zo iemand mijn telefoonnummer opschrijven?'
Zijn verbijstering was bijna ontroerend, vond Gemma. Hij leek ouder en nog kwetsbaarder nu alle kleur uit zijn gezicht was weggetrokken.
'Maar dat is afschuwelijk,' zei zijn vrouw. 'Waarom zou ons telefoonnummer daar iets mee te maken hebben? Ik zou nooit mijn eigen telefoonnummer opschrijven. Ik ben de jongste niet meer, maar ik heb ze nog goed op een rijtje.'
'Daar ben ik van overtuigd,' zei Gemma. 'Maar wij willen graag weten wie het nog meer opgeschreven kan hebben. Ik geloof dat u beter kunt gaan zitten, meneer,' voegde ze eraan toe.
Meneer Mintner zag eruit alsof hij elk moment kon flauwvallen. Het idee dat hij dader nummer twee was, was ronduit bespottelijk. Amy Perrault woog al meer dan hij, en hij moest minstens een jaar of tachtig zijn, dacht Gemma, als het niet ouder was. Als je blies, zou hij waarschijnlijk omvallen.
'Wie heeft dit nummer nog meer?' vroeg Gemma.
De Mintners keken elkaar aan. 'Niemand,' zei mevrouw Mintner. 'Niemand heeft dit nummer. Wij zijn de enigen die het gebruiken. Om naar huis te bellen als een van ons uit is en er is iets aan de hand. Als ik bijvoorbeeld geen taxi kan krijgen en ik wil niet dat hij zich zorgen maakt omdat ik te laat thuiskom. Voor dat soort dingen zijn ze heel handig. U weet hoe moeilijk het af en toe is om een telefooncel te vinden.'
'Dus afgezien van u beiden heeft niemand dit nummer?' Angie keek om zich heen. 'En uw kinderen of familieleden?'
'Die bellen ons gewoon hier. Op de gewone telefoon. Mijn man heeft ze er nooit iets over verteld. Hij was bang dat ze hem ermee zouden plagen.'
'Dat zouden ze ook doen,' zei hij ondeugend. 'Je weet hoe die Graham is.'
Er viel een stilte waarin Angie en Gemma elkaar teleurgesteld aankeken.

'Nou,' zei Angie na een tijdje. 'Dan spijt het ons dat we u hebben lastiggevallen. Maar als u nog iets te binnen schiet, iemand aan wie u dit nummer misschien hebt gegeven, belt u me dan, alstublieft.' Ze gaf haar kaartje aan de oude man.
'Dat zal ik zeker doen,' zei hij. 'Maar er ís niemand anders.'
De twee vrouwen liepen het huis uit. 'Iemand heeft dat nummer opgeschreven,' zei Angie, 'op een blocnote die wordt gevonden op de plaats van een misdrijf.'
'Misschien herinnert de oude man zich nog iets,' zei Gemma, maar ook zij was teleurgesteld. Ze hadden ergens op gehoopt en nu waren ze weer terug bij af.
'Ik wil nog iets doornemen met Mark Condon,' zei Gemma toen ze in de auto zaten. 'In Liverpool. Vind je het erg?'
Angie keek op haar horloge. 'Mij best,' zei ze. 'Als je het maar snel doet.'
'Zo snel als ik kan,' zei Gemma.

Op het politiebureau van Liverpool liep ze met Mark Condon naar de afdeling waar het bewijsmateriaal werd bewaard. 'Ik wil niet dat die schoft argwaan krijgt,' hoorde ze Angie achter zich zeggen toen ze de gang in liep. 'Ik wil dat hij denkt dat hem niets kan gebeuren. Maar hij is heel slim en ik wil hem voor de rechter voor de moord en de ontvoering met zo veel mogelijk concreet bewijs.'
Met uitzondering van mijn zus, dacht Gemma, heb ik niet meer zoveel passie in de stem van een vrouw gehoord sinds ik bij de politie weg ben.
Op de afdeling Bewijslast, met al zijn planken en stellingen vol materiaal, nam Mark Condon haar mee naar een kleine verzameling kartonnen dozen met etiketten erop. 'Dit zijn de spullen die we uit de flat van Adrian Adams hebben gehaald,' zei hij.
Gemma begon de dozen te doorzoeken. Ze haalde er een stel vrouwenkleren uit en wilde ze er net weer in doen, toen ze een gele minirok zag. Daaronder lag een wit topje. Bo Bayliss' outfit. Ze deed ze weer terug en begon aan de tweede doos, die vol foto's zat. Al gauw werd haar duidelijk dat Adrian Adams' obsessieve neiging tot het met behulp van zijn telelens begluren van vrouwen niet was opgehouden nadat hij hun huizen was gaan binnendringen. Ze haalde de foto's uit de doos en bekeek ze. Er waren

veel foto's van de administratief medewerkster uit Maroubra, een deel waarop ze in haar tuin aan het werk was en een deel waarop ze in haar bikini in de vermeende privacy van haar achtertuin lag te zonnen. En er waren foto's van Bianca, genomen met een sterke telelens, waarop ze vaag zichtbaar was in haar slaapkamer.
Het was halverwege de tweede doos dat Gemma verstijfde van schrik. Daar was Kit, gefotografeerd door het keukenraam van haar huis in Gordon's Bay. Gemma huiverde bij de gedachte dat hij misschien zijn nieuwe compagnon had meegenomen naar Kits huis. Misschien had hij dat gedaan en had het nieuwe smeedijzeren traliewerk hen afgeschrikt, zodat Kit veilig in haar huis was geweest en was beschermd tegen het kwaad dat 's nachts in en om haar tuin sloop.
Ze moest ineens weer denken aan de man met de groene Ford. Misschien was hij gewoon zo'n akelige gluurder geweest die haar even het leven zuur had willen maken totdat hij er weer genoeg van kreeg. Misschien had hij gedacht dat hij op deze perverse manier haar belangstelling voor hem kon wekken. Ze riep Angie naar de kamer, die langdurig naar de foto's keek en daarbij langzaam haar hoofd schudde.

Angie zette Gemma af bij haar huis en reed door naar het bureau, waar ze opnieuw het verloop van het onderzoek doornam. Ze fronste haar wenkbrauwen en riep: 'Waar is Bruno?'
Ze vond hem uiteindelijk op Ballistiek, waar zijn lach al halverwege de gang te horen was. Hij draaide zich met een ruk om toen ze binnenkwam en de twee mannen met wie hij in gesprek was geweest wendden gegeneerd hun blik af. Hij had weer over haar staan roddelen, wist ze, haar belachelijk staan maken.
'Die drie andere namen die ik je heb gegeven om na te gaan, heb je dat gedaan?'
'Natuurlijk,' zei hij op zijn gebruikelijke hooghartige toon. 'Niet veel bijzonders. Voornamelijk verkeersovertredingen.'
'Ik zou het prettig vinden als je dan verslag aan me uitbracht. Namen en feiten. Daar heb ik om gevraagd.'
'Ja, mevrouw,' zei hij.
Angie liep terug naar haar kantoor en werd gevolgd door Bruno, die in de deuropening bleef staan. 'We hebben niets over Larry

Hogan,' zei hij, 'afgezien van een paar verkeersovertredingen. De andere twee, Alan Bentley en Roger Poole, hebben een paar kleine aanvaringen met de wet gehad.'

'En die zijn?' vroeg Angie.

'Bentley is veroordeeld voor geweldpleging, heeft negen jaar geleden zes maanden gezeten. Daarna niets meer, afgezien van een paar parkeerbonnen. Poole is een paar keer gepakt voor openbare geweldpleging en heeft een voorwaardelijk voor mishandeling. Dat is alles.'

'Dat is álles?' zei ze. 'Wie heeft hem aangegeven voor mishandeling?'

'Zijn vrouw.' Bruno haalde zijn schouders op. 'Een of andere stomme trut die moeilijk wilde doen.'

'Juist,' zei Angie. 'Bedankt voor je professionele inzicht inzake huiselijk geweld. Misschien wil je zo goed zijn mij een kopie van Roger Pooles strafblad te brengen.'

'Maar ik zeg het je toch? Hij is alleen gepakt voor huiselijk geweld.'

'Een man die zijn vrouw bedreigt, is precies waar we naar op zoek zijn. Dus doe wat je gezegd wordt.'

Even later kwam hij terug, smeet een blad papier op haar bureau en stormde de deur weer uit. Angie zat te trillen van woede. Bruno had een combinatie van opstandigheid en verontwaardiging geperfectioneerd die vervloog zodra ze het probeerde te formuleren om op te schrijven, met als resultaat dat als ze hem echt op rapport zou zetten, dat waarschijnlijk afgedaan zou worden als premenstruele stress van haar kant.

Ze pakte de computerprint en keek ernaar. Ze keek aandachtiger. Poole had zich drie keer schuldig gemaakt aan huiselijk geweld, wat één keer tot een voorwaardelijk had geleid maar waartegen verder geen actie was ondernomen. De geweldpleging was gemeld door twee verschillende vrouwen, en de meest recente was minder dan een jaar geleden geweest. Deze Roger Poole zat absoluut met een probleem. Als Clive Mindell niet bij de begrafenis kwam opdagen, of iemand anders die geen echte reden had om daar te zijn, zou Roger Poole een aardig alternatief zijn. Ze zuchtte. Veel was het niet. Maar het was alles wat ze op dit ogenblik had. Ze belde Charles Perrault.

'Neem ze allemaal in dienst,' zei ze. Iedereen die zich aanmeldde voor die klus kon verdacht zijn, wist ze.
'Denk je dat het een van hen is?'
'Het is mogelijk,' zei Angie. 'Als Amy daartoe bereid is, zou ik graag willen dat ze erbij was als u ze uitbetaalt, alleen om hun stem te horen.'
'Daar is ze zeker toe bereid. Dat durf ik met een gerust hart te zeggen. Ze heeft meer moed dan wij allemaal bij elkaar. Ik word al naar bij het idee dat hij straks misschien in haar buurt zal zijn, en naar haar zal kijken.'
'Charles, dat begrijp ik. Maar jullie worden omringd door gewapende politiemensen. Er kan haar niets gebeuren. En we houden alle andere aanwezigen ook in het oog. Dit soort daders heeft vaak de neiging op de een of andere manier bij de begrafenis aanwezig te zijn.' Ze wachtte even. 'Ook als doodgewone voorbijganger.'

Aan het eind van de volgende ochtend hield Angie haar briefing. 'Ik heb gesmeekt en gelogen,' zei ze, 'en het is voornamelijk aan hun eigen goedheid te danken dat ik vijftien extra mensen heb kunnen krijgen, die zich op en rondom de begraafplaats zullen ophouden.' Ze wees op de kaart. 'Ze zullen letten op iedereen die een meer dan gemiddelde belangstelling toont.'
Gemma keek op haar horloge.
'We hebben nog twee uur voordat de plechtigheid begint,' zei Angie. 'Dus laten we aan de slag gaan.'
Toen iedereen de kamer uit was, haalde Gemma haar mobiele telefoon uit haar zak. 'Spinner,' zei ze even later, toen hij zich meldde. 'Ik heb een dringende klus voor je.'
'Maar ik zit in Blacktown,' zei hij. 'Ze is op dit moment de spullen in haar auto aan het laden. Gewoon, bij daglicht. Dus zo doet ze het.'
'Ze doet het nog wel een keer. Kom nu maar hierheen. Ik heb je nodig.'
Ze gaf hem het adres van de begraafplaats en legde de situatie uit. 'Ik wil jou en Noel daar zo snel mogelijk in positie hebben. Bel hem zodra wij klaar zijn. En zeg hem dat hij zich kleedt voor een begrafenis.'

Ze belde haar eigen nummer en luisterde haar antwoordapparaat af. Er stonden zeven boodschappen op. Drie van potentiële nieuwe klanten. Eén van Richard Cross, die haar deed blozen. Ze belde hem terug, maar zijn secretaresse zei dat hij er niet was. Ik verwaarloos mijn eigen werk, dacht ze bij zichzelf terwijl ze een aantekening maakte van de andere drie berichten. Maar dit ís mijn werk, besefte ze toen. Daarna belde ze Kit. 'Adrian Adams,' zei ze. 'Ken je hem nog?'
'Ik wou dat dat niet zo was,' zei haar zus.
'Hij is dood. We hebben hem gevonden in Liverpool, opgehangen. Het lijkt op zelfmoord, maar mijn instinct zegt me dat het moord is. We zijn er vrijwel van overtuigd dat hij dader één is. En ik heb een recente foto van jou tussen zijn spullen gevonden. Gemaakt vanuit je achtertuin, door het keukenraam.'
Kit bleef enige tijd stil. 'Dus híj was het weer,' zei ze ten slotte. 'Goddank dat je me die tralies voor mijn ramen hebt laten zetten.'

31

Gemma had haar zwarte, nauwsluitende jurk aangetrokken, met een zwart jasje om haar blote schouders te bedekken. De lucht was plotseling dichtgetrokken en er vielen al een paar regendruppels. Naast haar kolkte de Stille Oceaan en beukte op de kust, en Gemma had de indruk dat ze de grond onder haar voeten hoorde trillen als de golven stuksloegen.

Twee van de beveiligingsmannen die Charles Perrault had ingehuurd, hadden zich opgesteld bij de hoofdingang van de begraafplaats en hadden de opdracht de pers op een afstand te houden. De anderen, onder wie de van gewelddaden verdachte Roger Poole, moesten bij de groep aanwezigen blijven en onuitgenodigde, nieuwsgierige personen verwijderen. Boven Gemma vloog een andere torenvalk, die neerkeek op zijn territorium. Haar hart bonkte van opwinding. Dit was de grootste klus die ze ooit had gehad. Verderop zag ze de Perraults, met meneer Perrault die zijn arm om de schouders van zijn huilende vrouw had geslagen, en Amy fier en trots naast hen. Ze had erop gestaan de begrafenis bij te wonen, ondanks de vrees van haar ouders dat haar ontvoerder er misschien ook zou zijn.

Gemma herkende Noel bijna niet in zijn zwarte pak, iets achter het groepje rouwenden, met zijn handen netjes gevouwen voor zich. Hij zag eruit als een gedistingeerde begrafenisondernemer. Ook Spinner maakte indruk in zijn donkere pak met krijtstreepje, zoals hij daar stond op een van de hogere punten van het terrein en neerkeek op het gebeuren. Er was maar een klein gat gegraven, want Bianca's as zou worden bijgezet bij de botten van haar grootouders van moederskant, die in de jaren tachtig waren overleden. Angie keek naar Jason, die nauwelijks zichtbaar knikte in de richting van een man met een snor en een zonnebril met spiegelende glazen. Angie maakte zich los van de groep van ongeveer vijftig mensen, kwam naar Gemma toe en fluisterde iets in haar

oor, zoals de ene nabestaande een paar woorden van troost fluistert in het oor van de andere. 'Dat daar is Poole. Die met die snor.'
Roger Poole zag eruit als een levende advertentie voor het rekruteringsbureau van de mariniers. Hij had zich uitgedost in quasipolitiestijl, compleet met koppel waaraan allerlei attributen hingen. Gemma boog haar hoofd, zette haar zonnebril op alsof ze het verdriet in haar ogen wilde verbergen en bekeek hem eens goed, maar zijn gezicht ging grotendeels schuil achter zijn snor en zonnebril.

Een paar spatjes regen vertroebelden haar zicht en boven haar vlogen krijsend een paar meeuwen over. 'Ik heb alles doorgenomen met meneer Perrault,' zei Angie. 'Er is hier niemand die geen familielid of vriend is. Afgezien van de ingehuurde jongens.'

'Maar misschien kijkt hij van een afstand toe,' zei Gemma, en ze dacht aan haar verrekijker met automatische zoom, waarmee ze van grote afstand in de huizen en achtertuinen van mensen kon kijken. 'Hij kan boven in een geparkeerde auto zitten.' Ze knikte naar de helling aan de zuidkant van de begraafplaats, waar een paar auto's geparkeerd stonden.

'Die hebben we allemaal gecheckt. Er zit niemand in.'

'Hij kan zich in het gebouw verschanst hebben.'

'Of hij kan hier ergens staan,' zei Angie, knikkend naar de zwaargebouwde man met de spiegelende zonnebril.

Gemma liep een paar passen weg, totdat ze achter de keurig geklede gestalte van Spinner stond en beter kon horen wat de geestelijke te zeggen had.

'Wij geven haar terug aan U, hemelse Vader,' zei hij. 'We dragen haar over aan Uw genade totdat we elkaar zullen terugzien.'

Het zachte gesnik van mevrouw Perrault was hartverscheurend en Gemma voelde haar eigen ogen ook branden. Wat is het toch een gekke wereld, dacht ze. Heeft U dit zo verzonnen, God? Bent U wel goed bij Uw hoofd? Een kind van zes zou het beter hebben gedaan. Of zijn we helemaal op onszelf aangewezen, en verantwoordelijk voor onze eigen hel?

Kort daarna was de plechtigheid voorbij en keek Gemma toe terwijl meneer Perrault zijn ingehuurde beveiligingsmensen hun envelop gaf. Amy stond naast hem. Maar even later draaide meneer Perrault zich om naar Angie en schudde hij langzaam zijn hoofd. Amy had geen van de mannen aan zijn stem herkend.

Gemma wendde zich tot Spinner. 'Ik ga die knaap met die zonnebril achterna. Blijf jij hier, om te kijken of later nog iemand komt opdraven.'

'Ik ga daar zitten,' zei Spinner, knikkend in de richting van de weg boven hem. 'Dan kan ik het graf in de gaten houden.' Hij draaide zich om en liep weg.

Gemma keek toe terwijl de groep aanwezigen zich begon te verspreiden. De man met de snor en de zonnebril liep naar het graf alsof hij zijn respect wilde betuigen. Ze voelde Angies elleboog in haar zij.

'Moet je dat zien,' fluisterde Angie. 'Alsof hij zijn eigen profiel heeft gelezen.'

Hij boog zich over het graf van het vermoorde meisje, zakte een stukje door zijn knieën en plukte een rozenknop van de grafkrans.

Gemma hield haar adem in. Angie had gelijk. Dit was het meenemen van een aandenken, dat rechtstreeks uit het handboek van de FBI afkomstig leek. De twee vrouwen bleven toekijken terwijl ze deden alsof ze met elkaar in gesprek waren, totdat hun doelwit zich omdraaide, de rozenknop in zijn zak stak en langs hen heen liep, waarna ze achter hem aan de heuvel op liepen. Toen ze de hoofdingang naderden, stond een van de beveiligingsmensen nog steeds als een wachtpost naast het Victoriaanse smeedijzeren hek.

'Treurige zaak, mevrouw,' zei hij tegen Angie terwijl hij een regendruppel van zijn gezicht veegde. 'Ik herken u van de foto uit de krant.'

Gemma lette nauwelijks op hem, want ze was bang dat ze Roger Poole uit het oog zou verliezen.

Angie knikte naar hem, waarna hij een paar stappen achteruit deed om te wachten op de grote groep genodigden, die de heuvel op kwam.

Gemma zocht om zich heen naar Roger Poole en zag hem verderop in een grote auto met vierwielaandrijving stappen. 'Geen witte Toyota,' zei Gemma.

'Die kan hij verkocht hebben,' zei Gemma. 'Verlies hem niet uit

het oog. We willen weten waar hij woont. En ik wil dat hij vierentwintig uur per dag in de gaten wordt gehouden.'
'Ik zal zelf ook een oogje op hem houden,' bood Gemma aan.
Angie zei niets maar liet haar dankbaarheid blijken uit het kneepje dat ze in Gemma's arm gaf.

Gemma volgde Roger Poole naar zijn keurige, kleine terraswoning in Petersham. Ze parkeerde aan de overkant van de straat, een flink stuk achter hem. Poole stapte uit en liep met grote, stoere passen zijn huis binnen.
Het liep tegen het eind van de middag en er was, zelfs voor de binnenstad, veel verkeer op de weg. Ze stak de straat over en liep onopvallend naar het huis naast dat van Poole. Een jonge vrouw met een kind op haar arm deed open.
'Hallo,' zei Gemma opgewekt, hoewel ze wenste dat ze Spinner in haar plaats had gestuurd. 'De man die hiernaast woont, dat is toch Roger Poole? Ik heb met hem op school gezeten!'
'Ja, ik geloof dat hij zo heet,' zei de vrouw, die een licht accent had.
'Sorry dat ik je kom lastigvallen,' vervolgde Gemma, 'maar ik was net bij hem aan de deur en hij was er niet.'
De jonge vrouw fronste haar wenkbrauwen. 'Ik weet zeker dat ik zonet zijn auto hoorde. Misschien moet je het nog eens proberen.'
'Ja, dat zal ik doen,' zei Gemma, en ze draaide zich half om. 'Ik was smoorverliefd op hem toen we op school zaten. Hij was mijn eerste vriendje.'
Ze bleven nog wat praten maar Gemma kwam niet veel meer te weten dan dat hij een hond had die 's nachts de hele straat wakker hield en dat hij als beveiligingsman werkte.
Gemma liep terug naar haar auto, stapte in en leunde achterover op haar stoel. In haar achteruitkijkspiegel zag ze twee rechercheurs wier gezichten haar vaag bekend voorkwamen van teambesprekingen, in een oude Sigma op enige afstand achter haar zitten. Ze besefte hoe moe ze was. Ik laat het even aan de stoere jongens over, dacht ze, en ze draaide de contactsleutel om.

Op de terugweg naar huis voelde Gemma zich doodmoe en verdrietig. Ze miste Steve, ze miste Taxi, en ze verdacht zichzelf ervan dat Richard Cross voor haar niet meer dan een leuke afleiding was.

Thuisgekomen liet ze het bad vollopen en ze wilde er net in stappen, toen de telefoon begon te rinkelen. Ze knoopte een handdoek om zich heen en liep naar de woonkamer.

'Hallo,' zei hij. 'Ik had gehoopt dat we elkaar nog eens konden zien.'

'Dat zou leuk zijn,' zei ze, en haar gedeprimeerde gevoel nam iets af.

'Wanneer?'

'Morgen?'

'Kom je eten?'

'Graag.'

'Ik haal je om zeven uur op.'

Ze merkte dat haar hart sneller klopte toen ze achterover in het bad lag te weken. Ze keek naar haar benen en besloot dat ze ze moest scheren. Het voelde goed om weer eens een afspraak met een begeerlijke man te hebben. Ze dacht terug aan hun liefdesspel en gesprekken van de vorige keer en herinnerde zich dat zij het merendeel van de conversatie voor haar rekening had genomen. Ze nam zich voor morgen wat zwijgzamer te zijn en hém aan het woord te laten, zodat ze een begin kon maken met het vormen van een beeld van deze ondernemende, succesvolle man. Een man die zich – in tegenstelling tot haarzelf – niet met het verleden wil bezighouden. De drukte die Angies onderzoek met zich meebracht, had haar vaders zaak enigszins op de achtergrond geschoven. Haar benen waren glad en zijdezacht toen ze weer achteroverleunde en zich in het warme water liet drijven. Het deed haar denken aan een ander bad en het dichtslaan van de badkamerdeur in het Tusculum Motel, wat het begin was geweest van de opeenvolging van afschuwelijke gebeurtenissen die haar nog steeds bezighielden. Het dode punt in het onderzoek, waarop ze waren beland. De angst dat de moordenaar opnieuw zou toeslaan, waar en wanneer hij wilde, wat heel snel kon zijn. Ze liet nog wat heet water in het bad lopen. Veel van haar beste ideeën had ze gekregen toen ze in bad lag, dacht ze terwijl ze weer achterover ging liggen. Ze keek terug op het

onderzoek zoals dat tot nu toe was verlopen. Het telefoonnummer dat het ESDA-onderzoek had opgeleverd, was hun enige echte spoor geweest, dat echter niets had opgeleverd. Maar toch was het er geweest.
Ook al was het tevoorschijn gekomen onder de brief die de moedige Amy Perrault aan haar ouders had geschreven, de Mintners bleven volhouden dat niemand anders het kende. En dat klopte gewoon niet. Gedreven door een nieuwe golf energie besloot ze nogmaals naar de Mintners te rijden. Ze herinnerde zich uit de tijd dat ze bij de politie werkte dat mensen zich soms pas dingen herinnerden nadát ze ernaar waren gevraagd en er vanaf dat moment pas over waren gaan nadenken. En het telefoonnummer van de Mintners had onder een boodschappenlijstje gestaan dat was gevonden in het huis waar Amy bijna het leven had gelaten. Er moest dus op de een of andere manier een verband zijn.

Mevrouw Mintner stond in de voortuin de rozen te sproeien toen Gemma uit haar auto stapte, en nodigde haar vriendelijk uit voor een kopje thee. Nee, zei ze, ze hadden zich suf gepiekerd sinds het bezoek van die mevrouw van de politie, maar ze waren er nog steeds van overtuigd dat niemand dat telefoonnummer had.
'Weet u,' zei haar echtgenoot terwijl hij zijn kopje neerzette, 'soms schrijven mensen een nummer verkeerd op. Dat is mij ook wel eens overkomen.'
Opeens kreeg Gemma een ingeving. 'Wacht,' zei ze. 'Ik zal u vertellen naar wie we op zoek zijn. Het is een man. We weten niet wie hij is, maar we weten wel een paar dingen van hem.'
Meneer en mevrouw Mintner keken elkaar even aan.
'Deze man is tussen de vijfentwintig en vijfendertig jaar oud,' vervolgde Gemma. 'Hij is een beetje een eenling. Hij heeft in de loop der jaren allerlei verschillende baantjes gehad, maar hij is er nooit in geslaagd echt zijn draai te vinden. Hij heeft ook weinig succes bij vrouwen. Op het eerste gezicht is hij beleefd en verlegen, en hij kan te dik zijn, of op de een of andere manier onaantrekkelijk. Misschien heeft hij littekentjes van acne in zijn gezicht. Hij heeft grote moeite met mensen. Daarom trekt hij zich terug en blijft hij liever alleen. Het is mogelijk dat hij een meer dan gemiddeld intelligentieniveau heeft, maar daar merk je nooit iets van omdat

hij niet over het vermogen beschikt dat aan andere mensen te laten zien. Hij wordt waarschijnlijk gefascineerd door wapens en kan een verzameling schietwapens of messen hebben, of allebei. Hij trekt van de ene plek naar de andere. Misschien woont hij in pensions of andere logementen. Hij doet klusjes, allerlei klusjes. Hij kan ooit een baan hebben gehad als bewaker of iets wat op een andere manier te maken heeft met beveiligingswerk. Maar de laatste tijd is hij heel nerveus en lichtgeraakt. Misschien drinkt hij veel, en er is een kans dat hij graag over de zaken van de twee meisjes praat, met name over de zaak met het meisje Bianca, tegen iedereen die naar hem wil luisteren.'

Meneer en mevrouw Mintner keken eerst elkaar en toen Gemma aan. 'Dat zou Larry kunnen zijn,' zei mevrouw Mintner.

'Ja, het klinkt wel als Larry,' beaamde haar man.

'Larry?' zei Gemma terwijl ze met een ruk rechtop ging zitten en een ijskoude rilling van opwinding over haar rug voelde lopen. 'Welke Larry? Larry wie?' Haar pen viel uit haar notitieboekje.

'O, eh... Larry...' Meneer Mintner keek zijn vrouw aan alsof die hem kon helpen. 'Wat dom van me. Ik kan me zijn achternaam niet herinneren. Hemeltje, we kennen hem al jaren. Tenminste, hij kwam hier af en toe. Hij heeft wel eens klusjes in de tuin gedaan en Eileen geholpen als er meubels verplaatst moesten worden.'

'Maar hoe nam u contact met hem op? Had u een telefoonnummer?'

Meneer Mintner schudde zijn hoofd. 'Nee. Hij stond zo nu en dan ineens voor de deur. Dan maakte Eileen een afspraak met hem en kwam hij terug.'

'Jeremy moest vorige week naar het ziekenhuis,' vervolgde mevrouw Mintner, 'en ik ben met hem meegegaan. Larry was hier toen in de tuin aan het werk. Hij heeft een deel van de klimop weggesnoeid, daar, daar kun je het zien. Toen we thuiskwamen, heb ik een kopje thee voor hem gezet en toen had hij het over dat arme meisje dat was vermoord. Hij zei dat hij zich afvroeg of de politie de dader ooit zou pakken. Hij praatte maar door over haar. Ik kreeg er de kriebels van.' De Mintners keken elkaar weer aan.

'Wat heeft hij nog meer gezegd?' vroeg Gemma.

'Dat iemand die dat had gedaan heel slim moest zijn.'

'Hebt u enig idee waar hij woont?' vroeg Gemma, die nu een en al belangstelling was.
Meneer Mintner keek haar gegeneerd aan. 'Ik geloof dat hij het had over een caravanpark langs de weg naar Colo.'
'Voor wie heeft hij nog meer gewerkt? Is er misschien iemand anders die weet waar hij te bereiken is?'
Het oude echtpaar keek elkaar weer aan. 'Ik zou het echt niet weten,' zei mevrouw Mintner. 'Het spijt me dat we je niet verder kunnen helpen. We zijn nogal op onszelf de laatste tijd, komen niet veel meer de deur uit.'
Gemma stond op. Ze wilde hier weg, wilde het onmiddellijk aan Angie gaan vertellen. 'Heel erg bedankt. U bent zeer behulpzaam geweest. En ik denk dat u nog een keer van Angie McDonald zult horen.'
'We willen al het mogelijke doen om jullie te helpen,' zei de oude dame. 'Ik wou alleen dat ik me zijn achternaam kon herinneren.' Toen veranderde haar gezichtsuitdrukking opeens. 'O, hemel,' zei ze, en ze sloeg haar hand voor haar mond.
'Wat is er?' vroeg Angie, die schrok van de plotselinge ommekeer.
'Ik herinner het me. Ik heb hem wel het nummer van de mobiele telefoon gegeven. Voor het geval hij nog iets moest vragen over de tuin, als ik naar het ziekenhuis was. Hij had een blocnote bij zich; daar heeft hij het op opgeschreven.'
Bingo, dacht Gemma. Daar was het, het verband. Larry Dinges was absoluut iemand met wie de politie graag wilde praten. Ze voelde zich opgelaten. Ze bedankte de Mintners nogmaals en rende bijna het huis uit.

Op de snelweg vanaf Parramatta belde ze Angie, maar ze was er niet. 'Ze is even weg,' zei een stem die Gemma niet herkende.
'Als ze terugkomt,' zei Gemma, 'zeg haar dan het volgende: de Mintners in Kellyville – zij weet over wie ik het heb – hebben het nummer van hun mobiele telefoon gegeven aan een klusjesman die Larry heet.'
'Ik zal het doorgeven.'
Tegen de tijd dat ze zich door de spits had geworsteld en bij het bureau aankwam, was Angie weer terug en zat ze achter haar bureau de binnengekomen berichten te lezen.

Ze keek op en haar groene ogen waren groot van opwinding. 'We hebben een Larry bij de mensen die meneer Perrault heeft ingehuurd, maar Bruno zei dat hij clean was.' De twee vrouwen keken elkaar aan en toen haalde Angie de map met gegevens uit haar bureaula. 'Hier hebben we ze,' zei ze. 'Larry Hagan. Laten we hem nog eens goed bekijken.'
Ze voerde de naam in haar computer terwijl Gemma meekeek over de schouder van haar vriendin. 'Hebbes. Geboortedatum: 12.11.63,' zei Angie. 'Hij woont in de juiste omgeving,' vervolgde ze toen ze zijn adres in Kingsford zag. Ze scrolde verder naar beneden. 'Zijn contact hier is zijn oom, in Liverpool.'
'Daar heb je de Liverpool-connectie,' zei Gemma.
'Hij kan Adrian Adams ontmoet hebben in een of andere kroeg op Botany,' zei Angie, 'of misschien hebben ze samen gezeten.' Ze keek weer naar het scherm. 'Laten we eens kijken wat hij heeft gedaan.'
De twee vrouwen keken zwijgend naar Larry Hagans strafblad. Het toebrengen van ernstig lichamelijk letsel, verkrachting, een voorwaardelijk voor gewelddadigheden tegenover vrouwen. 'In 1983 heeft hij een ex-vriendin uit haar flat ontvoerd en mishandeld.' Ze keek weer naar het scherm, boog haar hoofd ernaartoe en zei: 'Hé, hij is degene die me aansprak na de begrafenis! Hij zei dat hij me herkende uit de krant.' Ze draaide zich om op haar stoel. 'Ze hebben daar met opzet een onscherpe foto voor genomen. Hij kan me niet van de foto hebben herkend.' Ze keek op naar Gemma. 'Hoe heeft die verdomde Bruno dit over het hoofd kunnen zien. Waar is die klootzak? Ik vermoord hem!' Ze schreef het adres op, rukte haar jasje van de stoelleuning en liep haar kantoor uit.
Gemma haastte zich achter haar aan.
'We hadden hem,' zei Angie terwijl ze de trap naar de parkeergarage af renden. 'We hadden hem na de begrafenis kunnen oppakken.'
In de auto nam Angie onmiddellijk contact op met de twee rechercheurs die het huis van Roger Poole in de gaten hielden. 'Kom naar de hoek van Victoria en Botany in Kingsford,' droeg ze de twee op. 'Ik heb een verdachte met wie ik wil praten. Het kan zijn dat ik extra mankracht nodig heb. Zeg Colin dat hij daar op

me wacht.' Ze zette Gemma af bij haar auto in Riley Street, waarna Gemma achter haar kwam rijden.
Colin en Jason stonden al op enige afstand van de hoek geparkeerd en Angie pakte de stadsplattegrond en stapte uit om met ze te gaan praten. Na twee minuten was ze weer terug.
'Ze gaan naar de achterkant. Er is een laantje achter Hagans huis. We kunnen niet riskeren dat hij over een schutting klimt en via de achtertuinen verdwijnt.'
Na een paar minuten reed Angie met een discrete snelheid de straat in en stopte ze voor nummer 113, een kleine, negentiende-eeuwse arbeiderswoning zoals er meer stonden in de straat. De twee vrouwen stapten uit en liepen naar het huis.
Gemma voelde de spanning in haar keel en borst. Denk eraan dat je blijft ademhalen, zei Kit altijd. Ze ademde diep in toen Angie het tuinhek opendeed. De kleine voortuin was betegeld en er stond een stenen zeepaard, dat met klimop was begroeid.
Angie klopte op de voordeur. Ze wachtte even en klopte nog een keer op de voordeur. Maar het was duidelijk dat er niemand thuis was. Er brandde nergens licht, er klonken geen geluiden uit het huis en er stond geen witte Toyota voor de voordeur.
'Wat doen we nu?' vroeg Gemma.
'We zetten hier iemand op de uitkijk. We verspreiden zijn signalement en zorgen ervoor dat iedereen op scherp staat. Ik ga een huiszoekingsbevel vragen en het huis van onder tot boven laten doorzoeken.'
Terwijl Gemma daar stond, probeerde ze zich in te voelen in het huis en de man die daar woonde. Maar ze voelde niets. Alle jaloezieën zaten potdicht en er lag niets in het betegelde tuintje, geen potplanten, niets wat iets onthulde over het karakter van de man die daar woonde. Ze huiverde. Dit was de persoon op wie ze al die tijd hadden gejaagd. We kennen je naam dan wel niet, dacht ze, maar we weten meer over je karakter dan we zouden willen.
'Je kunt beter naar huis gaan,' zei Angie.
Gemma verroerde zich niet.
'Ik beloof je dat ik je meteen waarschuw als er iets gebeurt,' zei Angie.
Gemma reed naar huis. Toen ze haar straat in reed, dacht ze dat ze Taxi op een tuinmuurtje zag zitten, maar haar blijdschap werd

al gauw vervangen door teleurstelling toen ze zag dat het een bruine, papieren zak met afval was. Ze voelde zich rusteloos. Zo dichtbij en toch zo ver weg, dacht ze. Het moest Larry Hagan zijn. Hij had het karakter, de gewelddadige achtergrond en de criminele kennis. En er was geen andere verklaring voor het telefoonnummer op de blocnote. Ze vroeg zich af wat er op het boodschappenlijstje had gestaan dat de ESTA zichtbaar had gemaakt. Rollen tape? Touw? Een mes? Een doos cornflakes? Kit had haar er vaak aan herinnerd dat zelfs de meest gewelddadige moordenaars soms ook doodgewone dingen deden.

Thuisgekomen belde ze haar zus, maar ze kreeg haar antwoordapparaat. Ze probeerde achter haar bureau te blijven zitten en met de rekenmachine een planning voor haar financiën voor de komende maanden te maken, maar ze was te ongedurig voor rekenwerk en voelde dat haar lichaam hunkerde naar actie. Ze ging kijken of de torenvalk nog genoeg water had en zag dat hij iets had gegeten van het stukje kalfsvlees dat ze in de doos had gelegd.

Even later liep ze weer op straat en klopte ze op deuren om te vragen of iemand Taxi had gezien. Maar het was niet het juiste moment om dit te doen, besefte ze, want de mensen zaten voor de tv of maakten zich klaar voor de nacht en hadden dan niet graag onbekenden voor de deur, wat ze kon zien aan de geïrriteerde en soms angstige gezichten van de mensen die opendeden. Toch werkte ze praktisch alle deuren aan beide kanten van de straat af voordat ze het opgaf. Niemand had Taxi gezien. Ze was te ontmoedigd om door te gaan, liep terug naar huis, pakte haar zaklantaarn en begon te zoeken in de bosjes onder het balkon van haar huis, doodsbang voor wat ze misschien zou vinden. Maar ze vond niets. Zelfs geen weggegooide broodzakjes. Ratbag had zeker een andere dumpplaats gevonden, dacht ze. Toen begon ze aan het terrein waar haar balkon op uitkeek. De bosjes waren hier kleiner omdat ze voortdurend te lijden hadden van de zuidenwind. Erachter lag het hellende terrein dat afliep tot aan de rotsen en de zuidkant van het strand. Ze liet de lichtbundel van haar zaklantaarn over de helling gaan maar zag alleen rotsen en kale bosjes. Taxi kwam hier wel eens om op de duiven te jagen die hun nesten tussen de rotsen bouwden. De zee was heel kalm van-

avond, niet meer dan een zacht geruis, en de maan was bijna verdwenen.
Gemma knipte de zaklantaarn uit en ging tegen een rots zitten om uit te rusten. Nu zag ze alleen nog de vage contouren van het strand links van haar en de donkere rotsmassa die langs de kust richting Bondi liep. Ze dacht aan Larry Hagan, aan zijn gevoelloze, dikke gezicht op de foto op zijn strafblad. Ze dacht aan zijn gestoorde hang naar verwantschap, die hem ertoe had gebracht aanwezig te zijn bij de begrafenis van het meisje dat hij had vermoord, en contact op te nemen met haar jongere zusje en haar te ontvoeren. Ze vroeg zich af wat zijn volgende zet zou zijn. Zelfs al werd hij aangetrokken door vrouwen met wie hij zich op de een of andere manier verwant voelde, het was onwaarschijnlijk dat hij een nieuwe poging in de richting van Amy Perrault zou ondernemen. Ze vroeg zich af hoe zijn keus ooit op Bianca was gevallen. Misschien had Adrian Adams haar bij hem 'geïntroduceerd', nadat hij haar eerst had begluurd en gefotografeerd, waarna hij samen met zijn nieuwe partner haar huis was binnengedrongen.
Gemma stond op en liep terug naar huis. Ze was ineens bang, want het was mogelijk dat de moordenaar zich in de buurt ophield en al haar bewegingen volgde. Ze deed de voordeur dicht en draaide hem op het nachtslot. Kit zou nu wel thuis zijn, dacht ze, want het was al vrij laat, dus ze belde haar nog een keer. Nog steeds geen gehoor.
Ze keek naar de foto van Kit, die boven de tv hing. Op dat moment, terwijl Kits gezicht haar glimlachend aankeek en met haar vermoedens over Larry Hagan, kwam ze tot het besef. Adrian Adams had dozen vol foto's van Kit gehad. En de moordenaar had met hem samengewerkt. Ze sprong op en schreeuwde: 'Nee! Kit!'
Gemma rende naar de slaapkamer, rukte de la van het nachtkastje open en haalde haar .38 en een handvol patronen eruit. Ze griste haar mobiele telefoon van tafel, sprong in haar auto en was al onderweg naar Kits huis toen ze Angies nummer intoetste.
'Angie! Kit neemt de telefoon niet op. Ze is altijd thuis om deze tijd. En Larry Hagan kan haar foto's hebben gezien.'
'Jezus!' zei Angie, en haar slaperige stem klonk ineens scherp. 'Ik kom eraan!'

Gemma minderde vaart voor Kits huis. Verderop in de straat stond een witte Toyota-pick-up. Laat het hem alsjeblieft niet zijn, bad Gemma, laat Kit niets overkomen zijn, alsjeblieft. Vrijwel zonder iets te zien van angst keek ze naar de kentekenplaat. Haar opluchting was groot maar van korte duur. Kits huis was in duisternis gehuld, hoewel haar auto voor de deur stond. Ze stapte uit en laadde haar revolver terwijl ze naar het huis liep. Alsjeblieft, bad ze weer, laat er niets aan de hand zijn. Misschien is Kit gewoon vroeg naar bed gegaan. Geruisloos zocht ze haar weg naar de linker zij-ingang, maar zag dat Kit een hangslot op de grendel had gedaan. Ze rende naar de andere kant, maar stuitte daar op hetzelfde probleem. Ze transpireerde van angst, zowel haar eigen angst als die om haar zus. Ze rende terug naar de weg, schoot de hoek om, nam het laantje dat naar het kustpad leidde en rende door totdat ze bij de poort in de muur van de achtertuin was. Ze probeerde hem open te duwen, maar ook die was afgesloten met een hangslot.

Ze stopte de revolver in haar zak en klauterde de met klimop begroeide poort over, biddend dat ze zich niet in haar eigen been zou schieten als ze aan de andere kant naar beneden sprong. Verstijfd van schrik bleef ze staan. Het traliehek voor Kits achterdeur stond wijdopen en uit de tuinslang in het gras kwam nog steeds water. Schiet op, Angie, bad ze in stilte. Kom op met je tien reuzen van de SPG. Ze legde haar hand op de revolver, voelde zich iets gesterkt door het gewicht van het wapen in haar zak en sloop geruisloos naar de achterdeur.

Ze kon Kit nu horen praten, op lage, gedempte toon, maar ze kon niet horen wat er werd gezegd. Onzeker bleef Gemma staan. Misschien was Kit echt vroeg naar bed gegaan en haar reactie overdreven en hysterisch. Misschien was die witte Toyota van een keurige bankier die een paar huizen verderop woonde.

Behoedzaam schoof ze de keuken in en liet haar ogen wennen aan het weinige licht. Er was niemand.

Ze bleef weer staan en spitste haar oren. Ze dacht weer dat ze Kits stem hoorde. En toen wist ze het zeker. 'Je zult je gedwongen voelen dit soort dingen keer op keer te doen,' zei Kit, en haar stem trilde.

Kit was bang. Gemma kende die toon. En toen hoorde ze het, het schorre gefluister van de man. Hij was het. Haar bloed begon sneller te stromen van afschuw. Hij was hier, bij haar zus. Gemma sloop de keuken door en schoof de gang in, met de revolver in haar hand, de haan gespannen en klaar om te vuren. Het akelige schorre gefluister was opgehouden en Kit nam het woord weer.

'Het zal nooit ophouden,' zei ze. 'Tenzij je er iets aan doet. Anders zul je voor altijd met deze kwelling moeten leven.'

Ze waren in Kits spreekkamer. Gemma zag een flikkerend licht en hoorde opnieuw het schorre gefluister van de man. Ze sloop in de richting van de kamer en wenste dat ze vaker de praktijktraining op de schietclub had gedaan. Ze kwam bij de deur en keek voorzichtig om de post.

Kit lag op haar zij, met haar gezicht naar de deur en haar handen achter haar rug gebonden. Larry Hagan stond over haar heen gebogen en het mes in zijn hand fonkelde in het kaarslicht, dat dreigende, misvormde schaduwen op de muren wierp. Gemma bracht de revolver omhoog en richtte zorgvuldig.

De daaropvolgende seconden leken eeuwig te duren, want ze boden Kit de tijd om haar zus in de deuropening te zien staan, om dat zichtbaar te maken op haar doodsbange gezicht en om Larry Hagan kans te geven dat te zien en zich met een ruk om te draaien, zodat haar eerste schot miste. Het volgende moment was hij bij haar, sleepte hij haar de kamer in, zette haar klem tegen de schoorsteenmantel, duwde met zijn ene hand haar schietarm omhoog en haalde met de andere – met het mes – uit naar haar gezicht. Gemma slaakte een kreet, probeerde met haar linkeronderarm het naderende mes af te weren en stootte op hetzelfde moment haar rechterknie zo hard mogelijk in Hagans kruis. Haar revolver vloog uit haar hand. Hagan brulde, wankelde en hief weer zijn arm op, met het mes nog steeds stevig in zijn hand. Gemma's rechterarm zat nu pijnlijk vastgeklemd tegen de muur onder de boekenplank, maar ze zocht tegelijkertijd met haar rechterhand naar iets – het maakte niet uit wat – dat als wapen kon dienen. De vaas met bloemen en de kandelaar waren al op de grond gevallen. Kit, die hulpeloos geboeid op de grond lag, schreeuwde iets. Gemma keek in de zwarte rondjes van Hagans pupillen terwijl het mes op haar af kwam, en op hetzelfde moment sloot haar linkerhand zich om iets dat klein en hard was. Ze klemde haar vingers eromheen en probeerde met haar andere hand het naderende mes af te weren. Maar ze schoot tekort in kracht en hoewel ze de baan van het mes kon veranderen, zodat ze niet in haar gezicht geraakt zou worden, kwam het wel in haar onderarm terecht. Met de door adrenaline gevoede kracht van de wanhoop haalde ze met haar linkerhand, met wat daarin zat, zo hard mogelijk uit naar zijn hoofd. Deze keer wankelde hij achteruit en viel het mes op de grond. Vol afgrijzen zag Gemma dat het bloed uit haar arm stroomde; Larry Hagans uithaal had haar rechteronderarm opengehaald.

'Op de grond!' riep Kit. 'Bij de deur!'

Verdwaasd draaide Gemma zich om. Larry Hagan viel tegen de muur, wankelde en probeerde zijn evenwicht te hervinden.

'Je pistool!' riep Kit. 'Op de grond bij de deur!'

Gemma zocht koortsachtig naar haar wapen terwijl ze wist dat Larry zich aan het herstellen was en opnieuw op haar af zou komen.

'Schiet op!' schreeuwde Kit. 'Haal me hier weg!'

Op het moment dat Hagan op haar af schoot, hoorde Gemma een geluid dat aan onweer deed denken. Angie en drie uniformagenten kwamen met zaklantaarns en getrokken wapens de kamer binnenstormen, waarna twee van hen Larry Hagan tackelden en onmiddellijk boven op hem lagen.

Angie deed het licht aan, Kit probeerde zich los te worstelen op de matten in haar spreekkamer en Gemma stond als versteend tegen de schoorsteenmantel geleund.

'Godallemachtig!' zei Angie. 'Jullie zijn me een stel.' Ze keek toe terwijl Larry Hagan overeind werd getrokken en werd geboeid. 'Wat heb je met hem gedaan?'

Gemma bekeek haar belager eens goed. Sluik haar viel over een gezicht dat vol bloed zat en zijn hoofd hing voorover. Zijn benen konden hem niet dragen toen hij overeind werd gezeuld, en toen hij de spreekkamer uit werd gedragen, sleepten zijn voeten over de matten. Naast de deur lagen Gemma's revolver en zijn mes naast elkaar. Angie bukte zich snel om Kit los te snijden en Gemma hoorde in de gang iemand een ambulance bellen.

'En wat heb jíj jezelf aangedaan?' vroeg Angie toen een van de

uniformagenten een handdoek om Gemma's bloedende arm kwam wikkelen.
'Goddank dat je bent gekomen,' zei Kit tegen haar zus. 'Ik dacht echt dat ik er geweest was. Ik was ervan overtuigd dat ik jou en de anderen nooit meer zou zien.' Ze sloeg haar armen om Gemma en drukte haar tegen zich aan. Gemma voelde hoe haar lichaam begon te schokken en ze uitbrak in een gesnik van opluchting.
'Goddank dat Angie hier op tijd was,' zei ze.
'Het is oké, Gemmyfish. Het is voorbij.'
Het was voorbij, wist Gemma. Echt voorbij.

32

Gemma's wond, die was ontsmet, gehecht en keurig in verband was gepakt, klopte slechts licht. Het was druk in de kleine ziekenhuiskamer met de drie vrouwen en de eerstehulparts. 'Ik ga niet naar bed,' zei Gemma tegen de arts. 'Ik ben niet ziek.'

'Ik wil alleen maar dat u hier een uurtje gaat liggen,' zei de arts. 'Om de wond en uzelf even tot rust te laten komen voordat u weggaat. Het is een diepe snee, en er is een pees geraakt.'

'Je moet even rusten,' zei Kit. 'Het effect van de verdoving zal nog wel even doorwerken.'

'Ik red me wel,' zei Gemma. 'Ik wil hier weg en ik wil naar huis.' Ze keek haar zus aan. 'Trouwens, dat moet jij nodig zeggen, na wat je hebt doorgemaakt.'

'Ik heb nooit gedacht dat ik mijn spreekkamer ooit voor dát doel zou gebruiken,' zei Kit. 'Het enige wat ik kon doen was tijdrekken. Maar hij begon door zijn geduld heen te raken.'

Ze had Angie en Gemma verteld hoe ze 's avonds bezig was geweest de tuin te sproeien, met de keukendeur open, toen de man met het mes ineens van de muur was gesprongen. 'Ik heb gedaan wat hij me opdroeg,' vertelde ze. 'Hij bond mijn handen achter mijn rug, met tape, en we hebben uren gepraat. Ik heb geen idee hoe lang we hebben gepraat. Het leek eeuwen te duren. Hij heeft me veel over zichzelf verteld. Ik heb al mijn kennis en instinct moeten gebruiken om hem rustig te houden.'

'Dat is de reden dat je nog steeds in leven bent,' zei Angie.

'Mijn zus is de reden dat ik nog steeds in leven ben.' Kit streelde Gemma's wang en streek een lok haar van haar voorhoofd. Gemma had haar verteld van het ijzingwekkende moment waarop ze besefte wat Larry Hagans volgende zet zou zijn. 'Maar hoe meer we praatten,' vervolgde Kit, 'hoe meer hij van zichzelf blootgaf, hoe meer hij besefte dat ik al die dingen van hem wist en hoe gevaarlijker ik voor hem werd. Ik zag de intensiteit van zijn ademhaling en houding veranderen toen hij besloot dat hij genoeg had gepraat. Dat was het moment dat ik jou in de deuropening zag staan, Gems.'

'Ik ga Bruno op rapport slingeren,' zei Angie, 'zodra ik terug ben op het bureau. Hij heeft het verkeerde dossier gecheckt. Hij heeft onder Hogan gekeken, niet Hagan, en Hogan was brandschoon. Nu mag de baas die sukkel afhandelen. Ik werk in elk geval nooit meer met hem. En als er nog iets van gerechtigheid bestaat, geven ze hem een bureaufunctie in Blayney. Wat me herinnert aan die witte Toyota. De man die hem had gekocht, had hem doorverkocht, maar hij had de kruiwagen gehouden. Hij was aannemer. Het blijkt dat hij dat motel in de gaten zat te houden omdat zijn vrouw daar met iemand was. Dus Spinner had gelijk.'

'Is er hier een zekere Gemma Lincoln?' hoorde Gemma Spinner op de gang aan de dienstdoende zuster vragen.

Ze stak haar hoofd om de hoek van de deur. 'Hé, Spinner. Ik ben hier.'

Hij had een grote bos bloemen bij zich, rode, roze en gele rozen. 'Hier,' zei hij schaapachtig. 'Voor jou. Ik heb gehoord dat jij de held van vandaag bent. Wat is er gebeurd?'

Gemma vertelde het hem.

'Hoe is het met je verwonding?'

Ze haalde haar schouders op, liet hem haar verbonden arm zien en Spinner wierp er een bezorgde blik op. Gemma legde haar goede arm om zijn schouders. 'Spinner,' zei ze, 'je bent de beste.'

Hij lachte het compliment weg. 'Ik heb een afspraakje,' zei hij, 'met Rose Georgiou.'

Gemma lachte. 'Leuk voor je,' zei ze.

Maar Spinner had al meer gezegd dan hij van plan was geweest. Hij zag de anderen en hield verder zijn mond dicht.

'Dus jij bent de beroemde Spinner,' zei Angie toen Gemma hem aan de anderen voorstelde. Haar mobiele telefoon ging en ze liep naar de hoek van de kamer. Even later draaide ze zich om. 'Jullie zullen het niet geloven,' zei ze. 'Dat was Ted Ackland.'

Gemma herinnerde zich dokter Ackland, de lange patholoog-anatoom met de gebogen rug.

'Larry Hagan is dood. Een hersenbloeding. Waar heb je hem mee geslagen?'

Gemma schudde haar hoofd. 'Dat weet ik niet. Een of ander stuk steen dat op de schoorsteenmantel lag. Het was niet de bedoeling dat ik hem doodsloeg.' Ze huiverde en keek Kit aan.
'Mijn stuk marmer van Cyprus,' zei Kit. 'Ik had het op het strand gevonden.'
Het had daar eeuwen in de branding gelegen, dacht Gemma, om vervolgens meegenomen te worden naar Australië en daar nog eens jaren op een schoorsteenmantel te liggen om uiteindelijk te dienen als wapen. Ze voelde zich opeens heel klein. 'Klein, wit en dodelijk,' zei Gemma, 'precies zoals ze heeft gezegd.'
'Zoals wie heeft gezegd?' wilde Angie weten.
Maar Gemma negeerde de vraag. 'Kit,' zei ze, 'ik wil naar huis.'
'Bel Noel even voordat je gaat, wil je?' zei Spinner. 'Hij moest je iets vertellen.'
Gemma knikte.
'Breng haar naar huis, Kit,' zei Angie. 'Ze heeft de staat net een miljoen dollar bespaard.'
'Het was niet de bedoeling dat ik hem doodsloeg,' zei Gemma weer.
Kit legde haar arm om haar schouders. 'Dat weet ik,' zei ze. 'Kom op, zusje. Ik breng je naar huis.'
'Laat mij haar naar huis brengen,' zei een diepe mannenstem, en Richard Cross kwam de kamer in met een grote bos bloemen met een zilveren lint eromheen. Gemma glimlachte aangenaam verrast toen hij naar haar toe kwam. Ze vond dat hij er nog nooit zo aantrekkelijk uit had gezien, in zijn tweedjasje, donkerblauwe broek en het ietwat formele witte overhemd met das. Gemma zag dat Angie bewonderend naar hem keek. Ze stelde hem voor en er werden handen geschud.
'Hoe wist je dat ik hier was?' vroeg Gemma.
'Daar heb ik mijn spionnen voor,' zei Richard lachend.
'Beloof me dat je voorzichtig zult zijn,' zei de arts. 'Je hebt een hoop doorgemaakt en de verdoving zal ervoor zorgen dat je nog een tijdje niet al te helder bent.'
'Ik zal goed voor haar zorgen,' zei Richard.
'Ik ben uitgehongerd!' zei Gemma.
'Daar kan ik in elk geval iets aan doen,' zei Richard.
'Oké, oké,' zei Gemma, en ze keek lachend van de ene man naar

de andere. 'En wie brengt Kit naar huis? Die heeft meer behoefte aan hulp dan ik, na wat ze heeft doorgemaakt.'
'Dat doe ik,' zei Angie, en ze nam Kit bij de arm. 'Ik zal je zelfs in bed stoppen.'
'Breng me naar Gemma's huis, als je wilt. Vind je dat goed, Gems?'
Gemma knikte.
'Op de een of andere manier voel ik er even niets voor om naar mijn eigen huis terug te gaan,' zei Kit.

Richard Cross nam Gemma bij de elleboog en leidde haar over het voetpad naar zijn zwarte Mercedes. Hij deed het portier voor haar open. Gemma stapte in en snoof de vertrouwde geur op die alleen dure auto's hadden. Richard liep naar de andere kant, legde de bloemen op de achterbank en stapte in. 'Ik heb je onder valse voorwendselen meegenomen,' zei hij. 'Er is iets wat ik je wil laten zien voordat ik je naar huis breng. Het is maar een kleine omweg. Vind je het erg?'
Gemma schudde haar hoofd. 'Als ik maar gauw iets te eten krijg,' zei ze lachend. Ze voelde zich een beetje gek en vroeg zich af hoeveel daarvan aan de plaatselijke verdoving te danken was, hoeveel aan de adrenaline die nog steeds door haar systeem golfde en hoeveel aan het feit dat ze er op de een of andere manier in was geslaagd de klap uit te delen die Larry Hagan definitief had uitgeschakeld.

Angie stopte bij een winkeltje zodat Kit wat inkopen kon doen, aangezien zij wist hoe Gemma's koelkast er vanbinnen uit zou zien.
'Ik laat je niet graag alleen,' zei Angie toen ze later op Gemma's balkon zaten. Een storm naderde uit het zuiden, waar de hemel inktzwart was, maar boven hen waren de sterren nog te zien. De zee sloeg grommend op de rotsen en Kit huiverde toen ze bedacht hoe dicht ze vanavond bij de dood was geweest. 'Is er iemand die ik kan laten komen om bij je te blijven totdat Gemma terug is?' vroeg Angie.
'Echt, ik red me wel,' zei Kit. 'Ik heb een zoon,' voegde ze eraan toe. 'Als ik echt de kriebels krijg, vraag ik of hij wil komen.' Ik heb

een zoon, dacht ze, en het idee gaf haar kracht. Ze gingen naar binnen, want het ging steeds harder waaien en de lucht was al helemaal dichtgetrokken. Kit schoof de schuifdeur dicht en draaide hem op slot.

'Kom morgen even langs,' zei Angie. 'Dan nemen we je verklaring op. Vanavond mag je uitrusten.' Ze stond op, keek Kit aan en hield haar hoofd schuin. 'Weet je,' zei ze, 'Jullie zijn me een stel, Gemma en jij. Ik was zo pisnijdig op jullie, op jullie allebei, en vooral op jou, en nu... nou ja... "vol bewondering" lijkt me de juiste omschrijving.' Ze spreidde haar armen en de twee vrouwen omhelsden elkaar.

'We hebben inderdaad het een en ander voor onze kiezen gehad, Gemma en ik. Maar ik wil jou ook bedanken voor dat je bent gekomen.'

Enige tijd later, toen Kit een bedje maakte op de bank en ze zich afvroeg hoe lang Gemma nog zou wegblijven, begon de telefoon te rinkelen.

'Gemma?'

'Nee,' antwoordde Kit. 'Ik ben haar zus. Ik kan een boodschap aannemen.'

'Kit, je spreekt met Steve. Steve Brannigan.'

'Steve,' zei ze terwijl ze zich afvroeg hoeveel ze hem kon vertellen. 'Gemma is er niet. Kun je misschien morgen terugbellen?'

Er viel een lange stilte. 'Eigenlijk wilde ik jou spreken. Nu meteen, als het kan. Ik kan me op het ogenblik niet vrij bewegen. En morgen kan ik niet. Het gaat over de verklaring van je vader, die hij heeft opgeschreven op de avond dat je moeder werd vermoord.'

'Ja,' zei Kit. 'Gemma vertelde me dat je die door een soort taaldeskundige zou laten bekijken.' En opeens kwam het allemaal weer in haar boven, het hele gedoe met haar vader, de dood van haar moeder, opgestuwd door het drama van de afgelopen uren, toen ze dacht dat ze zelf ook zou sterven.

'Eigenlijk komt het goed uit dat ik jou aan de lijn krijg,' zei Steve. Hij wachtte even. 'Je weet waarschijnlijk al dat Gemma en ik ieder onze eigen weg zijn gegaan en ik weet niet zo goed hoe ik dit moet aanpakken.'

'Wat aanpakken?' vroeg Kit toen ze de onzekerheid in zijn stem hoorde.

'Ik kan het niet over de telefoon uitleggen,' zei hij. 'Ik weet dat het raar klinkt, maar kan ik naar je toe komen? Nu meteen?'
'Mij best,' zei Kit. 'Ik weet alleen niet of ik nog helder kan nadenken. Ik heb een vreselijke avond achter de rug.' Toen ze had opgehangen, barstte ze in lachen uit, een gelach dat steeds onbeheerster werd, totdat het eindigde in een schokkend gesnik.
Ze had net haar neus gesnoten toen Steve voor de deur stond.
'Sorry voor het late uur,' zei hij met een bezorgde blik op Kits betraande gezicht. 'Maar dit is buitengewoon belangrijk.'
Ze gingen tegenover elkaar aan de eettafel zitten en Steve haalde een dossiermap uit zijn tas. 'Lockly heeft een volledig rapport geschreven,' zei hij, en hij reikte het haar aan. Het bestond uit tien tot vijftien getypte pagina's. Ze bladerde ze even door, zag dat de kopie van de oorspronkelijke verklaring met markeerstiften in verschillende kleuren was bewerkt en alle persoonlijke voornaamwoorden waren omcirkeld, en gaf de stapel terug aan Steve.
'Ik zal proberen je een verkorte cursus in de SCAN-methode te geven,' zei Steve. 'Dit soort analyse is gebaseerd op het feit dat de taal die een persoon gebruikt een afspiegeling is van zijn belevingswereld van dat moment.'
'Ja,' zei Kit. 'Ik ben bekend met de manier waarop geest en gedrag in elkaars verlengde liggen. Dat is mijn werk.'
'Gemma vertelde me dat de auteur – jouw vader – meteen na de dood van zijn vrouw is gaan zitten om dit op te schrijven. Dus is zijn verklaring niet beïnvloed door op een bepaalde manier gestelde vragen of raar politiejargon zoals "het mannelijke subject" en dat soort rare dingen.'
Kit knikte.
'Mensen zijn buitengewoon bezitterige wezens. Maar jouw vader gebruikt niet de term "mijn vrouw" als hij haar in de tekst introduceert. Een tweede punt dat belangrijk is, is het moment waarop je vader besluit te beginnen met de beschrijving van het gebeuren. Dat is niet het moment dat je zou verwachten als iemand thuiskomt en zo'n afschuwelijk tafereel aantreft. Nee, hij begint zijn verklaring met de volgende zin.'
Steve begon voor te lezen.
Om ongeveer halfdrie vanmiddag belde ik Marianne om te vragen of ze zin had om mee te gaan naar het diner dat vanavond op de universiteit werd

gegeven. Ze zei dat ze geen zin had omdat ze zich depressief voelde, waarvoor ze wordt behandeld. Ik zei dat ik het begreep. We hebben geen ruzie gemaakt.

Steve keek op van de verklaring. 'De analist zegt dat het dát telefoontje is, in elk geval in de geest van je vader, dat het begin van de hoofdgebeurtenis inluidt. Nu zul je je misschien afvragen waarom dat is.'

Kit boog zich naar voren en luisterde aandachtig.

'Omdat tijdens dat telefoongesprek zijn vrouw iets zegt wat haar dood tot gevolg zal hebben.' Steve legde de verklaring neer. 'Ik vind het erg moeilijk om dit aan jou te vertellen,' zei hij.

'Ga door,' zei Kit. Ze merkte dat ze haar vuisten zo stijf had gebald, dat haar nagels diep in de muis van haar handen drongen.

'Het feit dat hij schrijft: we maakten geen ruzie,' vervolgde Steve, 'is buitengewoon belangrijk. Wanneer iemand in een verklaring schrijft wat hij niet heeft gedaan of wat er niet is gebeurd, wordt een analist heel nieuwsgierig, want een verklaring gaat over wat er wél is gebeurd.'

Kit keek weer naar haar vaders verklaring en las de woorden ondersteboven mee terwijl Steve ze voorlas.

Ik heb nog vier van mijn patiënten gezien. Steve stopte. 'Let op dat hij het hier heeft over "mijn patiënten", terwijl hij het een stukje verderop heeft over "een patiënt". De analist wil dan weten waarom hij zich distantieert van die ene patiënt.'

Kit knikte. Het klonk redelijk.

Steve vervolgde: *... en ging daarna naar de bank, maar er stond een lange rij, dus heb toen geen geld opgenomen. Ben nog even bij een patiënt langs geweest.*

Steve tikte met zijn wijsvinger op de bladzijde. 'Dit is wat we noemen "de ontbrekende ik",' zei hij. 'En die ontbreekt hier drie keer. In zijn eigen verklaring! Dat kan betekenen dat de persoon niet echt bij de actie aanwezig is. Dus hij ontbreekt op de bank, hij ontbreekt als hij géén geld opneemt...' Weer nam hij even pauze. 'Belangrijk is hier dat hij het heeft over iets wat niet gebeurd is. En in dit geval vestigt hij onbewust de aandacht op het nietgebeuren omdat hij het woord "toen" gebruikt, wat ons vertelt dat hij op een ander moment wél geld heeft opgenomen. Deze geldopname is in zijn geest heel belangrijk, en een analist wil dan weten waarom dat zo is. Want vrijwel meteen daarna heeft hij het over een huisbezoek aan "een" patiënt, niet "mijn patiënt" zoals even daarvoor, en ook hier ontbreekt de "ik". Dit zijn tekenen die duidelijk wijzen op misleiding en bedrog.'

Kit voelde haar hart in haar schoenen zinken.

Daarna ben ik rechtstreeks teruggereden. Steve legde de verklaring neer. '"Daarna" is een term die wij een "ontbrekend verband" noemen. Waarna, vragen we ons dan af. Wat is er gebeurd tijdens zijn bezoek aan de patiënt van wie hij zich in zijn verklaring wil distantiëren? Heeft hij de patiënt – van wie hij zich wil distantiëren – geld gegeven? Het gebruik van de woorden "rechtstreeks rijden" in een verklaring duidt altijd op een zekere haast en spanning.' Hij zag hoe Kit hem aankeek en zijn eigen gezichtsuitdrukking verzachtte. 'Het spijt me zo,' zei hij, 'dat ik je dit moet vertellen. Ik wou dat het anders was. Maar kijk wat je vader dan doet: *rechtstreeks teruggereden.* Niet "naar huis" of naar "ons" of "mijn" huis gereden. Dat duidt erop dat hij niet het gevoel had dat het huis van hem was. Was het soms gehuurd?' vroeg hij aan Kit.

Ze schudde haar hoofd. 'Nee,' zei ze. 'Het was van opa Lincoln.'

Steve knikte bevestigend. *Marianne lag in bed en de meisjes waren op hun kamer*, vervolgde Steve. 'De manier waarop hij aan zijn dochters refereert, duidt niet op enige verwantschap. Zijn eigen dochters zijn niet meer dan "de meisjes".'

Kit voelde haar ogen vochtig worden. Een oud gevoel van schaamte kwam opnieuw omhoog. We waren dus helemaal niet belangrijk voor je, is het wel, zei ze tegen zichzelf.

'Ook neemt hij niet de moeite jullie te introduceren. Dat is helemaal niet goed. Jullie hebben niet eens namen.'

Kit richtte haar aandacht op de verklaring op tafel, want ze wilde niet dat Steve haar tranen zag. Maar Steve las door.

Er was geen eten voor de meisjes, dus ben ik naar de winkel op de hoek gegaan om wat boodschappen te doen en heb ik roereieren voor ze klaargemaakt. Toen heb ik me omgekleed voor het diner en ben ik om ongeveer halfacht weggegaan. Marianne was toen op. Ik ben tot ongeveer halfelf op de universiteit gebleven, ben naar huis gereden en kwam daar om een uur of elf aan. Ik heb mijn auto geparkeerd en ben naar binnen gegaan. Ik liep de eetkamer in en trof Marianne liggend op de grond aan, bij de openslaande deuren, die openstonden. Ze had ernstige verwondingen aan haar hoofd en had veel bloed verloren. Haar pols was zwak en onregelmatig. Ik belde meteen het ziekenhuis en wachtte totdat de ambulance kwam. Ze zeiden dat ze de politie zouden inlichten. Ik nam Marianne in mijn armen en ze hoestte bloed op, wat op mijn jasje terechtkwam. Ze was niet bij kennis. Gemma kwam de kamer binnen en ik zei dat haar moeder gewond was en dat ze de buurvrouw, mevrouw Moresby, moest gaan halen. Ik ben met Marianne meegereden in de ambulance en in het ziekenhuis gebleven totdat de chirurg me kwam vertellen dat mijn vrouw was overleden. Ik ben naar huis gekomen en mevrouw Moresby is vannacht bij ons gebleven. De politie is net geweest; ze hebben mijn kleren meegenomen. Ik ken niemand die mijn vrouw zou willen vermoorden en dat heb ik ze verteld.

Steve legde de verklaring op tafel. ‘Let op dat Marianne pas zijn vrouw wordt als ze dood is. En dat hij in de laatste paar zinnen overschakelt van de verleden tijd naar de tegenwoordige tijd... de directe rede.’
Kit zei niets. Ze had genoeg gehoord om tot een conclusie te komen. Ze stond op en liep naar de grote glazen schuifdeuren. Ze kon er niet doorheen naar buiten kijken. Regen kletterde tegen het glas en ze moest denken aan de zware onweersbui kort na haar moeders dood, toen ze Gemma probeerde te troosten door samen met haar naar de regendruppels te kijken en te raden welke het eerst beneden zouden zijn.
Steve pakte de brief die bij het rapport hoorde. ‘Ik zal je voorlezen wat Locky aan Gemma heeft geschreven.’

Over het geheel genomen zijn er zoveel sporen die wijzen op bedrog, dat de waarde van deze verklaring zeer twijfelachtig is. Bovendien is er geen enkele emotie in terug te vinden. In een verklaring die op waarheid berust, zouden we emoties verwachten, omdat de taal sporen vertoont van de belevingswereld van dat moment. Helaas moet ik je zeggen dat je vaders verklaring blijk geeft van een aanzienlijke betrokkenheid bij de dood van je moeder. Als ik in de positie was geweest deze man te verhoren, zou ik de vraagstelling zeker in deze richting hebben gestuurd.

‘Het moet heel erg voor je zijn om dit aan te horen,’ zei Steve.

‘Ik heb altijd gedacht dat hij het gedaan had,’ zei Kit. ‘Ik herinner me hun vreselijke ruzies.’
‘Wil je dat ik de rest van de brief voorlees?’
Kit knikte.

Het is absoluut niet mijn taak om meer te doen dan het interpreteren van de taal die is gebruikt in deze verklaring, dus wat hier volgt, is speculatie. Ik vraag me af of de auteur de patiënt op de een of andere manier heeft aangezet tot de moord op zijn vrouw, misschien door hem geld aan te bieden, of door een andere, meer subtiele manier, terwijl hij deelnam aan het diner op de universiteit. Op die manier kon hij min of meer naar waarheid zeggen dat hij was thuisgekomen en haar zo had aangetroffen. En ik ben ervan overtuigd dat het besluit om haar te laten vermoorden is genomen tijdens dat telefoongesprek met zijn vrouw. Want dat is het moment, althans in zijn geest, waarop de gebeurtenissen van die avond in beweging zijn gezet. Wat onbewust de reden is geweest dat hij zijn verslag daarmee is begonnen.

‘Nou,’ zei Steve. ‘Dat is het. Ik vrees dat jij degene bent die het Gemma moet vertellen. Ik benijd je niet. Het was altijd erg belangrijk voor haar dat haar vader onschuldig was.’
‘Ja, dat was het,’ zei Kit. ‘Het zal haar erg veel pijn doen. Het was iets waar ze zich haar hele leven aan heeft vastgeklampt. En het leek erop dat ze gelijk had. Zeker toen die expert in bloedspatpatronen de foto’s had bestudeerd en had gezegd dat ze vaders versie van het gebeuren ondersteunden.’
Ze voelde een groot verdriet. Nu zal ik dit schokkende feit over mijn vader écht moeten accepteren. Voor de tweede keer. Het bewijsmateriaal met de bloedspatten had inderdaad iets aangetoond. Haar vader wás thuisgekomen en hád haar bloedend op de grond aangetroffen, maar hij had er ook voor gezorgd dát dat zo was.
‘Het is niet echt een schok voor me,’ zei ze. ‘Maar ik verbaas me over de immense droefheid die ik nu voel.’
‘Het moet een afschuwelijke ervaring zijn geweest voor jou en je zus,’ zei Steve, ‘wat er die avond is gebeurd.’
Kit knikte.
‘En de gevolgen moeten nog jaren daarna merkbaar zijn geweest.’

'Dat zijn ze nog steeds,' zei Kit. 'We worden nog steeds omringd door kwade geesten.' Ze keek op naar Steve, die bij de schuifdeuren was gaan staan terwijl de regen achter hem langs het glas gutste. 'Gemma was betrokken bij een onderzoek dat me eerder deze avond bijna het leven heeft gekost.' En ze vertelde hem alles over wat haar was overkomen en hoe Larry Hagan uiteindelijk het loodje had gelegd.

'Knap van haar,' zei Steve, en Kit zag zijn verwarring, de combinatie van liefde en boosheid die hij voor haar zus voelde.

Toen Steve weg was, dacht Kit: ik wil mijn vader hiermee confronteren. Ik wil het hem horen zeggen. Hij heeft zijn straf uitgezeten, maar hij moet nog wel schoon schip maken met zijn dochters. Vooral voor Gemma, maar voor mij ook. Ze vermoedde dat ze het aan zou kunnen als hij bekende. Ze moest denken aan Will en wat hij had gezegd. Je bent eerlijk geweest over jouw aandeel erin, had hij gezegd, en dat heeft mij gedwongen naar mijn eigen aandeel te kijken. Hun vader moest inzien dat de schade die hij had veroorzaakt zou blijven voortduren zolang hij weigerde de waarheid te zeggen. Ze zou morgen naar hem toe gaan. Want nu, dacht ze terwijl ze zich uitstrekte op haar geïmproviseerde bed op de bank, was ze te moe om aan iets anders te denken dan slapen.

33

Gemma stond bij het raam in Richards appartement en keek naar de lichtjes van de haven en een reusachtig, uitvarend containerschip. Het was het afgelopen halfuur bijna opgehouden met regenen en ze voelde zich opeens doodmoe. De wond in haar onderarm begon harder te kloppen naarmate de verdoving langzaam maar zeker uitgewerkt raakte. Ik moet echt naar huis, dacht ze. Ik moet naar Kit, kijken hoe ze haar aanvaring met Larry Hagan heeft verwerkt. Die stomme Bruno met zijn Hogan/Hagan-blunder had Kit bijna het leven gekost. Het was een grote dag geweest voor een klein detectivebureau als het hare. Achter haar stonden de rode bloemen beeldschoon op een laag tafeltje onder een reusachtig olieverfschilderij aan de westelijke muur van Richards woonkamer. Beide pasten perfect bij het sobere interieur van de kamer; een oplichtend rood in de duisternis, dacht Gemma terwijl ze van haar drankje nipte.

Een kaars in de beeldschone zwart met gouden kandelaar verspreidde een zacht licht over de restanten van de maaltijd die ze net hadden gegeten. Richard had een verrukkelijke Thaise maaltijd laten bezorgen en Gemma had gegeten als een wolf, blij dat ze met haar rug naar de Melanesische krijger met zijn enorme geval zat. Richard had zich omgekleed en een zacht linnen hemd en donkere broek aangetrokken. Hij droeg Japanse slippers van geweven stro en zag er volmaakt ontspannen uit. Ze had gehoor gegeven aan zijn uitnodiging haar schoenen uit te trekken en bij de deur te laten staan, zodat ze nu genoot van het dikke tapijt onder haar blote voeten terwijl ze op de grond zat, ontspannen met haar rug leunend tegen de leren bank.

'Het was heel moeilijk,' zei Richard, die links van haar zat, 'om de oudste zoon van immigranten te zijn. Ik heb jarenlang alles voor ze moeten vertalen. Ik was op een bepaalde manier "de man" in huis, en dat maakte mijn vader pisnijdig. Mijn moeder was...' Hij

viel stil. 'Op een zeker moment waren de dingen erg moeilijk,' vervolgde hij. 'Er gebeurden dingen...' Hij viel opnieuw stil alsof hij in beslag werd genomen door een akelige herinnering. 'En je vader?' vroeg hij. 'Heb je al besloten wat je gaat doen?'
Ze dacht een ogenblik na. 'Ik moet proberen zijn naam te zuiveren,' zei ze. 'Zelfs al wil hij dat zelf niet.'
'Maar ik mag toch aannemen dat hij daar ook iets over te zeggen heeft?' zei hij. 'Aangezien het hem betreft?'
'Als ik eerlijk ben,' zei ze, 'moet ik toegeven dat het hem meer aangaat dan mij.' Ze knipperde even met haar ogen, voelde zich licht in haar hoofd en de wond in haar arm begon steeds harder te kloppen. 'En ik heb nu bewijs dat zijn onschuld aantoont,' zei ze. De mist in haar hoofd werd steeds dichter. 'Ik moet naar huis,' zei ze, opkijkend naar hem. Ze zag hem opeens in zijn eigen context en vroeg zich af of ze hem echt nog terug wilde zien. Hij vertegenwoordigde leeftijd en veiligheid en dat waren vaderlijke dingen, wist ze. Ik heb behoefte aan een partner die mijn gelijke is, dacht ze. Iemand als Steve.
'Natuurlijk,' zei hij. 'Ik zal je thuisbrengen.'
Ze wachtte terwijl hij naar de andere kamer liep, waarschijnlijk om zijn jasje aan te trekken. Gemma's blik ging weer naar de rode bloemen, die zo volmaakt in deze kamer pasten. Het leed geen twijfel dat Richard Cross een kunstenaarsoog had. Hij had een rode Japanse brug over een vijver vol waterlelies bij zijn bedrijf, zoals Monet die in zijn tuin had gehad. De bloemen kleurden perfect bij de rode en donkere tinten van het olieverfschilderij dat de hele kamer leek te domineren. 'Wat is een interieur?' had Ratbag haar gevraagd. De blauwe, witte en goudgele bloemen hadden ook zo perfect bij haar interieur gekleurd. Hij streefde naar perfectie, of hij wilde of niet. Behalve dat hij, toen hij die bloemen stuurde, nog nooit bij haar thuis was geweest en dus helemaal niet kon weten hoe het interieur eruitzag.
Gemma voelde haar hele lichaam verstijven. Hoe had hij geweten hoe haar huis er vanbinnen uitzag? Er waren maar een paar mensen die dat wisten. Hij had haar kleine bureau uitgekozen om zijn pakhuizen en bedrijfs- en kantoorruimten te beveiligen in plaats van een van de grotere bureaus in Campbelltown. Ze had zich gevleid gevoeld. Ondanks haar vermoeidheid begonnen er bin-

nen in haar allerlei alarmbellen te rinkelen.
Hij was helemaal niet geïnteresseerd in haar. Hij was een politicus in spe en zij was gevallen voor zijn charmes. Hij is iets met me van plan. Hij heeft me bewerkt en ingepakt en nu gaat hij me ergens voor gebruiken. Misschien iets illegaals op het beveiligingsvlak. Of ze moest een van zijn politieke rivalen zwartmaken. Gemma, zei ze tegen zichzelf, je bent een domme gans, een domme, onnozele gans.
Richard Cross kwam de kamer in, deed de deur naar het balkon open en liep op blote voeten door de plassen naar de hoek, waar zijn paraplu in was gewaaid. Gemma fronste haar wenkbrauwen. Er klopte iets niet. De sensorlamp had aan moeten springen en dat was niet gebeurd. Ze was niet alleen gevallen voor de truc die hij met haar had uitgehaald, maar nu werkte de apparatuur die Noel en zij voor hem hadden geïnstalleerd, ook niet naar behoren. Door de beregende ruiten zag ze Richard voor- en achteruitlopen in een poging de sensor te activeren. Verdomme, dacht Gemma. Wat gênant. Bloemen en vleierij, en ik trap er nog in ook. Er bonkte iemand op de voordeur.
'Er is iemand aan de deur!' riep Gemma.
Richard stond bij de sensor van de buitenverlichting en zwaaide zijn hand ervoor langs in een poging het licht te doen aanspringen. Het gebonk op de deur werd steeds harder. Uiteindelijk kwam Richard glimlachend en hoofdschuddend binnen. 'Dat licht is niet goed,' zei hij speels, en Gemma meende ineens iets van een accent te horen. Toen hoorde hij het gebonk op de deur.
'Wie kan dat zijn?' zei hij.
Gemma wachtte totdat hij zou opendoen, maar toen hij naar de deur was gelopen, keek hij alleen maar door het spionnetje. En toen hij zich omdraaide, was zijn gezicht asgrauw.
'Wie is het?' vroeg Gemma.
Hij bleef besluiteloos staan en Gemma kon hem bijna zien nadenken toen een hele reeks vreemde uitdrukkingen elkaar afwisselden op zijn gezicht terwijl dat beurtelings opgloeide en weer lijkbleek werd.
Pure angst drukte op haar borst, belette haar normaal adem te halen en opeens kreeg ze overal jeuk. Richard liep een kamer in en kwam er vrijwel meteen weer uit tevoorschijn. Gemma staarde

verdwaasd naar wat hij in zijn rechterhand had en op haar richtte. Haar geest weigerde te geloven wat haar ogen zagen.
Ze zag hoe zijn duim de veiligheidspal omzette. Het opvallende, vervaarlijke uzi-machinepistool met zijn lelijke korte loop is een wapen dat je nooit meer vergeet. Je hoort het eigenlijk met twee handen af te vuren, herinnerde ze zich, hoewel dat, met een gewicht van nog geen twee kilo als het wapen geladen was, ook wel met één hand kon.
'Wat ben jij verdomme van plan?' vroeg ze.
'Doe de deur open,' zei hij. 'Laat hem gewoon binnen. Zeg geen woord.' Zijn stem klonk afgemeten en hard; al zijn charme was verdwenen en zijn gezicht leek ineens ouder en magerder.
'Ik begrijp niet wat...' begon ze te zeggen.
'Je hoeft niks te begrijpen. Doe wat je gezegd wordt.'
Gemma voelde hoe de angst haar knieën bereikte. Ze kon zich niet bewegen.
'Doe het!' snauwde hij. 'Laat hem binnen.'
Terwijl ze naar de deur wankelde en nauwelijks iets kon zien van angst, vielen er in haar geest een paar stukjes op hun plaats en ontstond er een beeld. Hogan/Hagan. Verkeerde namen. Veranderde namen. Vertaalde namen. Hahndorf klinkt zo elegant, maar het betekent niets anders dan Cock City, had haar vader gezegd. Cross Weld. Kreutzvalt. Ze strompelde naar de deur en deed open. Haar mond viel open toen ze zag wie het was.
'Papa? Wat...?' Toen slaakte ze een kreet. 'Hij heeft een pistool!'
Maar het was al te laat. Haar vader drong zich langs haar heen en was binnen. 'Leg dat wapen neer, Kreutzvalt,' commandeerde hij. 'Leg onmiddellijk dat ding neer.'
'Deze kant op, dokter,' zei de gewapende man onaangedaan. 'Loop het balkon op. Doe het, of ik schiet je dochter dood.'
'Oké, oké,' hoorde Gemma haar vader van heel ver weg zeggen. De shock en de verdoving deden haar geest wankelen zodat ze het ene moment bij bewustzijn was en het volgende eruit leek weg te glijden. Ze dwong zichzelf helder te blijven. 'Doe haar geen kwaad,' zei haar vader. 'Dit is tussen jou en mij, Arik.'
'Dat was het,' zei de man met de uzi. 'Maar dan komt zij en wil ze de zaak laten heropenen. Ik ben dertig jaar bezig geweest het verleden achter me te laten en ik ben niet van plan de rest van mijn

leven te laten verpesten door één fout. Want als het nieuwe bewijs hem vrijspreekt,' zei Richard Cross, 'komen ze achter mij aan. Je laat me geen keus.'
'Jij was het!' riep Gemma. 'Mevrouw Moresby heeft jou horen inbreken een halfuur voordat mijn vader thuiskwam.'
'Ik was maar een loopjongen voor je vader. Ik was zijn patiënt. Labiel, psychotisch... dat waren de etiketten die je in die tijd opgeplakt kreeg. Ik heb alleen maar gedaan wat de dokter me opdroeg.'
Alles gaat in tweeën, had mevrouw Moresby gezegd. Twee zusjes, dertig jaar geleden. De twee zusjes Perrault. Twee moordenaars in Liverpool. Twee moordenaars dertig jaar geleden. En die waren nu allebei hier. Gemma drukte haar handen op haar oren en schudde wild haar hoofd. 'Zeg me dat het niet waar is, papa,' zei ze met een droge mond van afschuw. Ze was bang dat ze in haar broek zou plassen. 'Alsjeblieft, papa.'
Maar haar vader zei niets, wendde zijn gezicht af en trok zich terug in zichzelf zoals ze hem in de auto had zien doen nadat ze hem had opgehaald van Silverwater.
'Naar buiten,' zei Richard Cross. 'Jullie allebei, het balkon op.'
Hij dreef de twee door de deur het balkon op. De lichte motregen was opgehouden, maar de nachtlucht was inktzwart en in de verte, boven de Heads, onweerde het. Een straffe wind was uit het niets komen opzetten, plukte aan hun kleren en deed de bladeren van de balkonplanten ritselen en ruisen. Gemma stond vlak naast haar vader. Haar vader had haar moeder vermoord. En omdat ik me bleef vastklampen aan het verleden en ben blijven geloven in zijn onschuld, heb ik al dit kwaad over ons afgeroepen. Een enorme golf energie welde in haar op. Zonder na te denken wierp ze zich op haar vader en sloeg ze hem met volle kracht in zijn gezicht. 'Jij hebt het gedaan!' schreeuwde ze. 'Jij hebt het gedaan en ik heb je geloofd!'
Hij gleed uit op het natte beton maar vond op de een of andere manier zijn evenwicht terug.
'Ik heb je geloofd! Je was mijn vader!' Ze bleef hem slaan, kon hem niet erg genoeg pijn doen. Hij deed nauwelijks iets om haar tegen te houden, stak alleen zijn armen omhoog om haar slagen af te weren en wankelde achteruit totdat hij met zijn rug tegen de muur stond.

'Ophouden jullie!'
De scherpe, harde stem van de man met de uzi was niet het enige wat haar ertoe bracht haar armen te laten zakken. Gemma voelde alle kracht uit zich wegvloeien. Straks breekt mijn hart echt, dacht ze, als ik niet eerst sterf van angst. Hij was net zo schuldig als wanneer hij haar zelf met de hamer had doodgeslagen. Ik ben het kind van een moordenaar.
Ze bleef staan, hijgend en snikkend uitademend, en het bloed jagend door haar aderen. De wind huilde om de torenflat en ook zij had graag gehuild.
'Ga naar het licht,' commandeerde Cross haar, 'en stel die sensor bij. Ik heb je een hoop geld betaald en je hebt slecht werk geleverd. Zorg ervoor dat dat ding werkt.'
Gemma hoorde de minachting in zijn stem en knipperde verward met haar ogen. Ze kon niet meer normaal nadenken. Een onbekend deel van haar geest waarschuwde haar voor een vreselijk gevaar terwijl haar gezonde verstand de situatie probeerde te begrijpen. Haar vader stond nog steeds met zijn rug tegen de muur en Gemma liep bij hem vandaan, naar de sensorlamp, die zichtbaar was in het licht dat van Richard Cross' flat naar buiten scheen.
De verdoving, de gebeurtenissen van die dag, haar vermoeidheid en de emotionele klap die ze net had gehad, hadden er met elkaar voor gezorgd dat haar geest leeg was. Ze bewoog zich als in een droom. Ga naar het licht, had hij gezegd. Dat was wat mensen die gingen sterven werd opgedragen, herinnerde ze zich uit een ver verleden. Ga naar het licht. Ze deed nog een stap en bracht haar rechterhand omhoog om de sensor bij te stellen. In deze onwerkelijke geestestoestand leek de tijd tot stilstand te zijn gekomen. Ze was zich alleen nog bewust van het koude, natte beton onder haar blote voeten.
Op het moment dat ze de kleine witte sensor wilde vastpakken, hoorde ze haar vader schreeuwen: 'Nee, Gemma, niet doen!' Ze voelde iets tegen zich aan vallen en verloor haar evenwicht. Instinctief stak ze haar arm uit om haar val te breken, en een scherp stekende pijn schoot door haar arm omhoog toen ze tegen het beton smakte en haar wond opensprong. Ze kwam hard terecht, stootte haar hoofd tegen de muur en botste tegen haar

vader, die bijna boven op haar viel.
Het scherpe geluid van schoten op korte afstand deed haar trommelvliezen bijna springen. Ze voelde iets donkers op haar hoofd neerdalen, draaide het weg en keek verbijsterd in haar vaders wijdopen mond, die een geluidloze schreeuw voortbracht. In volmaakte stilte rolde hij van haar af, nadat zijn borstkas de 9 mm-kogels had opgevangen die voor haar bedoeld waren.
Richard Cross had met zijn linkerhand de balustrade vastgepakt terwijl hij met de rechter vuurde, maar de terugslag van de uzi sloeg zijn hand tegen de sensor aan. Liggend op de grond kon Gemma zien dat er helemaal geen lamp in de fitting zat. Geen wonder dat hij niet aanging. Toen zijn hand de sensor raakte, zag ze zijn gezicht verkrampen en zijn mond wijd opengaan. Een ongelofelijke schok trok door zijn lichaam alsof hij door de bliksem werd getroffen en zijn gezicht trok samen in een geluidloze kreet toen hij over de balustrade werd getild. Door de plotselinge stilte kwam haar een brandlucht tegemoet.
Gemma kroop naar de balustrade en bleef daar op haar knieën zitten, te verzwakt om op te staan. Ze kon wel door de spijlen kijken. Vijftien verdiepingen lager, naast het plantsoen, kon ze nog net zijn gedaante onderscheiden, die daar als een misvormd hakenkruis op de grond lag.
Ze draaide zich om naar haar vader en zag zijn lippen bewegen. Ik kan je niet horen, wilde ze tegen hem zeggen. Ik kan je niet horen. Zijn ogen keken haar smekend aan. Ze kroop naar hem toe en nam zijn hand in de hare, maar verder kon ze niets voor hem doen. Eindelijk begonnen de tranen over haar wangen te stromen. 'O, papa, o, papa,' prevelde haar mond, maar alleen haar geest hoorde wat ze zei. 'Ga naar het licht,' zei ze geluidloos.
Blote voeten, nat beton, elektriciteit, de sensor die Richard Cross moest hebben kortgesloten, de aarde eraf en de spanning erop, zodat, als ze de kleine, witte, dodelijke sensor had aangeraakt, de kring gesloten zou zijn en zij geëlektrocuteerd zou worden als slachtoffer van de onkunde van haar eigen bedrijf. Maar zo was het niet gebeurd, dacht Gemma, want op het allerlaatste moment deed je wat alle vaders zouden doen. Je gooide me opzij en gaf je leven voor mij. In het licht dat door de ramen van het apparte-

ment naar buiten viel, zag ze dat zijn lippen niet langer bewogen en zijn ogen niets ziend omhoog staarden. Gemma had die verstilling te vaak in andere ogen gezien om niet te weten wat ze betekende. Ga naar het licht, zei ze tegen hem in de loodzware, gonzende stilte die hen beiden omringde alsof ze de enige twee mensen op aarde waren. Ze bleef gehurkt naast hem zitten, zich volledig onbewust van de zachte motregen die weer was begonnen. Was het haar gehoor dat terugkeerde, vroeg ze zich af toen ze sirenes hoorde naderen, of was het het grote verdriet dat diep binnen in haar jankte. Toen herinnerde ze zich dat ze vandaag jarig was.

34

Het was bijna drie uur in de ochtend toen Kit haar instopte. 'Ik zou eigenlijk even bij je moeten blijven zitten,' zei Kit, 'maar ik sta zelf op instorten.' Ze gaf haar zus een zoen op haar voorhoofd en liep terug naar haar logeerbed op de bank. Ze liet de slaapkamerdeur openstaan, zodat ze konden praten. Buiten was de storm geluwd. Gemma's wond was opnieuw gehecht en de ondervraging door de politie was dankzij Angies interventie heel kort geweest. De torenvalk, in zijn doos, krabde aan het karton en sloeg zijn vleugels uit.
'Wat is dat voor geluid?' vroeg Kit in het duister.
'Dat is mijn torenvalk,' antwoordde Gemma. 'Ik denk dat hij klaar is om uit te vliegen.' Ze zweeg even. 'Je weet dat papa zijn leven voor me heeft gegeven,' zei ze na een tijdje. 'Hij had ingeschat wat er zou gebeuren als ik die sensor aanraakte, heeft me tegen de vlakte gesmeten en is voor mij gestorven.'
'Ja,' zei Kit. 'Dat maakt hem via een heel lange omweg tot...' Ze wist niet precies hoe ze haar zin moest afmaken.
'Tot een vader,' zei Gemma. 'Tot mijn vader, en de jouwe... ondanks alles.'
Het was lang geleden dat ze een slaapkamer hadden gedeeld en in het donker hadden liggen praten, dacht Kit. 'Wat wil je dat ik met het SCAN-rapport doe?' vroeg ze.
'Gooi maar weg,' zei haar zus vanuit haar slaapkamer. 'Vertel het me maar een keer. Had hij het bij het rechte eind?'
'Ja. De gebruikte taal vertoonde duidelijke sporen van misleiding en bedrog, heeft hij me verteld, en wees op serieuze betrokkenheid bij de dood van onze moeder.'
'Jij hebt dat altijd geweten, Kit.' En na een tijdje zei ze: 'God, wat zijn we een stel. Over karma gesproken.'
Maar Kit was al in slaap gevallen.

35

Gemma en Kit zaten gehurkt in het gras naast het graf van hun moeder. Achter de lage stenen muurtjes lag zacht glooiend heuvelland vol marmeren kruizen en engelen met geknakte vleugels, dat aan het eind afliep naar de kust, waar de golven in transparante cilinders over de rotsen spoelden of er schuimend op stuksloegen. Verspreide boterbloemen legden een gouden gloed over de heuvels of stonden soms in dichte groepjes bijeen alsof ze door een schilder met een grove penseel waren aangebracht, en een jogger rende over het lagergelegen pad dat langs het kerkhof liep. Het was een volmaakte middag. Reusachtige witte cumuluswolken schoven traag langs de hemel boven zee, die afgezien van een enkel containerschip verlaten en blauw was.

MARIANNE LINCOLN 1931-1966, stond er in zwarte letters op de grafsteen. DOCHTER VAN MALCOLM LINCOLN, ARTS.

Kit zette nog een paar rozen in een van de blikken naast het graf, schoof ze erin met de slanke handen waarvan tante Merle had gezegd dat ze die van haar moeder had. 'Hier zijn we, mam,' zei Kit. 'Jij hebt altijd de waarheid geweten. Maar hij heeft Gemma's leven gered, en dat is ook iets waard, vind je niet?' Kit richtte zich op en ging op haar hielen zitten.

Vijftig procent van mij komt van hem, dacht Gemma. En vijftig procent van Kit ook. Ik heb zelfs zijn ogen. We zullen ermee moeten leren leven, hoe moeilijk dat ook is. Opeens viel er een stilte over het kerkhof, de stilte van de dood, die hen omringde en een beetje bang maakte.

Hun vaders begrafenis, waarbij alleen zij en Kit, dokter Rowena Wylde en Paul Lestrange aanwezig waren geweest, was een korte, zakelijke aangelegenheid geweest na welke Kit en Gemma hadden besloten zijn as achter te laten in het crematorium. Het is nu allemaal voorbij, zei ze in gedachten tegen haar moeder. Alles is afgerond. Naast haar bogen de wilde madeliefjes in het

briesje dat van zee kwam.
'Hoe gaat het met je arm?' vroeg Kit terwijl ze naar Gemma's verband keek.
'Nog steeds wat stijf, maar de wond is praktisch geheeld. Je weet dat hij weer open is gegaan toen...' Ze voelde haar stem even wankelen. '... toen papa me opzij duwde en ik tegen het beton sloeg.' Ze dacht een ogenblik na, keek naar de branding en hoorde het gedempte gerommel van de golven die op de rotsen onder haar sloegen. 'Het was zo uitgekookt, zo gluiperig. Het zou eruit hebben gezien alsof Noel de bedrading verkeerd had aangebracht. Maar zelfs een eerstejaarsleerling zou zo'n fout niet maken.'
'Wat op zich twijfel zou hebben gezaaid onder de mensen.'
'Hoezo?' vroeg Gemma. 'Mensen worden wel vaker geëlektrocuteerd. Ongelukken gebeuren. Het zou in elk geval in Noels richting hebben gewezen, niet die van Richard Cross. Maar hij had niet verwacht dat papa voor zijn deur zou staan. Dat heeft alles veranderd.'
'Hoe kwam dat eigenlijk, dat hij besloot naar Cross toe te gaan?' vroeg Kit.
'Je weet dat Noel wat verhuiswerk voor papa heeft gedaan? Ze konden het goed met elkaar vinden en op een zeker moment had Noel hem verteld dat Cross – Kreutzvalt – hem had gevraagd hoe mijn flat er vanbinnen uitzag. Welke kleuren er waren gebruikt. Noel hoorde van Spinner dat de man met wie jij het ziekenhuis verliet Richard Cross was. Dat heeft hij aan papa verteld. Blijkbaar heeft het hem zo bezorgd gemaakt, dat hij me achterna is gekomen.'
Ze zweeg even. 'Die pistoolschoten in mijn oor,' vervolgde ze toen. 'Ik dacht dat ik nooit meer iets zou horen. Het heeft uren geduurd voordat ik mijn gehoor terughad.' En nu hoorde ze de bijen zoemen en het zachte getjilp van de winterkoninkjes in het groen rondom de overgroeide graven. 'Het is heel bijzonder,' zei ze, 'zoals alles uiteindelijk bij elkaar kwam. De manier waarop oude, onafgehandelde zaken zich ineens opnieuw aandienden. En hoe onze vader en Arik Kreutzvalt uiteindelijk hebben gedaan wat ze moesten doen.' Ze huiverde. 'Wat voor ons ook bijna het einde had betekend,' vervolgde ze. 'Ik dacht echt dat ik er geweest was.'

'Ik ook,' zei Kit, 'toen Larry Hagan met dat mes over me heen gebogen stond. Ik heb een paar lastige situaties in mijn spreekkamer meegemaakt, maar deze spande de kroon. En mijn concentratie was beter dan ooit.'
Gemma lachte. 'Mijn lieve, beste Kit. Je bent en blijft een therapeut!' Opeens viel ze stil. 'Eén ding weet ik wel zeker. Geen mannen in motels meer voor deze jongedame.' Ze schudde haar hoofd. 'Voorlopig even helemaal geen mannen meer, denk ik.' Ze huiverde. 'Ik neem eerst even tijd om het feit te verwerken dat ik met een moordenaar in bed heb gelegen. En dat was bijna *mijn* moordenaar geweest.'
Ze hoorden iemand roepen en toen ze omkeken, zagen ze de tengere gestalte van Ratbag de heuvel af rennen, met de panden van zijn blauwe shirt uit zijn broek en zijn bovenmaatse rugzak op en neer dansend op zijn rug. Gemma stond op en zwaaide naar hem. 'Hé!' riep ze. 'We zijn hier!'
Hij kwam hijgend aanrennen, schoof de banden van zijn rugzak over zijn magere schouders en zette hem voorzichtig in het gras.
'Je hebt hem bij je?' vroeg Gemma toen hij de kartonnen doos uit zijn rugzak haalde, de klep optilde en erin keek.
'Wat moet ik nu met hem doen?' vroeg Ratbag terwijl hij de doodsbange vogel met één hand vasthield.
'Waarom ga je niet daar aan de rand van het pad staan, vouw je de kleppen open en hou je de doos in de lucht?' zei Gemma. 'Dan kan hij er gewoon uit vliegen.'
Ratbag deed wat ze had voorgesteld en even later verscheen de kop van de torenvalk boven de rand van de doos. Hij sloeg zijn vleugels uit, viel terug in de doos alsof hij zijn evenwicht verloor, hupte op de rand en vloog toen onhandig naar een hoge graftombe in hellenistische stijl, waar hij neerstreek op de fries en met zijn strenge bruine ogen op hen neer ging zitten staren. Daarna schudde hij zijn veren los en keek om zich heen.
'Hij is beter!' riep Ratbag. 'Hij kan weer vliegen.' Hij zocht in zijn rugzak en haalde er een plastic zakje met stukjes kalfsvlees uit.
Er werd weer geroepen en opnieuw draaiden ze zich om. Daar was Will, die over het pad hun kant op kwam lopen. Hij zag er nog steeds erg mager uit, maar zijn ogen stonden helder en op zijn ingevallen gezicht, dat een paar dagen geleden zo oud had

geleken, verscheen een brede glimlach toen hij bij hen was.
Gemma stond op en haar hart gloeide van liefde. Mijn familie, dacht ze. We zijn niet met velen, maar we zijn er allemaal.
Will liep naar zijn moeder en omhelsde haar. Daarna deed hij hetzelfde bij Gemma, met zijn lange, magere lichaam en zijn bleke, slanke handen die sprekend op die van zijn moeder leken. Gemma nam zijn gezicht in haar handen en keek hem in zijn ogen. 'Will,' zei ze, 'wat is het lang geleden.' Hij knikte en drukte zich weer tegen haar aan. Hij kon niets zeggen, dus wendde hij zijn gezicht af en snoot hij zijn neus.
Ratbag stond er onzeker bij, wist niet goed wat hij moest doen, en zijn blik ging van de valk naar het groepje mensen bij het graf. Uiteindelijk richtte hij zich tot Will. 'Kijk, daar, dat is mijn torenvalk,' zei hij trots. 'Ik heb hem gered en nu kan hij weer vliegen.'
Kit haalde een dikke witte envelop uit haar schoudertas. 'Paul Lestrange kwam deze afgeven toen Will aankwam,' zei ze tegen Gemma. 'Het is een wilsbeschikking die vader aan hem heeft gegeven. En een brief. Ik heb nog geen kans gehad ze te lezen. En Paul vroeg wat we met zijn spullen wilden doen.'
'Verbranden,' zei Gemma zonder enige aarzeling.
Kit knikte. 'Mijn idee. Einde verhaal. Voor hem, en voor haar ook,' zei ze, wijzend naar het graf.
Will ging op zijn rug in het gras liggen, vouwde zijn handen achter zijn hoofd en staarde naar de hemel. 'Ik ben altijd bang geweest door de dingen die mijn grootvader had gedaan, maar toen ik jong was, kon ik er nooit met iemand over praten. Het was zo'n groot, loodzwaar familiegeheim. Heroïne duwde die angst weg. Maar toen ik eraan verslaafd raakte, bracht dat nieuwe angsten met zich mee.' Hij ging rechtop zitten. 'Ik zal gewoon moeten accepteren dat ik uit een rare familie afkomstig ben,' zei hij. 'Geen wonder dat ik uit de bocht ben gevlogen. Maar ik doe zes groepsgesprekken per week, dus hopelijk komt er een keer een moment dat ik jullie kan helpen.'
Toen werd hij opeens weer serieus. 'Ik heb het gevoel,' zei hij, 'dat ik maar één kans heb om clean te worden en alles weer recht te zetten. Ik kan me niet veroorloven die kans te verpesten. Zeker niet na wat mijn moeder en tante de laatste weken hebben meegemaakt.'

Kit boog zich naar hem toe en kuste hem op zijn wang terwijl op het pad weer een jogger puffend langskwam, zonder acht op hen te slaan, en met zijn rode satijnen sportbroekje donker van het zweet.
Kit hield de envelop van Paul Lestrange omhoog. 'Denk je dat het oké is als we hier, bij het graf van mama, kijken wat onze vader ons te vertellen heeft?'
'Ik denk het wel,' zei Gemma. 'Er zijn nu eenmaal menselijke bezigheden waarvoor nog geen etiquette bestaat.'
Will gooide zijn hoofd achterover en lachte verrukt. 'Ja,' zei hij. 'We bevinden ons in een interessante fase van de evolutie.'
Toen Kit de envelop openmaakte viel er een blaadje papier uit. Ze pakte het op, keek ernaar en gaf het aan Gemma. Het was een schuldbekentenis voor een bedrag van dertienduizend dollar, uit te keren aan Paul Lestrange en ondertekend door hun vader. Gemma's hart zonk in haar schoenen. Waar moeten we verdomme dertienduizend dollar vandaan halen, vroeg ze zich af. Ik kan nu al nauwelijks mijn hoofd boven water houden. 'Shit,' zei ze. 'Onze vader heeft ons een flinke schuld aan Paul Lestrange nagelaten.'
'Er is hier een briefje van Paul,' zei Kit. 'Zal ik het voorlezen?'
Gemma knikte en Kit las:

Beste Kit en Gemma. Jullie vader heeft mij aangewezen als executeur van zijn testament, en ik schrijf jullie om je te laten weten dat hij een hoge levensverzekeringspolis heeft afgesloten zodra hij vrijkwam, met jullie beiden als rechthebbenden. Ik heb contact opgenomen met de verzekeringsmaatschappij en ze zeiden dat jullie binnen een paar weken een cheque kunnen verwachten. Jullie vader heeft wat geld van me moeten lenen om de premie van het eerste kwartaal te betalen, en ik doe de door hem ondertekende schuldbekentenis erbij.

Gemma's gedachten dwaalden af. Dertienduizend dollar was een hoop geld, dacht ze terwijl Kit verderlas. Het duurde een paar seconden voordat doordrong wat ze meende te horen, maar in werkelijkheid was het Wills kreet van verbijstering die haar aandacht weer terugbracht bij wat Kit voorlas. 'Aangezien jullie binnenkort beiden vijfhonderdduizend dollar uitbetaald zullen krij-

gen, ben ik ervan overtuigd dat het voor jullie geen probleem zal zijn mij het voorgeschoten geld terug te betalen. Hoogachtend...'
Kit en Gemma staarden elkaar aan.
'Godsamme,' zei Will. 'We zijn rijk. We zijn schatrijk.'
Een luide kreet van Ratbag zorgde ervoor dat ze zich allebei – nog steeds verbijsterd – met een ruk omdraaiden. De torenvalk vloog net op van de arm van de jongen. Geschrokken van Ratbags kreet schoot de vogel hoog de lucht in. 'Hé,' riep hij. 'Zagen jullie dat? Hij kwam op mijn arm zitten en heeft uit mijn hand gegeten!' Dolenthousiast rende hij het pad op, achter de torenvalk aan, die hoger en hoger vloog totdat hij op een meter of vijftig bijna stil in de lucht bleef hangen.
'Vijfhonderdduizend gulden,' zei Gemma happend naar adem.
'Vijfhonderdduizend gulden,' herhaalde Kit.
Will sloeg zijn armen om zijn knieën en maakte een achterwaartse koprol. 'Woepie!' riep hij.
Op het pad langs de rand van het klif rende Ratbag nog steeds achter de torenvalk aan, totdat deze klapwiekend boven hem bleef hangen. Ratbag bleef staan, keek omhoog en hield uitnodigend zijn arm op, hopend op een tweede wonder.
'Ik kan mijn huis kopen,' zei Kit. 'En er blijft genoeg over voor als je ooit weer wilt gaan studeren, Will.'
'Ik kan mijn zaak uitbreiden,' zei Gemma. 'En ik kan moderniseren, de nieuwste camera's en andere apparatuur kopen.'
'Bedankt, grootvader,' zei Will. 'Het is oké, oma,' voegde hij eraan toe terwijl hij zachtjes op het gras naast het graf klopte. 'Ik weet zeker dat u het begrijpt. Zeker nu u op enige afstand het hele beeld kunt zien.'

Later, in het schemerlicht, zat Gemma te dagdromen op haar balkon. Beatrix Potters *Tale of Two Bad Mice* lag dicht naast haar op tafel. Daarnaast stonden een glas wijn en een glas bronwater, waarvan ze van tijd tot tijd om de beurt een slokje nam. Want de opwinding had haar keel zo droog gemaakt, dat de kerriekip die ze bij het Thaise restaurant op Clovelly Road had gehaald, onaangeraakt op tafel was blijven staan.
Ik kan een derde medewerker in dienst nemen, dacht ze, als de werkdruk te hoog wordt. Ik hoef nooit meer de hele dag in een

bloedhete auto te zitten. Of 's nachts in een busje mijn billen van mijn lijf laten vriezen. Mijn leven is volmaakt, dacht ze bij zichzelf. Bijna volmaakt. Ze pakte het boek en liep naar binnen om haar zus te bellen.

'Oké,' zei Gemma. 'Ik heb het gelezen. De muizen gaan het poppenhuis in en rammen de hele boel in elkaar. En Will heeft ooit in jouw huis de boel in elkaar geslagen. Is dat het verband?'

'Maar heb je gelezen wát ze in elkaar hebben geslagen?' vroeg Kit, en toen Gemma geen antwoord gaf, vervolgde ze: 'Ze dachten namelijk dat de vis op het bord echt was, en de ham en de boter en het fruit in de schaal, en ze hadden zich er helemaal op verheugd alles op te eten. Maar niets was echt, en toen werden ze zo boos, dat ze alles kapot hebben geslagen. Ze voelden zich bedrogen. Dat is hoe Will zich gevoeld moet hebben. En dat is waarom hij precies hetzelfde heeft gedaan. Het begon me op te vallen dat Will alleen bepaalde dingen kapot had geslagen. Dat was wat Alexander onmiddellijk had beseft. Daarom heeft hij me gezegd dat ik dat boek moest lezen. Hij had het me kunnen vertellen, maar hij wilde dat ik het zelf zag.'

'En je hebt het gezien. Daarom is nu alles anders,' zei Gemma. Er werd op de voordeur gebonkt. 'Ik moet ophangen. Er is iemand aan de deur.'

'Taxi!' riep ze verrukt uit toen ze de deur opendeed. Voor haar stond Ratbag, met een zeer verfomfaaide oranje kat in zijn armen.

'Kijk,' zei hij. 'Ik heb je kat voor je gevonden.'

De kat sprong uit zijn armen en wilde weglopen. Hij was wat mager, zag Gemma, maar het was wel degelijk Taxi. Ze rende hem achterna en plukte hem van de grond. 'O, mijn lieve Taxikat. Mijn grote, ooit zo dikke kat die bij me is teruggekomen.'

Taxi keek verwilderd om zich heen en Gemma kon zijn ribben onder zijn vacht voelen.

'Weet je waar ik hem gevonden heb?' zei Ratbag. 'Hij zat klem tussen een paar rotsen in een inham in de rotswand achter de begraafplaats. Ik zag hem toen ik mijn torenvalk achternarende en niet verder kon. Hij zat beklemd onder een rots. Hij moet op jacht zijn geweest en zijn gevallen, waarna de rots op hem is gerold. Ik heb er drie of vier weg moeten duwen, zó groot,' zei hij terwijl hij zijn armen spreidde, 'voordat ik bij hem kon komen. Ik hoorde hem miauwen en toen ben ik gaan kijken.'

'Hij moet uitgehongerd zijn,' zei Gemma terwijl ze naar de koelkast liep. Dankzij Kits inkopen was er genoeg voor Taxi te eten en hij kreeg een bak melk, een paar stukken kaas en een schoteltje kipfilet.

'Hij is wel mager,' zei Ratbag. 'Ik herkende hem niet eens. Ik dacht dat het zomaar een kat was.'

Taxi gaf luid spinnend kopjes tegen haar wang, kin en hals, waarbij hij zijn nagels af en toe in haar schouder zette.

Ratbag, had ze willen zeggen, je bent de beste. 'Vertel me eens iets,' zei ze. 'Ik schaam me dat ik het moet zeggen, maar ik weet je echte naam niet.'

'Ik heet Hugo,' zei hij op een toon alsof hij liever had gehad dat het anders was.

'Zo word je genoemd?' vroeg Gemma.

Hij knikte. 'Mijn moeder noemt me Hugo. Mijn vader noemt me Victor. Dat betekent "overwinnaar",' legde hij vol trots uit.

'Nou, dat ben je,' zei ze terwijl ze Taxi neerzette. Hij liep onmiddellijk terug naar de keuken, naar de plek waar zijn bakjes stonden. Die waren al leeg dus gaf Gemma hem nog wat eten. Toen hij ook dat naar binnen had geschrokt, sprong hij op de eettafel, die gewoonlijk verboden terrein voor hem was, maar voor deze keer liet Gemma hem zijn gang gaan.

Ze draaide zich om naar Ratbag. 'Als je wilt, kun je 's middags na schooltijd hierheen komen,' zei ze. 'Want het zal wel erg stil zijn bij jou thuis, als je moeder er niet is. Je kunt hier je huiswerk maken. En misschien kun je me af en toe helpen om met de radio contact te houden met mijn absoluut eersteklas undercoveragenten.' Ze sprak die laatste woorden langzaam en met veel nadruk uit.

Ratbags ogen werden zo groot als schoteltjes.

'Maar nu ga ik eerst naar je moeder om haar te vragen of ik je mee uit eten mag nemen,' zei ze. 'Als beloning.'

Ze liep de kamer uit en was een minuut later weer terug. 'Oké, overwinnaar,' zei ze. 'We hebben iets te vieren. Waar wil je naartoe?'

Ratbag glimlachte breed. 'Ik ben gek op pizza,' zei hij. 'Kunnen we naar een pizzatent gaan?'

Toen zag hij Taxi, die iets onder een van de kasten vandaan had gehaald en dat door de kamer sloeg. Het was het verjaardagscadeautje dat Steve had meegebracht op die rampzalige avond. Gemma pakte het op en maakte het open. Toen ze zag wat het was, sprongen de tranen in haar ogen. Ze drukte op het rode knopje op zijn halsband en de witte, door een batterijtje aangedreven kat liep met stijve poten over het tafelblad, piepte, viel om en bleef met zijn kleine witte pootjes doorlopen in de lucht.

36

Kit zat aan de keukentafel en maakte een lijst van alle dingen die ze met het geld wilde doen. Minus de zesenhalfduizend, haar aandeel in de schuld van haar vader, bleef er nog heel wat te besteden. En met het geld dat ze had gekregen van de verkoop van het huis waar ze met Gerald had gewoond, had ze genoeg om een aantrekkelijk bod te doen op het huis waar ze nu woonde. De telefoon begon te rinkelen. Ze zette de radio uit en nam op.
'Met Kit Westlake.'
'Ik ben het,' zei Clive.
'Clive! Hoe gaat het met je? Is alles in orde?'
'Het is een afschuwelijke tijd voor me geweest,' zei hij.
Kit wachtte.
'Ik wil echt veranderen,' vervolgde Clive. 'Zoals ik was, werkt gewoon niet. Ik ben er vreselijk door in de problemen geraakt. Zoals je hebt gemerkt.'
'Je bent al aan het veranderen, Clive. Daarom wist ik dat jij het niet was. Al die tijd dat de politie je op je nek zat. Ik wist zeker dat jij het niet was.'
'Bedankt daarvoor,' zei hij, zonder een spoortje arrogantie of sarcasme in zijn stem. 'Dan zie ik je woensdag.'

Gemma schrok wakker van een geluid. Ze ging met een ruk rechtop zitten en haalde gejaagd adem. Het is niets, zei ze tegen zichzelf. Gewoon een nieuw geluid. Daar was het weer. Deze keer wist ze het zeker: er was iemand in haar flat. Een golf van angst overspoelde haar. Toen vond ze haar zelfbeheersing terug.
'Steve?' riep ze. 'Ben jij dat?'
Ze kreeg geen antwoord. De .38 lag niet langer in de la van haar nachtkastje. In een vlaag van rechtschapenheid had ze die netjes weggeborgen in de kast in haar werkkamer. Langzaam en geruisloos liet ze zich uit bed glijden en sloop ze als een tijger naar de

slaapkamerdeur. Er wás niemand meer om bang voor te zijn, bleef ze zichzelf voorhouden. Adrian Adams was hartstikke dood. Larry Hagan ook. Twee moordenaars. Allebei dood. Alles gaat in tweeën, herinnerde ze zich. Het moest Steve zijn.

Het was weer stil in huis, maar het was een zwangere stilte die het huis vulde met iets dat zwaar, donker en buitenaards was. Hou op, zei ze tegen zichzelf. Denk nuchter na. En blijf kalm.

'Steve? Zeg iets! Je maakt me bang!'

Nu wist ze dat het Steve niet was. Hij zou zoiets nooit doen. Hij zou niet op deze manier haar huis binnensluipen, niet nu. En als hij dat wel deed, zou hij heus wel iets zeggen.

'Wie is daar?' vroeg ze met trillende stem.

Opeens ving ze iets op. Een geur, dezelfde geur die ze had geroken toen Steve de vorige keer binnen was komen sluipen, die van uitlaatgas, motorolie, metaal en leer.

'Wie ben je?' schreeuwde ze. 'Geef antwoord!'

Gemma drukte zichzelf tegen de muur van haar slaapkamer, vrijwel op dezelfde plek waar ze had gestaan toen dat met Steve was gebeurd. Maar toen waren er twee dingen anders geweest. Ten eerste was ze gewapend geweest, en ten tweede was het Steve maar geweest.

Ze wilde net om de hoek van de deurpost gluren toen het gebeurde. Gemma slaakte een kreet toen een zwarte vlek zich losmaakte van de rest van het nachtelijke duister. Hij wierp zich boven op haar, smeet haar tegen de grond en zijn stank drong haar neusgaten binnen. Zijn in leer gehulde handen klemden zich om haar hals. Ze wilde gillen maar net als in nachtmerries kon ze geen enkel geluid voortbrengen. Maar dit was geen nachtmerrie; dit was de afschuwelijke werkelijkheid. De druk in haar hoofd liep zo op, dat ze bang werd dat haar hoofd zou barsten en haar ogen eruit zouden springen, gevolgd door haar hersenen. Met een laatste, door pure angst gevoede poging haalde Gemma uit met haar voet, met alle kracht die ze in zich had, naar de plek waar zich volgens haar zijn ballen moesten bevinden. Het werkte. Hij kreunde en zijn greep verslapte even. Ze probeerde zich los te rukken, maar de in handschoenen gehulde handen vonden haar opnieuw, grepen haar vast en smeten haar tegen de muur alsof ze niets woog. Nou, dat was het dan, dacht ze. Ik ben door mijn ontsnap-

pingsmogelijkheden heen. Alles gaat in tweeën, en deze keer is er niemand om me te redden. Vaarwel, dacht ze, vaarwel alle mensen die ik liefheb.
De zware gestalte zette haar klem tegen de muur en de handen klemden zich opnieuw om haar hals. Opeens zag ze ergens licht en hoorde ze een stem, Steves stem.
'Steve,' riep ze, maar haar stem had geen kracht. Het was niet meer dan een schor gefluister, maar haar belager was in elk geval verdwenen. Toen hoorde ze de holle *klunk*! van metaal dat bot raakt, gevolgd door Steves triomfantelijke gebulder.
'Vuile, laffe rothond!' schreeuwde hij.
'Steve,' fluisterde ze weer. 'O, Steve.'
Daar stond hij, in de eetkamer, hijgend gebogen over het lichaam van een bewusteloze man, met de zware, zilveren bloemenvaas van de eettafel nog in zijn hand.
Gemma keek naar haar belager. Ze kende dat gezicht. Ze had het gezien door de voorruit van een groene Ford. 'Die griezel uit de sportschool,' zei ze.
'Dit is Maggot,' zei Steve, 'van de Outlaw Raiders of the Southern Cross. Hij heeft geprobeerd me te grazen te nemen. Ik moet nu getuigen voor de rechtbank. Ik was vergeten dat een van de sleutels van dit huis in de tas zat die ik heb moeten achterlaten. Toen hij mij niet kon vinden, heeft hij de jacht op jou geopend. Dat was het moment waarop ik weer achter hem aan ben gegaan.' Steve zette de vaas op tafel. Hij zag er vuil en doodmoe uit. Toen zag hij haar op de grond tegen de muur zitten, met haar goede hand wrijvend over haar pijnlijke hals. Gemma stond wankelend op en Steve spreidde zijn armen.
'Kom hier, jij,' zei hij.

Lees ook van A.W. Bruna Uitgevers B.V.

Gabrielle Lord

Vlijmscherp

Agent Harry Doyle heeft na een aantal slopende jaren Moordzaken vaarwel gezegd en maakt nu deel uit van het speurhondenteam. Het lag in de bedoeling dat er wat meer orde en regelmaat in zijn leven zou komen, maar het tegendeel is waar. Zijn huis is veranderd in een operationele politiebasis, die hij en zijn gezin dag en nacht delen met minstens twee politiehonden die een zeer intensieve behandeling eisen.

Op een dag wordt Harry's assistentie ingeroepen bij de arrestatie van een misdadiger die zich in een woning heeft verschanst. De politie omsingelt het pand, maar de man weet te ontsnappen. In de kelder wordt echter het lijk van een vrouw gevonden.

Net als zijn honden beschikt Harry over een uniek reukvermogen dat hem in staat stelt duizenden geuren te onderscheiden. Hij is slechts een fractie van een seconde in de buurt van de moordenaar geweest, maar dat was voor hem lang genoeg om diens geur op te vangen. Hij heeft iets geroken dat hij herkent, maar dat hij niet onmiddellijk kan thuisbrengen…

Als kort daarna nieuwe lijken worden gevonden – omgeven door dezelfde vreemde geur – dringt een verschrikkelijk besef tot hem door…

ISBN 90 449 2842 2